CORRESPONDANCE
1897-1919

Né à Vienne en 1881, fils d'un industriel, Stefan Zweig a pu étudier en toute liberté l'histoire, les belles-lettres et la philosophie. Grand humaniste, ami de Romain Rolland, d'Émile Verhaeren et de Sigmund Freud, il a exercé son talent dans tous les genres (traductions, poèmes, romans, pièces de théâtre) mais a surtout excellé dans l'art de la nouvelle (*La Confusion des sentiments*, *Vingt-quatre heures de la vie d'une femme*), l'essai et la biographie (Marie-Antoinette, Fouché, Magellan...). Désespéré par la montée du nazisme, il fuit l'Autriche en 1934, se réfugie en Angleterre puis aux États-Unis. En 1942, il se suicide avec sa femme à Petropolis, au Brésil.

Paru dans Le Livre de Poche :

AMERIGO
AMOK
L'AMOUR D'ERIKA EWALD
BALZAC – LE ROMAN DE SA VIE
LE BRÉSIL, TERRE D'AVENIR
BRÛLANT SECRET
CLARISSA
LE COMBAT AVEC LE DÉMON
LA CONFUSION DES SENTIMENTS
CORRESPONDANCE (1920-1931)
CORRESPONDANCE (1932-1942)
DESTRUCTION D'UN CŒUR
ÉMILE VERHAEREN
ÉRASME
ESSAIS *(La Pochothèque)*
FOUCHÉ
LA GUÉRISON PAR L'ESPRIT
HOMMES ET DESTINS
IVRESSE DE LA MÉTAMORPHOSE
LE JOUEUR D'ÉCHECS
MARIE-ANTOINETTE
MARIE STUART
LE MONDE D'HIER
LA PEUR
PRINTEMPS AU PRATER
LES PRODIGES DE LA VIE
ROMAIN ROLLAND
ROMANS ET NOUVELLES *(La Pochothèque)*
ROMANS, NOUVELLES, THÉÂTRE *(La Pochothèque)*
LES TRÈS RICHES HEURES DE L'HUMANITÉ
TROIS MAÎTRES (BALZAC, DICKENS, DOSTOÏEVSKI)
TROIS POÈTES DE LEUR VIE
UN MARIAGE À LYON
VINGT-QUATRE HEURES DE LA VIE D'UNE FEMME
LE VOYAGE DANS LE PASSÉ
VOYAGES
WONDRAK

STEFAN ZWEIG

Correspondance
1897-1919

PRÉFACE, NOTES ET TRADUCTION DE L'ALLEMAND
PAR ISABELLE KALINOWSKI

GRASSET

Titres originaux :

BRIEFE 1897-1914
BRIEFE 1914-1919
Éditions Fischer, Francfort-sur-le-Main, 1995 et 1998.

Le texte des lettres en langue française comporte quelques corrections d'orthographe et de ponctuation, établies par l'éditeur, mais a pour l'essentiel été laissé en l'état.

© Volume I : Fischer Verlag GmbH, Francfort/Main, 1995.
© Volume II : Fischer Verlag GmbH, Francfort/Main, 1998.
© Éditions Grasset & Fasquelle, 2000, pour la traduction française.
ISBN : 978-2-253-10856-6 – 1re publication LGF

PRÉFACE

Le choix de lettres proposé dans ce volume est tiré de l'édition critique de la correspondance de Stefan Zweig (1881-1942) éditée en Allemagne depuis 1995, et dont seuls les deux premiers volumes (1897-1919) ont paru à ce jour. Fruit d'une composition aléatoire comme tous les recueils épistolaires – ces séries jamais achevées de manuscrits –, il mêle tous les registres de la correspondance, de la solennité des professions de foi aux fous rires ou aux colères des billets adressés à des intimes. Ce ne sont pas seulement les multiples facettes d'une personnalité qui se trouvent ainsi exposées au regard, livrant les fragments d'une biographie : c'est aussi et peut-être surtout la succession et la superposition des images parfois disparates que l'auteur de ces lettres voulait donner de lui-même. Ecrites à la hâte ou dramatisées comme de véritables mises en scène, celles-ci portent toujours la marque d'une construction – à l'instar de ces portraits et photographies que Zweig faisait confectionner pour son compte et réclamait à ses correspondants. La sélection qui est présentée ici cherche à restituer la multiplicité de ces voix du moi, sans se limiter à la galerie des correspondants les plus prestigieux.

La première de ces images est celle d'un homme du loisir. Né dans une famille de la grande bourgeoisie viennoise, Stefan Zweig vit d'abord dans le temps non décompté des sociabilités distinguées, des réceptions qui se succèdent et dont il s'échappe pour écrire des poèmes et rédiger sa thèse dans sa garçonnière. La manière dont il évoque ce pensum académique en dit long : il affirme se livrer à cet exercice pour la seule satisfaction de ses parents et ne lui associe aucune finalité professionnelle, le rangeant parmi les accessoires du fils de bonne famille, à côté de l'équitation ou de l'escrime. Cette thèse de philosophie (qui l'entraîne déjà vers le XIXe siècle français : elle est consacrée à Hippolyte Taine) est celle d'un jeune homme que rien ne porte à endosser l'habit morne du savant, dont il n'a ni la patience ni l'humilité. Si l'on peut déceler chez lui une passion érudite, elle est détournée de tout objectif scientifique : c'est celle de l'amateur d'anecdotes historiques qui livrent la trame d'une nouvelle à écrire, et celle du collectionneur de manuscrits. Zweig commence à réunir dès sa jeunesse une collection de papiers d'écrivains qui sera parmi les plus belles d'Europe, et qu'il ne cessera d'enrichir, en demandant systématiquement à tous les grands écrivains dont il fera la connaissance de lui confier un de leurs manuscrits. Toute sa vie, il consultera davantage les bulletins des ventes que les fichiers des bibliothèques. Zweig est aussi, surtout dans sa jeunesse, un collectionneur frénétique d'atmosphères lointaines : il séjourne plusieurs mois dans les grandes capitales européennes, Paris, Londres, Berlin, Rome, s'imprègne de leurs climats, épouse les variations des emplois du temps nationaux ; il connaît le calendrier aristocratique des paysages européens, les lumières italiennes, les automnes tyroliens, les étés dans les îles bretonnes ; il entreprend de longs voyages, aux Etats-Unis, en Inde, pour cultiver son « sentiment cosmopolite » et délivrer son œuvre future du « parfum de l'humus ».

La seconde image, qui ne coïncide guère avec la première, est celle du travailleur littéraire un peu subalterne qui s'épuise à nourrir ces usines à textes que sont les pages culturelles des grands journaux. Zweig publia une quantité industrielle de comptes rendus : d'abord fasciné par la perspective de voir sa signature figurer dans tel ou tel périodique ou quotidien prestigieux, et toujours désireux de rendre publique son admiration pour certains écrivains, il ne tarda pas à être pris dans l'engrenage des politesses littéraires. De nombreuses lettres attestent qu'il se sentait investi d'une mission de pédagogue culturel, avant même de remplir pendant la guerre la fonction de modèle spirituel : il écrivait dans les journaux pour guider les lectures des autres, mais ne ménageait pas non plus son temps pour répondre aux écrivains, anonymes aussi bien que célèbres, qui lui demandaient un avis ou un conseil littéraire. C'est un même souci qui l'amena à fonder avec Anton Kippenberg, le directeur des éditions Insel, après la guerre, une collection de littérature étrangère dont il entendait assumer l'entière responsabilité. Zweig fut également, et pour les mêmes raisons, un traducteur à grande échelle. La relation filiale qu'il entretint avec son « cher maître » Emile Verhaeren, puis avec Romain Rolland, s'imposa à lui comme un devoir de médiation auquel il se plia très concrètement, en traduisant lui-même un nombre considérable de leurs œuvres ou en surveillant leur traduction. Il n'éprouvait pas ces tâches comme indignes de sa vocation d'écrivain : on peut penser, au contraire, qu'il lui fut nécessaire de les remplir pour prendre enfin cette vocation au sérieux. La « modestie » est la qualité d'écrivain que Zweig dit avoir acquise auprès de Verhaeren : elle lui permit de dépasser le dilettantisme auquel ses origines le prédestinaient, et de ne plus faire fonctionner la « planche à poèmes » de ses jeunes années. De ses activités « secondaires » de critique et de traducteur, il retira cependant un autre enseignement, pratique celui-là : il acquit une connaissance empirique solide du fonctionnement du marché du livre. Les lettres où il reproche à Hermann Hesse sa naïveté en matière de négociation de droits ou celles où il dépeint à Anton

Kippenberg les conditions concrètes de viabilité d'une collection témoignent de sa familiarité avec les aspects économiques des entreprises éditoriales ; ses stratégies de « lancement » d'écrivains étrangers, gérées comme de véritables campagnes de promotion, induisent quant à elles une compréhension profonde des opérations nécessaires à la consécration d'un auteur. Cette lucidité fut peut-être tributaire de la position un peu « extérieure » qui fut un temps la sienne, avant qu'il n'envisage de vivre de sa plume et d'assumer sa qualité d'écrivain comme un véritable métier.

La guerre de 1914-1918 ne fit que renforcer l'image que Zweig s'était peu à peu faite de sa responsabilité d'écrivain. Face à tous les intellectuels qui n'opposèrent aucune résistance au flot des propagandes nationalistes, et s'employèrent même à le grossir, il éprouva l'inconsistance d'une activité littéraire qui avait jusque-là représenté pour lui la valeur suprême. Les propos outranciers de Verhaeren sur les soldats allemands et leurs besaces pleines de « jambes d'enfants » entraînèrent chez lui une crise profonde de la croyance en la légitimité de l'art. En novembre 1914, il écrivait à Romain Rolland : « Il s'empare de ces mensonges indignes qui auraient dû finir dans la boue des bavardages quotidiens, les soulève dans ses mains pures et les montre au monde entier en prenant à témoin la pureté de son nom, il les ennoblit avec son art, il pare d'or la vermine répugnante des imaginations communes et des haines effrénées. » En abusant du pouvoir symbolique qui leur était imparti pour défendre une cause injuste, Verhaeren et les autres écrivains qui succombèrent à un populisme haineux discréditèrent la littérature. Zweig choisit d'abord de ne plus écrire et voulut agir : réformé, il ne put être envoyé au front comme il l'aurait souhaité – pour échapper à la condition privilégiée des hommes de lettres – et fut incorporé dans les bureaux des Archives du ministère autrichien de la Guerre. Sa correspondance avec Romain Rolland marque les étapes d'une prise de conscience progressive d'une exceptionnelle clairvoyance, dans laquelle les deux hommes apprirent ensemble à venir à bout des derniers vestiges de leurs préjugés nationaux : le Français et l'Autrichien s'attachèrent, par-delà les frontières et les censures qui les séparaient, puis en Suisse où Zweig rejoignit Rolland et ses amis, en 1917, à construire une commune pensée « internationaliste », dirigée contre la notion même de « peuple » et les généralisations grossières qui la sous-tendaient, et à préserver une vigilance de la pensée contre tous les mensonges qui servaient la guerre. Très attentif aux mécanismes des différentes propagandes et de production de l'opinion, Zweig souhaitait que des intellectuels de différents pays européens rassemblent de concert des informations validées par leur confrontation. Le rôle de « guide spirituel » qu'il remplit en signant des articles, des lettres ouvertes et des manifestes, et en exhortant personnellement certains écrivains à revenir sur leurs positions, ne l'amena cependant pas à exercer des responsabilités politiques à la fin de la guerre, moins encore à s'engager sur une « question sociale » qui lui inspirait bien des réticences : après avoir livré dans sa pièce *Jérémie* une sorte de testament moral, il entendait préserver son autonomie d'écrivain et se retirer à Salzbourg dans son « petit château entouré d'un magnifique jardin », reste d'une « fortune autrefois très conséquente – avec une petite rente, si Spartacus nous épargne ».

Une dernière image, plus discrète, mais néanmoins toujours affirmée, s'impose à la lecture de ces pages : celle du judaïsme de Stefan Zweig. Les lettres à Martin Buber dessinent une position ferme : le refus du sionisme, qu'il revendique comme un corrélat naturel de ses prises de position anti-nationalistes au cours de la guerre. En 1917, il projette d'organiser une grande enquête sur les écrivains juifs, et de demander à chacun d'entre eux d'exposer sa relation avec le judaïsme dans une profession de foi. Il envoie alors la sienne à Martin Buber : « Jamais je n'ai senti si librement en moi le judaïsme que maintenant, dans cette période de délire national – et la seule chose qui me sépare de vous et des vôtres, c'est que je n'ai jamais voulu que le judaïsme redevienne une nation et s'humilie ainsi dans la réalité des concurrences. J'aime la diaspora et je l'approuve parce qu'elle est le sens de son idéalisme, sa vocation universelle et cosmopolite. Et je ne veux pas d'autre négation que la négation dans l'esprit, notre seul véritable élément, et non dans une langue, un peuple, des mœurs, des usages, ces synthèses aussi belles que dangereuses. Je trouve que notre situation actuelle est la plus merveilleuse de l'humanité : cette unité sans langue, sans liens, sans pays natal, juste par le fluide de l'être. »

I. Kalinowski.

A Karl Emil Franzos[1]

Vienne, le 18 février 1898

Très honorable Monsieur Franzos,

Je me permets de vous présenter quelques petits poèmes qui conviendraient peut-être pour *Deutsche Dichtung*.

En outre, me fondant sur votre grande réputation de collectionneur de manuscrits[2], qui rivalisera bientôt avec votre gloire de poète, je me permets de mettre à votre disposition quelques lettres assez intéressantes. Elles n'ont guère de valeur pour moi : je ne collectionne que les manuscrits et les originaux de poèmes. Je vous les confierais volontiers, car il me serait agréable de vous manifester ne serait-ce qu'une infime partie de ma gratitude : vos œuvres m'ont procuré tant de moments agréables ! Mais si vous laissiez de côté l'écrivain et étiez d'avis que les manuscrits doivent s'échanger, je me satisferais du moindre texte écrit de votre main.

---

1. Karl Emil Franzos (1848-1904), juriste et écrivain populaire originaire de Galicie. Il décrivit la vie des juifs de son pays. En 1879, il publia la première édition critique de Büchner. En 1887, il fonda la revue *Deutsche Dichtung*.
2. Stefan Zweig commença à collectionner les manuscrits à l'âge de douze ans.

Recevez l'assurance de ma considération distinguée,

Stefan Zweig
Vienne
I. Rathhausstraße 17.

P.S. Parmi ces manuscrits, je ne citerai qu'une lettre de Wieland[1] à Gleim[2] de quatre pages (très intéressante), une lettre de la main de Goethe, « votre très dévoué Goethe », qui traite de l'accentuation du mot Hafiz[3], une lettre d'Anzengruber, un billet autographe signé de Beethoven[4], au contenu très pathétique. Si l'une de ces pièces vous intéresse, je suis tout prêt à vous la confier.

Si votre journal acceptait aussi les biographies, il me serait très agréable de pouvoir mettre à votre disposition un article sur le 70e anniversaire de Spielhagen[5]. Les honoraires sont évidemment tout à fait secondaires et la certitude d'avoir exprimé mon admiration pour ce grand homme serait pour moi un salaire suffisant.

---

1. Christoph Martin Wieland (1733-1813), romancier allemand de l'époque classique.
2. Johann Wilhelm Ludwig Gleim (1719-1803), poète anacréontique, qui écrivit un poème didactique dans le style du Coran.
3. Hafiz (1317-1389), poète persan que Goethe découvrit dans les traductions de l'orientaliste viennois Joseph von Hammer et qui lui servit de modèle pour le *Divan Occidental Oriental* (1819).
4. Plus tard, Zweig fit l'acquisition de manuscrits de partitions de Beethoven et même de son bureau.
5. Friedrich Spielhagen (1829-1911), romancier, dramaturge, poète, directeur des *Westermanns Monatshefte.*

En renouvelant l'expression de ma considération,

SZ.

A Ludwig Jacobowski[1]

Vienne, le 14 juin 1900

Très honorable Monsieur le Docteur,

En m'informant dernièrement que vous acceptiez mes poèmes, vous m'avez transmis une « Lettre aux amis de mes aspirations[2] ».

Comme je suis à présent pleinement de leur nombre et que les *Chants pour le peuple*[3] n'ont presque pas été diffusés ici, à Vienne, je souhaiterais volontiers œuvrer en ce sens. Je vous prie donc, si cela vous est possible, de m'envoyer entre 30 et 50 exemplaires des *Chants pour le peuple*. Je vous réglerai la facture et les frais de port dès réception.

Il me sera plus difficile, je crois, de diffuser les *Cahiers Goethe*. Lorsque je n'aurai plus d'exemplaires des *Chants*, je m'adresserai peut-être à vous pour en obtenir de nouveaux.

Je voudrais aussi lancer l'idée d'un volume de traductions de toutes les langues à visée populaire.

---

1. Ludwig Jacobowski (1868-1900), romancier, dramaturge, critique, poète, directeur de la revue naturaliste *Die Gesellschaft*.
2. Il s'agissait apparemment d'un prospectus publicitaire.
3. *Neue Lieder der besten neueren Dichter, fürs Volk zusammengestellt von Ludwig Jacobowski* (1899) : une anthologie de poèmes allemands d'auteurs divers.

Combien de chansons de Burns[1] ne sont-elles pas devenues des chants populaires en Allemagne, au plus vrai et plus beau sens du terme ? Et Béranger[2], ce superbe homme du peuple, n'est-il pas devenu en France le favori du peuple à cause de ses *Chansons* ? Il en est même de plus grands ! Ada Negri[3] est capable d'enthousiasmer aussi l'ouvrier allemand, tout comme Verlaine peut obtenir de beaux succès si ses tonalités virtuoses sont bien traduites ! Et pourquoi un chant populaire espagnol ne deviendrait-il pas allemand ?

En ce qui me concerne, je me proposerais volontiers pour la partie *française*, en l'absence d'un meilleur connaisseur : je pourrais faire une sélection parmi les meilleures traductions allemandes, et *surtout les adaptations*. Bien entendu, je ne demanderais aucune rétribution, compte tenu de la finalité du projet.

Je ne crois pas qu'on puisse heurter le sentiment national en donnant au peuple des chants qui ne sont pas issus de son sang, car les grands poètes et les chants populaires sont tous cosmopolites – à mon avis. Nous avons tous, dès que nous sommes impliqués, le même désir infini, les mêmes joies et les mêmes peines.

L'art populaire et les conceptions de l'art ne sont

---

1. Robert Burns (1759-1796), poète écossais très apprécié de Goethe, précurseur du romantisme anglais.
2. Pierre-Jean de Béranger (1780-1857), chansonnier populaire français, qui propagea le mythe de Napoléon « empereur du peuple ».
3. Ada Negri (1870-1945), poétesse italienne issue d'une famille ouvrière, qui développa une nouvelle thématique sociale.

pas si différents chez toutes les nations qu'ils ne puissent s'accorder au prix d'un léger infléchissement. Et même si leurs sentiments étaient différents, l'essentiel est de sentir de la *beauté* et d'avoir du sentiment *tout court*.

Je pense même que les traductions sont nécessaires parce que *le peuple lui aussi* doit recevoir de l'étranger des inspirations nouvelles.

Examinez peut-être cette proposition, et voyez si elle est réalisable. Cela ne devrait sans doute pas présenter de trop grandes difficultés, puisqu'il ne s'agirait que d'un travail de collecte et non de traduction. On trouvera bien pour chaque langue une personne qui rassemble en 30-60 pages les meilleures traductions pour le peuple. Les ressources et la matière ne manqueront pas !

Je vous envoie aussi deux poèmes supplémentaires pour *Die Gesellschaft*.

Avec mes meilleurs compliments, votre dévoué
Stefan Zweig

P.S. Envoyez-moi peut-être avec les *Chants pour le peuple* quelques « lettres » supplémentaires. Je saurai en faire bon usage.

A Karl Emil Franzos

Vienne, le 22 juin 1900

Mon vénéré maître,

Vous trouverez ci-joint un article assez long paru

dans *Jung-Deutschland*[1], qui cherche à faire le point sur votre influence littéraire. Je ne sais s'il est réussi, mais des amis ont jugé que je n'avais pas été trop impartial.

Je vous envoie aussi un exemplaire de *Sport & Salon*[2] dans lequel sont parues deux critiques de livres de la Concordia[3]. J'en ai également publié dans le *Localanzeiger*[4], mais n'ai pu, avec la meilleure volonté, mettre la main sur un exemplaire du journal.

Je voudrais vous soumettre une nouvelle qui occuperait environ dix colonnes de *Deutsche Dichtung*. Il se trouve que j'ai achevé plusieurs nouvelles assez longues qui doivent être réunies en un volume. Certaines sont déjà parues, d'autres seront publiées très prochainement dans de grands quotidiens, par exemple à Berlin dans le *Berliner Morgenpost*. Celle-ci est la seule qui reste encore inédite : ce n'est pas que je la trouve mauvaise, je la tiens au contraire pour assez réussie par rapport à d'autres, mais – c'est une nouvelle juive. Cela rend infiniment difficile – vous-même, auteur célèbre, n'êtes sans doute plus confronté à ce problème – toute publication dans des quotidiens : la plupart préfèrent éviter une nouvelle *juive* pour des raisons politiques. Je ne souhaite pas non plus donner ce texte à un journal juif, parce qu'il est *totalement dépourvu d'orientation nationale*, un

---

1. Nouvelle revue, créée en 1900, dont le titre fait allusion à la poésie engagée de la « Jeune Allemagne » du XIXᵉ siècle.

2. *Sport & Salon. Revue illustrée pour les gens distingués*, revue viennoise.

3. Concordia : Concordia Deutsche Verlags-Anstalt, maison d'édition.

4. *Localanzeiger* : journal berlinois.

critère qui est décisif pour la plupart des nouvelles juives.

Je me tourne donc vers *Deutsche Dichtung*, d'abord parce que je sais qu'en tant que rédacteur, vous êtes totalement dépourvu de préjugés en ces matières, et parce que je verrais volontiers paraître ce que je considère comme un vrai travail artistique dans un organe littéraire de qualité.

Conformément au règlement de *D.D.*, je dois en présenter le contenu. La nouvelle est intitulée « Dans la neige [1] » et décrit le destin d'une communauté juive du Moyen Age qui fuit les flagellants et rencontre en chemin une tempête de neige qui la délivre de toute souffrance.

L'action est peut-être mince, mais j'ai travaillé surtout, dans cette nouvelle, les sentiments et l'atmosphère ; j'ai tenté de peindre les juifs d'alors, sinon comme des personnes nobles et remarquables, du moins sans haine ni mépris, juste avec cette grande pitié que nous éprouvons tous ou devrions tous éprouver pour nos ancêtres.

Pour *D.D.*, je vous envoie encore un des plus beaux poèmes de Verlaine dans une traduction qu'Otto Hauser [2], curieusement, n'a pas fait figurer dans son recueil. S'il vous paraissait trop exubérant et frivole pour votre journal, je vous prie de m'en informer, afin que je puisse le placer ailleurs.

---

1. Cette nouvelle parut finalement dans la revue viennoise *Die Welt*, le principal organe du mouvement sioniste, dont Martin Buber reprit la direction à partir de 1901.
2. Otto Hauser (1876-1944), poète autrichien. Il publia en 1900 une édition de Verlaine.

En espérant que mon article ne vous aura pas totalement déplu – j'attache au moins autant d'importance au jugement de l'écrivain qu'à la critique du [rédacteur] –, je vous adresse mes salutations les plus dévouées,

Stefan Zweig

A Karl Emil Franzos

Vienne, le 3 juillet 1900

Mon vénéré maître,

Le retour de mon manuscrit ne m'a pas le moins du monde étonné ; à peine l'avais-je posté que je percevais déjà toutes ses lacunes et faiblesses. Je sais bien que cette nouvelle, comme la plupart de mes textes, est superficielle et a été écrite trop vite. Je ne sais par quel terme désigner cette mauvaise habitude : une fois le dernier mot écrit, je suis incapable de modifier quoi que ce soit, et en général, je ne vérifie même pas l'orthographe et la ponctuation. Ce n'est là que légèreté et suffisance dans ma manière de travailler, mais je suis parfaitement conscient qu'elles m'empêcheront de faire un jour quelque chose de grand. Je ne connais pas l'art d'être appliqué et consciencieux. C'est pour cela que tant de choses m'avaient bouleversé dans votre article sur Juliane Dery[1] : je voyais beaucoup

---

1. Franzos avait raconté sa rencontre avec la jeune écrivain Juliane Dery (1864-1899), qui se suicida après avoir publié un

de similitudes dans nos manières de travailler. Je sais moi aussi, à mon échelle, qu'on peut écrire les dents serrées, j'ai déjà brûlé moi aussi des centaines de manuscrits, mais je n'ai jamais changé ou retravaillé une ligne. C'est un malheur auquel il n'est pas facile de remédier parce qu'il n'est pas tributaire de conditions extérieures, mais tient peut-être à mon caractère. Ainsi, c'est une chance pour moi que l'écriture ne soit pas la vocation de ma vie et que je n'aie pas songé un seul instant à devenir célèbre ou seulement connu. J'ai écrit sous cinq ou six pseudonymes, à chaque fois de manière différente. Peut-être connaîtrait-on un peu mon nom à présent si je l'avais laissé à chaque fois. Mais cela ne me réjouirait guère. A dire vrai, je ne publie que pour me pousser à travailler et pour ne pas rester un dilettante. Ce n'est vraiment pas par goût de la célébrité : je suis convaincu d'avoir au mieux un peu de talent pour les esquisses ou les poèmes, mais aucune originalité, et d'être toujours un peu influencé par mes lectures d'adolescent.

En ce qui concerne la nouvelle, je la considérais comme moyennement achevée ; si je ne la jette pas au panier comme je l'aurais fait de n'importe quelle autre du même acabit, c'est pour une raison personnelle – parce qu'elle n'est justement pas *entièrement* inventée, mais aussi un peu vécue. Voilà pourquoi elle ne connaîtra pas le même sort que les autres : je l'aime presque, dirais-je, comme une gravure sans valeur qu'on a reçue en souvenir et dont on ne veut pas se séparer. –

---

premier livre qui ne rencontra guère de succès ; il l'avait exhortée à la patience.

Je vous remercie mille fois d'être prêt à lire d'autres manuscrits : c'est une tâche ingrate ! Je solliciterai peut-être votre bienveillance un jour ou l'autre, je me permettrai en tout cas, lorsque telle ou telle de mes nouvelles sera publiée, de vous l'envoyer. Lorsqu'elles paraîtront en volume, je pourrai peut-être exprimer publiquement ma gratitude pour les conseils francs et sincères que vous m'avez donnés. Je le ferai dès que possible, j'espère dans mon premier volume. Il n'est pas exclu qu'il paraisse dès cet hiver.

Si l'été que je veux passer cette fois loin de mes parents et amis, à travailler et à produire assidûment, me conduisait à Berlin, je vous volerais un quart d'heure ou une demi-heure – si vous n'y voyez pas d'inconvénient – car c'est la première fois que je m'adresserai à un éditeur et un conseil sincère et amical est irremplaçable en pareil cas. C'est sans doute chez Schuster & Löffler[1] que je me rendrai – muni d'une lettre de recommandation. Mieux vaut ne pas publier de livre que d'en publier un chez Pierson[2] ; mieux vaut un mauvais travail qu'un travail de dilettante. J'espère que le nom d'une telle maison suffit à écarter ce soupçon. Je préfère n'être pas lu du tout que d'être lu par des filles de pasteurs et des provinciaux en mal de poésie ! –

Voilà qui est prétentieux et peut-être même

---

1. A cette époque, Schuster & Löffler est la plus prestigieuse maison berlinoise, l'éditeur de Dehmel, Liliencron, Morgenstern...

2. Cet éditeur à compte d'auteur (Edgar Pierson, Dresde et Leipzig) avait cependant publié Bahr et Schnitzler.

insolent de la part de quelqu'un qui n'a que bien peu de talent, et peut-être pas du tout, et qui ne peut se targuer de rien d'autre que de quelques éloges entendus ici ou là. Mais il n'a qu'une unique joie : ne pas être entièrement comme les autres. Peut-être faut-il lui pardonner cela : il ne fait de mal à personne hormis à lui-même. –

Je ne sais pourquoi je vous ai écrit tout cela, je me rappelle seulement l'idée de départ de cette lettre, à savoir que votre jugement ne faisait que confirmer le mien, qui était déjà arrêté lorsque j'ai pris la plume pour vous écrire. Voilà ce que je voulais vous dire, et je le répète de crainte que cette idée ne se soit perdue dans le flot de ma plume. –

Je vous envoie encore un poème que je viens d'écrire. J'espère que sa couleur moderne ne sera pas un obstacle ; là encore, le motif de fond est vécu, peut-être même trop.

Je vous dis encore une fois ma profonde gratitude pour votre réponse franche, qui a fortement confirmé les critiques que je m'adressais à moi-même. Tout cela est nécessaire. Soyez-en remercié par votre dévoué

Stefan Zweig

A Karl Emil Franzos
              [Vienne], le 26 novembre 1901

Très honorable Monsieur Franzos,
    Le hasard m'a fait tomber aujourd'hui sur

Deutsche Dichtung chez mon libraire, et j'ai vu votre compte rendu. Je voudrais vous remercier du fond du cœur pour ce que vous avez écrit, du fond du cœur, parce que vous me laissez entrevoir un avenir. Sur ce point – comme sur bien d'autres – vous rejoignez ce qu'ont écrit le professeur R.M. Werner dans le *Literarisches Echo* et Wilhelm Holzamer dans la *Frankfurter Zeitung*. Si je mets de côté les cinq lignes de critique ordurière d'Ingmar Mehring, ce livre m'a comblé et m'a permis de me faire beaucoup d'amis[1] : j'ai vu par exemple avant-hier dans le *Berliner Tageblatt* qu'une certaine Madame Meta Illing-Merzbach – que je ne connais pas – a fait une lecture de mes poèmes à la Philarmonie sans que j'en sois informé. Et bien d'autres choses encore, qui me réjouissent de tout cœur.

Je viens d'apprendre la parution d'une traduction de Baudelaire par le plus grand magicien de la langue allemande, Stefan George[2], en plus de celle de Max Bruns[3]. Il faut donc que la mienne paraisse au plus vite[4], alors que je suis surchargé de travail pour mes études, et pour le reste. J'écris à présent des comptes rendus pour les plus grandes revues

---

1. Les *Cordes d'argent*, parues en 1901, avaient reçu les encouragements de Liliencron, Dehmel et Rilke, comme Zweig le raconte dans *Le Monde d'hier*.
2. Stefan George publia en 1901 une traduction des *Fleurs du mal*, dont il avait réalisé un tirage privé dès 1891.
3. Max Bruns édita entre 1901 et 1906 les œuvres complètes de Baudelaire en allemand, en 4 tomes.
4. Baudelaire, *Gedichte in Vers und Prosa*, Leipzig, 1902 (Zweig traduisit 39 poèmes dans ce volume ; son ami Camill Hoffmann traduisit des poèmes en prose).

littéraires : *Zeit, Gesellschaft, Literarisches Echo, Neues Jahrhundert*, etc., etc. et la production de masse que vous voyiez d'un mauvais œil se trouve ainsi réduite au minimum. J'ai peu de temps pour travailler à une nouvelle que j'ai commencée, et je ne publierai pas un livre avant deux ans (bien que j'aie achevé une série de nouvelles, un recueil de poèmes et une brochure de philosophie moniste).

Vous le voyez, cher Monsieur Franzos : l'autocritique sans merci que vous appelez de vos vœux est en bonne voie. Peut-être me rendrai-je ainsi capable de réaliser ce que vous me promettez si joliment.

Je vous remercie du fond du cœur. Votre très dévoué

Stefan Zweig

———◆◇▶———

A Leonhard Adelt[1]

[Vienne], le 1ᵉʳ décembre 1901

Cher Monsieur Adelt,

Je suis vraiment peiné de commencer chacune de mes lettres en vous remerciant pour vos largesses, sans pouvoir vous rendre la pareille. Votre photographie m'a fait sincèrement plaisir et j'espère pouvoir vous envoyer prochainement la mienne. Je joins cette fois à ma lettre quelques vers, c'est un poème court, mais je l'aime beaucoup parce qu'il est personnel et qu'il faut vivre et créer pour pouvoir le comprendre.

---

1. Leonhard Adelt (1881-1945), écrivain et chroniqueur.

Voilà pourquoi je vous l'envoie du fond du cœur ; j'ajoute aussi un petit couplet.

L'affaire avec Dyck ne marche malheureusement pas comme vous le croyez. D'abord, je ne veux pas m'engager financièrement, et deuxièmement, j'ai en ce moment un problème de temps. Je ne travaille pas autant que je devrais le faire pour mes études[1], la littérature m'occupe plus qu'il ne faudrait et je ne veux pas y succomber totalement, du moins avant d'avoir mon doctorat[2]. Ce qui, dans notre ennuyeuse Autriche, prendra encore trois ans. Je ne veux pas me plonger trop dans la littérature ; elle donne beaucoup de détails, elle nous permet de voir des choses et des beautés cachées auxquelles les autres restent aveugles, mais elle nous prive aussi beaucoup, elle nous enlève surtout l'immédiateté de la jouissance. Nous détruisons en nous, me semble-t-il, la force et la cohérence de nos sensations, parce que nous les dépeçons et les

---

1. Entre 1900 et 1904, Stefan Zweig poursuivit des études à l'université de Vienne (philosophie et histoire de la littérature). Dans *Le Monde d'hier*, il rapporte son manque d'intérêt pour ces matières : « Que je doive étudier à l'université, cela avait été décidé de toute éternité par le conseil de famille. (...) Je finis par me décider pour la philosophie – ou plutôt la philosophie "exacte", comme on disait chez nous en conservant les vieux schémas – mais je n'obéis aucunement au sentiment d'une vocation intérieure, car mes capacités de pensée purement abstraite sont faibles. Les idées se développent toujours chez moi au contact d'objets, d'événements et de figures, je suis incapable d'apprendre tout ce qui est purement théorique et métaphysique. »

2. La thèse de Zweig portait sur *La Philosophie d'Hippolyte Taine* (1904).

démembrons dans la littérature[1]. Sans doute avez-vous souvent fait cette expérience (avec les femmes surtout) : vous remarquez soudain que vous observez votre succès momentané et le déroulement de l'instant au lieu de vous abandonner à la sensation. Je voudrais échapper à cette pétrification littéraire parce que mon talent, à mon sens, n'est pas suffisamment grand pour que je néglige la vie pour lui.

Je voudrais cesser de vous parler de moi dans cette lettre et une occasion s'offre à moi bien à propos. Je voudrais vous dire un mot de votre *Sauveur*, qui m'a beaucoup plu, ainsi qu'à mes amis. Je trouve la pièce très subtile (même s'il me semble un peu maladroit, quoique inévitable, que Marta apprenne la chose subrepticement, derrière une porte, par l'effet d'une contingence théâtrale) et très achevée, même si ce talent annonce de plus grandes œuvres encore. Je ne doute pas un instant que vous irez loin comme dramaturge si votre regard reste aussi perspicace que dans le *Sauveur*. Si je suis à Berlin, j'assisterai certainement à la première : son succès me paraît assuré. – Je suis très curieux de lire aussi votre article sur la poésie dans la *Zeit* ; nous voici à présent concurrents dans ce journal. J'ai plusieurs comptes rendus en attente. Vous ne pouvez savoir combien ce journal est lu et respecté chez nous, c'est un grand honneur d'écrire dans ses colonnes, reconnu par les autres journaux. J'ai publié une nouvelle dans le *Magazin für Litteratur*, des critiques littéraires dans la *Gesellschaft* et le *Literarisches Echo* ; pour le reste, j'ai toutes

---

1. Le thème est abordé à la même époque dans les pièces de Hugo von Hofmannsthal.

les peines du monde à achever un essai sur Baudelaire. Mais je ne veux pas laisser dormir dans un tiroir un travail sérieux et consciencieux, et il ne peut pas attendre : il doit paraître avant ma traduction de Baudelaire. Mes poèmes sont à présent publiés dans *Deutsche Dichtung*, *Nord und Süd*, etc., j'ai envoyé le manuscrit complet chez Reclam[1]. J'espère qu'ils le prendront. Sinon – je suis fatigué de mendier – il restera sur mon bureau.

Vous me parlez de votre situation – c'est le vieux poème didactique de l'école primaire, les deux voisins qui voulaient échanger leurs vies. Il est très important d'avoir des revenus assurés, mes parents sont même très fortunés et je pourrais mener ici une aimable vie de dandy, mais en retour, quel manque de liberté, quelle servitude ! Il faut fréquenter des gens qui ne me comprennent pas parce qu'ils sont trop paresseux pour cela, il faut combattre chaque jour des convictions familiales bien ancrées et tout cela est très fatigant. J'ai réussi à obtenir beaucoup de choses, j'ai une petite chambre en ville, où je travaille et passe mes nuits, car chez moi, je ne peux me livrer qu'à cette seconde activité ; il y a beaucoup de visites et bien d'autres distractions. Je me demande toujours si on m'autorisera un jour à mener une vie de liberté sans résidence fixe (je voudrais vivre quelques années à l'étranger) ; je crains qu'on ne m'en empêche, non pour des raisons financières, mais par cette espèce de philistinisme qui exige que chaque homme exerce un métier tranquille et bien réglé. Mais je me défendrai

---

1. Le manuscrit ne fut pas accepté par la prestigieuse maison Reclam, fondée en 1828 à Leipzig.

bec et ongles. Il me reste encore quatre ans ; d'ici là, j'aurai assez de relations pour gagner facilement pas mal d'argent, j'aurai aussi un petit héritage de mes grands-parents quand je serai majeur – il ne faudra pas une audace inouïe pour mettre les voiles. Je crois que le sentiment de voler de ses propres ailes donne de la force et de la concentration. Vous-même l'avez constaté et je crois que cela ne vous a pas porté tort.

Il est déjà très tard et je dois conclure. Je ne veux pas vous presser, vous avez beaucoup à faire, mais une lettre de vous sera une grande joie pour moi, aujourd'hui et toujours.

De tout cœur votre

Stefan Zweig

―――――◄o►―――――

A Marek Scherlag[1]
        Vienne, [sans date ; décembre 1901 ?]

Cher Monsieur Scherlag,

Avant tout, je vous félicite chaleureusement pour votre grand succès ! Vous voici à présent comme Dieu en France, et vous me rendez presque jaloux. – Pour ce qui est du poème juif, je vous remercie mille fois pour le mal que vous vous êtes donné. Les soirées des Jeunes-Juifs[2] sont

―――――

1. Marek Scherlag (1878-1962), employé de banque (le « succès » auquel Zweig fait allusion concerne sans doute son embauche), écrivain et traducteur sioniste originaire de Galicie.
2. Ces soirées étaient sans doute organisées par l'Unitas, un club universitaire juif viennois.

malheureusement suspendues jusqu'au début janvier parce que Buber[1] est constamment en voyage ; si cela n'avait pas été le cas, je vous aurais invité depuis longtemps.

Je serais évidemment très heureux de pouvoir discuter avec vous un jour, et sans doute ne faut-il pas s'en remettre au hasard ! Si cela ne vous dérange pas, je vous propose de me rendre visite dans ma chambre d'étudiant (IX. Schwarzspanierstr. 20, Mezz., Porte 6), j'y suis tous les jours entre deux heures et demie et cinq heures ; je pourrais en profiter pour vous montrer quelques très bons livres et revues. Si ce n'est pas possible, écrivez-moi, nous pourrions nous retrouver dans un café le soir (vers neuf heures et demie).

Salutations de votre dévoué

Stefan Zweig

A Karl Emil Franzos

[Vienne], le 10 décembre 1901

Très honorable Monsieur Franzos,

Je dois vous remercier de tout cœur pour le vif intérêt que vous témoignez à ma personne et à mes créations. Je vais m'efforcer de vous décrire mon parcours aussi honnêtement et aussi brièvement que possible.

---

1. Martin Buber (1878-1965), philosophe actif à partir de 1898 dans le mouvement sioniste. Il dirigea entre 1901 et 1904 la revue sioniste *Die Welt*.

Je suis encore très jeune, vingt et un ans, mais j'ai toujours été mûr avant l'âge. Mon activité littéraire a connu des débuts étonnants pour un poète – j'ai commencé par être historien de la littérature à quinze ans. J'étudiais toutes les histoires de la littérature que je pouvais trouver, avec la ferme intention d'en écrire une moi-même ; je furetais dans toutes sortes de vieux grimoires à la bibliothèque de l'université. Je fus conforté dans ce projet par de nombreux manuscrits que me confia plus tard une connaissance ; je m'en occupai un temps, mais je finis par les abandonner, parce qu'ils formaient un ensemble hétéroclite. Je commençai alors à écrire moi-même et je n'étais qu'un *très* jeune lycéen lorsque mon premier poème fut publié dans la *Gesellschaft* (alors dirigée par Jacobowski[1]). A l'école, je devins une sorte d'enfant prodige, ce rôle me plaisait, et j'aurais livré dès cette époque un recueil de vers au monde ébahi (j'aurais eu un éditeur à Vienne) si mon cher ami Adolf Donath[2] ne m'en avait obstinément dissuadé. Je lui en suis encore reconnaissant aujourd'hui.

Ensuite, j'ai beaucoup étudié le français et la littérature et j'ai finalement appris à écrire des vers. Je considère encore aujourd'hui que c'est là ce que je fais de mieux, même si j'ai aussi écrit beaucoup de nouvelles qui ne pourront être publiées avant un temps assez long.

---

1. Voir plus haut la note sur Jacobowski.
2. Adolf Donath (1876-1937), écrivain autrichien, critique d'art et poète d'orientation sioniste, collaborateur de la *Neue Freie Presse*.

Je fais à présent des études de philosophie (discipline principale : philosophie exacte ; discipline secondaire : histoire de la littérature), avec pas mal d'amour et d'application. Je ne sais pas encore si j'ai un avenir dans ce domaine ; quoi qu'il en soit, je ne serai jamais contraint d'exercer précocement un métier pour subvenir à mes besoins. Mais je ne me vois pas de véritable avenir dans la littérature non plus. Je déteste le journalisme tel qu'il est pratiqué à Vienne, les littérateurs eux-mêmes ne me sont pas tellement sympathiques, bien que je sois en très bons termes avec la plupart d'entre eux. (Je compte quelques-uns de mes meilleurs amis parmi les collaborateurs viennois de *Deutsche Dichtung*, par exemple Hans Müller[1], Camill Hofmann[2], Armand Brody, et je connais très bien le Dr Wertheimer, Paul Wilhelm, Karl Nowak, Mme le Dr Jenny Schnabl.) Mais je n'ai pas encore de vraies lueurs sur mon avenir et je ne fais pas trop d'efforts pour en avoir ; j'ai encore deux années d'études devant moi (en Autriche, le doctorat dure à présent considérablement plus longtemps qu'en Allemagne), puis l'année de service militaire, une année où je veux vivoter à l'étranger – d'ici là, j'aurai certainement trouvé quelque chose. Je ne pense pas exercer un métier plus tôt et n'aurai pas besoin de le faire.

Je songe à passer le second semestre à Berlin, mais en me cachant quelque part et en évitant les

---

1. Hans Müller (1882-1950), écrivain autrichien, dramaturge, cinéaste.
2. Camill Hoffmann (1878-1944), poète autrichien, essayiste, journaliste et traducteur.

milieux littéraires, bien que j'aie beaucoup de bons amis là-bas. Je connais très bien Hans Benzmann[1], S. Lublinski[2], le peintre Lilien[3], j'aurais aussi mes entrées dans la Société Libre de Littérature[4] et chez les Arrivants[5], mais si je quitte Vienne, j'ai peur de trop me perdre dans la littérature. Et je doute d'avoir un talent suffisant et l'élan nécessaire pour me risquer à ne faire que de la littérature. J'aurais assez de critiques favorables à mon livre, mais je ne suis pas assez sûr de moi. Et puis – mon éternel refrain – j'ai encore tout mon temps.

Je m'excuse, très cher Monsieur Franzos, de vous avoir importuné aussi longuement, mais votre carte si aimable m'en a donné le courage, et c'est à elle que la faute en reviendra, je le crains, si je

---

1. Hans Benzmann (1869-1926), poète, collectionneur et éditeur.
2. Samuel Lublinski (1868-1910), dramaturge, philosophe et spécialiste de la religion, fut un des premiers sociologues de la littérature.
3. Ephraim Mose Lilien (1874-1925), graphiste, illustrateur, peintre et photographe. Dans *Le Monde d'hier*, Zweig raconte qu'en faisant la connaissance de Lilien, « il rencontra pour la première fois un vrai juif de l'Est et une forme de judaïsme dont la puissance et le fanatisme indomptable lui étaient inconnus jusque-là ». En 1902, Lilien fonda avec Buber le Jüdischer Verlag.
4. La Société Libre de Littérature, fondée en 1890 à Berlin, fut un temps dirigée par Theodor Fontane.
5. Le cercle littéraire des « Arrivants » *(Die Kommenden)* fut fondé à Berlin par Ludwig Jacobowski. Zweig note dans *Le Monde d'hier* : « Alors que mes amis viennois étaient presque tous issus de la bourgeoisie et même pour les neuf dizièmes d'entre eux de la bourgeoisie juive, (...) les jeunes gens de ce nouveau monde venaient des classes les plus diverses, les plus hautes et les plus basses. »

me permets de vous rendre visite quand je serai à Berlin.

Je vous envoie un sonnet d'Elizabeth Barrett-Browning [1] et deux poèmes pour *D.D.*

Avec mon sincère dévouement et ma gratitude, votre

Stefan Zweig.

A Leonhard Adelt

[Vienne, le 9 janvier 1902]

Cher ami,

Je vous le dis tout de suite : j'ai été très heureux de votre belle lettre et j'aimerais en recevoir encore d'aussi aimable. Je viens justement de terminer une lecture précieuse, la correspondance de Flaubert, et je comprends pour la première fois combien ils sont mesquins, ceux qui ne peuvent se livrer que dans leurs œuvres, qui ont la subjectivation pour principe fondamental, et ne sont pas capables de se révéler dans les choses simples du quotidien, au nombre desquelles il faut malheureusement ranger les lettres. Dans les lettres de Flaubert – dont je ne peux que vous recommander la lecture à l'occasion –, je vois le tempérament, l'état d'esprit et l'art du style plus intimement unis que jamais, et cela me fait désespérer de moi-même. Ecrire une belle lettre, ce n'est certainement pas difficile quand on a la maîtrise du

---

1. Elizabeth Barrett-Browning (1806-1861), poétesse anglaise.

style ; mais ne jamais faire sentir l'effort, ni même la conscience de cette beauté – j'aimerais en être capable. J'ai beaucoup correspondu (d'abord pendant les vacances d'été, puis six ans durant) avec un ami, le fils du directeur de la *Neue Freie Presse*[1] (dans laquelle je n'écris donc pas, par principe, alors que cela me serait facile) ; tous les deux, nous jouions les philosophes et nous nous querellions de manière vraiment grotesque pour des choses dont nous aurions pu trouver l'explication dans n'importe quel volume d'histoire moderne. J'ai eu ensuite une correspondance littéraire avec un camarade ; le pauvre garçon est extrêmement doué, je n'ai jamais osé me comparer à lui, mais il a tellement mal tourné qu'il ne possède pas la force morale de rester un soir à la maison, sans parler de travailler. – Ce n'étaient là que des correspondances de jeunesse ; à présent, j'échange des lettres avec mon cher ami Hans Müller (qui est maintenant à Brünn) dont vous avez pu lire de beaux vers dans *Die Jugend*[2], *Die Woche*, etc. Il est toujours en verve, spirituel et exubérant, aussi frais et joyeux que ses chansons ; je suis presque jaloux de son art de vivre. L'été dernier, j'ai aussi correspondu avec Camill Hoffmann, dont je suis très proche et dont je ne peux commencer à vous parler sous peine de ne plus m'arrêter. Voilà longtemps qu'il ne s'est pas passé une journée sans que je le voie (bien qu'il soit pris

---

1. Ernst Benedikt (1882-1973), camarade de lycée de Zweig au Maximilian-Gymnasium, qui reprit plus tard lui-même la direction de la *Neue Freie Presse*. Dans *Le Monde d'hier*, Zweig compare ce journal au *Times* anglais et au *Temps* français.

2. La revue *Die Jugend*, fondée à Munich en 1896, donna son nom au *Jugendstil*.

jusqu'à huit heures du soir), tous les soirs je fais un saut chez lui, nous bavardons un peu ; le dimanche, nous lisons ensemble en français ou nous allons au Kunsthistorisches Museum – toujours à son initiative, c'est un homme si idéalement cultivé que le quotidien ne l'atteint pas. Il connaît tant de choses, et il est si modeste ! Je veux lui soutirer prochainement quelques vers et vous les envoyer, ce sera une vraie joie pour vous. – Bref, pour en revenir à mon propos, j'ai reçu cet été quelques lettres d'Hoffmann, charmantes et gracieuses justement parce qu'elles n'avaient aucun contenu positif. Je corresponds également avec Max Fleischer, qui est lui aussi poète [1], et avec Egon Hugo Strassburger [2] à Berlin, qui me parle d'ailleurs le plus souvent de la jeune fille avec qui j'ai eu une relation pendant les quatre semaines de mon séjour berlinois, et aussi de nos connaissances et de nos aspirations communes. J'écris encore à quelques autres personnes, Martin Bœlitz [3], Paul Leppin [4], Hugo Ohler – ah ! Hugo Ohler [5] !! Je pense à quelque chose ! Il est à présent metteur en scène au Residenztheater de Cologne ; il y aurait peut-être une possibilité pour votre pièce. Ecrivez-lui et dites-lui que c'est moi qui

---

1. Max Fleischer (1880-1941), employé de banque autrichien, poète, chroniqueur et traducteur. C'est le frère de Victor Fleischer, proche ami de Zweig.
2. Egon Otto Strassburger (1877-1952), auteur dramatique et poète.
3. Martin Bœlitz (1874-1918), poète, journaliste, libraire et éditeur.
4. Paul Leppin (1878-1945), employé des postes, poète, dramaturge et nouvelliste.
5. Hugo Ohler (né en 1877), dramaturge autrichien.

vous ai incité à le faire ; ou, si vous préférez, je lui enverrai mon exemplaire de la pièce ; voilà des années que je suis son ami et je peux d'autant plus facilement vous recommander que votre pièce est vraiment très bonne. Si vous le souhaitez, je pourrais aussi tenter quelque chose à Brünn, où Hans Müller pourrait servir d'intermédiaire. Je suis prêt à vous aider, il me semble tout naturel que l'on fasse appel à ses amis ; l'amitié ne doit pas avoir pour fin des services mutuels, mais je crois que ces notions ne sont pas incompatibles. Je vous importunerai peut-être à mon tour en vous envoyant *Les Portes de la vie* de Paul Leppin, un livre très intéressant, pour que vous en parliez dans la *Neue Stettiner Zeitung*. J'espère que vous ne m'en voudrez pas ! Vous m'avez jusqu'à présent témoigné dans vos lettres et vos actes une si sincère et si belle amitié que je me sens toujours une dette envers vous et que j'attends avec joie une occasion de vous être utile.

L'aimable intérêt que vous portez à mon livre me procure une joie immense ; je préfère qu'il rencontre un écho vivant plutôt que celui des lettres d'imprimerie, froides et indifférentes. J'ai eu grand plaisir à lire votre essai sur la Poméranie, bien que je ne connaisse qu'en partie les personnes concernées, à l'exception de Benzmann, avec lequel j'entretiens de très bonnes relations personnelles. Mon essai sur Baudelaire – ma légèreté me fait presque rire – a été pris dans la *Münchner Allgemeine Zeitung* et – j'ose à peine le dire – j'ai eu la candeur de demander qu'il paraisse dans un délai de huit jours ; bien entendu, il m'a été retourné par le Dr Bulle avec ses regrets les plus vifs. A présent, je l'ai proposé au *Neues*

Wiener Tageblatt ; s'ils ne le prennent pas, je l'enverrai à la *Nation*, qui m'a demandé des textes, ou, en cas de refus, à la *Wage* ou au *Magazin*. Je ne me fais pas de souci, il est vraiment bon et il servira aussi d'introduction au livre. Je suis censé envoyer un essai sur les « poètes viennois » aux *Internationale Literaturberichte*, et je voudrais rester en contact avec la *Münchner Allgemeine Zeitung* et la *Nation* en leur envoyant un article, mais le temps me manque, même en réduisant un peu mes heures de sommeil. Il me faut quand même six heures de repos ! En outre, je travaille encore ma philosophie et toutes sortes de choses, je fais de l'histoire de l'art en dilettante, sans compter que j'ai fatalement une « petite amie » – j'en serais presque à me dédoubler si je ne savais pas que l'ensemble n'est pas assez précieux. Là-dessus, mon cousin se marie, il faut que je me prête aux comédies familiales d'usage, et je me montre évidemment revêche, ce qui me vaut des scènes et des désagréments. J'y suis tellement habitué que j'aurais du mal à m'en passer. Ne croyez pas que je sois négligent, mais il y a des choses qu'un fils ne peut supporter chez des parents qui ne sont pas seulement d'un autre temps, mais aussi d'un autre monde. Mon frère est un réaliste de la plus pure espèce, un homme d'affaires de la plus pure race – mais je m'entends merveilleusement bien avec lui, parce que même si la poésie, etc., lui est indifférente, et s'il n'admire pas ce genre de choses, il ne les regarde pas comme un amusement. Je suis effaré de retrouver en lisant Flaubert les mots de son père, que j'ai si souvent entendus : la littérature vaut toujours mieux que le café, les cartes, etc., mais c'est quand même une bêtise. – Seul un succès littéraire, je crois, pourrait m'apporter la reconnaissance de mes parents – et un succès financier ! Ne riez pas – et pourtant, mes parents sont plus que fortunés, mais justement, ils sont les enfants de leurs pères et les enfants de leur temps et non de celui-ci. Inutile de se plaindre et de gémir, il faut se battre, et hélas ! par Dieu, ce n'est pas du tout dans ma nature. Je déteste tellement les conflits que je préfère céder du moment que mon ultime raison de vivre n'est pas en jeu, je supporte le dédain et le mépris pour mes aspirations, mais non les sourires et les plaisanteries. Je ne suis pas assez fort pour y répondre par le silence. Cela explique aussi en grande partie mon voyage à Berlin et – cela va vous paraître étrange – mes parents ont du mal à me laisser partir, car ils m'aiment beaucoup. Ils ont le projet de faire de moi un être idéal selon leurs conceptions – et je n'ose jamais laisser entendre tout le mépris que j'ai pour les gens qu'on me donne en exemple. Peut-être aurais-je pu céder parfois si cette belle idée ne m'était pas venue à l'esprit : il existe des personnes dont tu *sais* que tu leur as apporté quelque chose. De l'amitié à Un tel, un vers à Un tel. Voilà pourquoi je suis reconnaissant envers tous ceux qui m'ont dit ou montré cela, voilà pourquoi je me sens lié à vous par une si cordiale amitié, même si je ne vous ai jamais vu. Je nous sens si peu étrangers l'un à l'autre et j'espère que nous le serons de moins en moins – la photographie que je vous envoie aujourd'hui y contribuera peut-être – avant de pouvoir un jour nous serrer la main. J'espère que cela ne tardera pas trop. Je vous salue ainsi que tous ceux qui vous sont chers.

Votre dévoué

Stefan Zweig
9 janvier 1902

―――――◦▶―――――

A Leonhard Adelt
[Vienne, sans date ; 12 février 1902 ?]

Cher ami,

Je viens de passer une période difficile – des semaines grises, privées de fêtes et de réjouissances, et qui sait si cela ne va pas continuer. Et ce que j'ai achevé ne représente sans doute pas grand-chose – un ouvrage d'histoire de la philosophie, un essai sur Nietzsche, un article sur Victor Hugo, un petit récit, *Le voyage*, et quelques pages de ma nouvelle *Erika Ewald*[1]. Et une masse de critiques de livres, ainsi qu'une montagne de lectures, dont celle d'un livre précieux et magnifique qui m'a donné plusieurs jours de bonheur : *Gösta Berling* de Selma Lagerlöf. J'ai cependant eu toutes sortes de désagréments et surtout un ennui très pénible dont je préfère ne pas parler dans une lettre. Je vous en dirai peut-être un mot à la Pentecôte, à Stettin ou à Berlin. L'avenir est à nouveau placé sous le signe du travail (que j'espère propice). Je dois écrire pour le *Literarisches Echo* un

---

1. *Die Liebe der Erika Ewald* [L'Amour d'Erika Ewald] parut dans la *Neue Freie Presse* en 1904.

essai assez long sur votre cher Johannes Schlaf[1], Allemand dont je suis moi aussi très proche. Le *Wiener Tageblatt* m'a également ouvert ses portes très aimablement, mais c'est moi qui dois écrire pour gagner mon billet d'entrée, et le temps, où trouver le temps quand on le vole déjà sur son sommeil ?

Ces deux derniers jours, j'ai abandonné la littérature. Vous ne savez pas ce qu'est le Carnaval de Vienne. On voit passer des chars à rubans colorés, le mont-de-piété est pris d'assaut la journée comme les salles de bal le soir. On ne danse pas du tout – c'est plutôt qu'on n'arrête pas de danser. Moi-même, j'ai été de la fête, j'ai couru les bals masqués pendant deux nuits et – le mot de Goethe s'est réalisé[2] – j'ai plus ou moins emboîté le pas à des cortèges qui m'auraient certainement donné le frisson en plein jour. J'ai dansé avec des dames très bien et des *demi-vierges* dans un superbe pêle-mêle et je suis parvenu au triste constat qui nous surprend toujours dans ces occasions-là, à savoir qu'il n'y a guère de différence. Puis j'ai eu un moment de mélancolie que je veux décrire un jour dans un roman. J'ai parcouru les rues brumeuses des faubourgs pour rentrer chez moi, au petit matin, exalté et agité de rires, et j'ai croisé sur mon chemin les premiers ouvriers et les pauvres filles qui allaient au turbin en grelottant, l'air las. J'ai retrouvé les sentiments que j'avais souvent éprouvés quand j'étais enfant et que j'avais cherché à oublier

---

1. Johannes Schlaf (1862-1929), écrivain naturaliste.
2. Goethe, *Faust II*, « Nuit de Walpurgis classique » : « Je tendis les mains vers des masques charmants,/Et ces étreintes me donnèrent le frisson. »

41

en travaillant sur Nietzsche et en me livrant à toutes sortes d'activités ; j'espère ne pas les oublier encore de sitôt.

Je ne sais pas ce que je vais devenir. Pas grand-chose, à mon avis. Je ne sais plus rire et j'ai perdu beaucoup de ma jeunesse ces dernières semaines. Je ne veux pas retourner en arrière, mais je sens que je change. Ce ne sont plus les femmes qui me donnent le bonheur suprême, j'ai peur soudain de toutes les extases et des grandes excitations, parce que je crains toujours qu'elles ne dissimulent des sentiments mesquins. Voilà pourquoi *Tristan et Isolde* ne me plaît plus. Les moments que je préfère sont ceux que je passe le soir à causer avec mon cher Camill Hoffmann. C'est un homme si extraordinaire, qui a une bonté infinie et une douce finesse, on se confie volontiers à lui. J'ai parfois honte en pensant à lui quand je m'inquiète de ma gloire ; je vois sa modestie tranquille, il attend patiemment parce qu'il sait qu'on ne pourra pas l'ignorer. J'ai toujours été étranger à l'Eglise catholique, mais je comprends ce que doit représenter le confesseur pour un vrai fidèle : un homme auquel on se confie sans crainte et sans réserve.

Je ne perds pas pour autant de vue les autres, mais je ne m'accorde pas avec eux en ce moment : Donath et sa joie de vivre exubérante, Brody et son épicurisme, et tous les autres. Mais ce sont sans doute eux qui ont raison. –

Parlons maintenant de vous. Cela fait longtemps que vous ne m'avez pas écrit, mais j'ai été très heureux de lire votre bel essai sur l'espoir et ce que vous avez dit dans la *Zeit* du dernier livre de

Schlaf. J'aime tant lire mes amis : c'est comme si les mots étaient plus vivants quand le signataire du texte ne m'est pas étranger. Je suis très curieux de lire ce que vous écrivez sur les autres. Witkop[1] me semble très talentueux, autant (ou si peu) que je sache, Reicke[2] moins et *Christa*[3] n'est pas vraiment un livre et n'est pas achevé, même si c'est un poète subtil qui l'a écrit. Vous avez sans doute reçu le livre de Leppin, et un journal a bien dû vous envoyer le dernier recueil de Donath, à vous, le critique de poésie universel. Je serais curieux de savoir ce que vous en pensez.

Quelques nouvelles purement littéraires. La *Zeit* ne disparaît pas malgré le lancement du quotidien, et une autre revue va prochainement voir le jour. Monsieur Maurice von Stern a sans doute ressenti le besoin de me décrire comme un petit poète blasé dans les *Neue Bahnen* ; mais ce numéro a été censuré en Autriche et je n'ai pu le voir. On me critique aussi dans les *Monatsblätter*, mais tout à fait favorablement.

J'ai de la visite. Un ami qui s'est annoncé et qui devra attendre que j'aie achevé cette lettre. Mais je ne veux pas le faire patienter trop longtemps – moins de temps en tout cas qu'il ne faudra pour que je reçoive votre réponse – je crains que vous ne soyez assez paresseux en matière de correspondance. Mais

---

1. Philipp Witkop (1880-1942), poète et germaniste.
2. Georg Reicke (1863-1923), magistrat et écrivain.
3. Hugo Salus, *Christa. Ein Evangelium der Schönheit*, Vienne, 1902. Hugo Salus (1866-1929), gynécologue viennois, poète et nouvelliste.

ce n'est qu'une mauvaise plaisanterie de votre ami qui vous salue de tout cœur,

Stefan Zweig

A Karl Klammer[1]
    [Vienne, sans date : vers novembre 1902]

Cher Monsieur Klammer,
    J'aurais aimé vous écrire tout de suite dans votre nid perdu de Galicie, où une lettre est sans doute un événement, mais le temps m'a manqué. Vous me demandez de vous citer de bons livres et je vous donne volontiers les titres qui me viennent à l'esprit. En matière de prose, je vous recommande chaudement :
    Selma Lagerlöf, *Gösta Berling* (Reclam)
    Georges Eeckhoud, *Escal Vigor* (Mercure de France) 3 fr. 50
    Gustav af Geyerstam, *Das Buch vom Brüderchen* (S. Fischer)
    Jacob Wassermann, *Renate Fuchs* (S. Fischer)
    G. Frenssen, *Jörn Uhl* (G. Grote)
    Tourgueniev, *Väter und Söhne* (Reclam)
    Cela suffit sans doute pour quelque temps. Pour ce qui est de la poésie contemporaine, j'ai beaucoup de choses à vous conseiller, parce que c'est un domaine dont je m'occupe davantage. Je vous recommande :

---

1. Karl Klammer (1879-1959), officier autrichien, traducteur de poètes français, spécialiste de Nietzsche, compositeur, poète.

Jacobowski, *Neue Lieder fürs Volk* (10 pf).

Pol de Mont, *Poètes belges* (une anthologie) ; *Almelo*, 6 francs

Poètes d'aujourd'hui (anthologie), Mercure de France, 3 F 50

Rainer Maria Rilke, *Advent* (Friesenhahn), 1 Mk.

Rainer Maria Rilke, *Mir zur Feier*, G.H. Meyer, 3 Mk.

Camill Hoffmann, *Adagio stiller Abende*, Schuster & Löffler, 2 Mk.

Emile Verhaeren, *Poésies*, 3 volumes à 3 F 50, Mercure de France

J.J.David, *Gedichte* (Bruns, Minden)

Voilà de quoi lire pour un bon moment ! En ce qui concerne les *essais*, je vous conseille vivement

Walter Pater, *Die Renaissance* (Diederichs, 8 Mk)

Bölsche, *Das Liebesleben in der Natur* même éditeur, 2 tomes

Et pour les revues, le *Literarisches Echo* de Berlin, Fontane & Co.

J'espère que vous allez mener à bien votre projet de traduction de poèmes de Maeterlinck ; l'homme est très en vogue en ce moment et je suis convaincu que vous rencontreriez un beau succès. Vous avez certainement plus de temps que nécessaire, vous vivez sans doute davantage dans la solitude que dans la compagnie de vos collègues de régiment, je l'espère du moins. Je ne vous envoie pas de lettre aujourd'hui, juste ces quelques lignes ; je suis trop submergé de travail pour entrer dans les détails, mais je serai plus long une autre fois. J'espère avoir entre-temps de vos nouvelles ! Pour aujourd'hui, recevez l'amical souvenir de votre dévoué

Stefan Zweig

A Leonhard Adelt
      Vienne, le 11 décembre 1902

Cher ami,

 Je me réjouis toujours tellement de recevoir quelques lignes de vous que je mets à profit ma première minute de liberté pour vous transmettre mes salutations amicales. Ici, il y a des hauts et des bas, des fous rires et des accès de tristesse. Je travaille beaucoup, dans un morne paysage de livres, et le nuage menaçant de la thèse plane au-dessus de moi et se rapproche toujours davantage. Je connais au moins déjà son titre : elle portera sur Hippolyte Taine, chez qui j'essaierai d'exhumer le philosophe. Mais peu importe tout ce travail : aujourd'hui, je suis très content. Je me suis retrouvé ou j'ai retrouvé un moi que je croyais mort depuis longtemps. Avant-hier, j'ai écrit en *une* nuit un cycle complet de six sonnets – sous l'effet d'une expérience bouleversante. Il est intitulé *La Nuit des grâces* – voilà, vous savez tout. Il me semble assez réussi. Quel délicieux sentiment – j'ai en quelque sorte assisté à ma propre résurrection. Hélas ! mon pensum académique m'interdit de laisser s'épanouir mes sentiments poétiques jusqu'au doctorat – qui ne sera achevé, dans le meilleur des cas, que dans un an et demi...

J'espère arriver à Berlin vers le 1ᵉʳ janvier. Mon cher Fritz Stöber est là-bas, je serai heureux de le revoir, et même si je ne suis pas sûr que Camill puisse m'accompagner, je suis décidé à partir. J'espère que mes parents ne vont pas faire de difficultés – je suis malheureusement encore soumis à leur bon vouloir – et j'espère vous revoir aussi, je me réjouis comme un enfant à cette idée.

Si vous n'avez pas été engagé à la *Zeit*, ce n'est pas très grave ; cette revue n'arrivera jamais à grand-chose, elle ne parvient pas à s'imposer face à la *Neue Freie Presse* ou à d'autres journaux. Je me demande si elle va survivre ; Camill Hoffmann n'est pas très content de sa situation.

Autre chose ! Je sais que Leonhard Adelt est encore vivant, mais que fait le poète L. Adelt ? J'aimerais tellement que vous cueilliez les fruits de votre magnifique talent et que vous nous donniez un nouveau livre ! Vous avez vécu cette année beaucoup d'expériences qui vous ont bouleversé et auxquelles vous pourriez donner forme, vous, le superbe poète qui s'inspire de la vérité et la défend ! J'ai relu récemment votre *Devenir*, et je n'ai pas été déçu !

Je ne m'occupe guère de littérature ; je n'envoie plus de textes. Récemment, j'ai fait une entorse à ce principe, j'ai envoyé 3 poèmes à la *Jugend* : l'un d'entre eux a été accepté. Mais cela ne m'a guère encouragé, pas plus qu'une proposition de la *Woche*. Je ne sais pas où en est la revue : le Dr Schwarz m'a dit que Dyck allait très mal, lui-même a perdu pas mal d'argent dans cette affaire. Si ce brave homme faisait faillite, cela me ferait de la peine. Je n'ai pas vu les *Stimmen der Gegenwart* depuis une éternité, elles ne me manquent pas. J'ai eu une longue correspondance avec Schaukal, que j'ai interrompue par manque de temps et d'envie ; j'échange en revanche des lettres avec Wilhelm von Scholz[1] et Wilhelm Holzamer[2], deux hommes vraiment extraordinaires. J'envoie aussi quelques lettres à Paris de temps en temps. Mon Dieu, il suffit que je prononce ce nom et la nostalgie me reprend. Au fait, Rilke est à Paris, il habite rue... – j'ai oublié le nom de cette rue, je vais me renseigner. Si vous envoyez votre lettre à Westerwede près Brême, il la recevra sûrement[3].

Cher ami, je ne vous ai pas dit grand-chose aujourd'hui et j'aurais pourtant bien des choses à vous raconter si nous passions une longue soirée ensemble. J'espère que nous pourrons le faire bientôt, je l'espère vraiment. Je vous écrirai avant de partir pour Berlin. Cordiales salutations de votre fidèle

Stefan Zweig
I. Rathausstraße 17.

---

1. Wilhelm von Scholz (1874-1969), dramaturge, poète, ami de Rilke.

2. Wilhelm Holzamer (1870-1907), écrivain, ami de Zweig.

3. Rilke était parti pour Paris en août 1902. Il s'était installé d'abord au 3, rue de l'Abbé de l'Epée. Le sculpteur Clara Westhoff, qu'il avait épousée en 1901, habitait à Westerwede près de Worpswede.

A Hermann Hesse

Vienne, le 2 février 1903

Très cher Monsieur Hesse,

Je vous prie instamment de ne pas voir là une des formules embarrassées qu'on écrit d'ordinaire : je voudrais vous dire avec gratitude combien j'ai été heureux de recevoir votre livre. Je vous remercie très sincèrement et vous demande de m'accorder également foi si je vous dis que j'avais depuis longtemps l'intention de m'adresser à vous au sujet de cet ouvrage. Mais je craignais que vous ne soyez pas convaincu comme moi de l'inutilité des formules de politesse, même entre poètes, ou surtout entre poètes. J'ai toujours cru au « Cercle secret des mélancoliques » dont parle Jacobsen dans *Maria Grubbe*[1], et je crois aussi que nous ressentons des affinités spirituelles, et nous ne pouvons rester étrangers l'un à l'autre. Je vous apprécie depuis longtemps pour avoir lu vos vers dans des revues, et je suis infiniment heureux de vous connaître personnellement.

Me permettez-vous de faire quelques remarques sur votre livre ? Non, je ne dirai rien, je ne l'ai pas encore lu entièrement, seulement feuilleté. Mais je l'ai déjà adopté et le vif sentiment que j'ai éprouvé m'a poussé à le montrer à des amis à qui j'en ai lu quelques passages. Très sincèrement : je considère déjà qu'à côté du *Livre des chants* de Rilke, du *Miroir* de Wilhelm von Scholz et de l'*Adagio des soirées silencieuses* de

---

1. Jens Peter Jacobsen (1847-1885), écrivain danois.

mon cher ami Camill Hoffmann[1], si étonnamment proche de votre poésie, votre recueil est le meilleur de l'année. Je suis heureux qu'il ait rejoint mes autres livres dédicacés ; il n'est pas en si mauvaise compagnie : Johannes Schlaf, R.M. Rilke, Camille Lemonnier[2], Wilhelm von Scholz, Franz Evers[3], Wilhelm Holzamer, Hanz Benzmann, Richard Schaukal[4], Otto Hauser, Busse Palma[5] m'ont offert leurs livres. Je voudrais faire quelque chose pour ce recueil dès que l'occasion se présentera : de préférence dans un grand journal, pour ne pas prêcher dans le désert.

Vous recevrez mon *Verlaine*[6] sous une huitaine de jours ; je vais demander aujourd'hui à mon éditeur des exemplaires supplémentaires ; j'ai beaucoup de succès avec ce livre, il se vend très bien, et j'espère que le deuxième tirage verra le jour à l'automne, entre 3 et 5 000. J'y ajouterai alors, soyez-en sûr, le poème que vous avez si superbement traduit, et vous demanderai peut-être de me confier d'autres traductions.

Une chose encore : à présent que vous avez brisé la glace avec beaucoup de bonne humeur, je ne

---

1. Camill Hoffmann, *Adagio stiller Abende. Gedichte*, Berlin, Schuster & Löffler, 1902.
2. Camille Lemonnier (1844-1913), romancier belge, figure du mouvement Jeune Belgique, ami de Verhaeren.
3. Franz Evers (1871-1947), poète et dramaturge.
4. Richard Schaukal (1878-1949), juriste et fonctionnaire autrichien, poète, essayiste, traducteur.
5. Georg Busse-Palma (1876-1915), poète, romancier.
6. Il s'agit de l'anthologie des « meilleures traductions » de poèmes de Verlaine que Zweig publia en 1902, avec un portrait de Verlaine par Félix Vallotton.

voudrais pas que nous nous perdions de vue. J'aimerais en savoir davantage sur vous : ce que raconte Carl Busse[1] ne me suffit pas. Je ne suis pas un correspondant très fiable ; j'ai correspondu un temps avec Richard Schaukal (il m'a d'ailleurs parlé de vous), mais je n'ai pu continuer parce que mes études ne me laissent pas le temps de discuter de littérature sous forme épistolaire ; j'écris bien trois lettres par jour, bien que je ne corresponde qu'avec Wilhelm von Scholz, Fritz Stöber, quelques autres amis allemands et toute une série de Français comme Camille Lemonnier et Charles van der Stappen[2]. Mais c'est toujours un bonheur pour moi que de pouvoir confier à un ami cher ce qui m'émeut et m'occupe *intérieurement*. J'écris ce type de lettres quand un moment propice se présente ; elles n'arrivent pas par retour du courrier, mais souvent au bout de trois semaines ou plus. Si vous êtes prêt à accepter ces conditions et à me parler beaucoup de vous, je serai ravi et vous en serai intimement reconnaissant. Je crois que vous pourrez alors compter sur moi. Je n'ai pas une très haute opinion de moi comme poète, j'ai toujours été persuadé que j'étais totalement inutile à l'univers – mais j'apprécie chez moi cette unique qualité : je suis « un ami pour mes amis[3] ». Et j'ai l'impression que je pourrai un jour vous compter parmi eux.

Encore une fois : merci du fond du cœur ! Si

---

1. Carl Busse (1872-1918), journaliste, écrivain, critique ; frère de Georg Busse-Palma.
2. Charles van der Stappen (1843-1910), sculpteur belge, qui réalisa en 1902 un buste de Verhaeren.
3. Citation de l'« Ode à la joie » de Schiller.

vous vivez dans votre vie un moment de tristesse, si vous avez peur un jour que vos poèmes et votre vie ne rencontrent pas d'écho, rassurez-vous en songeant que vous m'avez donné plus que beaucoup d'écrivains dont on parle beaucoup en Allemagne – Falke [1], Hartleben [2], Schaukal, Bierbaum [3], etc. etc.– à moi qui vous salue avec une cordiale admiration.

Stefan Zweig
Vienne, I. Rathausstraße 17.

A Hermann Hesse
Vienne, le 2 mars 1903

Cher Monsieur Hesse,

Croyez-moi, même si un mois entier s'est écoulé entre votre lettre et la mienne, j'ai souvent pensé à vous. J'ai lu avec beaucoup de sympathie votre *Hermann Lauscher* – je vous remercie du fond du cœur de m'avoir envoyé ce livre. Quand je l'ai commencé, je me suis dit : quelle joie ce serait de ne pas avoir à la main un mince volume, mais un gros livre, de ne pas lire un fragment, mais le premier chapitre d'un roman ! Il y aurait de quoi se réjouir ! Mais qui sait ?! Cela viendra peut-être.

---

1. Gustav Falke (1853-1916), libraire, professeur de musique, romancier et poète.
2. Otto Erich Hartleben (1864-1905), romancier, poète et dramaturge à succès.
3. Otto Julius Bierbaum (1865-1910), journaliste, critique, romancier et poète, qui fonda avec Richard Dehmel la revue *Pan*. Il participa à la création des éditions Insel.

A mon avis, vous n'avez pas le droit d'être triste de votre vie alors qu'il vous a été donné d'écrire un texte comme celui-là. Si je rassemblais, *moi*, mes souvenirs d'enfance, ils seraient eux aussi empreints de soleil et de nuages, mais ils n'auraient pas la clarté pure et tranquille dont la nature bruissante vous a fait présent. Le destin des métropoles peut avoir le même tragique, mais il n'aura jamais la même grandeur !

Moi aussi, j'ai pris quelque distance avec la littérature. Il me semble – c'est du moins ce que j'ai perçu à Berlin – qu'à l'étranger, on imagine que la littérature viennoise est une grande table de café autour de laquelle nous serions assis tous les jours. Moi, par exemple, je ne connais ni Schnitzler, ni Bahr[1], ni Hofmannsthal ni Altenberg intimement, je ne connais même pas du tout les trois premiers. Je poursuis mon chemin avec quelques Frères Moraves : Camill Hoffmann, Hans Müller, Franz Carl Ginzkey[2], un poète franco-turc, le Dr Abdullah Djeddet Bey, et quelques peintres et musiciens. Je crois qu'au fond, nous vivons – je veux dire « *nous* » qui nous sentons proches – tous à peu près de la même manière. Moi aussi, je me suis beaucoup évertué à vivre – il ne me manque que l'émanation dernière : l'ivresse. Je reste toujours un peu réservé – une chose que Georg Busse Palma, le plus grand jouisseur de notre temps, n'a

---

1. Hermann Bahr (1863-1934), écrivain et dramaturge autrichien.
2. Franz Carl Ginzkey (1871-1963), militaire, écrivain autrichien.

jamais pu me pardonner. Je crois qu'il est trop tard pour que j'apprenne à faire mieux, la faculté d'aller au fond des choses me devient chaque jour plus étrangère : si je n'avais pas davantage d'estime pour mes nouveaux poèmes que pour les *Cordes d'argent*, un peu oiseuses et trop lisses, je me dirais que je deviens superficiel.

De surcroît, il me faut faire œuvre de science ! Je travaille comme un fou à présent, pour en avoir fini l'an prochain avec le *Doctor philosophiae*, m'en défaire comme d'un oripeau encombrant. C'est bien là la seule chose que je fais par amour pour mes parents et contre moi-même. Cela m'étouffe de travailler comme un forcené, et de ne m'interrompre que de temps en temps pour une folle nuit, jamais pour me reposer et me libérer – j'espère que mes parents me laisseront partir 10 jours en Italie à Pâques. J'ai appris l'italien et j'ai soudain envie d'aller voir des tableaux de Léonard, je sais que je les aimerai même si je ne les connais que par des reproductions.

Une lettre de vous, cher Monsieur Hesse, me fera vraiment plaisir ; le plus tôt sera le mieux. Et si une humeur morne m'a empêché de vous remercier plus tôt, ne m'en veuillez pas. Je vous salue cordialement,

Stefan Zweig

A Victor Fleischer [1]

Île de Bréhat par Paimpol
Bretagne (France) Hôtel Central

Cher Victor,

Voilà des jours que je veux t'écrire. C'est un miracle : je travaille comme une bête. Je suis allé à Paris, etc., à présent je me trouve sur une ravissante petite île de Bretagne et je travaille comme un fou dans un petit bosquet, quand je ne suis pas en train de manger ou – ne t'effraie pas ! – de me baigner. Je m'escrime a) sur ma thèse b) sur une nouvelle c) sur une traduction d'Emile Verhaeren d) sur la préface au Lilien. Je veux terminer quatre publications en trois semaines. Hélas ! hélas ! La gent féminine n'est représentée ici que par quelques exemplaires hideux, pas de revues littéraires, il n'y a ici que des peintres, et puis beaucoup de vaches, de moutons, de chats, de lapins, etc. Mon Dieu, j'ai tant de choses à te raconter : tu n'en reviendras pas. Que fait Max ?! Est-il encore vivant ? Et sa thèse ? La mienne avance. J'ai terminé 20 pages en une semaine, 40 pages de la nouvelle, 10 pages de traduction. Hoho, mon cher ! Ça vous épate ! Salut
Stefan

Je reste encore deux semaines ! Ecris-moi tout de suite !

---

1. Victor Fleischer (1882-1952), écrivain et éditeur autrichien.

A Hermann Hesse
>[Vienne, sans date ; cachet de la poste :
>1ᵉʳ novembre 1903]

Cher Monsieur Hesse,

Je vous écris en proie à une grande joie. Je n'ai pas besoin de vous féliciter, mais quelle extraordinaire beauté, quel ton captivant dans les trois premiers chapitres de votre livre [1] : je les ai lus avec émotion, avec nostalgie, mais sans jalousie. C'est si allemand, si authentique et si bon ; je me réjouis déjà du puissant coup de fanfare que je vais donner pour annoncer cette parution ; même si le milieu et la fin s'effondrent, un livre qui débute ainsi ne peut décevoir.

Cher et vénéré Monsieur Hesse, vous êtes trop modeste et vous manquez d'audace. A moins que vous ne soyez trop exigeant ? Vous avez écrit trente poèmes magistraux qui ont rencontré beaucoup de succès – au demeurant pas assez, comme je l'ai dit récemment dans le *Magazin für Literatur* – mais cela ne vous suffit pas. N'est-il pas plus important pour vous que certains – moi par exemple – vous disent que Hermann Hesse est aujourd'hui un des tout premiers en Allemagne, un jeune et un grand, plus poète que Holz [2], Bierbaum, Schaukal, Otto Ernst [3] et tous ceux qu'on encense aujourd'hui à grands cris dans notre pays. N'est-ce pas un succès que Fischer [4] accepte votre roman ? J'aimerais en être là !

---

1. Il s'agit de *Peter Camenzind* (Berlin, Fischer, 1904).
2. Arno Holz (1863-1929), écrivain autodidacte.
3. Otto Ernst (1862-1926), romancier, dramaturge, poète.
4. Samuel Fischer (1859-1934), fonda en 1886 l'une des plus

Voulez-vous la réussite matérielle ? Elle non plus ne tardera pas, vos livres ont de plus en plus d'amis [1] ; en me faisant cadeau de vos œuvres, vous avez déjà quadruplé la mise, quatre exemplaires ont été vendus et vous avez suscité l'admiration et la vénération de huit, de vingt personnes. J'ai des amis qui connaissent par cœur certains de vos vers – moi-même, j'en connais un bon nombre – et se mettent à les réciter quand il est question de bons livres. Vous ne sortez pas assez de la Forêt-Noire [2] pour savoir tout cela. Mais restez là-bas et écrivez-nous un nouveau livre – un bon livre, inutile de le préciser. – Que vous dire à présent du pauvre garçon que je suis, victime de la vanité parentale, et tenu de porter un bonnet de docteur ? En Bretagne, sur une petite île tranquille où je m'étais réfugié pour travailler, j'ai écrit une nouvelle sensible, un peu trop artiste, qui va compléter mon volume. Depuis, je me contente de traduire de temps en temps un poème de Verhaeren, le grand poète franco-belge. Cela donnera un nouveau livre. En revanche, je n'ai pas particulièrement envie de feuilleter des pages qui porteraient mes propres divagations ; j'aimerais retourner dans mon petit bateau à voiles brun – pardonnez-moi de changer de papier, je n'ai pas d'autre feuille sous la main – de l'île de Bréhat et voguer vers l'inconnu et l'insoupçonné. Ou bien être à Paris auprès des jolies femmes qui m'ont

---

grandes maisons d'édition allemandes, encore en activité aujourd'hui (Fischer).

1. En 1906, le tirage de *Peter Camenzind* s'élevait déjà à 36 000 exemplaires.

2. D'octobre 1903 à juillet 1904, Hesse retourna dans sa ville natale de Calw, après avoir exercé le métier de libraire à Bâle.

tant gâté que j'erre ici d'aventure en aventure, indécis et sans joie, et m'ennuie, sans vouloir me l'avouer. Je me perds de plus en plus dans mes rêves. La création est une souffrance à côté du pur plaisir indien de ne plus grouper les images selon un plan, mais de les laisser se métamorphoser les unes dans les autres au hasard, sans logique. J'ai écrit un ou deux poèmes en six mois, alors que j'en écrivais autrefois autant en six jours. Mais je ne me plains pas ; peut-être cette voie me mènera-t-elle quelque part. Je ne veux pas être prétentieux.

Cher Monsieur Hesse, parlez-moi de votre vie là-haut dans la Forêt-Noire. Et soyez indulgent pour mes lettres ; il est plus facile d'écrire dans le silence, et le citadin devient tout à fait pédant quand il veut tout dire. Mais je veux bien jouer ce rôle avec vous.

J'aimerais avoir un portrait de vous et vous en enverrais volontiers un de moi. Je vous salue bien cordialement, votre

Stefan Zweig

P.S. Le *Berliner Tageblatt* a-t-il parlé de vos poèmes ? Si ce n'est pas le cas, je pourrais essayer d'y publier un article.

A Emile Verhaeren [lettre en français]
[Vienne, sans date :
novembre ou décembre 1903 ?]

Mon cher maître,
Je vous réponds le plus tôt possible pour vous

remercier bien cordialement d'avoir écrit si distinct et large en même temps. Je ne pense point du tout abandonner mon projet, ma traduction ne sera pas la seule, mais je suis sûr qu'avec votre secours elle sera la seule représentative chez nous.

Croyez-moi, cher maître, il m'est bien pénible de parler affaires. Mais nous avons des droits et des éditeurs, qui ne négligent pas ces points. Je crois que nous pouvons serrer la discussion en quelques lignes. Vous partez pour Paris – et je crois que vous prenez la route de Bruxelles – eh bien, cher maître, épargnez-moi la peine de traiter avec les éditeurs, parlez avec eux, et écrivez-moi de Paris les conditions pour à peu près trente poésies choisies de toute votre œuvre. J'espère pouvoir dire en tout cas « oui », mais il faut penser que chez nous aussi la poésie ne se vend et ne se paie pas beaucoup et que l'édition allemande ne fera non seulement pas de perte aux éditeurs français, mais éveillera l'intérêt pour l'œuvre originale. En même temps je vous prie – ayant parlé avec votre ami Rysselberghe – de m'écrire ce qu'il voudrait faire pour votre livre, combien d'ornementations, culs-de-lampe, etc., pour que je puisse traiter aussitôt avec un éditeur allemand et fixer notre correspondance seulement sur des points artistiques et personnels.

Jusqu'à présent j'ai traduit 20 poésies choisies dans tous les volumes de votre œuvre – excepté *Les Campagnes hallucinées*[1] et *L'Almanach*[2], que mon

---

1. Verhaeren, *Les Campagnes hallucinées*, Paris, Mercure de France, 1904.
2. Verhaeren, *L'Almanach*, Bruxelles, Dietrich & Co, 1895.

libraire me disait épuisés – poésies publiées déjà en grande partie ou en attente de publication. Vous m'avez écrit les noms de vos traducteurs en Allemagne. Je peux compléter la liste : M. E. R. Weiss[1] a traduit une poésie dans la *Insel* (misérablement), mon ami Otto Hauser a non seulement publié dans son livre *Die belgische Lyrik* (La lyrique belge) de très bonnes traductions, mais il a fait une étude très intéressante sur votre œuvre dans la *Nation*. L'étude de Komandina était très remarquable : il est d'une grande intellectualité, mais pas bon traducteur. Il est trop anxieux sur la forme extérieure. Stefan George à Berlin qui prépare des traductions[2] est au contraire le plus grand magicien des mots en Allemagne : il est admirable comme traducteur, bien qu'il serre chaque œuvre étrangère dans la forme très spécialisée de sa propre poésie mallarméenne.

Finalement, encore une prière. Mettez-moi à disposition quelques photographies et reproductions d'eaux-fortes, peintures, sculptures, etc. J'ai des relations avec des journaux et en cas d'un essai ou de parution de notre livre, je pourrais faire paraître partout des portraits différents de votre personnalité. Si vous en avez une encore à disposition pour la dédier à moi, je serais très heureux et encore plus obligé que maintenant. Je vous souhaite bon voyage et j'espère recevoir peut-être sous dix ou quinze jours la réponse

---

1. Emil Rudolf Weiss (1875-1942), dessinateur et poète.
2. Stefan George publia en 1905 deux tomes de traductions de poésie, qui comprenaient trois poèmes de Verhaeren (*Zeitgenössische Dichter*, Berlin, Bondi, 1905).

décisive faisant fin à nos « affaires ». Votre cordialement dévoué

Stefan Zweig

A Eugen Diederichs [1]

Vienne I. Rathausstraße 17
Le 16 décembre 1903

Très honorable Monsieur Diederichs,

Lorsque je vous ai écrit il y a presque un an au sujet d'une traduction d'*Emile Verhaeren*, vous avez eu la bonté de m'envoyer une réponse favorable. Je vous propose aujourd'hui une anthologie mise à jour, qui a pour ainsi dire été composée sous les yeux de l'auteur, et sous des auspices beaucoup plus favorables. Je ne dispose pas seulement d'une sélection du plus grand poète belge – je dirai même : français –, mais aussi de son autorisation, d'un accord de l'éditeur français sur un montant de droits relativement avantageux et, ce qui pourrait faire sensation, de *la promesse qu'a faite le grand Theo van Rysselberghe* [2] d'illustrer le livre par amitié pour l'auteur. Avec ces illustrations et le portrait que *Charles Van der Stappen* m'autorise volontiers à reproduire, il sera possible de faire un livre dont, je l'espère, l'originalité et

---

1. Eugen Diederichs (1867-1930) fonda à Leipzig les prestigieuses éditions Diederichs (qui déménagèrent à Iéna en 1904).
2. Théo van Rysselberghe (1862-1926), peintre et dessinateur belge (pointilliste).

l'importance seront aussi grandes sur le plan de la bibliophilie que sur celui de la poésie.

Je vous envoie un sommaire, pour information. J'ai prévu 25 poèmes, dont trois vous seront transmis ultérieurement, ainsi qu'une préface dont la longueur dépendra de la forme que prendra le livre. Je vous recommande surtout, cher Monsieur Diederichs, la lecture de la section « Monde entier », qui permet d'apprécier la vision du monde grandiose, le panthéisme de cet immense coloriste – son mysticisme qu'on pourrait dire concret, par opposition au mysticisme théosophique abstrait de Maeterlinck. La portée philosophique de cette poésie – qui n'est illustrée ici il est vrai que par quelques fragments – ne me semble pas moins remarquable que sa force plastique, dont on reconnaît en France la singularité exceptionnelle.

Pour ce qui est de l'ornementation, Rysselberghe n'ajoutera ses dessins que dans les espaces vides de la maquette et ne les livrera donc que sur épreuves ; il a déjà procédé ainsi pour deux œuvres de Verhaeren éditées chez Deman, *Les Heures claires*[1] et *Petites légendes*[2]. Je pourrai vous faire parvenir, si vous le souhaitez, l'accréditation que lui a donnée Verhaeren : j'aimerais aussi vous envoyer une série de livres français pour la mise en page, que je souhaiterais extrêmement soignée.

En ce qui concerne les honoraires, il faut verser *100 frs* de droits au Mercure de France ; reste ensuite le paiement de mon travail, qui a été assez consi-

---

1. Verhaeren, *Les Heures claires*, Bruxelles, Deman, 1896.
2. Verhaeren, *Petites légendes*, Bruxelles, Deman, 1900.

dérable : j'attends vos propositions. Le livre aura du succès même si son prix est élevé ; les meilleurs connaisseurs de Verhaeren, comme le Dr Karl Federn[1], Otto Hauser, etc. s'intéressent vivement à mon travail ; en outre, je songe à une édition de luxe très lucrative, d'un prix de 20 marks, qui porterait la signature de Verhaeren, celle de van Rysselberghe et la mienne.

Je ne vous cache pas que je suis rassuré de savoir ce livre entre vos mains : vous avez si souvent fait la preuve de votre sens artistique. J'aurais par ailleurs une proposition très intéressante pour votre bibliothèque religieuse – les *Pensées* de Pascal sur la religion dans une bonne sélection, présentation et traduction, sous la forme d'un tout petit livre ! Mais nous en reparlerons une autre fois.

Votre très dévoué Stefan Zweig

A Emile Verhaeren [lettre en français]
[Vienne, sans date ; 19 décembre 1903 ?]

Mon cher maître,

Je viens d'envoyer le manuscrit de ma traduction à un éditeur[2] et j'espère qu'en quinze jours je vous donnerai l'assurance que notre livre paraîtra. Le *Mercure de France* a aimablement réduit l'autorisation

---

1. Karl Federn (1868-1943), traducteur, essayiste, dramaturge et poète autrichien.
2. Il s'agit donc de Diederichs à Leipzig.

à 100 frs et m'a donné pleins pouvoirs pour le nombre des poésies – j'ai naturellement l'intention d'accepter, et sitôt que j'aurai mon contrat, le *Mercure* recevra son argent. Nous voilà à la fin de nos « affaires ».

Mon ami Hauser m'envoie en ce moment une carte postale m'annonçant qu'il vous a déjà envoyé le numéro contenant l'article sur votre œuvre. Il vous intéressera peut-être aussi que votre buste fait par Van der Stappen fût reproduit dans un journal allemand illustré, *Der Tag,* à l'occasion d'un essai sur Van der Stappen et son 60ᵉ jour de naissance.

De ma traduction encore quelques paroles. Je vous ai déjà écrit de ma division en trois parties, « Heimatswelt, Eigenwelt, Allwelt[1] », auxquelles j'ai encore joint un « Finale », votre admirable poésie prise des *Forces tumultueuses,* « Celui qui me lira dans les siècles, un soir ». J'ai pris pour chaque partie une devise choisie dans votre œuvre : pour « Eigenwelt » une partie du « Dialogue », pour « Allwelt » les dix vers « Oh, les rythmes fougueux » (p. 155, *Les Forces tumultueuses*), pour « Finale », la dernière strophe de « Science », « Le cri de Faust » (page 92) ; pour « Heimatswelt » je n'ai encore rien trouvé de caractéristique ; peut-être me proposerez-vous quelque chose à l'occasion.

Je veux vous dire encore que maintenant, ayant à peu près fini mon travail, j'ai un vif plaisir et la satisfaction d'avoir travaillé pour quelque chose de très grand et de très touchant. Jamais je n'ai eu tant d'estime pour votre œuvre que maintenant, la connaissant à fond, et je ne tarderai pas à déclarer

---

1. « Le monde natal, Le monde personnel, Le monde entier. »

publiquement que la France n'avait pas eu de poète pareil depuis Verlaine et Hugo – le dernier comme lyricien encore inférieur à vous. Nous sommes aussi convenus avec Mlle Dierk, qui m'a écrit un jour, que nous voulions – bien que je n'aie pas d'estime pour ses traductions – nous aider mutuellement pour que votre nom rencontre un écho en Allemagne.

Je suis très heureux aussi de savoir M. Théo van Rysselberghe prêt à orner notre livre ; je vous prie de lui dire non seulement ma vive reconnaissance, mais de lui donner aussi l'assurance qu'il aura les mains libres pour ses idées et ses intentions et que la manière de l'impression, etc., sera digne de son nom si noblement connu.

Je vous prie d'agréer, cher maître, mes salutations les plus dévouées,

Stefan Zweig

―――◇―――

A Eugen Diederichs

Vienne, le 5 janvier 1904

Très honorable Monsieur Diederichs,

Voici quelques précisions sur la manière dont je compte faire avancer nos affaires.

J'aurais préféré un honoraire fixe, aussi modeste soit-il, mais cette traduction de Verhaeren me tient tellement à cœur et je me fie tellement à votre sens artistique que je déclare accepter votre proposition dans son principe. Je souhaiterais seulement inclure les clauses suivantes :

1) une édition de luxe signée de Verhaeren et de van Rysselberghe sera tirée en exemplaires numérotés (pour donner la preuve que l'un et l'autre adhèrent sans réserve à notre édition).

2) un prospectus présentera l'ouvrage, et sera éventuellement inséré sous la forme d'un encart publicitaire dans deux ou trois revues.

3) je recevrai au moins *20* exemplaires du livre et un volume de l'édition de luxe.

Telles sont mes exigences, que je crois modestes. Je vous envoie encore un poème, « Vers la mer », et je vous demande de le placer à la fin de la partie « Monde entier ». Je préférerais ne pas faire de préface pour une aussi belle édition, ou la limiter à deux pages. Vous déciderez vous-même.

Pour la partie artistique, vous avez toute latitude. Votre bon goût a fait ses preuves. Je vous envoie deux livres de Verhaeren illustrés par Rysselberghe, pour vous donner une idée de ce que ce dernier a l'intention de faire dans l'édition allemande. Je ne doute pas qu'il se conforme à vos indications.

Je ne connais pas son adresse : vous pouvez envoyer un courrier à

Emile Verhaeren (pour Theo van Rysselberghe), St Cloud près de Paris, 5 rue de Montretout. Si vous ne parlez pas le français, Verhaeren trouvera quelqu'un pour lui traduire la lettre. Je lui écris aujourd'hui même.

Je vous demande de régler l'affaire au plus vite, d'écrire à Rysselberghe pour que le contrat soit signé le plus vite possible. Je suis très heureux de savoir le livre entre vos mains et je ne doute pas un seul instant de son succès artistique et commercial – sans être d'un naturel très optimiste.

Votre très dévoué

Stefan Zweig
Vienne
I. Rathausstraße 17

———◦———

A Emile Verhaeren [lettre en français]
Vienne, le 28 janvier 1904

Mon cher maître,

Je vous remercie pour l'envoi aimable de votre photographie et le numéro de *La Plume**. Je ne trouve pas pour ma part l'essai de M. E. Pilon très remarquable ; il se tient trop à l'extérieur de votre poésie, sans chercher à cerner le développement psychologique et l'originalité de votre idée créatrice. Et il me semble vous faire mauvais compliment en vous subordonnant au Victor Hugo lyricien – que je n'aime pas trop, parce qu'il me semble plus démagogue et rhéteur dans ses poésies que poète. Je sens que j'aurais à dire bien des choses dans un essai plus développé ; mon article, que j'écrirai en peu de temps – sans pouvoir le promettre fixement à cause de mon travail – dans le *Literarisches Echo* sera trop serré, par le vœu du directeur gérant de la revue, pour donner davantage que quelques traits significatifs. Mais j'espère que je le pourrai dire quelques mois plus tard à un autre endroit. Maintenant je travaille rigoureusement pour mon doctorat, je nettoie encore mon volume de nouvelles et légendes, qui paraîtra en automne, je me prépare pour mon discours que je ferai publiquement dans quelques jours et je suis en pleine bataille pour le livre de Lemonnier. De plus je souffre un peu de ma neurasthénie, qui me retient quelquefois de mon travail. Néanmoins j'espère finir toutes ces choses jusqu'à la fin de l'été, et en automne je serai probablement à Paris pour une année.

Quant à notre livre, je suis en vive correspondance avec mon éditeur Schuster & Löffler. Mais la chose s'arrange bien difficilement. Il approuve la valeur de vos poésies et estime hautement ma traduction ; il est prêt à la publier sans délai, mais dans une édition simple à bon prix (à deux Marks peut-être). Mais moi je veux bien une belle édition, laquelle grâce à la bonté de Rysselberghe ne serait pas trop chère, mais il se sent un peu nationaliste et ne veut pas oser 1 000 frs de frais d'impression pour un auteur français – au fond il a bien raison et je ne crois pas qu'un éditeur français éditerait notre *Dehmel*, qui est un génie comme vous, ou *Liliencron* ou *Hofmannsthal* ou même le grand Américain *Walt Whitman* avec des frais pareils. Mais je lui ai fait gagner assez avec mes poésies et mon édition de Verlaine pour qu'il ne puisse refuser ma proposition sans faire de concessions. Je suis même prêt à laisser tomber l'impression en deux couleurs, mais je ne laisse pas tomber les ornementations que Rysselberghe nous offre si généreusement. Et je ne laisse pas l'idée de vingt exemplaires de luxe signés de vous, de Rysselberghe et de moi, pour prouver que mon travail est fait à peu près sous vos yeux. En peu de temps je vous donnerai des nouvelles décisives.

J'ai lu dans le *Figaro* et dans *L'Aurore* que la fête offerte à vous s'est montrée digne de mes espérances et mes vœux, qui ne cessent pas de vous suivre même dans des pays bien distancés. J'espère que M. Bœs[1] vous a donné ma lettre, écrite comme réflexe spontané à la nouvelle de votre fête.

Votre fidèlement dévoué

Stefan Zweig

* Les gravures annoncées ne sont pas encore entre mes mains.

A Hermann Hesse
[Vienne, sans date ; après le 19 juillet 1904 ?]

Cher Monsieur Hesse, faites attention à ma signature. Pour la première fois – et, avec vous, pour la dernière fois – je signerai aujourd'hui « Dr Stefan Zweig », avec joie et fierté. Non que ces deux lettres m'emplissent d'orgueil – mais je respire, libéré d'un travail scolaire qui m'a beaucoup ennuyé. Je recommence à paresser avec le plaisir intense qui me manquait depuis longtemps, celui de ne rien faire sans remords ni angoisse. Le travail reprendra lui aussi, si mes voyages m'en laissent le temps. A présent, je vais rendre visite à mes parents à Marienbad, et me prélasser huit jours dans les forêts de Bohême, où j'ai

---

1. Karl Bœs reprit en 1900 la direction de la revue bruxelloise *La Plume*.

toujours l'impression que le bruit des sapins me dit quelque chose de très beau et de plus profond que le bavardage habituel des feuillages dans les grandes forêts. Ensuite, j'irai en Belgique, où je suis attiré par Bruges, charmante ville paisible qui m'est plus chère que Venise et tout ce que je connais de l'Italie. Ou bien dans le Tyrol suisse pour trouver le repos dans un lieu solitaire. J'ai laissé mes projets littéraires à la maison, je me contenterai de toucher un peu à mon essai sur Verlaine, selon mon envie et mon humeur. Et vous, cher Monsieur Hesse, je vous enverrai sagement des cartes postales, même si – ou justement parce que – vous n'êtes pas une petite jeune fille. Voyez combien je suis peu moderne : je trouve délicieux de montrer aux autres où l'on est.

Je me réjouis que l'intérêt suscité par votre splendide *Camenzind* ne cesse de croître ; récemment, j'ai encore lu dans une lettre que Hugo Salus était enthousiasmé par votre jeune Suisse. J'espère qu'il aura des rééditions et une belle postérité.

Etes-vous déjà marié, cher Monsieur Hesse[1] ? Si la Forêt-Noire n'était pas *si* éloignée de ma route, j'aimerais venir vous serrer la main. Si vous séjourniez à Munich dans quelque temps, je ferais volontiers le détour. J'ai le sentiment que je pourrais passer quelques splendides soirées d'été à bavarder avec vous. A défaut, je prends de temps en temps votre *Camenzind* et lui demande de me raconter quelque chose. J'espère que votre *Hans Amstein* nourrira d'aussi distrayantes et subtiles conversations.

Saluez je vous prie cordialement Madame votre

---

1. Hermann Hesse épousa en 1904 Maria Bernoulli.

épouse. Qui sait tout ce que nous lui devons, dans ce que nous aimons tant chez vous : une partie au moins des nouveaux vers que je lis de temps en temps dans des revues et qui m'ont souvent beaucoup ému.

Bien des salutations à vous-même, cher Monsieur Hesse !

Dr Stefan Zweig

A Georg Busse-Palma
[Marienbad, sans date ; fin juillet 1904 ?]

Mon cher petit palmier, voilà longtemps que je veux t'écrire, mais il m'a fallu passer à Vienne les examens de thèse et une fois arrivé ici, j'ai été alité et très mal en point pendant quelques jours. Maintenant, je suis guéri, j'ai l'âme « éminemment lyrique » et j'ai tout de suite pensé à toi et au pays des cochons.

A vrai dire, je n'ai rien à raconter. A Vienne, j'avais l'intention de prendre ta succession et de goûter quelques délicatesses que tu y as abandonnées – non sans dégâts, je le crains –, mais j'ai été happé par des bras si puissants – disons plutôt : des jambes – que j'ai eu fort à faire de mon côté. Depuis, pourtant, je vis aussi chastement que dans les deux premières années de ma vie (pour les autres, je ne réponds de rien).

Comment te sens-tu à Retsag auprès de ta nombreuse famille ? Raconte-moi cela en quelques lignes. Et écris quelques bons poèmes ou nouvelles : travaille bien en tout cas, pour retourner à Vienne dès l'automne : en hiver, tu travaillerais mieux, les petites femmes sont beaucoup moins excitées à ce moment-là.

Adieu. Mon cher, écris-moi quelques lignes : je suis ici jusqu'au 4-5 août. Meilleures salutations de ton ami

Stefan Zweig

A Karl Klammer
> Heyst (Belgique) Hôtel du Phare
> [sans date : après le 5 août 1904 ?]

Cher Monsieur Klammer, *post tot discrimina rerum* [1] – voyages, doctorat, dissipation – je trouve enfin le temps de vous écrire pour de bon. J'ai voulu me retirer dans un petit village de Belgique pour me reposer du monde littéraire et autres et baigner dans la mer mes membres fatigués. Pour satisfaire mes éventuels désirs de vie fashionable [2], il y a le tramway à vapeur (Ostende) et le train (Bruxelles) en moins de deux heures : ces envies ont été provisoirement comblées par un assez long séjour à Bruxelles – qui a également beaucoup sollicité mes finances.

Je vous remercie tout d'abord pour la photographie. Elle est très bien et vous êtes très chic : je suis

---

1. *Post tot discrimina rerum* : après avoir mis un terme à tout...
2. Zweig emprunte peut-être le terme à Balzac, qui l'employait déjà (par exemple dans *Le Cabinet des antiques*, à propos de la vie parisienne).

ravi de pouvoir en orner mon appartement. Vous serez d'ailleurs en noble compagnie – Rodin [1], Verhaeren, Meunier [2], Wilhelm von Scholz, Salus, Van der Stappen, Börries von Münchhausen [3], Franz Evers, etc., etc. – et vous ferez le plus bel effet. A titre de revanche, je vous en enverrai une aussi, dès qu'on m'aura tiré le portrait.

J'ai été désolé d'apprendre votre maladie, d'autant plus que j'ai eu moi-même l'occasion de pâtir des mêmes ennuis et de découvrir combien il est aisé de les attraper et difficile de s'en défaire. Moi aussi, bien entendu, cela m'est arrivé avec une « fille très bien » – il n'y a que celles-là qui ont la chaude-pisse, comme vous le savez – mais son éducation a surtout fait qu'elle a été désespérée ou a fait semblant de l'être, si bien que c'est moi qui ai dû la consoler. Ici, au pays des jolies cocottes, tout cela prolifère et il faut être très prudent : en voyage, cela peut devenir tout à fait dangereux. A propos – j'ai fait le voyage de Francfort avec un médecin militaire, le Dr Rottenberg, de Cracovie, un fameux gaillard, malin et aimable comme pas un. Le connaissez-vous ?

J'écris en ce moment pour la *Dichtung* une monographie sur Verlaine. J'espère qu'elle sera réussie. Mon recueil de nouvelles est déjà imprimé, mais il ne paraîtra que cet hiver, parce que la *Neue Freie Presse*

---

1. Quelques mois plus tard, Zweig rendit visite à Rodin dans son atelier de Meudon.
2. Constantin Meunier (1831-1905), sculpteur et peintre belge.
3. Börries Freiherr von Münchhausen (1874-1945), poète et essayiste.

veut publier dans son édition dominicale un récit un peu long. Sinon, j'écris de temps en temps quelques vers. Mais c'est tout.

J'espère que nous vous verrons prochainement au club d'équitation. Même si je ne suis pas à Vienne cet hiver, mais à Paris, j'aurai de temps en temps l'occasion de faire un saut dans notre bonne ville impériale, à laquelle, je l'avoue, j'ai secrètement du mal à m'arracher. Vous êtes bien placé pour savoir que ce sentiment nous assaille souvent, même lorsqu'on est en proie à un désir irrépressible de liberté et d'éloignement.

A présent adieu, cher Monsieur le Lieutenant, et encore merci du fond du cœur ! Amicalement, votre dévoué

Stefan Zweig

A Hermann Hesse
                Vienne, le 8 septembre 1904

Cher Monsieur Hesse, je rentre de voyage et me réjouis de retrouver le calme et la tranquillité que l'on goûte toujours avec bonheur chez soi (même si ce n'est que provisoire : l'envie de voyager et l'agitation introduisent bien vite une bonne dose d'insatisfaction dans ces heures paisibles). Je mets à profit ce moment privilégié pour vous écrire la lettre que je veux vous envoyer depuis longtemps. Vous m'avez si souvent procuré des instants de joie profonde que j'ai besoin de vous le dire. Les occasions ont été multiples : la relecture de *Peter*[1], la nouvelle du tirage de votre livre, puis le début de *La Scie de marbre* – comme je suis un critique sévère, je dirai qu'*Hans Amstein* ne fait pas partie des plaisirs absolus – mais surtout le bonheur de voir que le public et la critique s'emploient de concert à vous manifester une reconnaissance que vous méritez. J'ai le sentiment que votre vie a pris désormais un rythme très calme, depuis que les soucis de votre jeune ménage se sont rapidement dissipés. Bien entendu, je vois cela de loin et formule une hypothèse, mais à y regarder de près, il y a certainement « bien du bonheur[2] » entre vos quatre murs. Je serais content que vous confirmiez ce vœu.

Mon voyage a été plein de beaux moments, mais trop rapide pour être harmonieux. Ostende, Blankenberghe, Heyst – de belles heures –, Bruges – des moments héroïques –, Berlin – des sentiments très mêlés. Les heures les plus riches sont celles que j'ai passées dans la maison de Verhaeren, dont la noble et belle humanité ne contredit pas la grandeur fantastique de ses œuvres créatrices. Il vit retiré du monde avec une femme très fine et très douce, dans un désert de verdure, au milieu de gens tout à fait primitifs qui l'aiment tous beaucoup parce qu'il est trop bon pour prendre ses distances avec eux. Jamais je n'ai ressenti chez un poète un tel sentiment de grandeur, justement parce qu'il s'abstient de toute excentricité, de toute pose, et n'est qu'amabilité et douceur. Je ne suis pas près d'oublier ces journées –

---

1. *Peter Camenzind*.
2. Titre de l'une des *Scènes d'enfants* de Robert Schumann.

et celles que j'ai passées avec Lemonnier, Meunier, Van der Stappen, etc.

A présent, je vais me remettre au travail. Mon étude sur Verlaine sera bientôt achevée, mon recueil de nouvelles est déjà imprimé, bien qu'il ne sorte qu'en février. J'ai écrit quelques vers qui me plaisent beaucoup, mais je ne me presse pas de faire un nouveau recueil, je me sens délivré de la peur et de la hâte, et je suis cette fois très sûr de moi. Pendant l'hiver, que je passerai à Paris, je veux mettre enfin mes muscles à l'épreuve, et pas seulement mes nerfs : je veux entreprendre un travail de plus grande envergure, même si quelque chose me dit qu'il est encore trop tôt. Mais cette tentative ne pourra que me fortifier, et non me paralyser.

On m'a chargé d'écrire quelques articles. L'un d'entre eux m'oblige à vous importuner : il faut que je rédige pour la *Weite Welt*, le grand journal de Scherl, un nouveau texte sur « La poésie contemporaine », et cette fois, je l'ornerai d'une photographie de vous. Cette série comprendra des portraits de Hermann Hesse, Agnes Miegel[1], Hans Müller et deux ou trois autres. Vous êtes d'accord, n'est-ce pas ? Je possède une photographie de vous, que votre femme a eu la bonté de me donner : m'autorisez-vous à l'envoyer et pouvez-vous m'en faire parvenir une autre dédicacée ? En retour, vous recevrez un double portrait de moi : d'abord une des belles photographies que mon cher ami E. M. Lilien a faites de moi, puis une eauforte qu'il a commencée.

Je vous prie donc de me donner votre accord et

---

1. Agnes Miegel (1879-1964), poétesse de Prusse orientale.

de m'envoyer une nouvelle photographie. J'espère que la passion dont l'Allemagne s'est soudain prise pour vous ne sera pas assez envahissante pour vous empêcher de m'écrire : parlez-moi de vos projets et de votre vie d'époux, qui a encore gardé tout son miel, je l'espère. Saluez affectueusement Madame votre épouse et soyez assuré de l'affection que je vous porte, avec bien d'autres mais peut-être tout particulièrement. Votre sincèrement dévoué

Stefan Zweig

Je vous transmets les meilleurs souvenirs de Ginzkey ; si, quand vient le soir, vos oreilles sifflent, c'est peut-être parce que nous pensons souvent à vous dans nos promenades vespérales.

Je renouvelle instamment dans cette lettre comme dans toutes les autres le souhait de vous inviter à Vienne et espère que vous répondrez un jour favorablement à cette invitation, par exemple à l'occasion d'une nouvelle balade en Italie.

A Hermann Hesse

Vienne, le 20 septembre 1904

Le croirez-vous, cher Monsieur Hesse : votre lettre m'a peut-être davantage mis en colère qu'elle ne m'a fait plaisir. Pas à cause du portrait [1] : c'était une petite

---

1. Hermann Hesse avait refusé de livrer une photographie de lui à la presse, en invoquant le côté ridicule des « portraits d'écrivains ».

affaire insignifiante, simplement destinée à vous faire plaisir (votre renommée croissante ne tardera pas à venir à bout de votre résistance, on n'échappe pas à la *Woche* quand on a touché à la couronne de lauriers). Bien entendu, j'ai renoncé à publier mon article. Mais je me suis senti froissé pour une tout autre raison. Pardonnez-moi – je ne suis pas un calculateur et j'aurais fait un bien piètre homme d'affaires – mais j'avais été sensible à l'annonce des 10 000 exemplaires, et j'avais pensé à réclamer pour vous une somme d'autant de marks. Et voilà que vous me parlez fièrement de 2 500 marks. Cher Monsieur Hesse, vous avez à présent une épouse – bientôt peut-être davantage, espérons-le – et vous n'avez pas le droit de laisser un éditeur vous escroquer de la sorte, vous n'avez pas le droit de vous abriter derrière une modestie qui vous sied à peu près autant qu'un habit de condamné. Désormais, vous comptez beaucoup en Allemagne et n'importe quel éditeur se réjouirait de publier votre prochain livre. Croyez-moi, je vois les choses dans une perspective beaucoup plus large que vous ne pouvez le faire à Gaienhofen, votre petit nid perdu. Suivez mon conseil : posez des conditions qui vous paraissent folles. Vous verrez qu'on les acceptera sans discuter.

Mais finissons-en avec ce sermon de carnaval : je voulais vous dire autre chose. Cela m'est difficile : vous me comprendriez mieux si je pouvais vous serrer la main. Voilà des années que je n'ai pas lu un texte aussi bouleversant que la suite de *La Scie de marbre* : elle m'a touché au cœur avec tant de douceur que j'ai failli en pleurer ; aucune page de *Peter Camenzind* ne m'avait ému à ce point. La description de l'inquiétude qui précède la clarification des sentiments, ce voyage dans la nuit, vous l'avez écrite dans une heure bénie. Comme il me tarde de lire à présent la fin : je sais avec quelle maîtrise vous savez faire résonner un accord final. Je vous souhaite de connaître des heures aussi belles que celles que j'ai passées à lire cette nouvelle.

Voici qu'une crainte s'empare de moi : je voulais vous remettre dans un mois mon recueil de nouvelles, et à présent, j'ai peur que vous ne me méprisiez parce que la chose n'est pas encore assez aboutie et porte encore les scories de la prime jeunesse. Mais vous saurez sans doute exhumer ici ou là quelque élément qui mérite d'être sauvé.

J'envie presque votre vie tranquille. D'autant plus que je vais me rendre cette année au cœur de la tourmente : à Paris, où bien des choses m'attirent et où un élan impétueux me pousse à partir. Au printemps, je vais dilapider l'argent de mon voyage de doctorat : d'abord, en mars, dans le Sud de l'Espagne et aux Baléares, avant de flâner en remontant vers le nord et les Pyrénées quand viendra le printemps, ce guide propice, puis en Provence et enfin dans ma chère Bretagne, qui m'a déjà offert un bel été. Un peu de travail s'imposera de lui-même. Il ne m'a malheureusement jamais été donné de rester longtemps inactif. En ce moment, j'ai achevé le brouillon d'une tragédie en vers (en un acte) : mais je ne parviens plus à l'aimer depuis qu'elle a trouvé sa forme définitive. Je vais donc la transformer en ajoutant deux scènes très héroïques, ou la laisser dormir quelques années dans la poussière de mon bureau. Peut-être y puisera-t-elle une force nouvelle.

Saluez bien cordialement de ma part tous ceux que vous aimez dans votre petit monde, pardonnez-moi de m'immiscer dans vos affaires éditoriales, et je vous en prie, n'oubliez pas qu'une lettre de vous me procure toujours un moment de bonheur. De tout cœur, votre fidèlement dévoué

Stefan Zweig

A Franz Karl Ginzkey
[Paris[1], sans date ; mi-novembre 1904 ?]

Et maintenant, cher Monsieur Ginzkey – m'en voulez-vous ? Je ne vous ai pas écrit une ligne, mais je dois vous dire que je suis presque fâché contre tous mes amis. Hans Müller, Hoffmann, Donath, Lichtenstein[2] – pas un qui n'ait reçu un mot ou un salut de moi. Aucun ne m'a répondu. Je ne sais pas ce qui se passe à Vienne, ce que devient mon livre. Il n'y a que Fischl[3] qui ait pensé à moi. J'étais si contrarié que je n'ai pas touché ma plume et que je me suis montré injuste envers vous, alors que je souhaitais avoir de vos nouvelles et parler de bien des choses avec vous.

Je suis donc à Paris, mais sans doute pas comme vous l'imaginez : vous me voyez sur les boulevards,

---

1. Zweig séjourna à Paris de novembre 1904 à juin 1905.
2. Erich Lichtenstein (1888-1967), critique littéraire et théâtral.
3. Viktor Fischl-Dagan, poète juif de langue tchèque qui vivait à Prague ; ami de Max Brod.

entre la littérature, les dames, etc. Rien de tout cela, ou si peu – pour être sincère. Je reste beaucoup chez moi, travaille à mon Verlaine dans un appartement charmant que j'aimerais vraiment vous montrer. J'économise beaucoup de temps depuis que j'ai adopté l'emploi du temps judicieux que j'ai pu observer chez les Français : je me lève à neuf heures et demie, je flâne un peu, je travaille une heure à la Bibliothèque[1]. Puis je mange (à douze heures), me promène un peu, suis de retour à la maison à deux heures et demie et y reste jusqu'à six ou sept heures. Je reçois de la visite, je lis ou travaille (je lis, le plus souvent). A sept heures, souper, et de huit heures à minuit théâtre, rencontres avec des amis, cabarets, ce qui se présente ; parfois, je reste tranquillement à la maison.

Parmi les connaissances, il y a ici Kober[2], W. Fred[3], Holzamer et quelques autres. Des Français aussi[4].

Que faites-vous, cher Monsieur Ginzkey, où en est votre Hadchi-Bradschi[5] ? Est-il déjà là, bleu sur blanc ? Avez-vous écrit beaucoup de vers (moi,

---

1. Il s'agit de la Bibliothèque nationale ; Zweig se lia d'amitié avec son directeur de l'époque, Julien Cain (1887-1974).

2. Leo Kober (1876-1931), peintre et dessinateur hongrois.

3. Alfred W. Fred (1879-1922), écrivain, critique littéraire et artistique.

4. Zweig fréquentait Léon Bazalgette (1873-1929), écrivain, traducteur de Walt Whitman, Georges Duhamel (1884-1966), Luc Durtain (1881-1959), Charles Vildrac (1882-1971), Jean-Richard Bloch (1884-1947), Jules Romains (1885-1972), qui traduira plus tard son *Volpone* (1929).

5. Il s'agissait d'un livre pour enfants : *Hatschi Bratschi's Luftballon. Eine Dichtung für Kinder*, Berlin/Leipzig, 1904.

aucun) ? Racontez-moi beaucoup de choses, mais alors beaucoup !

Une sale affaire : le livre de Hugo Salus. Que lui écrire ? La vérité, à savoir que j'ai trouvé sept beaux poèmes et 15 passables dans le recueil ? Je crains qu'il ne supporte pas la vérité ou qu'elle le blesse. Je devrai l'enrober.

Ce qui me manque beaucoup ici, ce sont mes livres et vous, cher Monsieur Ginzkey. Et bien que je vous place en deuxième position, c'est surtout vous qui me manquez. Car on m'envoie beaucoup de livres et il y a aussi des librairies ici ; mais je pense souvent avec nostalgie à nos belles promenades du soir et à nos excursions. Mais je les retrouverai : je ne peux pas me plaindre de cette année à Paris.

Verhaeren n'est malheureusement pas encore arrivé : quand il sera là, ma vie ici s'enrichira. Pour l'instant, je goûte ces journées, je lis et je m'instruis, je paresse et flâne, suivant l'humeur du moment. J'espère que le travail sérieux va bientôt commencer. Salutations amicales de votre fidèle et dévoué
Stefan Zweig
Tous mes compliments à Madame votre épouse.
5, rue Victor Massé 5 – Paris IX

Au baron Börries de Münchhausen
Paris, le 4 janvier 1905

Très honorable Monsieur le Baron,
Je suis sincèrement désolé – pour mon propre

compte – que le tourbillon de la nouvelle année m'ait empêché de vous répondre tout de suite : vous avez peut-être pensé pendant deux jours que j'étais vexé ou touché par votre critique. C'est tout le contraire : je vous suis extrêmement reconnaissant pour votre franchise, même si je n'accepte pas votre jugement sans discussion. J'aime toujours Verhaeren aujourd'hui. Il se peut que je sois à présent trop partial en sa faveur : je le vois souvent et j'aime chaque jour davantage sa simplicité et sa grandeur. A l'époque où j'ai traduit le livre, je ne le connaissais presque pas.

Vos objections : elles sont souvent justes. Mais pas en ce qui concerne Verhaeren : en ce qui me concerne. Beaucoup d'images sont empruntées, elles n'ont pas la fraîcheur d'un regard neuf : c'est la misère du traducteur, le but impossible qu'il aspire à atteindre mais n'atteint jamais – il en est conscient. Je l'ai dit dans ma préface : « La traduction amoindrit, l'anthologie appauvrit. » Je plaçais malgré tout de grandes espérances dans le « pourtant ». Existe-t-il des traductions de Goethe ? Peut-il en exister ? Et pourtant : faut-il empêcher de traduire le *Faust* ? Chaque énoncé poétique ne possède-t-il pas un contenu de pensée suffisant pour percer sous n'importe quelle forme, aussi indigente soit-elle ? *Si licet, parva compra magnis*[1] – il en va de même avec Verhaeren. L'idée purement humaine, la vision du monde, le développement artistique, la modernité scientifique et l'innovation formelle de ses vers : n'est-ce pas déjà beaucoup ? A mon sens, vous avez

---

1. « Si parva licet componere magnis » (S'il est permis de comparer le petit et le grand) : Virgile, *Géorgiques* IV, 176.

commis deux erreurs dans votre critique. Vous en êtes resté au mot et à l'image : à l'armature extérieure. Chez Verhaeren, je vois quant à moi une vision du monde ; ce que j'aime chez lui, c'est qu'à la différence de tous les autres poètes, notamment de la plupart des poètes allemands, il n'a pas seulement écrit de bons poèmes pour les anthologies, mais créé un *ensemble organique* ouvert sur l'avenir et le passé. Il ne se contente pas, comme la plupart des autres, d'une série de paysages : il a le ciel au-dessus de lui, l'infini. Je le reconnais : mon livre le laisse seulement pressentir. Mais on voit percer cela dans ses onze recueils de poésie – ne souriez pas ! onze recueils de poèmes.

J'en viens à votre seconde erreur. Vous estimez que Verhaeren est français. Ah, si vous le connaissiez ! Il est, dans la vie comme dans son art, *germanique*, de pure race et entier comme peu le sont en Allemagne. Est-il donc dans la manière des Français de s'unir au monde et à Dieu, de créer une philosophie qui ne soit pas maxime de vie ? Un Français pourrait-il écrire un poème comme « Vers la mer », si empli des plus pures idées qui font la conception spécifiquement germanique de l'univers ? Un Français s'est-il jamais torturé aussi douloureusement pour forger une vision du monde, au point d'endurer la souffrance et la fièvre ? Jamais, jamais ! Je connais très bien Verlaine, le seul poète que vous mentionniez : j'ai écrit une étude sur lui pour la *Dichtung*, que vous pourrez bientôt lire et critiquer, mais Verlaine ne s'est battu que pour sa *vie*, non pour son art et sa foi en l'art. Il a uniformisé sa pensée en la conformant au catholicisme, en adoptant des *idées toutes faites* : il n'en a pas créé. Même s'il a été intuitivement un plus grand poète, même s'il a trouvé l'infini que Verhaeren a conquis par la volonté et l'enthousiasme en le cherchant, lui, dans le *sentiment*. Ce qui est peut-être plus grand.

Voilà ce que je voulais vous répondre. Vos critiques étaient un peu mesquines – pardonnez-moi de répondre à la franchise par la franchise – parce que vous en êtes resté aux mots, parce que vous avez situé la grandeur du poète dans les mots. Le plus souvent, vous vous en êtes pris à Verhaeren et c'est moi qui étais concerné, c'est à moi que revenait la faute. A dire vrai, vous avez presque toujours raison, tous vos reproches sont fondés. A l'exception, peut-être, de votre critique du mot « Schorne[1] ». Je ne sais pas si je l'ai entendu quelque part ou si je l'ai inventé : si c'est le cas, j'en suis fier. Il sonne bien, c'est un mot d'origine allemande, tout le monde le comprend, et il est plus subtil que « Schorn-steine » – pourquoi ne pas le garder ? Je serais content que quelques poétaillons l'inscrivent dans leur vocabulaire. Pourquoi les poètes ne pourraient-ils agencer que des petites mosaïques, pourquoi ne pourraient-ils pas tailler des pierres, pour les artistes, d'abord, mais aussi pour tous les autres ?

Je le répète : dans le détail, vous avez raison, et je vous félicite sincèrement d'être un aussi bon connaisseur de la langue, plein de finesse et d'acribie (et un artiste de l'écriture !). Cela me plaît beaucoup et je me reproche souvent ma légèreté : la simple conscience de mon assurance m'empêche de peser davantage mes mots, de les vérifier. Mais votre cri-

---

1. Pour « Der Schornstein », la cheminée.

tique est pour moi un bon rappel à l'ordre : merci, merci de tout cœur !

Voilà : cela m'a fait du bien de parler d'un poète que j'aime à un poète que j'aime. Ou simplement de vous écrire. Si l'occasion se présente – et elle ne tardera pas à se présenter – au cours de mes voyages entre Vienne et Berlin, je ne manquerai pas de vous rendre visite. Lilien m'a raconté de bien belles choses (vous savez sans doute qu'il aime bien raconter, mais qu'il n'écrit pas) et si j'avais depuis longtemps déjà le désir de vous connaître, il a suscité chez moi celui de vous rencontrer chez vous. Le lien qui vous unit à votre lieu est visible dans chacune de vos lignes.

En février ou en mars, j'irai passer trois semaines en Espagne. C'est un de mes vieux rêves, ce pays ténébreux dont nous tous ne savons rien. Puis je séjournerai encore deux mois à Paris et retournerai ensuite en terre allemande : je reviendrai à Vienne, de sinistre renommée, qui ne se compose d'ailleurs pas exclusivement de cafés et d'écrivains, mais qui est une ville très noble et très belle. Peut-être pourrons-nous vous y accueillir un jour (pour lire vos textes, si vous le souhaitez ?) – Vous ne le regretteriez pas.

Avec toute ma gratitude et toute mon affection, je vous salue ainsi que votre famille. Votre fidèlement dévoué

Stefan Zweig

A Franz Servaes

Paris
5, rue Victor Massé
Le 4 février 1905

Très honorable Monsieur le Docteur,

J'entreprends dans une dizaine de jours un grand voyage aux Baléares, à Alger et à travers toute l'Espagne. Comme il s'agit curieusement pour nous d'une *terra incognita* qui réserve de magnifiques surprises, je souhaiterais écrire une ou deux chroniques au cours de ce voyage. Je connais évidemment les chroniques de la *Neue Freie Presse* et je sais que je ne peux pas vous proposer une série. Je voudrais seulement vous demander s'il serait possible de publier 3 chroniques sur des sujets variés dans un intervalle d'un mois et demi ou de deux mois, sans que cela vous pose la moindre difficulté (je sais que je peux toujours compter sur votre bienveillance) : la première pourrait porter sur le voyage aux Baléares, la seconde sur un thème espagnol, la troisième sur l'atmosphère d'Alger[1]. Si la chose est possible, comme je l'espère, je vous demanderai seulement de publier chacune de ces chroniques dans un délai assez bref et qu'elles ne se succèdent pas trop rapidement. Bien entendu, je m'efforcerai d'aborder à ma manière des sujets qui intéressent le public de votre journal.

J'attends de recevoir votre aimable accord, cher

---

1. « Aquarelle d'un soir à Alger » parut le 27 avril 1905 dans la *Neue Freie Presse*. Zweig publia dans différentes revues des chroniques de son voyage en Provence (sur Avignon, notamment) et en Espagne.

Monsieur le Docteur. J'espère vous faire parvenir d'ici quelques semaines une étude sur Verlaine qui est en cours de publication dans la *Dichtung* et dont quelques bonnes feuilles vont paraître ces jours-ci dans la *Frankfurter Zeitung*. Je vous remercie par avance et vous salue cordialement,

Stefan Zweig
5, rue Victor Massé

A Hermann Hesse

[Paris, le 4 avril 1905]

Cher Monsieur Hesse,

J'ai été très heureux de lire votre lettre et souhaite vous informer sans tarder de mes projets de voyage – pour ne pas différer le moment de faire personnellement votre connaissance. Je reste ici à Paris jusqu'au 10 juin (ou 15 juin) et me rendrai ensuite à Vienne en passant par le lac de Constance. Je ne manquerai pas de vous rendre visite, et je voudrais aussi rencontrer Wilhelm von Scholz, avec lequel j'échange de temps en temps une lettre depuis des années.

Le mieux serait que vous veniez à Paris, aux alentours du 5-10 mai : à ce moment, vous pourriez non seulement faire la connaissance de Verhaeren, l'homme le plus simple et le plus pur qui soit, mais aussi d'Ellen Key, qui m'a annoncé sa venue. Si nous pouvions tous nous retrouver, ce serait magnifique, ne serait-ce que pour quelques heures : j'en serais très heureux.

A Paris, je pourrais être à votre disposition toute la journée ou presque – si cela ne vous importunait pas – ; ici, mes nouveaux travaux n'avancent guère. C'est curieux – alors qu'à Vienne et à la campagne, les vers me viennent dans les rues et dans les jardins, en tout cas toujours en marchant, je suis trop vigilant ici, trop intéressé par le spectacle de la rue pour me concentrer sur moi-même. Les femmes ont parfois ici des regards à réveiller les morts, et pas seulement les rêveurs.

Je vous fais même une promesse pour vous attirer ici, mon cher poète Hermann Hesse – je ne vous parlerai pas une seule fois de l'Espagne et de l'Afrique. Je pourrais exacerber ainsi votre vieille envie de voyages au point de vous faire regretter de ne pas y être allé ; et la nostalgie s'emparerait aussi de moi, bien que je n'aie pas encore posé mes valises quelque part. A Vienne, je ne me sens pas vraiment bien, comme partout à la longue ; comme l'a dit si joliment notre Grillparzer dans un poème, je suis « un voyageur deux fois étranger, qui n'est de nulle part ». Dieu seul sait où je serai l'année prochaine, peut-être suivrai-je les hirondelles vers le Sud, peut-être retournerai-je en France ou en Allemagne ; en tout cas, je ne passerai pas beaucoup de temps à Vienne. Mais à quoi bon des prédictions ?

J'aimerais savoir où en sont vos nouvelles œuvres. Soyez assuré que même si beaucoup s'intéressent aujourd'hui à votre nom, il en est peu qui soient aussi impatients et aussi curieux que moi de lire vos nouveaux livres. Je crois que vous ne me ferez pas attendre trop longtemps – et que je ne tarderai pas à vous lire et à vous accueillir (la rime est involontaire, pardonnez-moi !)

Avec mon amical dévouement, votre fidèle
Stefan Zweig

———<o>———

A Ellen Key[1]

I. Rathhausstraße 17
Vienne, le 1ᵉʳ juillet [1905]

Très honorable Mademoiselle,

Je suis vraiment désolé de ne vous envoyer qu'aujourd'hui mon étude sur Verlaine, qui est déjà parue depuis plusieurs semaines. Mais j'espérais tellement – avec cette grande confiance que l'on met dans ce qu'on désire vraiment – que vous viendriez à Paris et me feriez présent de quelques heures de votre vie. Pour l'heure, je suis de retour à Vienne, je sens partout encore les dernières vagues que votre apparition ici a soulevées et qui n'ont pas encore disparu. Votre nom, qui n'était jusqu'alors pour nous qu'un nom, est à présent associé dans bien des cœurs à une personnalité ; quant à moi, je n'ai rien d'autre qu'une photographie de vous, je n'ai pas le souvenir d'un moment vécu. Mais j'espère que ce sera pour cette année.

J'espère pouvoir vous envoyer à Noël un nouveau livre qui ne va peut-être pas paraître en librairie, mais en édition limitée. C'est l'histoire de la vie, ou plutôt de la mort de Madame de Prie, la maîtresse

---

1. Ellen Key (1849-1926), écrivain suédois, pédagogue et militante en faveur des droits des femmes.

du régent et du duc de Bourbon, qui se suicida à 27 ans dans les conditions les plus étranges, un caractère tout à fait superficiel, qui avait brimé pendant des années sa féminité et son érotisme par ambition et par orgueil, avant qu'ils ne s'enflamment dans ses derniers instants, comme une dernière carte dans le jeu de sa vie. C'est du moins ainsi que je me représente cette personne très mystérieuse, sur laquelle on peut trouver quelques informations dans les Mémoires du XVIIIe siècle [1]. J'espère en tout cas tirer parti d'un tel sujet – mais n'a-t-on pas toujours beaucoup d'espoirs au commencement ?

J'ai passé de très bons moments avec Johan Bojer [2] à Paris, et je vous en suis redevable, comme de tant de choses que vous avez faites pour moi, à travers vos livres et dans votre grande bonté. Je vous en prie : quand vous pensez à ceux qui vous aiment et vous vénèrent le plus, n'oubliez pas mon nom dans le trésor de votre mémoire : il est vrai que je n'ai que ma reconnaissance à vous offrir, et rien d'autre ! Recevez les sincères salutations de votre dévoué

Stefan Zweig

A Ellen Key

Tirano, le 12 août 1905

Très honorable, bienfaisante et véritable amie, je vous

---

1. Zweig avait découvert l'histoire de la Marquise de Prie dans les *Mémoires* de Saint-Simon.
2. Johan Bojer (1872-1959), dramaturge norvégien.

remercie de tout cœur pour les lignes que vous m'avez adressées. Je crois que les livres ne sont pas les seuls à avoir un destin [1], les lettres ont le leur aussi, elles peuvent se perdre ou décupler leur valeur. Combien votre lettre m'a été précieuse, dans cette petite ville italienne où je me suis retiré et où je vis dans la solitude, la plus complète solitude, où je ne lis pas de journaux allemands et ne parle à personne – je ne saurais vous le dire.

Laissez-moi d'abord vous parler de Verhaeren. J'aime ce grand et authentique poète d'un amour qui est vraiment sans limite. Il m'a permis au cours de cette année à Paris d'entrer dans l'intimité de sa vie, je peux le dire fièrement, il me considère comme un ami, me parle d'homme à homme en dépit de la différence d'âge. J'ai vraiment pu voir la clarté transparente et argentée de sa vie, les relations extraordinairement tendres qu'il entretient, dans son couple, avec cette femme bienveillante et silencieuse qui traverse son destin comme elle traverse les pièces, doucement, tout doucement et comme en flottant, emplie seulement du désir de se perdre, de ne pas se faire remarquer, de ne pas montrer l'action qui est la sienne, si profonde et si protectrice pourtant. Elle a un très très grand talent de peintre, mais elle est trop modeste pour exposer ; elle se contente de dessiner son mari, et elle peint des portraits qu'elle offre aux amis. Car l'amitié est l'art le plus noble de Verhaeren ; il a une manière simple et belle de gagner le cœur des gens. Son cercle comprend les plus grands hommes

---

1. Allusion à un vers de Térence, « Habent sua fata libelli » (Les livres ont leur destin).

de notre temps : Rodin, Maeterlinck, Carrière [1], Van der Stappen, Lemonnier (qui est trop peu connu), et bien d'autres. Il émane de Verhaeren tant de bonté et d'authenticité. Il n'est pas du tout spirituel (je me méfie des gens spirituels, parce qu'ils nient trop de choses et ne peuvent pas aimer de tout leur cœur), mais il est tellement nourri de connaissances vécues que ma vie s'est enrichie à son contact comme elle ne l'avait jamais fait. Avec les très grands poètes, il n'y a pas de hasard : on ne peut pas être mesquin dans la vie quand on est le plus grand poète d'une époque (c'est là mon sentiment).

Quant à savoir pourquoi je n'ai pas écrit sur lui (hormis l'essai qui précède mes traductions) : j'ai peur de le faire parce que je l'aime trop. Parfois, je ne sais plus si Verhaeren est un poète aussi immense que j'en ai l'impression, je me dis : c'est toi qui vois les choses ainsi, parce que tu sais combien cette poésie est authentique, combien elle est vécue, parce que tu as découvert sa vraie vie dans *Les Heures d'après-midi*[2]. Vous me comprenez, j'en suis sûr, vous dont le cœur connaît si intimement tout ce qui est humain, j'ai peur du trop grand amour que je porte à l'homme. Des lettres comme la vôtre confortent alors ma certitude pour des semaines et des mois ; mais j'écrirai un jour ce livre – je crains qu'à l'heure actuelle, où V. n'est pas encore assez connu, cela ne lui cause plus de tort qu'autre chose. J'ai déjà beaucoup fait pour

---

[1]. Eugène Carrière (1849-1906), peintre et lithographe français.

[2]. Verhaeren, *Les Heures d'après-midi, Poèmes*, Bruxelles, Deman, 1905.

lui, ma traduction lui a permis de conquérir une élite allemande : Richard Dehmel, Hermann Hesse, Johannes Schlaf (qui, sur mon conseil, écrit un livre sur V.) et bien d'autres. Cela me rend plus fier que tout ce que j'ai fait et créé jusqu'ici en matière de littérature.

A présent, V. est dans sa petite masure de Valenciennes : si vous avez un jour l'occasion d'aller en Belgique, enrichissez votre vie en recueillant les merveilleuses impressions que laissent quelques heures passées avec lui. Il faudrait aussi que vous fassiez la connaissance de Lemonnier et de Van der Stappen, qui sont tous deux bien disposés à mon égard et qui se réjouiraient beaucoup de faire grâce à moi une rencontre aussi précieuse que la vôtre. Voyez-vous, chère mademoiselle Key : c'est la seule chose, jusqu'à présent, que j'aie pu faire pour vous qui êtes si bonne avec moi : j'ai beaucoup parlé de vous à Verhaeren, qui ne peut malheureusement pas lire vos œuvres parce qu'il ne comprend pas votre langue. Si on traduit un de vos textes en hollandais ou en français, envoyez-le-lui : il le lira avec beaucoup d'amour.

Puis-je vous dire encore un mot à mon sujet ? J'ai laissé de côté, pour le moment, l'histoire de Madame de Prie : je suis pris par un projet plus vaste, au point de connaître le vrai bonheur douloureux de la création. C'est un drame en vers, *Thersite*, le destin du plus laid et du plus méchant des Grecs devant Troie. Ma pièce est entièrement consacrée à cet homme très méchant *parce que* très laid et se veut l'expression d'une idée : comment les grandes douleurs affinent une âme, alors que le bonheur l'endurcit. L'adversaire de Thersite est Achille, qui n'a jamais connu la souffrance ; mais Thersite, qui n'a jamais touché une femme, saisit plus profondément leur âme que ceux qui vivent dans la joie et la clarté, et c'est cette vie sombre et repoussante qui est la plus précieuse. Autant que je puisse en juger, la pièce est une vraie réussite du point de vue dramatique, c'est certainement le plus beau texte que j'aie jamais écrit – à supposer qu'il soit terminé – mais je n'ai aucun espoir qu'il soit joué et je ne l'ai pas écrit dans cette intention. C'est peut-être ma plus grande qualité : je suis totalement dépourvu d'ambition. Je voyage à travers le monde, je ne me préoccupe pas de littérature, je suis peu connu et peu apprécié à Vienne, comme vous avez pu le constater. Je n'ai jamais couru après Bahr, je ne partage ma vie qu'avec quelques amis intimes comme Hans Müller, Camill Hoffmann ; pas un seul journal viennois n'a consacré la moindre ligne à mon *Erika Ewald* et au Verlaine (bien que j'aie de bonnes relations dans toutes les rédactions), parce que je n'ai rien demandé à personne. Voilà des années que j'éprouve un respect croissant pour les nobles manières de Rilke, qui publie ses œuvres sans faire de bruit, dans le silence le plus parfait. Je vous serais *très* reconnaissant de lui dire un jour combien je l'aime : en Allemagne même, il n'est pas de poète que j'estime davantage. Il y a des années, quand j'avais dix-huit ans, je lui ai envoyé mon recueil de poèmes et j'ai reçu de lui un mot charmant ; si je ne lui ai plus rien envoyé depuis, c'est par crainte qu'il ne trouve mes textes trop petits, que lui, le maître de la technique, ne perçoive trop les points faibles de mes vers. Dites-lui, je vous en prie, que mon vœu le plus sincère serait de lui dire un jour en personne ma vénération, de lui dire aussi qu'il en est peu qui croient aussi profondément en lui que Stefan Zweig.

J'ai transmis mon cordial souvenir à Bojer : je me suis pris d'affection pour lui et j'ai été heureux de pouvoir écrire ces jours-ci un texte sur sa *Puissance de la foi*.

J'ai encore une requête à vous présenter. J'ai entrepris une bien étrange collection : je demande à des poètes qui comptent beaucoup pour moi de m'offrir le manuscrit d'un de leurs livres ou de leurs écrits et je les conserve très soigneusement dans un beau volume. J'ai déjà recueilli ainsi de précieux souvenirs de Verhaeren, de Hermann Hesse, de Hugo Salus, W. von Scholz et de beaucoup d'autres amis. Voici ce que je vous demande : peut-être le livre sur Rilke ou un autre essai d'envergure. En guise de remerciement, je ne peux que vous promettre de veiller avec amour sur ce manuscrit.

Je voyage en ce moment dans le nord de l'Italie, jusqu'à Florence, où je passerai l'automne. Si vous vouliez me faire la grande joie de m'écrire ou de m'envoyer le manuscrit, voici mon adresse viennoise : I. Rathhausstraße 17. On me fait suivre le courrier.

Votre fidèlement dévoué

Stefan Zweig

A Hans Müller-Einigen
                Florence, le 14 septembre 1905

Mon cher Hans,
    C'est singulier, nous pensons toujours l'un à

l'autre au même moment. J'ai posté ta carte d'une main et reçu la tienne de l'autre au guichet. J'ai beaucoup de choses à te raconter. Florence est vraiment très très belle. Les premiers jours, on rechigne à le croire (c'est le refrain de tous les jeunes mariés) mais on finit par céder à la douce pesanteur des choses. Une soirée à Fiesole ou une promenade sur les ponts arracherait des larmes.

Et pourtant : il n'est pas facile de me soutirer le moindre vers. Je me suis asséché, je garde longtemps les choses en moi et ne les livre qu'à regret. Des poèmes – un seul poème, dans ce long été passé au milieu de splendeurs ! Mais mon drame a avancé. Ses lignes sont très vastes, il est sorti du cadre que tu connais. Si tout va bien, il sera achevé en janvier : je t'en lirai des passages à Vienne. Est-il bon ? Tantôt il me transporte, tantôt je ne vois que le ciment et la colle. Je ne pense guère à une représentation : mais il est loin d'être terminé ! J'ai eu beaucoup de plaisir à écrire pendant ces longues journées de solitude.

J'ai passé quelques jours avec Bessemer[1] au cours de ce voyage, mais sinon, j'ai toujours été seul. Et je ne suis pas comme toi qui as la chance de rencontrer des gens partout. Je peux loger dans les plus grands hôtels, Karersee, Trafa, et ne parler à personne. D'année en année, il devient plus difficile de nouer des liens : ne le sens-tu pas aussi ? A Vérone, j'ai passé deux belles et riches journées avec Stringa[2]. Ici, j'ai croisé Leo Feld[3] – pas plus, c'est

---

1. Hermann Bessemer (né en 1883), écrivain.
2. Alberto Stringa (1880-1931), peintre italien.
3. Leo Feld (1869-1924), écrivain et dramaturge.

quelqu'un de vraiment aimable et sympathique, qui t'aime d'ailleurs beaucoup. Peu de gens en sont capables !

Et puis il va falloir retourner à Vienne. Vienne et tous ses soucis, dont je ne peux te parler ici. Vienne, où je déteste les gens de mon milieu, où je passe pour prétentieux parce que je n'ai pas de métier, où mon travail est assimilé à un vain amusement, Vienne, où vous n'êtes plus, Vienne, où je ne suis pas chez moi, où je n'ai pas de liberté. Tout cela me poursuit jusqu'à Florence.

Dans deux ou trois jours, j'irai à Venise. Puis à Abbazia[1] (si mon frère me rejoint) pour me baigner et travailler. Ecris-moi à Vienne. Ecris-moi une longue lettre et dis-moi tout. Il m'arrive de t'en vouloir parce que tu joues les cachottiers avec moi : tu ne me montres pas tes pièces, tu ne me parles pas de tes projets, de tes espoirs, de tes opportunités. Où en es-tu avec le Volkstheater ? Pourquoi ne pas m'envoyer une copie de tes pièces (sans parler du manuscrit original, qui m'est réservé) ? Quand passes-tu tes examens ? Quand nous verrons-nous ?

Je dois te transmettre quelques salutations. Celles de Busse-Palma, qui est à Berlin, celles d'Ellen Key, qui est en Norvège et m'a raconté qu'elle avait fait ta connaissance, celles de Leo Feld qui est à Florence. Et les miennes, d'ici, de partout et de toujours,

Stefan

Je n'ai pas de nouvelles de Lichtenstein depuis

---

1. Nom italien d'Opatija (Croatie), sur la péninsule d'Istrie.

que nous nous sommes vus, pas le moindre signe de vie.

A Hermann Hesse

Vienne, le 17 octobre 1905

Cher et honorable Monsieur Hesse, me voici de retour chez moi. Lorsque je suis arrivé, j'ai immédiatement vu votre nouveau roman [1] parmi les livres qui couvraient mon bureau. Et je l'ai lu.

Ces jours-ci, vous allez recevoir dans votre calme demeure beaucoup de lignes qui lui seront consacrées : des articles et des lettres. Laissez-moi cependant vous dire quelle a été mon impression. Les impressions ne sont pas une critique, je peux donc vous en faire part sans être obligé de comparer (comme tous vont le faire en pensant à *Camenzind*).

Votre humanité me fait beaucoup aimer cette histoire profonde et racontée avec un art si extraordinaire. Il y a là des choses que j'ai moi-même éprouvées quand j'étais enfant, puis perdues à nouveau : en lisant votre livre, j'ai vu ressurgir des heures du passé, ces moments doux-amers dont on ne savait pas qu'ils étaient les plus beaux de notre vie. Vous avez décrit cela de façon si saisissante que je vous serre les mains de loin avec reconnaissance. Et les deux scènes d'amour : elles seront désormais pré-

---

[1]. Hesse, *Unterm Rad*, Berlin, Fischer, 1905.

sentes dans ma vie comme si je les avais vécues moi-même.

N'est-ce pas indicible ? Un écrivain peut-il aller plus loin ? Je ne le crois guère. C'est vrai : j'ai quelques objections au sujet de certains détails de la composition (nous avons tous une trop grande expérience de la littérature pour ne pas sentir ce genre de choses) mais elles sont insignifiantes à côté de l'effet bouleversant que l'*âme* du livre a produit sur moi.

J'espère que tous ressentiront la même joie en le lisant. Malheureusement, je ne crois pas que ce soit le cas. On vous dira peut-être des choses affreuses : il y a beaucoup de gens en Allemagne qui ne pardonnent pas dix rééditions à un auteur vivant. Interprétez les propos déplaisants de cette manière, réjouissez-vous de l'enthousiasme qui vous fera sentir combien vous comptez en Allemagne – et pêchez tranquillement. Je sais que pour vous, cela compte davantage.

Je ne sais pas si je vais écrire un article sur votre livre. Il me semble qu'aujourd'hui, on arrive toujours trop tard, vous êtes déjà « actuel ». Mais cela ne fait rien : tôt ou tard, je dirai ce que je dois à vos livres dans un texte impeccable.

Je vous envoie donc mes félicitations. Salutations à vous et à votre épouse, votre ami fidèle et dévoué,

Stefan Zweig

A Emile Verhaeren [lettre en français]
                        Vienne, le 29 octobre 1905

Mon très cher maître,

    J'ai le livre de Johannes Schlaf[1] entre mes mains. Il a paru hier, je viens de le lire avec ce vif intérêt que j'ai pour toutes les choses qui se rapportent à vous et à votre œuvre. Permettez que je vous en raconte l'impression, comme je l'ai toute fraîche et pas encore trempée dans les doutes et réflexions.

    Le livre de Johannes Schlaf a un élan superbe, une force énorme dans l'analyse de ce procédé psycho-physique qui a formé votre œuvre dans une ligne toujours montante. Il a très bien su poser votre œuvre à sa place dominante dans la vie moderne d'Europe (et pas seulement la littéraire), il a écrit des pages qui comptent sûrement entre les plus superbes qu'on peut écrire sur un poète. Ce que j'aime moins dans ce livre, c'est qu'il n'a pas – à cause d'un tempérament trop fougueux – des lignes assez claires, l'architektonie qui fait la beauté aérienne d'un essai. Il y a trente pages de synthèses préliminaires et l'attaque sur votre personnalité est ensuite un peu trop hâtive. Et puis : des différences très personnelles avec ma façon de voir. La première et la seconde trilogies lui donnent le matériau de son étude ; pour moi vos livres, votre façon de voir le monde ne se dévoilent complètement que dans les *Forces tumultueuses* et les *Visages de la vie* (comme votre poésie personnelle n'aboutit que dans les derniers bou-

---

1. Johannes Schlaf, *Emile Verhaeren*, Berlin, Schuster & Löffler, 1905.

quins). Si j'avais à écrire un livre sur vous – et cette idée, je ne l'abandonnerai jamais – les *Flamandes*, les *Moines*[1] ne seront jamais pour moi que des étapes très intéressantes, mais ma vue se concentrerait sur les derniers livres, où les pensées s'embrassent dans une philosophie, si personnelle, si concentrée et si poétique, que je n'ai retrouvée nulle part dans votre poésie. – Je ne pense pas vous gâcher le plaisir de ce livre très très intéressant de Johannes Schlaf, je voudrais noter seulement qu'il ne me semble pas encore être le mot définitif (que je ne dirai probablement pas non plus). C'est une étude qui peut vous rendre fier – car Johannes Schlaf n'a pas hésité à prouver et à dire qu'il n'y a pas un poète aujourd'hui qui vous serait supérieur –, mais Johannes Schlaf a trop de personnalité, c'est un penseur trop restreint à *sa* philosophie pour tout voir de son coin. Sans doute c'est le plus intéressant qu'on a publié jusqu'à présent sur vous.

Madame Ellen Key m'a envoyé un essai sur vos deux livres d'amour. Un essai superbe aussi mais il y a une différence entre les deux études comme entre un homme et une femme. Schlaf, qui vous voit dans l'univers, dans l'Europe, dans la littérature de tous les temps, le grand poète et jamais l'homme – et Madame Key, qui avec ses douces mains montre l'humanité, la beauté du sentiment, le cœur, l'homme superbe dans vos vers, qui parle autant de l'œuvre de votre vie que de votre œuvre d'art, qui parle de votre femme avec des mots si tendres et si beaux que

---

1. Verhaeren, *Les Forces tumultueuses*, Bruxelles, Deman, 1902 ; *Les Visages de la vie*, Bruxelles, Deman, 1899 ; *Les Flamandes*, Bruxelles, Deman, 1883 ; *Les Moines*, Bruxelles, Deman, 1886.

vous n'oublierez jamais ces quelques pages. – L'essai paraîtra aussi en suédois. Est-ce que vous l'avez reçu ? Et de même la traduction hollandaise d'un livre de Madame Ellen Key *Amour et mariage* qu'elle a envoyée pour vous à votre éditeur Deman ? Ce livre, qui a eu chez nous un succès fou, vous intéressera beaucoup[1].

Richard Dehmel était à Vienne pour lire des vers et a été accueilli de la manière la plus favorable. Nous avons été ensemble et il a parlé beaucoup de vous et toujours avec la plus profonde admiration. C'est curieux – l'article d'Ellen Key a fait une comparaison très précise et très poétique entre les vers d'amour de Dehmel et les vôtres, sentant avec un instinct très fin, à travers mille différences de tempérament, les âmes complémentaires.

Excusez-moi de vous avoir peut-être ennuyé avec tous ces détails, qui se racontent peut-être très bien, mais ne sont probablement pas assez importants pour être écrits. Mais je voulais seulement vous donner l'assurance que l'intérêt pour votre œuvre s'approfondit toujours et que nous ne serons plus si solitaires avec notre amour dans quelques années. Je sais bien, cela aussi n'est pas le plus important ; et quand j'entends que votre santé va tout à fait bien, je suis plus heureux que de savoir vendu un millier d'exemplaires de vos poésies. C'est surtout cela qui fait ma joie, de vous savoir content avec votre vie et votre énergie de travail.

---

1. Ellen Key, *De Ethiek van Liefde en Huwelijk*, Amsterdam, 1905 (*Über Liebe und Ehe*, Berlin, Fischer, 1905) ; l'édition originale en suédois ne parut que deux ans plus tard.

Quant à moi – j'ai fini à peu près ma tragédie *Thersite*. Elle sera publiée en janvier ou février [1] et – je l'espère – aussi montée au théâtre. Tous mes amis qui l'ont lue me donnent des espérances extravagantes, que je suis assez sage de ne pas croire. L'indifférence envers le succès a toujours été la plus grande force que je possédais.

Maintenant vous rentrerez bientôt à Paris. J'espère vous y trouver au commencement du printemps. Mais c'est si long encore, ce sont beaucoup de jours, que je voudrais tous très heureux pour vous et Madame votre femme. Mes félicitations pour le livre de Johannes Schlaf et mes cordialités respectueuses. Votre fidèle

Stefan Zweig

A Ellen Key
Vienne, le 16 novembre 1905

Très honorable, aimable, chère Ellen Key, je ne vous remercie qu'aujourd'hui pour votre lettre et votre paquet, car il est rare qu'un jour me soit assez cher pour que je l'honore d'une lettre à vous adressée. Je les réserve pour les jours où je vis de belles heures, dignes et claires, où je pense avec joie et profit aux bonheurs que j'ai goûtés et où je sens pour ainsi dire la proximité du lointain. J'ai connu un automne riche et bon, un automne qui a porté beaucoup de

---

1. *Thersite*, Leipzig, Insel, 1907.

fruits. Mon drame avance à grands pas, j'ai terminé entre-temps une petite comédie – et surtout écrit des vers, des vers. Seuls ceux qui en écrivent peuvent comprendre le bonheur que l'on éprouve quand – privé de poèmes depuis des mois – on les entend à nouveau frapper à la porte de notre cœur. On n'aime rien tant que ses poèmes : ce sont les seuls textes dont on se prend parfois à rêver qu'ils soient achevés, qu'ils aient leur vie propre et qu'ils ne puissent plus mourir. Avec la prose, je pourrais me corriger sans fin. Je crois que vous ne connaissez pas mes vers : je vous soumettrai un jour quelques poèmes, car le recueil des *Cordes d'argent*, que j'ai publié à 18 ans, n'a plus pour moi que le prix d'un souvenir, quelques vers surtout. Mais un nouveau bouquet est en train de se composer et je veille jalousement sur sa floraison. Ces dernières semaines sont brusquement apparus de nouveaux bourgeons, de nouvelles couleurs lumineuses. Cela rend plus heureux que bien des grandes choses de ce monde.

Mais je parle trop de moi. Il faut d'abord que je vous remercie pour ce bel essai sur Verhaeren, ces mots humains et lumineux, qui ont tant éclairé cette œuvre. Je sais que Verhaeren en a été très heureux.

Et puis *L'amour et l'éthique*[1]. Je me suis demandé si votre confiance infinie dans l'humanité vous apportait plutôt du bonheur ou du découragement. Si vous ne ressentiez pas au fond de vous-même davantage d'abattement au sujet de l'avenir que vos œuvres ne l'avouent, si vous n'étiez pas comme les plus nobles d'entre les prêtres, ceux qui s'évertuent à donner la

---

1. Ellen Key, *Liebe und Ethik*, Berlin, Pan, 1905.

foi aux autres alors qu'eux-mêmes ne croient plus. Quand je pense combien nous sommes faibles, combien les meilleurs d'entre nous sont privés de clarté dans leur amour, combien – ne suis-je pas de leur nombre ? –, recherchant la clarté par mille voies, se sont débattus dans des ténèbres qu'on aurait honte de décrire. Lorsque j'ai posé votre livre pour me promener dans les rues, que j'y ai vu des couples, des prostituées, des garçons aux manières de coquette, rien, rien d'autre vraiment que ces stigmates de petites passions, je me suis demandé si je n'aimais pas davantage en vous la poétesse que la femme de savoir. Car le monde dont vous parlez comme les prêtres parlent du millenium, il est encore si loin que seule une poétesse ose le rêver. Je ne crois pas aux progrès qui ne vont pas jusqu'au bout, je vois que certains s'élèvent jusqu'au pur amour par l'affinement des sens, et que d'autres se perdent dans les plus ridicules perversités par le même affinement de la sensation. Et je crois que votre bonté est trop grande pour que vous soupçonniez jusqu'où peut aller la grossièreté des hommes, je crois, chère Madame, que vous êtes trop éloignée du véritable monde des femmes (en particulier des femmes latines). Il y aura toujours des exceptions et c'est bien ainsi ; car la force avec laquelle nous les aimons compense l'effet massif des innombrables petites amours honnêtes. Ce que j'aime le plus profondément dans vos théories, c'est cette extraordinaire religion de l'enfant [1], cette croyance dans la véritable immortalité, cette façon de se défaire de

---

1. Ellen Key, *Das Jahrhundert des Kindes*, trad. du suédois, Berlin, Fischer, 1902.

l'égoïsme qui prétend être un objectif et non un obstacle. Si les idées que vous développez se répandent un jour, bien des choses s'amélioreront et j'aimerais être encore vivant quand cela se produira. Si seulement je n'avais pas peur que les grandes vérités ne puissent être comprises que par ceux qui sont capables de les vivre eux-mêmes, qui les pressentaient et n'ont fait que se retrouver dans les mots qu'ils ont lus !

C'est avec plaisir que je vous enverrai une photographie de moi ! Pour le moment, je n'en ai pas, je n'en ai pas depuis trois ans (peut-être est-ce un argument en ma faveur). Mais on doit prochainement tirer mon portrait et je vous en enverrai un sans attendre.

J'ai encouragé un des amis les plus chers, Franz Carl Ginzkey, un homme plein de noblesse et de clarté, à vous envoyer son beau livre de poèmes *Les Cloches en secret*. Vous rencontrerez dans beaucoup de vers, en particulier p. 12, dans le poème « Voix au printemps », une vision de la vie qui s'est nourrie de vos idées et s'appuie sur elles, ce qui est bien compréhensible étant donné la grande vénération que Ginzkey a pour vos créations.

Il faut que j'achève cette lettre et je ne pourrai donc vous dire bien des choses dont je voulais vous faire part. Peut-être un jour ne sera-ce plus la plume qui portera mes mots, mais l'air limpide – à Paris ou en Norvège. Je m'y rendrai cet été.

Fidèlement, votre

Stefan Zweig

A Ellen Key

                                    Vienne,
                      I. Rathhausstraße 17
                              9. II. 06

Très chère et honorable amie,

    C'est curieux : voilà deux jours que j'ai vidé mon bureau de tous les livres qui l'encombraient et il ne reste sous mes yeux qu'un mince volume, le *Livre des heures* de Rilke[1]. Je le lis sans cesse et j'ai souvent pensé à lui et à vous. J'ai même écrit une longue lettre à Rilke, puis je l'ai déchirée. Elle était trop intime, trop personnelle, et je ne sais pas si je suis pour Rilke davantage qu'un vague nom, entaché de surcroît du mauvais renom du littérateur[2]. Je viens de vivre deux jours dans sa vie – l'a-t-il senti ? S'il ne risquait pas de me suspecter de vouloir lui présenter quelque requête, je lui écrirais bien des choses sans aucun motif extérieur.

    Ensuite, votre brochure est arrivée – j'allais presque oublier de vous remercier pour votre bonté – et j'ai senti combien il est grand d'être un poète

---

  1. Rilke, *Das Stunden-Buch*, Leipzig, Insel, 1905 (tiré d'abord à 500 exemplaires).

  2. Le 17 août 1902, Rilke avait écrit à son éditeur Axel Juncker : « Les noms des critiques que vous avez cités dans votre lettre ne signifient pas grand-chose pour moi ; j'aurais préféré que vous n'envoyiez pas de service de presse à des gens comme Stöber, Stefan Zweig, Greinz et Poritzky. Ce sont des jeunes gens qui, faute d'être capables d'écrire eux-mêmes, pratiquent une critique à bas prix. Songez plutôt à des gens plus importants et plus sérieux. » (Rilke, *Briefe an Axel Juncker*, Francfort, Insel, 1979, p. 77.)

comme Rilke. Deux personnes, l'une en Suède et l'autre aux flancs des Alpes, pensent soudain l'une à l'autre, parce qu'un poète a écrit des vers. J'ai eu envie de vous envoyer la lettre que j'avais longtemps remise à plus tard, que j'avais si souvent déjà préparée pour vous ; envie de vous entretenir sans délai de toutes les questions que j'aimerais tant aborder dans une conversation avec vous.

J'aurais beaucoup de choses à dire sur Rilke. Il occupe une place de plus en plus grande dans ma vie et dans mon propre rêve de la poésie. Je suis presque jaloux de la manière qu'il a de se tenir à l'écart des gens et de participer pourtant aux plus grands événements de notre temps, comme Rodin, comme Tolstoï ; de s'attacher, par la seule forme extérieure de l'existence, à l'infini qui s'enracine en lui de mille manières. J'irai à Paris au mois d'avril, l'une de mes plus grandes attentes est de lui rendre visite ; je ne peux croire que celui que vous avez intimement élu comme votre ami puisse me décevoir.

J'ai également lu votre essai sur Goethe dans la *Osterreichische Rundschau* et j'ai admiré une fois de plus avec joie votre faculté de saisir la beauté sous les formes les plus variées et la force extraordinaire de votre foi en la moralité profonde de l'humanité (infiniment plus forte que celle de Goethe, justement, qui, avec le scepticisme du savant, doutait de la possibilité d'une amélioration morale de larges cercles de la population). Quand je lis vos créations, j'ai toujours l'impression que tout s'éclaire soudain autour de moi, même si je sens très bien, une fois que j'ai posé votre livre et que je suis sorti dans la rue, combien notre vie est encore éloignée de vos rêves. C'est avec une curiosité mêlée d'espoir que je regarde vos livres dans les librairies, pour me réjouir de l'augmentation des tirages. Que des centaines de milliers de gens aient pu lire vos livres en Allemagne (même s'ils ne sont que quelques centaines à les vivre), voilà qui me remplit chaque fois de bonheur, et je m'étonne que l'effet produit soit aussi considérable et dépasse peut-être même vos propres espérances (parce que tout amour qui se donne est humble et dépourvu d'assurance).

Puis-je vous dire à présent un mot de moi et de mon travail ? J'achève mon drame *Thersite*. C'est une tragédie de l'homme laid qui – parce qu'on ne l'a trop longtemps jugé que de l'extérieur et qu'on n'a jamais eu accès à son intériorité – devient semblable à sa propre caricature, mais sans perdre jamais complètement sa grandeur la plus intime. Je sais parfaitement ce que j'ai voulu faire. Mais je porte un regard très lucide sur le côté fragmentaire de mes œuvres. Je ne sais si je dois publier cette pièce ; si elle a déjà acquis suffisamment de force pour porter le drame. Peut-être la garderai-je dans mes tiroirs : non par orgueil – je n'ai plus rien à ajouter à mes œuvres dès qu'elles sont terminées – mais parce que j'ai peur. Dans quelques mois, vous saurez ce qu'il en est advenu.

Ouvrons à présent le grand coffre à projets. Je veux traduire la *Vita nuova*. Jusqu'ici, nous n'avons eu en Allemagne que de très mauvaises imitations et je crois que cette œuvre divinement humaine mériterait un autre destin. Et puis un beau livre dont j'aimerais qu'il soit écrit par vous plutôt que par moi. Un livre d'essais poétiques sur le thème des relations entre les hommes, des voies qu'ils empruntent pour se rencontrer, des ponts qui les rapprochent et des obstacles qui les séparent, les choix, les répulsions. Et la cristallisation des formes spirituelles à partir des formes extérieures, les degrés de l'amitié et de l'amour. L'idée profonde serait celle-ci (je ne l'ai encore rencontrée nulle part) : tout homme a à la fois un besoin extérieur de sociabilité qui obéit à des intérêts égoïstes (Hobbes, Aristote) et, par-delà tout penchant mystique, le besoin de reproduire *sa vie* non seulement dans la réalité, par la génération, mais aussi dans la sphère purement spirituelle, *par la vision*. Il a besoin d'être vécu par d'autres hommes. Chez le plus grand nombre, cette impulsion reste seulement extérieure – leur être-vécu se limite à un être-vu – et ils aspirent à des positions élevées (qui leur permettraient d'être vus par tous), à la richesse (qui est souvent le but de leur activité), à la puissance (que beaucoup ont le sentiment d'avoir), etc. – alors que toute activité noble devrait avoir pour fin d'être *vécue*, dans le sentiment, dans le destin des autres, même si c'est à un degré moindre. Voilà pourquoi les hommes sont contraints de se rencontrer et de se chercher – c'est tout ce jeu des mises à l'épreuve que je voudrais décrire. Je voudrais aussi développer une seconde idée, à savoir que presque toutes les choses, dans le monde, participent d'un quantum de force qui est immuable. Si je prends de l'argent à quelqu'un, il sera plus pauvre et moi plus riche – l'équilibre des forces n'aura pas changé. Dans le *bonheur*, en revanche, il n'y a pas de quantum de forces. La rencontre de deux personnes qui sont faites l'une pour l'autre produit du bonheur sans que d'autres en soient dépossédés, le quantum de bonheur de l'univers peut être indéfiniment multiplié – c'est bien là le but de toute votre activité – et cela ne peut se produire que par le contact des hommes. Vous l'avez dit à propos des Browning – c'est un cas exemplaire de possibilités infinies de bonheur qui auraient été réduites à néant s'ils n'avaient pas eu cet ami, par exemple. Il s'agit donc pour chacun de trouver des hommes au contact desquels il peut recevoir du bonheur et en offrir. Je citerai seulement quelques voies : les livres, les grands intermédiaires entre les hommes, qui aiment donner des hommes aux hommes, les associations, peut-être, et surtout : les projets communs.

Je ne vois pas encore bien sous quelle forme exprimer tout cela. J'ai beaucoup de choses à dire : je veux aussi décrire la tragédie qui fait que certains sombrent à force d'attendre quelqu'un ; mon souhait le plus cher serait de donner à ces essais la tonalité d'une nouvelle ou d'un poème. J'ai une idée de titre : *Les Chemins de l'ombre*. Pour vous dévoiler encore quelque chose : dans ce livre, j'appellerai étoiles les gens comme *vous*, qui montrent la voie au petit nombre de ceux qui pensent à élever le regard.

J'ai déjà trop parlé de moi. A la mi-avril, je me rendrai pour trois mois en Angleterre, puis – peut-être ? – en Scandinavie. Je resterai quelques jours à Paris pour voir Verhaeren. Comme je me réjouis de la parution de son nouveau recueil de poèmes[1] ! Imaginez le plus beau titre du monde : il l'a trouvé. Cela s'appelle : *Admirez-vous les uns les autres !* De belles journées pour moi en perspective.

Recevez à présent mes salutations. Je pense très souvent à vous avec beaucoup d'amour ; et si je me

---

1. Verhaeren, *La Multiple Splendeur*, Bruxelles, Deman, 1906.

mets vraiment à écrire mon essai au printemps, je séjournerai plus souvent encore en pensée auprès de vous. Je voudrais seulement vous dire que vos lettres comptent déjà parmi les plus belles choses de ma vie : imaginez ce que représenteraient des heures passées avec vous.

 Votre fidèle

Stefan Zweig

A Ellen Key

84, Kensington Gardens Square
– London W –
[sans date ; fin mai 1906 ?]

Très chère et honorable Ellen Key, je vous remercie mille fois pour votre carte. Quelle joie pour moi de savoir que vous avez rendu visite à Verhaeren ; je suis certain qu'il a produit sur vous l'impression merveilleuse de profonde bonté humaine qui est si saisissante chez lui ; je serais très heureux de savoir comment vous avez trouvé Madame Verhaeren et Bazalgette, qui m'a dit qu'il regrettait de ne vous avoir vue qu'une fois, mais qu'une heure avait suffi pour qu'il vous prenne en affection. Je ne peux m'empêcher de dire que je me sens comme Cendrillon dans le conte allemand, assise à l'écart tandis que les autres festoient ; je regrette infiniment de manquer toujours les occasions de vous rencontrer. Mais j'espère que l'an prochain, quand je viendrai en Scandinavie, cette grande joie me sera enfin donnée.

 Je suis un peu malheureux de vivre ici à Londres, parce que j'aime beaucoup le soleil et que le ciel chargé me serre le cœur comme un anneau de plomb. Il y a peu de gens ici dont je me sente proche : trop de personnes froides et réfléchies, et trop peu d'êtres chaleureux. Parmi les poètes, je vois *Yeats*, qui est très important, Symons[1] et d'autres ; le problème *William Blake* me fascine de plus en plus et j'ai beaucoup travaillé sur lui. Il y a justement ici une magnifique exposition de dessins de lui et j'ai même pu acheter un dessin à titre privé (un des « Portraits visionnaires ») le plus beau que j'aie jamais vu, digne d'un Léonard. C'est un bonheur de chaque jour.

Je vous parlerai de mes livres à l'automne. L'Angleterre m'ôte toute envie de travailler : il y a dans l'air une pesanteur que je sens partout présente. Quand va paraître votre livre sur l'idée de Dieu ? Vous l'aviez promis pour le printemps. Ou bien est-il déjà paru ? Je suis si loin de tout ici, cela pourrait bien m'avoir échappé.

Aujourd'hui, je voulais seulement vous remercier pour votre carte de Paris : ma lettre ne sera pas plus longue. A Munich, vous êtes certainement débordée, assaillie de visites et, dans ces cas-là, les correspondances sont un fardeau. Mais quand vous serez revenue dans votre patrie suédoise, je vous écrirai une longue lettre et vous raconterai beaucoup de choses que je ne confierais pas volontiers à d'autres. Affectueusement et fidèlement, votre dévoué

Stefan Zweig

---

1. Arthur Symons (1865-1945), poète symboliste anglais.

A Ludwig Barnay[1]

London W
84, Kensington Gardens Square
[sans date ; début juillet 1906 ?]

Très honorable Monsieur le Directeur,

Permettez-moi de vous remercier du fond du cœur pour la grande joie que m'a causée votre lettre. L'idée que ma tragédie ait pu trouver un accueil favorable dans votre théâtre de Berlin, que j'ai découvert et apprécié lors d'un assez long séjour dans la capitale, ne me fait pas oublier que je n'étais pour vous qu'un étranger : je me sens ainsi doublement obligé à votre égard. Je ne vous cacherai pas que votre réponse a été la première que j'ai reçue au sujet de mon travail et que je respecterai toujours à l'avenir le droit de préséance que vous avez ainsi acquis. Votre bonté et l'accord précis dont vous m'avez fait part si rapidement m'engagent beaucoup plus durablement qu'un contrat n'aurait pu le faire.

En ce qui concerne les transformations de la pièce, je me déclare volontiers prêt à les entreprendre moi-même, dans la mesure où elles ne touchent pas le cœur de la tragédie. Votre longue expérience de la scène vous permet certainement de savoir ce qui convient le mieux et je me fie trop à votre goût artistique pour craindre qu'une donnée psychologiquement nécessaire soit sacrifiée à la fin d'un acte. Je pourrais arriver à Berlin début septembre – et même

---

1. Ludwig Barnay (1842-1924), cofondateur du Deutsches Theater de Berlin, directeur du Königliches Schauspielhaus de Berlin en 1906-1907.

plus tôt, si c'était possible, pour m'enquérir de vos avis. J'accepte également volontiers de vous donner l'exclusivité pour mes trois pièces suivantes.

J'aurais une requête à vous présenter : votre bienveillance me pardonnera. Alors que j'ai la grande joie de voir que ma pièce vous semble digne de votre théâtre, il serait pour moi d'une importance capitale que ce fruit volatil de mes attentes, que je vois briller devant moi dans tout son attrait, se transforme en certitude. J'aimerais avoir déjà signé le contrat et je vous serais très reconnaissant *d'annoncer d'ores et déjà dans les journaux que ma pièce a été acceptée*. Ce n'est pas la vanité qui me pousse à vous demander cela, mais – pardonnez-moi ce trait de patriotisme – votre bienveillante décision jouerait un rôle capital dans mes relations avec le Burgtheater de Vienne, vers lequel convergent les désirs les plus chers de tous les poètes viennois. Je ne souhaite évidemment pas que la première ait lieu sur une autre scène que la vôtre.

Permettez-moi de vous remercier encore une fois. Vous savez ce que signifie pour un jeune auteur la possibilité de voir son premier drame monté dans votre théâtre et je vous promets que le mérite d'avoir pris une telle décision vous sera pleinement reconnu. Je sens que seuls Heine et Matkowsky[1] sont capables d'incarner Thersite et Achille ; en outre, la presse berlinoise a déjà largement fait la preuve de sa bienveillance à mon égard quand sont parus mes recueils de poèmes. J'ai souvent publié dans le *Berliner*

---

1. Albert Heine (1867-1949), acteur et metteur en scène au Burgtheater ; Adalbert Matkowsky (1858-1909) était alors un des deux plus grands acteurs allemands, selon Zweig.

Tageblatt ainsi que dans la plupart des grands quotidiens allemands et je sais que je peux compter sur leur sympathie.

Laissez-moi vous remercier une dernière fois. Et même doublement, si mes espoirs se transforment bientôt en certitudes.

Avec toute ma gratitude, votre dévoué
Stefan Zweig

P.S. J'ai reçu votre précieuse lettre après qu'elle m'a été renvoyée de Vienne et je m'empresse de compenser le retard de ma réponse en vous envoyant un express.

A Emile Verhaeren [lettre en français]
London,
84, Kensington Gardens Square
[non daté : mi-juillet 1906 ?]

Mon cher maître, je quitterai bientôt Londres pour aller en Ecosse et puis en Belgique, et je veux vous dire seulement un mot de moi parce que je sais vous prenez intérêt à vos amis. Je viens d'être informé que ma tragédie *Thersite*, dont je vous ai parlé, sera montée au Théâtre Royal de Berlin et c'est presque sûr. Vous savez que je n'ai jamais eu l'ambition du théâtre et que les succès ne me paraissent jamais des preuves pour une œuvre, mais je ne veux pas nier que je suis bien content de cette affaire, si elle marche aussi bien qu'elle a commencé. Il y a tout de même une force inconnue dans la représentation d'un drame et une curiosité pour l'auteur de voir ses personnages dans une sorte de véritable vie, de mesurer la valeur des mots dans la langue des hommes parlants. Je ne méconnais pas le grand danger d'éprouver tout cela si jeune, mais j'espère me garder contre les tentations dangereuses du théâtre et du succès matériel. Votre œuvre m'aidera beaucoup à savoir que la valeur n'est pas dans le bruit provoqué mais dans le contentement intérieur.

J'ai traduit « L'Arbre » mais il n'est pas encore publié. J'attends impatiemment la *Multiple Splendeur* – à bientôt j'espère.

Madame Ellen Key m'a écrit et j'espère que vous avez la même bonne impression d'elle qu'elle éprouve de vous. Comme j'ai regretté de ne pouvoir être à Paris pendant ces jours, tout mon cœur m'y dirigeait et j'avais besoin de toute ma volonté pour me retenir. Maintenant, dans les rayons d'un soleil étincelant, Londres ne me donne plus le dégoût d'auparavant, je ne souffre plus du climat et je me suis réconcilié même avec les mœurs rigides parce que je comprends leur valeur éthique. Un jour à Oxford m'a fourni des souvenirs pour des années et j'ai passé dans les « collèges » silencieux quelques heures d'été inoubliables. Je sais que vous y avez donné des lectures, mais je crains que ce n'ait été en hiver et que la verdure qui rend le vieil Oxford si doux ne vous ait pas montré ses charmes.

Je passerai à Bruxelles les premiers jours de septembre pour me rendre à Berlin (on me demande quelques changements extérieurs dans mon drame). Du 18 août au 1er septembre je serai à Ostende pour visiter mes parents, et si vous n'êtes pas trop loin je serai heureux de pouvoir vous rejoindre un jour.

Donnez mes compliments à Madame Verhaeren et acceptez l'assurance cordiale de ma fidélité.

Votre
Stefan Zweig

A Max Brod[1]

(actuellement) Château Labers
près Meran
Le 15 décembre 1906

Très cher Monsieur Brod,

Vous avez eu l'extraordinaire bonté de penser à moi, et d'une façon qui m'honore beaucoup. Je serais évidemment très heureux de faire une lecture à Prague, ne serait-ce que pour revoir cette ville que j'aime terriblement. Le désir est là, mais – hélas !– ma voix est faible. Je lis affreusement mal et surtout à voix basse, je ne pourrais donc me rendre maître que d'une petite salle ; enfin, j'aurais à peine de quoi lire pour toute une soirée. Rien que des vers – cela effraie le public. Des nouvelles... j'en aurais peut-être une. Je crois que je n'aurais pas le courage de lire des extraits de mon drame. Je préférerais encore une conférence et j'aurais presque davantage le courage de la faire. A moins d'inviter aussi un bon prosateur,

---

1. Max Brod (1884-1968), fonctionnaire tchèque, écrivain, critique, ami de Kafka, éditeur de ses œuvres posthumes.

pour que ma production ne soit qu'un intermezzo lyrique.

Je relis ces lignes. La naïveté de l'expression traduit toutes mes hésitations : on voit que j'aimerais beaucoup, mais que je n'ose pas. Ce que je vous dis de mes terribles difficultés de lecture n'est pas une formule de modestie, c'est une vérité bien douloureuse pour moi. Je ne voudrais pas discréditer un institut qui a la bonté de m'inviter. Peut-être est-il possible de trouver un programme qui ne m'expose pas trop et qui fasse oublier les défauts de mon exposé.

Quoi qu'il en soit, je vous remercie de tout cœur ! J'ai fui Vienne pour 8 jours, je loge ici dans un vieux château aménagé en hôtel, il règne un calme extraordinaire et je baigne mes nerfs qui ont un peu chauffé. Je ne saurais dire combien cet endroit est beau.

Une question, Monsieur Brod, une question que je pose à beaucoup de Pragois : Vienne est-elle vraiment si éloignée de Prague ? N'avez-vous pas le besoin culturel de voir un jour Mahler et la Mildenburg[1] donner un *Tristan* qui n'a pas son pareil au monde ? Et les mille autres choses qu'offre cette ville belle en tout point ?

Et votre art ? J'ai lu récemment quelques beaux vers de vous. Un recueil paraîtra-t-il bientôt ? J'espère que vous ne nous ferez pas attendre trop longtemps[2].

---

1. Anna von Mildenburg (1872-1947), chanteuse à l'opéra de Vienne depuis 1898. Elle épousa Hermann Bahr en 1909.
2. Brod publia en 1907 le recueil de poèmes *Der Weg des Verliebten* (Stuttgart/Leipzig, Juncker, 1907).

Avec mes salutations les plus cordiales,
Votre très dévoué

          Stefan Zweig

Jusqu'au 21 décembre 1906
Château Labers
près Méran

―――◇―――

A Ellen Key

          Vienne I
         Rathhausstraße 17
     [non daté ; mi-janvier 1907 ?]

Très chère et honorable Ellen Key, je vous remercie du fond du cœur pour votre lettre, à laquelle j'ai répondu tous les jours en pensée depuis que je l'ai reçue. Il est infiniment précieux pour moi que mes vers aient quelque valeur à vos yeux et que vous les abordiez sous l'aspect le plus juste : l'aspect humain. Les éloges que je reçois de tous côtés pour ces poèmes me répugnent intérieurement, parce qu'on en vante toujours la qualité artistique ; rares sont ceux qui sentent le lien qui les unit à un vécu intérieur. Pour moi, la qualité artistique n'est jamais qu'un stade intermédiaire, de même que je n'ai appris des langues étrangères que pour pouvoir entrer en contact avec des écrivains et avec des gens. L'art de la langue me permet surtout de saisir plus facilement dans le concept ce que j'éprouve furtivement (c'est le cas avec tout sentiment) ; il n'a jamais été un but en soi.

Je n'ai peut-être pas un amour de l'art tout à fait pur – je n'ose le dire qu'à quelqu'un qui me comprend –, il est pour moi un maillon dans la chaîne de l'art de vivre, de l'expérience au sens le plus universel, qui nous impose de vivre avec beaucoup d'hommes et d'être vécu par eux. En un sens, il s'agit d'accélérer l'écoulement des multiples choses que nous sommes capables de vivre. Voilà pourquoi je me sens toujours un peu paralysé quand je suis à Vienne, je ne respire pas librement, assoiffé que je suis de nouveaux contenus de vie. Je rencontre trop peu de personnes nouvelles (et je consomme peut-être trop vite celles que je rencontre en me livrant prématurément), et il me manque aussi ce bonheur unique qu'offrent les lieux étrangers : être étranger à l'étranger et savoir pourtant qu'on peut s'unir à lui. Je comprends profondément votre errance perpétuelle, je sais qu'elle n'est pas instabilité, mais repos dans un mouvement constant. Je vivrais moi-même ainsi si quelques scrupules ne me retenaient pas momentanément (la famille, l'art) : aussi loin que je parte, je reviens toujours à Vienne. On perd ainsi une chose merveilleuse : le fait qu'à l'étranger, on ne se sente pas chez soi, qu'on n'éprouve pas totalement le sentiment de liberté, qu'on n'identifie pas totalement les deux états, être chez soi et être loin. Vous pouvez retrouver quelques bribes de cette sensation dans mon poème « Le Cœur du voyageur ».

J'ai reçu de Rilke (que j'aime toujours plus et dont la noble vie *procul negotiis*[1] est pour moi un modèle) quelques lignes très aimables. Et j'ai aussi

---

1. *Procul negotiis* : loin des affaires.

en main la nouvelle édition du *Livre des Chants* : beaucoup de choses me touchent au cœur, en particulier un retour au vivant. Ses vers étaient au bord de l'abîme, ils n'étaient plus que mélodie, comme prêts à quitter la terre. A présent, je les vois s'enraciner à nouveau dans le monde ; ils sont tout entiers voués à la vie réelle de l'âme (et non plus de l'être). Je les aime plus que jamais et maudis le mauvais sort qui m'a empêché de passer jamais une heure avec lui. Quoi qu'il en soit, j'ai engagé ici des tractations qui pourraient déboucher sur une invitation à donner des conférences dans d'excellentes conditions ; j'espère que Rilke acceptera. Dommage que la parution de votre livre soit retardée.

Verhaeren m'a demandé si vous aviez reçu son livre et m'a prié de vous transmettre son cordial souvenir. Je m'enfonce de plus en plus dans le riche univers de la *Multiple Splendeur*, dans cette région limpide et cristalline de la plus pure bonté humaine et de l'art le plus noble. Parfois, il me semble que ce livre dit des choses définitives. Mais je me méfie de moi, j'aime peut-être trop Verhaeren pour lire sa poésie sans préventions. Je sens seulement une sourde irritation quand je vois qu'un tel livre, un tel poète se présentent dans le monde et ne sont accueillis que par un silence irrespectueux, et non par des hurlements de joie. Il est vrai que Verhaeren ne recherche pas cela et que sa vie est humainement beaucoup trop riche pour que des contrariétés aussi mesquines puissent l'affecter. Mais pour nous qui l'aimons, cela ne peut être qu'une blessure, même si notre amour est d'autant plus riche que nous sommes peu nombreux autour de lui.

Mes vœux les plus sincères pour votre printemps à Palerme. J'ai toujours ressenti dans le Sud une merveilleuse absence de désir et la clarté bleue d'un ciel toujours égal. Et je sais que le travail sérieux s'y réalise plus vite que dans le Nord. J'espère que l'année qui s'ouvre nous offrira une nouvelle œuvre de vous. J'en serais très heureux, même si, en dépit de tout l'amour que je leur porte, vos œuvres ne m'ont jamais paru être chez vous l'essentiel. Elles ne m'ont jamais semblé contenir toute votre valeur, mais seulement un excédent, un surcroît de richesse que vous distribuez volontiers à tous et à pleines mains. Je me dis souvent que vous avez beaucoup fait en Allemagne et que la semence que vous avez semée aujourd'hui chez des jeunes filles ne sera mûre que chez leurs enfants, que nous, les jeunes, ne pourrons mesurer que plus tard l'étendue merveilleuse de votre champ. Parfois, quand je parle de vous, je remarque l'amour infini que vous portent des gens que vous n'avez jamais connus et j'éprouve dans toute son ampleur la grâce de celui qui ne connaît pas seulement la vérité, mais sait trouver les mots qui lui donnent des ailes. Je vous raconterai tout cela un jour, quand nous nous rencontrerons. Et c'est l'un des plus chers espoirs de ma vie que ce vœu puisse se réaliser bientôt. –

Un mot encore de mon travail. Ma tragédie sera jouée l'année prochaine et je vais bientôt en commencer une nouvelle. Une trame étrange, impossible à effeuiller en quelques mots, que j'ai située à l'époque de l'Ancien Testament. Je voudrais lire la Bible pour me préparer, et je n'arrive pas à dépasser le Qohéleth : il me semble que tout est déjà dit dans ce livre, même si le pessimisme ne me semble pas par ailleurs être le sens de la vie. Mais cette merveilleuse plainte me fascine toujours.

Mes vœux les plus affectueux pour votre art et votre vie. Votre intimement fidèle

Stefan Zweig

A Rainer Maria Rilke

Vienne VIII
Kochgasse 8
[Le 11 mars 1907]

Très honorable Monsieur Rilke,

Permettez-moi d'abord de vous demander pardon de répondre si tard à votre lettre qui m'a donné plus de joie que quelques mots rapides ne sauraient le dire. Mais j'ai été absent de Vienne pendant quelques jours : j'étais à Prague. Votre belle ville natale m'avait invité à faire une lecture et je m'y suis volontiers rendu : j'aime beaucoup ses vieilles ruelles et ses nobles églises, et toute possibilité de passer quelques jours parmi des étrangers que j'aime et d'interrompre l'étouffante monotonie du quotidien répond pour moi à un besoin intime.

Je m'empresse de vous remercier et en viens d'abord à votre seconde lettre, parce que la question que vous me posez appelle une réponse prompte[1].

---

1. Sur l'injonction de l'un de ses amis, Rilke (de confession catholique) avait curieusement demandé à Zweig si la confession

J'ai soumis le problème à un ami prêtre, et tout s'est passé comme je l'attendais : seuls les prêtres, auxquels leurs vœux ont donné accès au secret de la confession, sont autorisés à recevoir celle-ci. Ils sont les seuls intermédiaires autorisés. Toute autre personne ne serait soumise qu'à l'obligation morale de garder le silence, non à une obligation absolue, elle serait soumise – d'un point de vue purement juridique – à l'obligation de témoigner, dont seul le prêtre est affranchi.

Je reviens à présent à votre première lettre. Je relis le passage qui est pour moi le plus important, parce qu'il concerne votre œuvre, et la question d'une édition des œuvres complètes. Sur ce point, je ne peux que vous donner tort : je vous répète que, selon moi, il est déjà temps de rassembler vos poèmes. Je sais en effet que vos vers vous deviendront chaque année un peu plus étrangers, et que beaucoup d'aspects de votre œuvre que d'autres tiendront pour essentiels et précieux ne représenteront plus rien pour vous. Je crois que nous avons le devoir de réunir les textes en recueil, non pour nous-mêmes, mais pour ceux qui veulent les goûter. L'indication d'une date précédant chaque cycle empêche qu'on le tienne pour représentatif : elle donne également un repère pour mesurer le chemin parcouru. A mon avis, seul le temps établit la véritable anthologie de nos poèmes, l'anthologie essentielle, en écartant ce qui est superflu, en éliminant ce qui est insuffisant. C'est justement parce qu'à mon sens, toute sélection opérée

---

et la communion étaient nécessaires pour recevoir le sacrement de l'extrême-onction.

par l'auteur est éphémère et profondément transitoire, et ne possède aucune valeur d'achèvement interne – elle ne sert que des objectifs extérieurs – que je vous demande de ne pas prendre pour critère le principe d'achèvement ultime.

Je serais très peiné que vous vous mépreniez sur la manière dont j'entends ces « objectifs extérieurs ». Je ne pense pas à la gloire, à la réussite ou à l'argent. Je ne vois qu'une chose : beaucoup pourraient avoir accès à vos poèmes et en sont privés. Les différents livres sont dispersés, ils sont trop coûteux : s'il en existait *un seul* qu'ils n'aient qu'à ouvrir pour avoir *tout*, l'essence de l'ensemble et un repère visible pour s'orienter vers le détail – beaucoup seraient comblés de bonheur. Si votre nom est déjà pour beaucoup un objet de respect et de considération, il en est encore un grand nombre, un très grand nombre chez qui il n'éveille aucun écho et reste privé de connotations et de signification. Alors qu'il pourrait devenir tout pour eux. Je connais aussi beaucoup d'écrivains qui n'attendent qu'une occasion d'exprimer la gratitude que leur inspirent certains de vos vers. – Encore une fois, vous n'avez pas le droit de penser à vous dans votre sélection. Quand on a quelque chose à donner à autant de personnes que vous – comme tout grand artiste – on n'a plus droit à l'égoïsme, et on n'a peut-être pas non plus le droit de détruire une œuvre qui ne semble pas réussie. On a seulement le devoir de « développer », comme le pensait Goethe, « tous ses talents en vue de l'accomplissement ultime [1] » et de donner tout ce qu'on a.

---

1. Goethe, *Les années d'apprentissage de Wilhelm Meister*, VIII, 5.

Je le sais d'expérience : beaucoup de poèmes nous encombrent, nous font souffrir ; pourtant, quand je vois comment ils peuvent ravir certaines personnes, je n'oserais pas les détruire. Nous n'avons pas le droit de détruire une joie née de notre être à seule fin de nous conformer à notre sentiment personnel de l'art ; depuis que j'ai adopté ce point de vue, je ne méprise plus le plus modeste scribe s'il parvient à arracher des larmes ou un éclat de rire, à transfigurer pendant une heure la vie de pauvres gens. Que des poèmes de jeunesse ne soient pas parvenus à maturité, je ne ressens pas cela comme une honte, non plus que les fautes d'orthographe de mon enfance.

J'espère que vous me comprenez bien et que vous ne pensez pas, par exemple, que je songe à populariser votre art si noble. De même que des hommes faits pour se comprendre et qui vivent en voisins ne se rencontrent jamais, il est profondément tragique que certains n'accèdent pas à des livres qui pourraient remplir leur vie. Si vous réunissiez dans un volume à trois marks un choix de trois cents poèmes (le prix d'un mark m'apparaît comme un idéal inaccessible), comme il serait facile d'attirer l'attention sur lui, comme on aurait envie d'offrir ce livre à des proches. – Je cherche à vous convaincre – parce que je crains qu'il ne devienne chaque année un peu plus difficile pour vous de prendre cette décision, dans la mesure où votre sentiment de l'art s'affine et où l'expression ancienne de sentiments peut-être encore troubles vous semble inadéquate. Comme je vous l'ai dit, je pense que *cette* anthologie ne serait pas faite pour vous, mais pour les autres. Elle ne serait pas le fruit de votre œuvre, mais sa fleur, sa croissance et son aboutissement réunies dans un même tableau[1].

Il m'a fallu réprimer longtemps l'expression de la joie que me cause votre venue ici à l'automne. Je crois que vous n'avez jamais établi de relations profondes avec Vienne. Cela tient peut-être au fait qu'à Vienne, les véritables artistes dont vous êtes au moins l'égal forment un cercle entièrement fermé, qui rejette avec orgueil toute personne étrangère – y compris vous. Vous savez très bien à qui je pense : pour ma part, je n'ai jamais cherché à entrer en relation avec ces personnes, parce que j'ai toujours eu l'impression qu'elles répugnaient à se livrer. Parce que je n'ai cessé, aussi, de voyager dans le monde.

Ce que vous dites de mon livre m'a fait très plaisir. Je ne me suis jamais surestimé et je sais que même si certaines relations donnent pour moi du prix à quelques-uns de ces vers, comme à des moments vécus ou à des paysages inoubliables, ils n'ont pas encore beaucoup d'importance pour la littérature. A dire vrai, je n'aime qu'un seul de mes livres, la traduction de Verhaeren, parce que c'est un acte précieux. Il a fait connaître l'homme dont l'art immense et la bonté accomplie font pour moi un modèle, et lié ma vie à une œuvre puissante ; il m'a surtout donné la confiance amicale de l'un des hommes les plus significatifs de notre temps.

Je sais par Ellen Key que vous avez rendu visite à Verhaeren à Paris et ce dernier m'a parlé de vous en termes très chaleureux : je serais heureux de savoir que cette rencontre a aussi profon-

---

1. Le projet de Zweig ne se réalisa pas.

dément compté pour vous. Je ne saurais résumer tout ce que Verhaeren représente dans ma vie, comme exemple d'humanité : depuis que je le vois de façon assez intime, je sais comment doit vivre un grand homme, comment un homme peut unir en lui les puissances de la vie, avec calme et bonté. Servir son œuvre a toujours été ma plus grande fierté.

Ma lettre a été longue : permettez-moi de l'achever sur une requête. Votre bonté m'en a donné le courage. Je voudrais vous demander un cadeau précieux : le manuscrit d'un de vos livres de poèmes. Je ne suis pas collectionneur de manuscrits, mais j'achète de temps en temps celui d'un poème que j'aime. J'ai déjà quelques splendeurs, la petite *Chanson de mai* de Goethe, le *Crucifixus* de Lenau, la *Rose rouge passion* de Storm. Et j'ai reçu les présents de quelques écrivains qui m'ont permis de ne pas aimer seulement leur œuvre de loin. Ellen Key m'a donné son essai sur Verhaeren, Verhaeren la *Multiple Splendeur*, Hesse une nouvelle inédite, Scholz, Greiner[1] et Albert Mockel[2] différentes œuvres. Je serais extrêmement heureux de pouvoir recueillir une de vos œuvres : elle pourrait peut-être tomber entre de meilleures mains, mais elles ne seraient pas plus soigneuses. Je sais que je vous demande beaucoup, car je connais la fascination de l'écriture, je sais qu'en offrant à quelqu'un le manuscrit d'un livre, on trahit aussi un secret. Un secret, il est vrai, qui ne se

---

1. Leo Greiner (1876-1928), poète, dramaturge allemand.
2. Albert Mockel (1866-1945), principal théoricien belge du symbolisme.

dévoile qu'à un regard d'amour. C'est sans doute la conscience d'éprouver pour votre œuvre un amour peu commun qui me donne le courage de vous faire une demande aussi intempestive.

Je vous souhaite de belles journées de soleil à Capri, et pour nous, l'heureuse réussite de votre œuvre. Croyez à l'affectueuse fidélité de votre dévoué
Stefan Zweig
Vienne, le 11 mars 1907.

A Richard Dehmel

Vienne VIII
Kochgasse 8
[sans date : vers mai 1907]

Très honorable Monsieur Dehmel,

Verhaeren est actuellement au bord de la mer (comme chaque année à cause du rhume des foins) :
Ostende
Villa du Ponant
Digne de mer.

Il passera ensuite l'été à Roisin (Hainaut), Belgique, Caillou-qui-bique

A mon grand déplaisir, je ne suis pas encore parvenu à organiser la tournée. Munich est tenté, mais la décision n'est pas prise, Vienne est sûre, Prague peut-être aussi, mais tout cela ne rentabiliserait pas encore un voyage depuis la Belgique. Je ressens toujours davantage les ravages qu'entraîne dans notre culture littéraire l'invasion du théâtre. La vision superficielle du monde d'un Wedekind est décortiquée et analysée dans mille journaux, et l'on n'a que mépris, en revanche, pour les vrais contemplateurs du monde, ceux qui ne sont ni des théoriciens ni des démagogues, mais qui accomplissent leur propre personnalité. Je pense surtout à Verhaeren et à vous-même, je pourrais aussi citer Maeterlinck si les plus faibles de ses pièces dramatiques ne lui avaient justement attiré les faveurs du public. Je suis d'avis que même les plus intéressants des critiques allemands souffrent de cette paralysie théâtrale, songez à Kerr [1], Bahr et *tutti quanti* : comment expliquer, sinon, qu'ils n'aient pas encore pris acte du grand élan poétique que vous et Verhaeren avez donné, dans vos œuvres respectives, à toute la vision du monde de notre époque. Mais pour ces gens-là, une pièce de Georg Hirschfeld [2] est plus importante que toute la culture européenne. Il faudra dire cela un jour publiquement et j'aimerais que ce soit vous qui vous en chargiez : le cas de Verhaeren m'a une fois de plus permis de mesurer toute l'hébétude dans laquelle est tombé notre goût littéraire, dont les exaltations théâtrales ne sont rien d'autre que snobisme et affectation.

Pardonnez-moi cet accès de mauvaise humeur. Je ne parle pas *pro domo* : on va jouer l'an prochain à Berlin une pièce de moi, mais l'œuvre de Verhaeren

---

1. Alfred Kerr (1867-1948), journaliste et critique théâtral influent.
2. Georg Hirschfeld (1873-1942), dramaturge allemand, proche de Gerhart Hauptmann.

m'importe davantage que la mienne et il me semblerait plus juste que ce soit moi et non lui qu'on laisse de côté (mais c'est l'inverse). Il serait temps que les grands artistes de la poésie entrent dans leurs droits et obtiennent davantage que les autres la reconnaissance des spécialistes, *justement parce qu'*ils renoncent aux succès bruyants. Mais vous savez de quoi je parle. Votre dévoué

Stefan Zweig

A Hugo von Hofmannsthal

Vienne VIII
Kochgasse 8
24 juin 1907

Très honorable Monsieur von Hofmannsthal,

Permettez-moi de vous remercier du fond du cœur pour les lignes aimables que vous m'avez adressées. Aucun jugement allemand n'est pour moi plus précieux et plus important que le vôtre, et je me réjouis que l'occasion de vous le dire se présente à moi sans risque de paraître inconvenant. Pardonnez-moi d'avoir manqué jusqu'ici au premier devoir de la politesse en ne vous envoyant pas mes livres, alors que ma vénération pour vous, qui est devenue chaque année plus profonde et plus consciente, m'incitait à le faire ; votre lettre bienveillante m'autorisera à l'avenir ce que m'interdisait jusque-là la crainte diffuse de vous déranger et de vous importuner.

Avec ma sincère vénération,
votre dévoué

Stefan Zweig

A Max Brod

Vienne, le 4 juillet 1907

Mon cher ami Brod, je trouve que la poste a d'excellentes inventions, puisqu'il est possible d'envoyer un livre depuis Prague avec un timbre à dix sous, et quand il arrive à Vienne, c'est bien autre chose, une grande joie pour celui qui le reçoit, deux heures magnifiques et un cadeau que l'on garde. Mais ce n'est pas la poste que je veux remercier, c'est vous, cher Max Brod, pour ce livre vraiment superbe[1]. Peut-être – mes amis me le reprochent toujours – suis-je incapable de sonder une œuvre froidement et sans complaisance quand j'aime beaucoup quelqu'un, mais cela ne fait rien ; ce livre ne représente pas seulement pour moi un sommet dans l'art de la nouvelle, qui se rapproche des suprêmes hauteurs ; c'est aussi une voie toute nouvelle que vous avez ouverte. Vous savez que je disais encore « Meyrink » et « Prague » au sujet de votre premier livre, mais cette fois, tout s'est fondu dans une singularité. Ce que j'aime beaucoup, ce sont d'abord les étincelles du style, cette manière d'être original sans aucune supercherie ;

---

1. Max Brod, *Experimente. Vier Geschichten*, Stuttgart/Leipzig, Juncker, 1907.

d'arracher aux choses leur vrai nom par la seule intensité du regard aimant que l'on porte sur elles, comme on le fait avec un enfant. Et puis – c'est tout vous – cette satire sans méchanceté (elle me fait penser aux remèdes modernes, comme le mercure et les préparations d'arsenic, dont on extrait par je ne sais quel procédé les substances nocives pour l'organisme, tout en conservant leurs vertus curatives : votre satire est comme cela, elle est tranchante comme un couteau affûté et ne fait pourtant pas mal). Et puis : le caractère amphibie de votre art. Vos nouvelles vivent dans les deux éléments, la vie et l'imagination. Vous êtes capable de quitter la réalité pour vous jeter dans le vide sans vous noyer, vous tombez du ciel sur le pavé et ne vous déchirez pas la colonne vertébrale. Amphibies de l'art !

Et puis : la ville des sans-ressources, je la vis déjà. Je me suis exilé pour cet été à Vienne (avant de passer l'automne en Italie) et hier, votre livre taché de bleu à la main, j'ai vu Vienne *à travers votre tempérament* : j'ai vécu certaines choses plus intensément. Seul le vécu peut s'imposer de cette manière : on sent dans ces « expérimentations » que même construites, elles sont faites de substances organiques. Vous avez fait un grand pas de Prague à la vie, c'est du moins mon sentiment : je veux dire que vos observations tendres et minutieuses ne s'arrêtent plus à l'extérieur, mais pénètrent à l'intérieur des choses. Mais en fait, je ne crois rien du tout, je ne crois pas que vous ayez fait et voulu faire ceci ou cela, mais que vous êtes un gars merveilleux, un vrai poète, un homme charmant et que vous ne pouviez donc qu'écrire un bon livre, par nécessité. Je vous félicite de tout cœur pour cette réussite et surtout pour ce qu'elle présuppose.

Je ne pourrai vous envoyer un livre à mon tour qu'à l'automne : il s'agit de mon drame. J'ai presque achevé deux nouvelles que j'aime à l'état embryonnaire, lorsqu'on ne voit que la tête et que le corps est encore complètement replié sur lui-même. Lecture : Shakespeare, jusqu'à l'extase. *Roméo et Juliette*, *Titus Andronicus*, sept fois *Titus Andronicus*, *La Tempête*, que je connais presque par cœur. Je n'avais jamais aimé Shakespeare à ce point. Pour me distraire entre-temps – un bonbon entre des nourritures saines – une histoire des *Contes drolatiques* de Balzac. Je crains fort que vous ne fassiez partie de ceux qui ne connaissent pas Balzac. Lisez-le tout un été* (en commençant par le *Père Goriot* ou les *Illusions perdues* ou les *Contes drolatiques*) et vous connaîtrez le monde comme si vous aviez voyagé pendant des années sans rien faire d'autre qu'espionner tous les appartements, observer tous les visages et entendre mille personnes raconter leur vie. Shakespeare, Balzac sont pour moi les pôles de tout art, parce qu'ils sont les deux plus grands créateurs d'hommes. Goethe – cela semble un blasphème – est infiniment pauvre en hommes à côté de ces deux-là. Lisez donc Balzac ! Puis à nouveau *Roméo et Juliette* (en anglais). Saluez votre sœur de ma part et restez le fidèle ami de votre

Stefan Zweig

* pas *un seul* roman, il ne vous dira rien, vous semblera l'œuvre d'un dilettante. Ce n'est qu'à partir du cinquième livre qu'on perçoit l'horizon mental.

A Rainer Maria Rilke

Vienne, VIII
Kochgasse 8
5 août 1907

Très cher et honorable Monsieur Rilke, bien que toute ligne reçue de vous soit pour moi une joie sans mélange, votre lettre m'a peiné en m'apprenant que je vais une nouvelle fois être privé du bonheur de vous voir. Je n'abandonne cependant pas tout espoir : peut-être me rendrai-je à Paris plus tôt que prévu ou arriverez-vous plus tard en Italie – il est si difficile de perdre un espoir qui est presque devenu un besoin.

Mais surtout : je voudrais vous dire que dans ce que je vous ai écrit au sujet des « cercles viennois », j'ai suscité un malentendu en ne m'exprimant pas clairement. Il y a à Vienne deux poètes que j'aime et que j'admire infiniment, Hofmannsthal et Beer-Hofmann ; je les aime tant que je n'ai jamais cherché, au cours de mes séjours au demeurant toujours provisoires, une occasion de faire leur connaissance, par peur de paraître trop petit à leurs yeux ou de les déranger en leur volant du temps. Voilà ce que je voulais dire : j'aime tant votre œuvre et je suis si pénétré de la conviction que toute personne qui l'aborde sans préjugé ne peut que s'incliner devant elle, que j'ai toujours vu dans le silence constant et opiniâtre observé par certains à son sujet l'effet de quelque résistance intérieure. Je connais ici quelques jeunes gens qui, je voudrais le dire, sont ivres de vos vers, qui n'ont pas de désir plus profond que de vous entendre lire ou parler ici un jour, je vois que ceux-là ne peuvent parler d'art et de notre art sans citer votre nom ; et je vois par ailleurs ces gens qui ont fait de l'activité artistique le projet de leur vie, qui ne cessent de comparer les nouvelles créations et les nouvelles valeurs, et qui passent pourtant à côté de votre œuvre et sont si indifférents et aveugles à votre égard que je me demande avec colère si ces personnes dont je connais par ailleurs la perspicacité n'ont pas fermé les yeux délibérément. C'est la même chose avec Verhaeren : lui qui est pour moi, en quelque sorte, le centre d'une vision du monde européenne et contemporaine au sens le plus profond du terme, n'est même pas un nom pour ces gens qui jonglent pourtant avec les noms étrangers et s'efforcent sincèrement d'intégrer la moindre nouveauté. Ils sont pris dans un cercle – c'est cela que je voulais dire – et leur regard est fixé vers l'intérieur : ce qui pénètre dans cette aire ou y projette son ombre tombe dans leur champ de vision ; mais les apparitions qui se meuvent librement à l'extérieur échappent à leur regard et ils n'ont pas assez de curiosité et d'amour pour les suivre des yeux. C'est ainsi que j'entendais la fermeture du cercle, ce n'est pas une clôture vis-à-vis de l'extérieur, mais une fermeture intérieure, une auto-limitation du regard. Moi qui ne cesse de voyager et qui n'ai pas de point d'ancrage, je ne pourrais pas m'intégrer dans un cercle (et je me sens bien trop petit pour être jamais un point central). C'est à cette fermeture toute spatiale que je songeais lorsque je disais que nous partagions la même situation face à ce qui est déjà fixé et délimité (cette proximité, je la ressens en voyant que je suis capable d'éprouver et de vivre plus nettement beaucoup de vos textes, parce qu'ils ont en quelque sorte des prolongements en moi). Je n'ai jamais entendu cela au sens mesquinement littéraire du terme ; je vous en prie, n'ayez pas une telle idée de moi.

Je vous envoie mon *Verhaeren*. J'écrirais aujourd'hui bien des choses d'une autre façon (en particulier l'introduction, un peu saturée de mots étrangers), mais c'est là mon livre préféré, parce que c'était un acte courageux accompli pour Verhaeren, et que Verhaeren est sans doute ma plus belle expérience, son affection mon bien le plus précieux. Je ne sais pas s'il vous a déjà été donné d'entrer vraiment dans l'intimité de cet artiste à l'humanité incomparable et d'admirer le bel art de vivre qu'il a lentement construit à force d'observer la vie avec une bienveillance et une tendresse extrêmes. Je vous enverrais volontiers les textes que j'ai écrits sur lui, mais ce ne sont que des broutilles : je me retiens encore d'écrire sur lui par crainte de l'amour presque passionnel que je lui porte. Je considère que c'est notre plus grand contemporain, mais je n'ose pas le dire, par crainte que cette conviction ne soit davantage le fruit d'une admiration personnelle que d'un point de vue critique : je m'impose donc une période d'attente qui me coûte parfois terriblement. Au cours des dernières semaines, je me suis employé à organiser une tournée de conférences pour Verhaeren en Allemagne. J'ai rencontré beaucoup d'échos, Hambourg, Munich, Vienne, Prague sont assurés, mais la difficulté qu'il y a à concentrer toutes ces conférences dans un laps de temps délimité s'est avérée insurmontable pour cette année. Pourriez-vous avoir la bonté d'attirer l'attention des différentes institutions dans lesquelles vous donnerez des lectures sur Verhaeren et de faciliter ainsi ma tâche d'intermédiaire pour l'année prochaine ? A Hambourg, j'ai été chaleureusement soutenu par Dehmel, à Munich par Leo Greiner, et votre appui me serait très utile. Voir l'œuvre de Verhaeren mieux diffusée et davantage lue, c'est l'un des rares objectifs auxquels je voudrais me tenir absolument.

Si vous voulez écrire sur Verhaeren, les livres d'Albert Mockel[1] et de Léon Bazalgette[2] sont indispensables. Bazalgette est mon meilleur ami à Paris, je suis également en très bons termes avec Mockel et je serais très heureux de vous les faire rencontrer. Bazalgette est l'une des personnes les plus aimables et les plus fabuleuses que je connaisse, Mockel est l'un des esprits les plus subtils de la France des jeunes, tous deux sont des amis intimes de Verhaeren. Voulez-vous que je leur écrive un petit mot ?

Je me réjouis de parler avec vous de votre choix de poèmes et j'espère vous convaincre. Souvent, surtout à l'étranger, quand je parle de vous et qu'on me demande d'indiquer le titre d'une œuvre, j'ai un

---

1. Albert Mockel, *Emile Verhaeren, avec une note biographique par F. Viélé-Griffin*, Paris, Mercure de France, 1895.
2. Léon Bazalgette, *Emile Verhaeren*, Paris, Sansot, 1907.

moment d'hésitation, parce que je ne sais pas si je dois vous présenter d'emblée en citant votre œuvre de maturité, le *Livre des heures*, ou plutôt un recueil antérieur, mais qui ne vous correspond plus. C'est ce problème, ainsi que les difficultés rencontrées par les non-écrivains dans la commande d'œuvres publiées par différents éditeurs, qui ont d'abord attiré mon attention sur les obstacles qui s'opposent à l'amour de vos œuvres. Quantité de personnes sont privées d'une joie que votre vœu intime de créateur est cependant de faire partager. Je crois qu'à côté de tels impératifs, tous les doutes personnels quant à sa propre insuffisance et les critiques qu'on peut s'adresser sont pauvres et insignifiants. Ici encore, je ne pense pas au succès littéraire, mais à l'accomplissement d'un désir qui n'est peut-être pas encore né chez tous ceux qui pourraient aimer votre œuvre.

Dès que vous saurez quand commencent et se terminent vos conférences, envoyez-moi un petit mot, je vous prie, pour m'indiquer les dates de vos séjours à Paris, à Vienne et en Italie. Je pourrai peut-être faire en sorte de vous rencontrer dans l'un de ces lieux. D'ici là, vous recevrez ma tragédie. Votre intimement dévoué

Stefan Zweig

A Benno Geiger [1]

Vienne VIII Kochgasse 8
Le 18 août 1907

Cher Monsieur Geiger, je voudrais aujourd'hui solliciter votre gentillesse. Vous êtes un grand connaisseur de l'Italie et comme j'ai remarqué des affinités dans nos goûts et nos styles de vie, je voudrais vous demander quelques conseils pour séjourner à Rome (je connais déjà Florence et je saurai sans doute m'orienter en Corse).

Voilà : connaîtriez-vous une bonne pension à Rome, qui, surtout, ne soit pas *allemande* (la compagnie des Allemands en Italie me fait horreur) mais internationale, américano-anglaise, je veux dire *propre*, tranquille et d'un bon niveau ? Je vous serais très reconnaissant de me donner un bon conseil. Je préférerais ne pas louer une chambre, j'ai trop peur de la vermine.

Ma deuxième requête : pourriez-vous m'envoyer une lettre de recommandation pour *F. E. Marinetti*. Je serais très heureux de faire sa connaissance. Ses activités me le rendent très sympathique.

Est-ce trop vous demander ? J'espère que non. Je suis vraiment désolé que nous n'allions pas en Italie au même moment, j'aurais préféré vous rencontrer là-bas qu'à Berlin, où je suis toujours survolté et plus maître de mon temps et de mes humeurs. Je suis très content d'avoir lu vos beaux poèmes : n'allez-

---

1. Benno Geiger (1882-1965), historien de l'art, vécut à Rodaun (près de Vienne), puis à Venise où il fut marchand d'art. Il fut aussi poète et traducteur.

vous pas en faire un livre ? Vous recevrez bientôt le mien, dès qu'il sera paru.

Affectueusement, votre

Stefan Zweig

A Hugo von Hofmannsthal
>> Vienne, le 16 février 1908

Très honorable Monsieur von Hofmannsthal,

Je vous remercie du fond du cœur pour votre beau cadeau, qui m'est doublement précieux : comme poème et comme signe de votre bienveillance. En prenant la plume pour vous écrire, j'ai pensé à l'instant que vous ne connaissiez peut-être pas l'intéressante *Histoire des œuvres de Balzac* de Spœlbergh van Lœvenjouls [1] que je venais de recevoir de Paris et qui contient le plan de *toute* la Comédie humaine, que vous ignorez peut-être, et énumère les romans que Balzac n'a pas écrits (*Moscou*, *La Plaine de Wagram*, etc.). Au cas où vous souhaiteriez le lire, je vous l'envoie tout de suite puisque je l'ai entre les mains. Mon article n'est pas aussi important que le vôtre [2], il se limite d'ailleurs à un essai sur la philosophie de Balzac et je m'évertue à trouver un titre qui signale cette restriction et l'excuse par avance. Je donnerai

---

1. Spœlbergh de Lovenjouls, *Histoire des Œuvres de H. de Balzac*, Paris, 1879.
2. L'essai de Hofmannsthal parut en 1908 en préface à l'édition Insel des œuvres de Balzac.

la semaine prochaine une conférence sur Balzac, mais je ne vous demande pas d'être présent : je tenterai seulement de balayer à grands traits la riche étendue du sujet, afin de réveiller à Vienne un intérêt pour les nouvelles éditions.

Si vous avez déjà terminé votre essai ou si vous connaissez déjà le livre de Spœlbergh, je peux résumer ce que j'avais à vous dire aujourd'hui en deux mots : grand merci. Avec les compliments dévoués de votre fidèle admirateur

Stefan Zweig

A Ludwig Barnay

Vienne, le 4 mai 1908

Très honorable Monsieur le Conseiller aulique,

Votre lettre si bienveillante m'impose de vous remercier sincèrement. Lorsque je l'ai reçue, j'avais déjà agi : j'ai fait ce que je devais faire.

Dès que j'ai appris la nouvelle de la décision qui a été prise *sans me consulter, sans m'envoyer la moindre ligne pour me prévenir,* bien que l'ajournement ait été mis sur le compte de la maladie « d'un des principaux acteurs » – j'ai immédiatement télégraphié au Königliches Schauspielhaus que je retirais ma pièce et envoyé un avis notifiant cette décision. *Qu'on m'ait manqué d'égards au point de me laisser apprendre par les journaux le retrait de Matkowsky, à moi, l'auteur,* voilà qui est tout simplement inouï. Même si, sur ma demande, on m'a télégraphié que Matkowsky n'avait pas donné son accord – je veux bien croire qu'il ne veuille pas apprendre un rôle pareil pour trois semaines estivales –, *j'ai considéré que toutes les négociations étaient interrompues à partir du moment où j'ai compris qu'on m'avait volontairement tenu dans l'ignorance de cette défection et qu'on avait choisi de m'en informer par voie de presse.*

Ce n'est que pour vous ménager, cher Monsieur le Conseiller aulique, que je me suis contraint à adopter un ton loyal et sans passion dans la déclaration que j'ai transmise hier à tous les grands journaux berlinois. J'ai en outre envoyé une lettre à la direction générale pour expliquer que je n'avais pas agi ainsi à cause de Matkowsky, mais *uniquement parce qu'on avait totalement fait abstraction de ma personne.* Je joins à ce courrier la déclaration que j'ai envoyée aux journaux ; elle devrait paraître aujourd'hui, mardi, dans la plupart des quotidiens, ainsi que dans quelques journaux étrangers.

Attendre l'automne – non, je suis trop fatigué d'avoir attendu aussi longtemps, deux ans maintenant. Il ne me restait que cette ultime possibilité pour empêcher que ma pièce soit mise en scène de façon insatisfaisante : la pièce est attendue par plusieurs scènes et ne *pouvait pas* être ajournée plus longtemps.

Je regrette vraiment que vous vous soyez donné autant de mal – en vain – pour cette pièce. Ma reconnaissance vous restera toujours fidèlement acquise et soyez assuré que si cette affaire devait être débattue publiquement, je n'oublierais jamais de souligner que vous êtes généreusement intervenu en ma faveur. Je n'ai malheureusement pas pu dire dans ma déclaration que vous étiez étranger à tous ces événements, cher Monsieur le Conseiller aulique : vous pourriez peut-être le faire, mais je n'ai pu en prendre l'initiative sans votre accord.

Pardonnez-moi tous ces tracas et dérangements. Mais je sais que vous êtes loyal et que sur le fond, vous me donnez certainement raison. Car ce retrait a été un sacrifice pour moi : je n'aurai jamais honte de le reconnaître.

Fidèlement et respectueusement, votre dévoué
Stefan Zweig

A Arthur Schnitzler
Vienne, le 3 juin 1908

Très honorable Monsieur le Docteur,

Je m'inquiétais de savoir si vous n'étiez pas fâché que je me sois contenté de vous saluer rapidement hier — je craignais de vous importuner — et je reçois aujourd'hui votre livre[1] comme un cadeau aimable et le signe plus précieux encore de votre amitié. Je suis si heureux de posséder un livre qui me vient de vous : il représentera peut-être encore davantage pour moi qu'il ne pouvait déjà le faire par sa seule force intérieure. C'est à nous, les jeunes, parents par le sang et l'amour de notre patrie, qu'il est destiné, c'est à nous peut-être qu'il appartiendra davantage qu'à toute autre génération, qu'à toute autre ville, qu'à tout autre cercle : si les autres aiment

---

1. Arthur Schnitzler, *Der Weg ins Freie*, Berlin, Fischer, 1908.

l'extérieur, le regard, l'approche, la mélodie, c'est nous qui sommes les plus proches de son cœur, c'est pour nous qu'il est écrit – inconsciemment peut-être, c'est à nous qu'il montre le chemin. Recevez donc avec l'expression de ma gratitude celle de beaucoup d'autres auxquels n'est pas échue la joie de l'avoir reçu de vos mains, ma reconnaissance non pas pour ce geste en particulier, non pas pour cette seule création, mais pour le tout, pour la grande belle volonté et pour tout l'amour immense que vous avez donné à ces hommes – pour nous.

Quel dommage qu'Auernheimer ait été contraint par les partis pris timorés de la *Neue Freie Presse* à éluder le véritable problème. C'est précisément l'idée de l'amalgame entre le juif et le Viennois qui fait pour moi la nouveauté de ce livre, son importance et son audace inouïe, et c'est là-dessus que j'insisterais – et insisterai peut-être – si je devais publier un compte rendu du roman.

Encore une fois, je vous remercie infiniment pour votre bonté. Soyez intimement assuré de ma profonde vénération. Votre très dévoué

Stefan Zweig

―――◄o►―――

A Benno Geiger
[Vienne, sans date ; sans doute vers la fin juin 1908]

Benissimo, Carissimo,
ti mando domani la robba materialista, oggi ne ho bisogno per far un excursione a Cythera. La

ragione : anch'io ho finito un poema pathetico mezzo Zweigo-Geigeriano et voglio riposarmi nelle braccia d'una donna per cambiare la fatica del intelletto con quella del corpo. Tutto il tuo[1]

                                Stefan

―――◇―――

A Herwarth Walden
                    [Vienne, septembre 1908]

Très honorable Monsieur Walden[2],
    Je vous envoie ma biographie en toute hâte. Je me réjouis beaucoup d'aller à Berlin – et j'espère que Berlin se réjouit aussi un peu de ma venue !
    Avec mes meilleures salutations,
                                Stefan Zweig

    L'autobiographie d'un jeune homme de vingt-sept ans – pour qui l'essentiel est encore à venir – ne remplit pas des volumes entiers, et il n'y a pas à s'en excuser. Surtout quand on a affaire à un citadin bourgeois dont la vie organique commence à peine : il a fallu d'abord que le mécanisme des écoles tente

---

  1. Traduction : « Je t'enverrai demain l'outil matérialiste, aujourd'hui j'en ai besoin pour faire une excursion à Cythère. La raison : moi aussi, j'ai fini un poème pathétique mi-Zweig mi-Geiger et je veux me reposer dans les bras d'une femme pour substituer la fatigue du corps à celle de l'intellect. Bien à toi... »
  2. Herwarth Walden (1878-1941), éditeur, écrivain, dramaturge et essayiste. Il dirigea de juin à décembre 1908 la revue hebdomadaire *Morgen* (éditée par Werner Sombart, Richard Strauss, Georg Brandes et Hugo von Hofmannsthal).

de le modeler et de l'intimider. Il est heureux que cette rupture avec l'Ecole – mon premier bond à l'air libre – m'ait immédiatement emporté loin de ma ville. J'ai fait des études à Berlin puis à Paris (en philosophie, si je ne me trompe) et j'ai ensuite voyagé, toujours plus libre, toujours plus indomptable, toujours plus curieux et plus heureux. Une année à Paris, des semestres à Berlin, Rome et Londres, entrecoupés de voyages, de l'Ecosse au cœur de l'Espagne, de la Belgique aux abords de l'Afrique du Nord : j'ai ainsi rarement séjourné à Vienne, ma ville natale. Aujourd'hui encore – et pour longtemps, très longtemps encore, je l'espère ! – cette pulsion qui me porte à voyager en toute liberté et sans aucune entrave, à me sentir partout chez moi aussi bien que dans ma ville natale, est plus forte que mon ambition littéraire. J'espère échapper aux frimas de cet hiver et aux rigueurs de cette période en voguant vers l'Inde. Ces voyages ont fait naître en moi un fort sentiment cosmopolite et si on ne sent pas dans mes œuvres « le parfum de l'humus » – comme les gardiens de l'art allemands le disent avec un goût très sûr – je me console de ce défaut en songeant que j'ai la chance incomparable d'avoir accumulé en moi d'innombrables paysages proches et lointains, de connaître Florence, Madrid, Munich, Bruxelles, un grand nombre de villes où je peux sortir de la gare sans demander mon chemin, aller voir un tableau que j'aime, une belle vue, et frapper partout à la porte d'un ami très cher. Je crois avoir acquis par la vision, et pas seulement par la réflexion, une idée de la variété, de la grandeur et de la puissance du monde, et c'est là que s'enracine indéfectiblement mon sentiment de la vie – qui se nourrit de toutes ces expériences et de la vraie fierté de connaître quelques-uns des meilleurs et des plus grands hommes de notre temps, voire d'être leur ami.

De quel côté penchera la balance, si je mets en regard ces expériences vécues et ce que j'ai accompli ou voulu accomplir jusqu'à présent ? Ce n'est pas à moi d'en décider. Un premier recueil de vers, les *Cordes d'argent*, dont maints poèmes avaient vu le jour sur les bancs de l'école, m'est devenu très étranger et je ne comprends même plus ce qui lui a valu en son temps le succès littéraire. Je n'aime plus mon recueil de nouvelles *L'Amour d'Erika Ewald* : il a été écrit sans le grand respect qu'on doit à l'art de la prose, sans que j'aie réalisé la difficulté que présente l'écriture d'une nouvelle, et beaucoup de détails que j'aime encore dans ces textes disparaîtront sans doute avec eux. Je ne reconnais que mon second recueil de poèmes (le seul qui soit paru pendant une longue période) *Les Jeunes Couronnes* et la tragédie *Thersite* que j'ai été contraint de retirer du Königliches Schauspielhaus cinq jours avant la première ; ceux qui ont de la fantaisie et une capacité de représentation plastique n'ont qu'à imaginer Matkowsky dans le rôle d'Achille en lisant le livre (tant pis pour les autres lecteurs). Si la valeur de ces deux livres est une affaire de goût ou de conviction personnelle, je me réjouis d'avoir à mon actif quelques productions qui peuvent être désignées comme des actes absolus. Je veux parler de mon action en faveur de quelques-uns de nos grands contemporains étrangers en littérature, en particulier d'Emile Verhaeren, le grand Belge. Ma seule réussite importante est à mes yeux d'avoir fait connaître ses œuvres que j'aime infiniment, par la traduction et divers autres moyens, et je m'en réjouis d'autant plus qu'elle est aussi ignorée et peu considérée que l'a auparavant été, en Allemagne, celle du poète auquel je voue une égale estime personnelle et artistique.

Stefan Zweig
Vienne, septembre 1908

A Victor Fleischer

[Bombay, sans date ;
cachet de la poste : 19 décembre 1908]

Port de Bombay, dans le bateau. Cher Victurl, quelques lignes avant que nous n'accostions à Bombay. Le point d'abord sur les « affaires courantes ». La chose n'a pas eu de complications, elle suit tranquillement son cours, mais au bout de 16 jours, elle n'est évidemment pas encore passée. A Bombay, j'irai consulter tout de suite un spécialiste et je me ferai examiner. Nous nous y arrêtons quelques jours pour nous reposer, puis nous nous enfoncerons dans les terres pour un circuit d'environ trois semaines jusqu'à Calcutta (nous prenons bien notre temps, *pomali*, comme on dit à Vienne). J'espère que tu vas m'écrire là-bas pour m'informer de ce qui se passe à la maison. Sur le bateau, j'ai été très bien, pas une heure de mal de mer, un temps frais – ah ! si cela pouvait durer ! J'espère que tu m'enverras bientôt des nouvelles similaires, surtout celle de ta guérison, qui augurera bien de la mienne. Pour le moment, je n'ai pas du tout le mal du pays, au contraire, je me sens terriblement bien. S'il te plaît, envoie tes prochaines lettres à *Rangoon* si elles partent *tout de suite*, sinon à *Madras*, à moins que je ne télégraphie d'autres indications à ma famille. Meilleurs vœux de bonne année !

Très affectueusement,

Stefan

A Victor Fleischer

Calcutta, le 8 janvier 1909

Cher Victor, j'ai trouvé ici aujourd'hui tes bonnes nouvelles et cela m'a fait bien plaisir. Quand on passe un mois à voguer ainsi dans les airs, une lettre comme celle-là ramène tout de suite à la réalité. Ce que tu m'as écrit est très important pour moi, je me suis réjoui de l'accueil chaleureux de Joseph Kainz[1], même s'il ne sert à rien : tu sais que je n'ai plus d'espoirs pour *Thersite* (et que je ne laisse pas les autres m'en donner). La pièce a fait tout ce qu'elle pouvait, à moi d'en écrire de meilleures.

Un mot de l'Inde. C'est évidemment merveilleux. Et les haillons épouvantables sont d'aimables inventions de Monsieur Fred[2]. Il est vrai que j'ai

---

1. Joseph Kainz (1858-1910), grand acteur viennois, tenta en vain de faire jouer *Thersite* au Burgtheater de Vienne.
2. Alfred W. Fred, auteur d'un « Voyage en Inde » (*Indische Reise*, Munich, Piper, 1907).

passé plus de temps dans le train ce mois-ci que je n'en passe ordinairement en une année (et je voyage beaucoup) ; les hôtels sont souvent assez primitifs, mais ce sont là des choses supportables ; un événement aussi extraordinaire qu'un voyage en Inde vaut bien cela. Mais surtout, on voit trop de choses, on aimerait avoir du temps, faire un intermède de trois ou quatre jours à Vienne pour digérer tranquillement tout cela. Toujours est-il que le voyage est plus trépidant que je ne l'aurais cru ; nous sommes vraiment pleins de zèle, nous ne laissons rien passer et nous pourrons repartir dès la fin février ou début mars. Fin mars, je serai de retour à Vienne – pour quelques jours, en intercalant peut-être deux semaines en Italie – je me réjouis beaucoup à l'idée de reprendre le travail. Je ferai sans doute le voyage de retour tout seul : Bessemer va s'arrêter en Egypte et rentrera peut-être plus tard (je ne lui en veux guère, ce genre de voyages fait surgir quelques désaccords, surtout quand on a affaire à un caractère qui n'est pas tout à fait irréprochable). Mais que ceci reste entre nous, ce ne sont là que des affaires privées, elles ne me paraissent pas nouvelles ; il est difficile de trouver le partenaire idéal pour un voyage en Inde. Je peux te donner mon plan de voyage précis :

9. Darjeeling. Région de l'Himalaya

13. Retour à Calcutta

15. En bateau jusqu'à *Rangoon* (Indochine)

Jusqu'au 25, excursion dans les terres puis retour à *Rangoon*

26. Départ de *Rangoon* pour Madras (Inde du Sud)

Du 1ᵉʳ au 10 février, excursion à partir de Madras

Du 10 au 25 février (ou 1ᵉʳ mars) *Colombo* (Ceylan) avec excursions

Le temps que je resterai à Ceylan dépendra de Ceylan ; au moins 10 jours en tout cas. Tu peux encore m'écrire à Colombo, Cooks Office, si tu envoies ta lettre tout de suite (indique *By royal British Mail*). Je télégraphierai des nouvelles plus précises à mon frère et il te tiendra informé. Si nous pouvions nous retrouver à Rome, Florence ou Venise avec Benno et toi, ce serait très sympathique.

J'espère que les désagréments passés sont à présent totalement oubliés (pour moi, c'est fini depuis longtemps). Cela a duré assez longtemps pour toi et j'espère que ce sera la dernière fois. Nous sommes arrivés à un âge où ce genre de choses deviennent dégoûtantes et infiniment plus gênantes. Mais je suis sûr que lorsque cette lettre te parviendra, tu seras libéré, tout a une fin. Je suis très heureux que tu aies de nouveaux projets : j'espère que tu vas me parler aussi du succès de tes livres.

Salue tout le monde à Vienne de ma part. La bonne Mademoiselle Hirschfeld[1] a vraiment trop de complaisance et de sollicitude à mon égard – je préférerais lui éviter des déceptions, aussi bien en ce qui concerne ma pièce que mon mode de vie, qui devra changer un jour. Salue très affectueusement Leo

---

1. Eugenie Hirschfeld, pédagogue, sœur du dramaturge Leo Feld. Zweig l'admirait beaucoup et lui donnait lecture de chacune de ses œuvres.

Feld, ainsi que Stringa et tous les amis. Ils peuvent être sûrs que je vais vraiment bien. Bien des choses à toi et à Max ! Servus

Stefan

A Victor Fleischer

Rangoon, le 20 janvier 1909

Cher Victor,

Je suis vraiment navré que tu aies eu un accident. La mesure est comble à présent et la roue va très rapidement tourner, d'ici mon retour j'espère que tu seras à la tête d'une bibliothèque et d'une maison de campagne. Une proposition, d'ailleurs : et si tu m'attendais à Paris ? J'ai décidé de passer par Naples (où j'arriverai vers le 11 mars) puis par Rome, ou par Gênes (vers le 13 mars) et Paris avant de rentrer à Vienne. Cela fait longtemps que tu avais l'intention de séjourner à Paris et si ton ami (qui possède une lettre de crédit encore peu entamée) te prie d'y être son hôte, tu serais un âne, un misérable et un vaurien de refuser cette proposition. Je pense être à Paris vers le 18 mars et y rester 10 jours. Ecris-moi tout de suite à Gênes ou plutôt à Naples où nous nous retrouverons :

Docteur Stefan Zweig
Passager à bord du « Lützow »
Passenger with Lützow arriving about March 10th
Naples
Norddeutscher Lloyd

Tu n'auras pas d'autre occasion dans ta vie de voir Paris aussi bien. Je compenserai tes lacunes en français (à tout point de vue) et me chargerai de tout le reste, tu passeras vraiment une semaine extraordinaire. Ne fais pas l'« entêté » comme Stringa, le peintre de l'antique Italie, sois sage et prends la chose comme seul un ami *a le droit* de la prendre. Je compte sur toi – à Paris ou à Rome !

Que te dire de l'Inde ? C'est infiniment intéressant, surtout ce Burma, comme peu de choses au monde. Et je sais que ce n'est *pas* mon seul et mon dernier grand voyage. Pas un jour de pluie, un ciel toujours bleu, un soleil divinement chaud. Les haillons sont une invention de Monsieur Fred, l'Inde est la meilleure invention du bon Dieu.

Pas de littérature. J'ai trop de respect pour écrire en plus de tout cela, et trop peu de temps. J'ai écrit deux chroniques (sur le bateau) pour le *Berliner Tageblatt* et la *Neue Freie Presse*. Tu les liras. *Thersite* est en pourparlers avec le Schillertheater de Berlin – j'espère que tu t'en es entièrement remis à Felix Bloch pour la décision, je ne me soucie plus de rien.

Bien affectueusement,

Stefan

Salue de ma part tous ceux qui sont fréquentables à Vienne.

Je *t'ordonne* de soumettre ma proposition parisienne à Mademoiselle Hirschfeld pour qu'elle te donne son avis. Tu te conformeras à sa décision.

A Victor Fleischer

Trichinopoly [=Tiruchirappalli]
Le 3 février 1909

Cher Victor, un grand merci pour tes nouvelles que j'ai reçues à Madras. Je suis déjà entré dans la phase finale du voyage : deux jours encore pour les grands temples de Madura, puis nous nous reposerons dans la belle Ceylan. Cela n'a pas été si fatigant et j'en veux à tous ceux qui ont cherché à me faire peur ; mais l'accumulation de visions est aussi une forme de fatigue et suscite une grande lassitude intérieure. J'ai quand même parcouru de fond en comble, en deux mois, un pays aussi grand que l'Europe, de l'Himalaya à Ceylan – ce n'est pas rien. Je suis très content que tout suive son cours à Vienne – surtout pour toi – et j'ai hâte de m'en assurer moi-même. Je te félicite pour l'issue heureuse de tes affaires lichtensteiniennes – tôt ou tard, cela finira bien par déboucher sur un engagement. Moi qui n'ai jamais été un optimiste, j'en suis convaincu. Je suis ravi que tes livres marchent bien. Sais-tu si le livre de Verhaeren est déjà paru, je voudrais le savoir avant d'arriver à Paris.

Ecris-moi donc à Naples pour me dire où nous nous retrouverons à Paris ; vois si tu ne pourrais pas prolonger ton séjour par un peu de Belgique. En tout cas, apprends le français – cela ne te fera pas de mal et, pour le reste, compte sur moi. Je t'écris cette lettre en toute hâte dans la salle d'attente d'un petit village indien – nous n'avons pas ici les transports européens. Mais je voulais quand même t'écrire et te prier une fois encore de m'accompagner à Paris.

Bien affectueusement,
Salutations à tous,

             Stefan

A Hugo von Hofmannsthal
         Vienne, le 9 novembre 1909

Très honorable Monsieur Hofmansthal [sic],

 Je vous remercie beaucoup pour le précieux *Hesperus*[1] dont vous m'avez fait présent. Voilà un an déjà que j'attends la parution de ce livre : l'avoir reçu de vous lui donne encore davantage de prix à mes yeux.

 Puis-je vous en dire un mot ? Je trouve admirable que vous souhaitiez œuvrer avec d'autres pour une nouvelle forme de culture artistique allemande, alors que votre art se suffit à lui-même. Je crois comprendre au fond de moi – il n'est pas entièrement possible de réduire cela en mots – l'intention secrète de ce livre, alors que la plupart n'y verront qu'une réunion occasionnelle et fortuite. Et je suis convaincu que cette intention a une grande valeur pédagogique, qu'elle sera une leçon pour nous tous, les jeunes, et que sa portée deviendra chaque année plus manifeste et plus incontestable ; je crois aussi que nous sentirons ce qu'elle représente pour notre littérature dans la prochaine décennie.

---

1. Hofmannsthal, Rudolf Alexander Schröder et Rudolf Borchardt éditèrent fin 1909 le recueil *Hesperus* aux éditions Insel.

Je serais volontiers venu vous remercier en personne. Mais je pars donner des conférences en Allemagne et j'espère pouvoir vous rendre visite à Rodaun à mon retour. Je vous enverrai à mon tour un livre – je voudrais faire découvrir en Allemagne de nouvelles potentialités de la forme lyrique en présentant Verhaeren et en donnant une traduction intégrale de son œuvre – et j'espère qu'il suscitera votre intérêt. Vous êtes toujours ouvert aux choses importantes et nouvelles.

Avec ma profonde vénération,
Votre dévoué

Stefan Zweig

A Emile Verhaeren [lettre en français]
Vienne, le 4 décembre 1909

Mon cher maître, je vous sais enfin retourné à Saint-Cloud. D'abord mes félicitations pour les succès de Bruxelles et le doctorat d'honneur. Mais je crois que vous êtes tout de même content de jouir maintenant de la tranquillité à St Cloud.

Je reviens de Breslau, où j'ai lu des poèmes de vous avec beaucoup de succès. On m'a invité à tenir une conférence sur votre œuvre non seulement à *Vienne* devant les étudiants, mais aussi à *Prague*. Je le ferai avec plaisir. Et je lirai aussi des poèmes de vous à *Brünnen*, où on m'a invité. On commence à exagérer un peu mes mérites littéraires en Allemagne, mais cela passera.

Voilà qu'on voit déjà les fruits de notre propagande pour vous en Allemagne. Un éditeur de Munich, *l'Hyperion Verlag*, annonce un livre en préparation : *Dix poèmes de Verhaeren avec les traductions de* M. Scharf. Je sais bien que vous n'avez donné à M. Scharf que la permission de publier des traductions en revues (et il ne vous a jamais envoyé une ligne), mais *non* en livre. Et je ne comprends pas comment il peut annoncer dix poèmes français sans avoir votre consentement. Le Insel Verlag lui a immédiatement écrit qu'il regardait la publication de ce livre comme une ingérence dans ses droits. Et vraiment, c'est une manière de pirates, de négliger absolument l'auteur et d'annoncer un livre sans s'occuper de la question des droits.

Richard Dehmel était à Vienne et m'a rendu visite. Nous avons parlé beaucoup de vous.

J'ai parlé à Breslau avec la « Société Littéraire ». Vos poèmes ont fait tellement d'effet qu'ils vous inviteront pour une conférence si vous venez en Allemagne et arrangeront une représentation d'un de vos drames *(Le Cloître* ou *Carlos* [1]*)*.

Un jeune musicien m'a demandé l'autorisation de mettre en musique (symphoniquement) *Hélène de Sparte* dans mon adaptation. J'ai consenti (tous les droits nous étant réservés dans les cas d'une représentation).

Trouvez-vous le chapitre du *Mercure* bien traduit ? C'est un chapitre de moindre importance. On l'a choisi à cause de *Philippe II*.

---

1. Allusion au drame *Philippe II*.

Je vous remercie infiniment pour l'envoi du livre. Je commencerai bientôt à traduire.

Voulez-vous que le Insel Verlag fasse pour l'exposition à Bruxelles un exemplaire spécial de vos trois volumes ? Je suis sûr qu'il le ferait sur demande, même sans l'espérance d'une décoration, seulement pour bien représenter l'Allemagne. Je vous enverrai les exemplaires des revues allemandes que je pourrai trouver. Je ne les ai pas toutes ! Mais j'en ai quelques-unes.

En hâte pour aujourd'hui. Tous mes compliments à Madame. Fidèlement à vous, mon cher maître

Stefan Zweig

A Julius Bab

Vienne, le 20 décembre 1909

Cher Monsieur Bab, ne m'en veuillez pas d'être si longtemps resté sans vous répondre. J'avais entrepris de traduire avant la date d'aujourd'hui le *Philippe II* de Verhaeren et cela m'a demandé un effort si immense que je n'ai pas ouvert un livre ni répondu à une seule lettre pendant deux semaines. Vous savez très bien vous-même que c'est l'unique moyen de ne pas s'éparpiller, qu'il faut laisser choir tout le reste de son bureau – sans s'inquiéter du mécontentement et de la colère des autres – : tout se remet en place ensuite.

Je vous suis très reconnaissant du cadeau que vous m'avez fait. Je suis très heureux de goûter de temps en temps un livre sans être soumis à aucune obligation, à l'écart de toute actualité : c'est un bonheur de cet ordre que m'a procuré votre ouvrage. Sans doute vous est-il devenu étranger à bien des égards, parce que certaines choses ne sont que le produit de la forme du vers, du sentiment atmosphérique : Angelus Silesius. Mais j'y ai trouvé des quatrains qui ne vivent pas seulement de leur propre vie – c'est ce qui m'a toujours fait aimer Silesius – : ils sont pour moi comme une perle colorée, née d'un sentiment du monde très intime. La joie – que Verhaeren réalise dans son œuvre – est si pure ici dans son exubérance. Le livre tout entier est pur au sens le plus noble : peut-être pas encore assez concentré, mais jamais trouble ni affecté, et toujours mis en forme avec clarté.

Je crois que vous ne devriez pas l'abandonner entièrement. Sauvez-en quelques extraits dans un nouveau recueil de poèmes (que j'attends de vous depuis longtemps), ordonnez-les comme un intermède. Ces pièces seront peut-être les piliers cristallins de tout un édifice lyrique. Je serais très heureux que ce livre voie rapidement le jour, ne laissez pas le biographe enterrer le poète.

Trebitsch [1] m'a dit que votre Bernard Shaw allait paraître bientôt. Avez-vous déjà un éditeur en Angleterre ? C'est la seule possibilité de gagner de l'argent avec un ouvrage comme celui-ci. Adressez-vous directement à Shaw, faites vous-même le voyage d'Angleterre ou confiez le livre à un agent littéraire

---

1. Siegfried Trebitsch (1868-1956), officier autrichien ; dramaturge, poète et traducteur de Bernard Shaw.

anglais. C'est la seule manière de faire vivre un livre : j'ai fait de même avec mon Verhaeren, qui va maintenant paraître au Mercure de France et qui se vendra cinq fois plus en français qu'en allemand.

J'ai eu beaucoup d'ennuis avec l'édition de Verhaeren : c'est pour longtemps mon chant du cygne en matière de traduction. Je me consume intérieurement du désir d'écrire mes propres œuvres, j'ai beaucoup de projets, des choses principalement joyeuses, d'une gaieté sauvage, des pièces en un acte. J'en ai lu un extrait aujourd'hui à quelques personnes ; elles ont fait miroiter des bénéfices qui me permettraient d'acheter de *très* beaux manuscrits. Le poème de Kleist à la Reine Louise est ma dernière acquisition, Schnitzler va me donner une nouvelle ces jours-ci, et Shaw (par l'intermédiaire de Trebitsch) l'essai sur Wilde. Si vous-même me donnez le Matkowsky[1], j'aurai de quoi me réjouir de l'enrichissement de ma collection.

Avec Dehmel, nous avons parlé de vous très affectueusement. Il vous veut beaucoup de bien. Verhaeren vous a sans doute envoyé les *Deux Drames*. Dans le cas contraire, je les réclamerai pour vous. Dans l'affaire Dickens[2], je ne peux malheureusement rien faire, nous avons dû prendre quelqu'un à Vienne parce que j'étais chargé de veiller personnellement à la composition des illustrations. Une autre fois peut-être.

---

1. Julius Bab, *Kainz und Matkowsky. Ein Gedenkbuch*, Berlin, Osterheld & Co., 1912.
2. Zweig préfaça *David Copperfield* (Insel, 1910).

Avec les salutations affectueuses de votre
Stefan Zweig

A Emile Verhaeren [lettre en français]
Vienne, le 6 janvier 1910

Mon cher maître, voici ce qui s'est passé les derniers jours, justement deux mois avant la parution de l'édition allemande de Verhaeren en trois volumes. M. Oppeln Bronikowski, qui aurait dû me transmettre le 1er février le manuscrit du *Cloître*, m'a écrit une lettre en me disant que les difficultés de la traduction du *Cloître* sont insurmontables pour lui et qu'il aurait besoin d'au moins quatre ou cinq mois. Le Insel-Verlag et moi sommes dans une mauvaise situation. Il y avait trois possibilités. 1) Attendre une demi-année, ce que nous avons refusé. 2) Me faire traduire *Le Cloître* en vitesse, ce que j'ai refusé également. Je suis à bout de mes forces, j'ai travaillé jour et nuit pendant ces dernières semaines pour compléter le volume de *Poèmes*, pour qu'il soit représentatif non seulement de votre art, mais aussi de votre idée de la vie, votre « Weltanschauung ». Et je n'en peux plus. Nous avons choisi la 3e possibilité, constituer le volume des drames de seulement *Philippe II* et *Hélène de Sparte*.

Monsieur le Baron Oppeln-Bronikowski n'aura donc plus votre autorisation pour *Le Cloître*. Je vous prie de me la donner *formellement*, qui traduirai la pièce probablement l'année prochaine et la ferai paraître chez le Insel-Verlag, qui achètera les droits, *seul* ou dans une nouvelle édition avec les deux drames. M. Oppeln est déjà le deuxième qui a dû se résigner devant la tâche. Moi, je ne le ferai pas, vous pouvez en être sûr. Et je suis content de signer *seul* l'édition Verhaeren en Allemagne.

J'ai publié des poèmes de vous et divers chapitres du livre dans les journaux suivants : *Berliner Tageblatt, Neue Freie Presse, Frankfurter Zeitung, Die Zeit, Nord und Süd, Münchner Allgemeine Zeitung* – on voit maintenant partout votre nom. Et l'édition aura grand succès, je suis sûr. Le premier volume est déjà à l'imprimerie, je recevrai les épreuves bientôt. Morisse n'a plus que quatre chapitres à traduire. Enfin je verrai au jour ce que j'ai fait pendant une année entière dans ma chambre de travail. Et j'espère que vous trouverez mes efforts fertiles : jamais je n'ai travaillé avec plus de joie et plus de sûreté.

En février je reprends enfin, enfin, – oh comme j'en ai envie déjà – mes propres travaux. Deux petits drames et un grand et des poèmes. Je crois que l'année 1910 sera superbe pour moi, une année de travail, en 1911 je reprendrai les voyages. J'ai bien peur que je ne reviendrai pas en Belgique cette année : je déteste le tohuwabohu des expositions, les hôtels comblés, les trains en retard, les multitudes ennuyeuses. Mais j'espère vous voir cet automne en Allemagne, je prépare tout lentement.

Et votre santé et celle de Madame Verhaeren ? Et les *Rythmes souverains* ? Pouvez-vous m'envoyer ce qui est imprimé dans les journaux et revues : je voudrais avoir dans mon livre une ou deux traductions et je possède seulement *Adam et Eve* et *Le Maître* (poème qui se refuse à la traduction). Acceptez mes vœux en retard pour la nouvelle année et rappelez-vous souvent de votre très fidèle

Stefan Zweig

A Emile Verhaeren [lettre en français]
    [Vienne, sans date ; 20 février 1910 ?]

Mon très cher maître, je vous remercie infiniment pour l'envoi des *Rythmes souverains*[1]. Ils arrivent trop tard pour que je puisse en traduire encore ou en rendre compte dans mon livre. Mais j'étais tellement heureux de les lire quelques jours avant les autres que j'ai tout oublié.

Comme le livre est beau ! Je n'ose pas dire qu'il est supérieur à la *Multiple Splendeur*, car pour moi ce livre ne peut être égalé, mais je trouve le poème dans ce nouveau livre, *le poème* comme être, encore plus plastique, plus large, plus monumental. Le rythme est devenu plus calme et plus sûr encore et il y a cette précision de la ligne, qui de livre en livre augmente chez vous. Quelle distance par rapport aux *Villes tentaculaires*[2], votre livre le plus connu, quelle élévation morale au-dessus de tout jusqu'à la *Multiple Splendeur*. De plus en plus votre idée du monde se précise dans

---

1. Verhaeren, *Les Rythmes souverains*, Paris, Mercure de France, 1910.
2. Verhaeren, *Les Villes tentaculaires*, Bruxelles, Deman, 1895.

ses contours, de plus en plus elle trouve les mots *définitifs* : j'espère qu'enfin on ne regardera plus seulement en France votre œuvre du côté littéraire. Maintenant elle est complexe et majestueuse comme aucune œuvre lyrique de notre temps.

Je trouve très heureux que vous n'ayez pas tenu à montrer toute l'évolution humaine, mais ayez donné seulement quelques secondes ardentes, quelques essais éternels de domination de la vie. Vous avez à mon avis évité le grand effort malheureux de Victor Hugo dans sa *Légende des siècles* en ne réunissant pas toute la vie dans une chaîne fixe, mais en lui laissant sa liberté. Je regrette que la langue française ne me donne pas la facilité de vous préciser pourquoi j'aime et admire ce livre. Mais j'espère que vous me croyez sans beaucoup de paroles. Je le lirai et le relirai encore : puis j'en rendrai compte et on le traduira.

Demain je vous envoie le numéro de la *Jugend* qui contient un poème de vous traduit par moi. En même temps je vous enverrai les quelques essais que je possède sur vous. J'en ai malheureusement très peu, parce que je vous les ai toujours envoyés immédiatement après leur parution, et l'autre partie a servi comme manuscrit à mon livre. Et puis quelques-uns sont encore à paraître.

Et maintenant : autre chose ! Je crois que vous recevrez un de ces jours mon livre sur vous, soit sur épreuves, soit déjà imprimé (moi je n'en sais rien). Je vous prie : dites-moi franchement votre opinion. Ne dites pas que c'est bien parce que vous pensez que j'ai eu beaucoup de travail et parce que vous êtes toujours bon envers moi : votre opinion est très très importante pour moi. Et puis pour une réédition je pourrais éviter des erreurs et développer des parties qui vous paraissent insuffisantes. Jamais je ne cesserai dans mon admiration, même si vous refusez ce livre entièrement. J'estime trop votre opinion pour en souffrir.

L'impression en allemand avance. Un dessinateur de rang, M. E.R.Weiß, fait le titre (sans ornements) et la reliure. Je ne sais rien de l'affaire Rehwoldt [1] – je ne veux pas m'en occuper. C'est l'affaire de l'Insel-Verlag. Et le Dr Kippenberg [2] est un gentleman. Vous avez vu qu'il a toujours été large, mais il est très précis sur ses droits (non par avarice, mais par ce sentiment très allemand de justice). Et j'ai absolument confiance en lui, il réglera l'affaire d'une façon convenable pour tous. Moi, j'étais très irrité au début, parce que l'idée que j'aie pris quelque chose à quelqu'un me paraissait grotesque, mais maintenant je n'y pense plus. Je lis vos *Rythmes Souverains* et je suis heureux et plein de sentiments clairs et élevés.

Merci, mon cher maître, et grand succès à votre nouvelle œuvre. Je crois qu'on l'aimera parce que je ne peux pas imaginer un homme sérieux qui se pourrait refuser à une œuvre dont la beauté est si intense, si lucide. Merci, merci, mille fois !

Stefan Zweig

---

1. Les éditions Insel publièrent également des traductions de Verhaeren par Erna Rehwoldt (1911), Johannes Schlaf (1912) et Paul Zech (1917).

2. Anton Kippenberg (1874-1950), directeur des éditions Insel à partir de 1906, fut l'éditeur de Zweig entre 1904 et 1934.

A Emile Verhaeren [lettre en français]
                            Vienne, le 16 mai 1910

Mon cher maître, j'ai parlé avec le secrétaire en chef de Reinhardt[1]. C'est sûr, on jouera *Hélène de Sparte* à Berlin.

Pour avoir un contrat, j'ai donné les trois pièces à un agent de théâtre (le plus grand d'Allemagne). Il nous obtiendra sans doute des conditions avantageuses et une date fixe chez Reinhardt et fera tout son possible pour les autres pièces. Nous avons trop de théâtres en Allemagne pour traiter nous-mêmes, il n'y a pas de société des auteurs, alors tout le monde a son agent qui prend 10 %, mais qui, par son autorité, fournit les meilleures conditions*. Il sauvegardera nos droits dans son propre intérêt. Je signerai un contrat avec lui demain (naturellement seulement pour l'Allemagne). Oui, je signerai un contrat avec le musicien (il s'appelle Knauer) qui lui donnera seulement le droit de faire la musique pour *Hélène de Sparte*, sans lui donner l'exclusivité, *ni pour l'Allemagne, ni pour ailleurs*. Soyez sûr, mon cher maître, que j'ai appris à être très exact et très méfiant avec les contrats. Il y a aussi les droits de l'Insel-Verlag pour les livrets d'opéra, qui doivent être sauvegardés.

En somme tout marche *très bien*. Je suis sûr que l'agent et moi placerons également *Le Cloître* et *Philippe II*. L'édition avance et sera prête en quelques semaines.

---

1. Max Reinhardt (1873-1943), acteur et célèbre metteur en scène, directeur du Deutsches Theater de Berlin de 1905 à 1932. Avec Hofmannsthal et Richard Strauss, il fonda en 1919-1920 le festival de Salzbourg, dont il avait conçu le projet dès 1917.

Une demande encore. Dites-moi, je vous prie,
1) A qui faut-il adresser le livre pour la Reine
2) Faut-il envoyer avec une dédicace ou une carte de visite
3) Faut-il une lettre pour accompagner le livre ?
On prépare un exemplaire spécial en parchemin blanc, papier de Hollande.

J'ai lu l'article du *Figaro* avec beaucoup de plaisir, même s'il m'attaque un peu. Je ne crois pas que vous ayez abjuré le « vers libre », ni que vous ayez appris la poésie française maintenant.

J'écris une tragédie maintenant. Elle me plaît beaucoup. Je suis heureux. Fidèlement à vous

Stefan Zweig

* et ne se contente jamais de promesses vagues

A Marthe Verhaeren [lettre en français]
Vienne [sans date ; 13 octobre 1910 ?]

Chère Madame, je vous remercie infiniment pour le précieux envoi du beau tableau. Je l'aime parce qu'il est beau, et aussi parce qu'il vient de vous : mais je l'aime surtout parce qu'il me fait revivre le souvenir des heures superbes passées au Caillou chez mon cher maître et ami. Je le regarde avec des sentiments tout à fait différents que toute autre peinture : je vois le secrétaire où tant de chefs-d'œuvre ont pris leur forme définitive, je regarde le profil, je connais la douceur du regard, et je trouve derrière les fenêtres le ciel et le calme, qui, avec sa sérénité belle et majestueuse, m'ont toujours fait l'impression la plus profonde dans votre maison. Et grâce à ce tableau, je peux maintenant – nonobstant la distance des lieux – vivre avec vous chaque instant et c'est une aide superbe, un guide sublime pour mes rêves reconnaissants.

Et merci aussi pour vos belles paroles. Croyez-moi, je n'ai jamais eu l'impression de faire quelque chose pour Verhaeren par un sentiment d'amabilité ou d'amitié : je l'ai toujours senti comme un devoir et je me sentais plus heureux si je l'avais accompli : la traduction de Verhaeren a pour ma vie une valeur tout à fait spéciale. Quant à mes œuvres personnelles, je n'ai pas toujours le sentiment de faire, en les publiant, quelque chose de nécessaire : je n'ai pas le sentiment d'avoir rendu service à toute une nation. Mais en traduisant, en propageant Verhaeren je me suis toujours senti utile et nécessaire pour toute une nation, toute une époque – et si je pense à lui, c'est avec gratitude, parce qu'il a pu me faire sentir une telle fierté dans ma vie personnelle.

Le Cloître n'a pas été un grand succès dramatique, j'ai bien peur qu'il soit fini après les six représentations, mais il a été de haute valeur, parce que nombre de gens, toute la littérature allemande, ont été forcés de préciser leur position envers Verhaeren. Et je peux le dire avec fierté pour votre nation, l'accueil a été généreux et cordial, plein de respect pour son génie. Le nom de Verhaeren n'est plus à effacer de notre conception de la littérature contemporaine et l'intérêt pour son œuvre lyrique a augmenté énormément. On achète beaucoup notre édition et on la discute vivement, et il y a déjà un groupe important de fervents Verhaereniens.

Il y a chaque jour des notices dans les journaux : j'envoie comme spécimen un essai paru aujourd'hui dans notre plus grand quotidien. Donnez-le à Verhaeren avec toutes mes salutations et acceptez, chère Madame, pour aujourd'hui et toujours, l'assurance de ma gratitude profonde et fidèle. Votre très dévoué

Stefan Zweig

A Emile Verhaeren [lettre en français]
Vienne, le 10 décembre 1910

Mon cher maître, voilà une chose bien curieuse qu'il faut vous raconter. Je viens de recevoir la carte suivante de Lemonnier :

« Savez-vous, cher ami Zweig, qu'il vous a été attribué, pour vos contributions à la gloire des lettres belges, une des médailles d'honneur de la récente Exposition ? Elle va vous être transmise et vous facilitera, paraît-il, l'obtention du ruban belge. Affectueusement, C.L. »

Figurez-vous mon étonnement. Vous savez que je n'ai jamais sollicité ni une récompense ou le ruban et c'est pour cela que – pour être franc – je ne dis pas que cela me déplaît. Je n'ai jamais pensé dans ma vie à des décorations et je ne ferai jamais la moindre démarche pour obtenir soit le ruban soit autre chose, mais je crois qu'il faut être reconnaissant si de telles choses s'offrent tout à fait spontanément.

Est-ce que vous savez qui a proposé cela ? J'ai pensé à Lemonnier lui-même, qui est un très précieux ami, mais je ne voudrais pas l'en remercier sans le savoir exactement. (Il n'est, je crois, pas très bien vu dans les cercles officiels.) Vous me connaissez assez, j'espère, pour connaître mes idées sur les récompenses officielles – une parole de vous vaut plus que tous les rubans du monde – et je ne doute pas que je partage l'honneur de cette médaille avec un bon millier de gens, mais c'est *le geste anonyme* qui me plaît. Et c'est qu'on commence lentement à comprendre en Belgique – mais on commence seulement, sans en deviner l'ampleur – l'importance de la victoire que De Coster[1], vous et Lemonnier avez conquise dans les dernières années en Allemagne. Vous verrez vous-même quelle situation vous avez chez nous quand vous viendrez en Allemagne : elle surpasse sans doute vos idées.

Je vous ai écrit cela pour que – si on vous dit par ailleurs cette nouvelle – vous ne croyez pas, même pour un instant que mon amour et ma joie, en traduisant votre œuvre, aient été provoqués ou même secondés par des vœux de décorations, etc., etc. Cela me fait plaisir parce que cela me donne la preuve qu'on comprend en Belgique votre importance mondiale, qu'on connaît un peu officiellement vos succès splendides chez nous. C'est pour cela qu'une décoration officielle me paraît précieuse et non parce qu'elle tombe entre mes mains.

Je vous enverrai les journaux sur Stuttgart. Cela

---

1. Charles Théodore Henri de Coster (1827-1879), écrivain belge.

n'éclaire point les desseins de Reinhardt, qui sont impénétrables comme les pensées de Dieu. Peut-être pourrai-je vous dire sous peu des détails précis : j'attends d'abord la décision de la censure de Vienne pour *Le Cloître*.

Fidèlement à vous, mon cher maître

Stefan Zweig

A Emile Verhaeren [lettre en français]
                Vienne, le 17 décembre 1910

Mon cher maître, enfin la lettre promise. J'ai lu les comptes rendus dans les journaux : ils ne sont pas très copieux, on ne s'intéresse qu'aux premières à Berlin, Vienne, Munich, Dresde. Il semble que cela a été un bon succès, bien que la représentation ait été faible, surtout dans le 4e acte, où on montait Hélène dans une machine vers le ciel, ce qui menaçait d'être ridicule. Reinhardt fera cela autrement, j'en suis sûr ! Chez lui justement le quatrième acte sera celui qui aura le plus grand effet. Je vous envoie les premières critiques, les autres suivront.

Le Cloître semble être autorisé par la Censure à Vienne. Je n'ai pas encore la nouvelle exacte, mais je vous la donnerai demain : j'irai au théâtre pour causer de ces affaires !

Et maintenant, cher maître, laissez-moi vous dire mes remerciements pour vos démarches en ma faveur auprès du gouvernement belge. Si vraiment les intentions sont dues à la volonté spontanée du gouvernement, j'en suis très content, mais je ne voudrais jamais pétitionner ou laisser mes amis réclamer pour moi. Cela me fait plaisir que les retentissements de vos succès en Allemagne soient assez forts pour venir même aux oreilles officielles, qui sont généralement sourdes aux événements littéraires. Je vois, par contraste avec les succès en Allemagne, que l'hostilité en France augmente. J'ai lu aujourd'hui dans un article de Claretie que les poètes « *étrangers* », Brandes[1], Verhaeren, etc. ont donné leur opinion sur le poète français. Alors vous êtes poète étranger en France !

Les traductions de Scharf sont publiées un peu dans un but hostile contre le Insel-Verlag, qui a défendu de laisser paraître son choix de poèmes de Verhaeren (il voulait publier dix poèmes sans vous avertir ni payer l'éditeur français). Comme traductions, elles sont assez bonnes, celles de Schellenberg aussi. Mais tout cela fait maintenant partie du grand intérêt vivant pour vos œuvres.

La pièce que j'ai terminée est la même dont je vous ai raconté le contenu au Caillou. Je ne sais pas si c'est tout à fait bien : pour le poème j'ai un sentiment de valeur assez sûr, pour le drame, c'est le théâtre qui me la donne. J'irai maintenant me retirer pour quelques jours près de Vienne, les temps de Noël sont assez mouvementés à Vienne, visites, etc.

Karl Hauptmann, le frère de Gerhart, et poète lui-même, est venu exprès me rendre visite pour me

---

1. Georg Brandes (1842-1927), philosophe et écrivain danois, spécialiste de la littérature.

dire son admiration pour vous, qu'il connaît par ma traduction. *Le Cloître* a produit sur lui une sensation extraordinaire et il vous envoie ses hommages.

Merci encore une fois cher maître pour votre bonté, je reste votre toujours fidèle

Stefan Zweig

Mes compliments à Madame Verhaeren !

A Romain Rolland [lettre en français]
Vienne, le 12 février 1911

Cher Monsieur,

Je serai de passage à Paris pour un voyage en Amérique [1] les 20 et 21 février et il me serait un plaisir extraordinaire de pouvoir vous voir. Ce n'est pas une curiosité superficielle, mais aussi un peu une visite d'affaires. Nous sommes en Allemagne maintenant un cercle (encore restreint) d'hommes qui vous aiment bien, qui font des efforts chez les éditeurs pour avoir le *Jean-Christophe* entier en allemand [2] et

---

1. Zweig partit de Cherbourg en février 1911 pour les Etats-Unis (New York, Philadelphie, Boston, Baltimore, Chicago ; il vit aussi le canal de Panama, les Caraïbes, La Havane, la Jamaïque et Porto Rico) ; fin avril, il était de retour à Vienne.

2. *Jean-Christophe*, d'abord paru en épisodes dans *Les Cahiers de la Quinzaine* entre 1904 et 1912 (puis chez l'éditeur Ollendorff, entre 1905 et 1912), fut traduit en allemand par Erna et Otto Grautoff (*Johann Christof. Roman einer Generation*, 3 t., Francfort, Rütten & Lœning, 1914-1917).

qui veulent vous inviter à donner des conférences chez nous. Le public allemand ne sait encore rien (ou peu) de votre œuvre, mais nous nous chargerons de faire les intermédiaires. Je serais heureux de vous raconter que les meilleurs (et surtout à Vienne !) vous aiment bien et je vous prie de m'en donner l'occasion. Si possible donnez-moi *deux heures différentes* où je pourrais vous voir, car mes amis Bazalgette et Verhaeren auront sans doute déjà disposé de mon temps quand je serai arrivé et je ne voudrais pas vous manquer. Mon adresse est :

Paris, Hôtel du Louvre
boulevard de l'Opéra.

Agréez, cher Monsieur, l'assurance de mes sentiments les plus distingués

Stefan Zweig

A Ferdinand Gregori[1]
Vienne, [sans date : 21 avril 1911 ?]

Cher Monsieur Gregori, je rentre à l'instant de Panama et des zones froides du Canada et je trouve l'aimable lettre dans laquelle vous me parlez de ma pièce. Je vous remercie beaucoup, bien qu'elle ne m'éclaire pas, en fait, sur le point décisif : dois-je y travailler encore ou ranger la pièce dans le tiroir des

---

1. Ferdinand Gregori (1870-1928), acteur, directeur du théâtre de Mannheim entre 1910 et 1912, professeur à l'Académie nationale de Musique et d'Arts de Vienne.

« œuvres posthumes » ? J'ai de l'affection pour beaucoup d'aspects de cette œuvre et je pense même que le public n'y serait pas indifférent, mais j'ai une sourde angoisse à l'idée de la revoir au bout de trois mois. Les théâtres ont unanimement loué sa beauté, etc., etc. et aucun ne l'a prise (j'aurais préféré le contraire) ; quoi qu'il en soit, je voudrais poursuivre mon travail à présent, et peut-être écrire une autre pièce.

Nous étions convenus que je vous ferais signe si j'avais quelque chose d'intéressant à vous proposer. Je crois que c'est le cas. *Ferruccio Busoni*[1], qui commence à être apprécié comme compositeur, m'a raconté en Amérique que son opéra*, qui devait être monté à Hambourg (les décorations de Walser[2] sont déjà dessinées) allait peut-être être suspendu en raison d'un changement dans la direction du théâtre. Au cas où vous seriez intéressé par la création, écrivez-lui tout de suite à Berlin. Vous pourriez éventuellement vous assurer ainsi une création très prestigieuse.

L'Amérique a été *très* importante pour moi. Mais je vous en parlerai une autre fois. Merci beaucoup, votre toujours fidèle

Stefan Zweig

---

1. Zweig publia en 1911 un essai sur Ferruccio Busoni (1866-1924), pianiste, compositeur et chef d'orchestre germano-italien.
2. Karl Walser (1877-1943), dessinateur et peintre suisse, illustrateur d'ouvrages et décorateur de théâtre.

* un opéra comique d'après une nouvelle d'E.T.A. Hoffmann[1]

---—◦—---

A Romain Rolland [lettre en français]
Vienne [sans date, cachet de la poste : 23 avril 1911]

Cher Monsieur Rolland, je viens de rentrer en ce moment à Vienne et je suis heureux qu'enfin, grâce à nos efforts, on s'occupe en Allemagne du *Jean-Christophe*. Je m'adresserai aujourd'hui non à M. Ollendorf, mais à la maison d'édition de Francfort, qui ne sera autre, je suppose, que Rutten & Lœning, qui m'ont fait maintes offres de travailler pour leur maison. Dans ce cas je pourrais surveiller le choix des traducteurs, donner peut-être une préface ; j'aurais bien envie de le traduire moi-même mais en ce moment je n'ai pas le temps. J'ai perdu une année et demie de ma vie avec l'édition de Verhaeren (qui est un *très* grand succès) et dois penser à mes propres œuvres pour quelques années. Mais, soyez sûr, même sans intérêt matériel, je m'engagerai moralement, si l'éditeur le permet, à ce que l'édition allemande soit digne de votre chef-d'œuvre.

J'ai beaucoup entendu votre nom à Boston. Là, vous avez de bons amis et à La Havane aussi, j'ai vu des traductions espagnoles du *Jean-Christophe*. Cela me rendrait heureux de voir que le silence des autres ne peut rien contre la voix du grand œuvre, que le

---

1. *Die Brautwahl* fut créé à Hambourg en 1912.

mérite est toujours plus fort que l'indifférence ou l'envie des autres.

Je pense avec grand plaisir à ma visite chez vous à Paris et souhaite encore une fois et de tout mon cœur qu'en rentrant de Venise, vous preniez le chemin de Vienne. C'est une nuit seulement de voyage et vous verrez une belle ville, pleine de souvenirs des grands maîtres, un opéra excellent (*Rosencavalier*, *Elektra*) et ne perdrez pas de temps si en rentrant, vous vous arrêtez un jour à Salzbourg ou Munich. Vous trouverez ici beaucoup de personnes qui vous aiment et vous admirent.

Dès que j'aurai des nouvelles je m'adresserai à vous. Fidèlement à vous

Stefan Zweig

A Romain Rolland [lettre en français]
[Vienne,] le 26 avril [1911]

En hâte

Cher Monsieur Rolland, j'ai la réponse de l'éditeur de Francfort. Il m'écrit qu'il serait heureux si je voulais m'occuper de l'édition allemande du *Jean-Christophe* et je suis sûr nous travaillerons bien ensemble pour vous présenter dignement aux Allemands. Ce qui le retient ce sont les exigences d'Ollendorf qui ne demande que 1 000 francs par volume à condition qu'on les achète tous, c'est 10 000 francs d'un coup à payer, puis les honoraires pour les traducteurs (et je n'admettrai que d'excellents). Je crois que c'est trop, même pour un éditeur hardi comme celui de Francfort, et je lui ai conseillé de faire ses propositions d'abord à vous. Naturellement je n'ai aucune intention de vous faire conclure des contrats défavorables, mais je crois qu'une édition allemande aura avec son retentissement une influence excellente sur la vente des éditions originales (c'était la même chose avec Verhaeren et l'éditeur a compris son avantage). Je n'ose pas vous donner de conseils, mais j'espère qu'on s'arrangera. Le même éditeur pourrait publier également *Beethoven*, *Michel-Ange*, *Tolstoï*[1] et concentrer votre œuvre dans ses mains.

J'espère que les négociations matérielles seront bientôt finies et que nous pourrons nous occuper de la question artistique. Il serait très désirable à mon avis que vous écriviez pour l'édition allemande une préface spéciale ; en outre je rédigerai un essai sur votre œuvre complète. Mais c'est est encore trop tôt pour parler de cela.

Croyez, cher Monsieur Rolland, à ma sympathie profonde, qui me donnera, j'espère, moyen de faire ma tâche bien et consciencieusement. Il n'y a pas une force plus créatrice que l'amour et le respect et partout où ils sont présents, l'inspiration n'est pas loin.

Fidèlement à vous

Stefan Zweig

---

1. La *Vie de Beethoven* (1903) fut traduite en 1918, le *Michel-Ange* (1905) en 1919 et *La Vie de Tolstoï* en 1922.

A Emile Verhaeren [lettre en français]
               Vienne, [sans date ; 4 mai 1911 ?]

Mon cher maître, je ne peux vous répondre qu'aujourd'hui. J'ai passé une semaine fort mauvaise, j'ai dû me faire opérer (la déformation d'un muscle du thorax, qui n'était point du tout grave ou dangereuse). Mais j'ai beaucoup souffert des conséquences de l'anesthésie et j'ai passé des nuits d'insomnie que je n'oublierai jamais. Demain je quitterai le sanatorium et resterai chez moi. Dans quinze jours tout sera parti et rien ne restera que la grande joie d'être tout à fait rétabli. Vraiment je crois souvent que j'ai appris cela de vous, tourner tous les inconvénients de la vie de telle façon que le mauvais vent enflamme encore plus la joie de vivre. – Voilà la raison pour laquelle vous n'avez pas reçu de lettres, recensions, ou honoraires. Je les enverrai sous peu, quand je serai un peu plus agile. Aujourd'hui j'écris encore assez mal et – je crains fort – pas très lisiblement.

    Je vous remercie infiniment pour votre bonté. Mais je veux vous dire que je vous prie de ne faire plus de démarches en ma faveur. D'abord je ne veux pas que vous vous donniez de la peine, puis je ne tiens pas du tout à des décorations etc. Je ne porterai jamais cela comme vous ne l'avez jamais fait. Puis : je n'ai jamais eu l'intention de faire quelque chose pour la littérature belge ; j'aime votre œuvre, je vous aime et c'était pour moi un plaisir de bien faire mon devoir. Et j'aime Camille Lemonnier. Mais les lettres belges – je n'ai jamais songé à elles. J'aurais aimé votre œuvre dans chaque langue dans laquelle j'aurais pu la comprendre et la pénétrer.

Les grandes œuvres ne sont pas entièrement nationales, le meilleur d'elles-mêmes appartient à tous ; et j'aime votre œuvre, non parce qu'elle a créé une littérature belge, mais parce qu'elle est européenne.

J'ai reçu l'essai de Schellenberg[1]. C'est bien fait. Il ne dit rien de neuf, mais résume bien ce qu'on a dit de vous : le livre est d'ailleurs charmant comme plaquette. Les traductions de S. aussi sont bien, il a du talent, mais manque absolument d'originalité.

Beaucoup plus importantes à mon avis sont les traductions de Jethro Bithell dans la *Belgian Lyric*. Voilà un livre superbe qui honore la Belgique. Et comme tout est bien traduit, avec quelle maîtrise ! C'est un homme très modeste, ce M. Bithell, mais quel artiste ! Il a fait avec le même goût une traduction des poètes allemands – un chef-d'œuvre également[2].

Je reprendrai les pourparlers avec la *Freie Volksbühne* dans quelques jours. J'espère arranger qu'on joue à Vienne, quand vous viendrez, *deux* pièces à la fois : une au *Volkstheater*, l'autre à la *Volksbühne*, avec laquelle je suis entré en négociations, quand l'opération a tout interrompu. J'irai aussi à la *Neue Freie Presse* pour *Admirez-vous les uns les autres*. J'ai vu moi-même les épreuves il y a trois mois.

---

1. Ernst Ludwig Schellenberg, *Emile Verhaeren*, Leipzig, Xenien-Verlag, 1911.

2. Jethro Bithell, *Contemporary Belgian Poetry*, London, Walter Scott Publishing, 1911 ; *Contemporary German Poetry*, London, Walter Scott Publishing, 1909. Jethro Bithell enseignait la germanistique à la faculté de Manchester.

Voilà tout. On me demande de tous côtés si vous n'avez pas un nouveau drame. Je sais que n'y pensez pas pour le moment, mais je le regrette. Vous êtes maintenant au plus haut degré de votre force organisatrice, jamais l'ordre et l'harmonie n'ont été plus majestueux que dans les derniers poèmes. Et je souhaite pour les prochaines années que cette perfection s'attaque à une grande forme : une tragédie ou le roman que j'attends si impatiemment. Jamais je n'ai eu plus confiance en vous que maintenant. Fidèlement à vous,

           Stefan Zweig

Mes souvenirs respectueux à M. et Mme Montald[1].

A Emile Verhaeren [lettre en français]
    Vienne, [sans date ; fin juin 1911 ?]

Mon cher maître, il fait beau à Vienne et c'est avec peine qu'on se met à écrire des lettres. Seulement je suis heureux de vous écrire parce que j'ai de bonnes nouvelles. Vous avez reçu le numéro spécial Verhaeren du *Strom* avec votre portrait. Il fait beaucoup pour vous ici. Au mois d'août paraîtra l'étude du Professeur Richard M. Meyer (de l'Université de Berlin)

---

1. Constant et Gabrielle Montald, couple d'artistes belges, amis de Verhaeren.

dans une revue (j'ai lu les épreuves) et l'essai de Julius Bab[1].

Quant au théâtre, c'est beaucoup plus difficile. Le *Deutsches Volkstheater* à Vienne a fixé la première du *Cloître* au 2 septembre. C'est un moment misérable, personne n'est encore de retour à Vienne. J'ai écrit au directeur que ni vous ni moi ne serons présents aux répétitions, que je trouve injuste de ruiner intentionnellement les débuts à Vienne d'un poète comme vous. J'attends ses décisions, peut-être réussira-t-on à changer la date contre le 15 septembre, ce qui serait *beaucoup* plus convenable. Je vous donnerai les détails immédiatement quand je saurai moi-même les intentions de la direction.

Pour Munich je n'ai pas encore une date fixe et rien de Reinhardt. Reinhardt s'intéresse seulement aux drames dans des cirques de 5 000 personnes[2] et s'occupe peu de ses théâtres. J'ai fait l'expérience avec ma tragédie, qui ne sera jamais lue par lui, bien qu'elle soit vivement recommandée par ses dramaturges.

En tout cas nous aurons des représentations Verhaeren en Allemagne cet hiver et les livres marchent assez bien. Peut-être pas proportionnellement au nombre de critiques (qui est énorme), mais je peux dire que vous êtes avec d'Annunzio le poète lyrique

---

1. Richard Moritz Meyer, « Emile Verhaeren », *Velhagen & Klasings Monatshefte*, 10 juin 1912 ; Julius Bab, « Verhaeren », *Neue Rundschau*, 7 juillet 1912.

2. Reinhardt avait une prédilection pour les représentations de masse. Il eut très tôt le projet de fonder un « théâtre des 5 000 ». En 1919, il acheta le cirque Schumann de Berlin, le transforma en grand théâtre et donna pour l'ouverture une mise en scène gigantesque de l'*Œdipe roi* de Sophocle.

le plus connu en Allemagne. Personne ne s'occupe plus de l'école française, de Viélé-Griffin[1], Gregh[2], Rostand[3], tout l'intérêt est concentré sur vous.

Je suis bien content de savoir que vous donnerez une conférence à Hambourg. Je tâcherai de réunir plusieurs conférences vers cette date à Berlin et à Prague, Vienne, etc. J'aime entendre que vous travaillez bien, mais aussi savoir que vous vous reposerez en voyageant. Vous aurez, j'espère, beau temps au Caillou et je ne désire rien plus que de venir vous voir pour quelques jours. Mais tout est indécis chez moi cette année. J'ai perdu beaucoup de temps avec mon voyage en Amérique et ma maladie et tout dépend maintenant de mes travaux. J'ai envie de faire de nouvelles choses, mais j'ai perdu un peu le contact avec les idées antérieures, je dois remettre tout à sa place pour trouver l'élan qui seul fait réussir des œuvres.

Je rendrai visite au Dr Kippenberg en juillet et je suis bien curieux de voir les *Heures du Soir*[4]. Et puis – j'espère vous voir en Belgique ; sinon je vous attendrai à Hambourg ou Vienne en février. Je veux vous accompagner en Allemagne pour que vous la voyiez mieux que seul, sans connaissance de la langue. Mes compliments à Madame Verhaeren. Fidèlement

Stefan Zweig

---

1. Francis Viélé-Griffin (1864-1937), poète symboliste, ami de Verhaeren.
2. Fernand Gregh (1873-1960), poète français.
3. Edmond Rostand (1868-1918).
4. Verhaeren, *Heures du soir*, Leipzig, Insel, 1911 (en français).

A Emile Verhaeren [lettre en français]
[Vienne, sans date ;
fin octobre/début novembre 1911 ?]

Mon cher maître,

J'étais à Berlin huit jours et j'ai parlé avec les gens de Reinhardt (pas avec lui, son père est mort il y a quelques jours), et je n'ai vu aucun préparatif pour *Hélène*. Je crois que c'est au printemps qu'il la montera. Il a maintenant une Hélène superbe, une jeune actrice, Mary Dietrich, belle et puissante, qui serait une reine parfaite. Et à Munich le *Philippe II* sera monté le *27 novembre*. On vous invitera sans doute et c'est à vous d'accepter ou de refuser. Si vous acceptez on pourrait joindre une conférence à Vienne, Budapest et Prague. Peut-être deux voyages en Allemagne, un pour le Sud et un pour le Nord, seraient préférables, du point de vue de la commodité, à un seul qui exigerait 15 jours ou trois semaines. Dès que j'aurai des nouvelles précises de Munich je vous avertirai immédiatement.

Voilà encore deux articles sur vous. Il est paru encore assez de critiques et je choisis les plus importantes.

Graz vient d'accepter *Le Cloître*. Il sera monté bientôt. *Brünn* suivra avec notre Wilhelm Klitsch comme Balthasar. Vous voyez qu'on s'occupe de vous maintenant en Allemagne.

Ma tragédie sera montée ici au Théâtre Impérial au printemps ou en automne. A Berlin, j'espère que Reinhardt la montera. D'autres théâtres l'ont acceptée également. Mais je fais des vers maintenant, un livre, *Les Maîtres de la vie*[1], qui sera une suite de poèmes sur le sculpteur, l'artiste, le poète, l'empereur, le fou, la grue – tous ceux qui maîtrisent la vie par un élan – et qui aura la vision *moderne* (le sculpteur : Rodin, le musicien : Mahler, l'acteur : Kainz, la danseuse : Tortajada[2]), j'espère réussir et trouver (sans le vouloir) un style plus large, plus intense, plus mâle, plus rythmique que dans mes œuvres de jeunesse[3]. Car – j'approche les 30 ans, âge des œuvres définitives, où il n'est plus permis de tâcher et d'essayer, où il faut créer et finir. Je suis très heureux d'avoir trouvé cette forme, qui convient à mon tempérament, et je quitterai bientôt la ville pour aller dans le Tyrol, pour y travailler dans le silence d'une nature imposante et accueillante à la fois. Le 27 novembre je serai à Munich, pour être témoin de votre succès.

Et vous, mon cher maître, comment vous portez-vous ? Avez-vous bien travaillé ? On attend, on veut ici une tragédie nouvelle de vous et moi je pense toujours à votre roman. Les *Rythmes Souverains* deuxième partie, quand paraîtront-ils ? Je n'ai jamais assez de vos œuvres, pardonnez-moi cet empressement ! Et donnez à Madame Verhaeren mes meilleurs compliments ! J'espère vous voir bientôt ! Fidèlement à vous, mon cher maître

Stefan Zweig

---

1. Zweig, *Die Herren des Lebens. Ein Zyklus lyrischer Statuen* (publié dans son intégralité avec *Die gesammelten Gedichte*, Leipzig, Insel, 1924).
2. Il s'agit de la danseuse espagnole Consuela Tortajada, « La Tortajada », célébrée dans toute l'Europe vers 1910.
3. *Silberne Saiten*, Berlin, Schuster & Lœffler, 1901 ; *Frühe Kränze*, Leipzig, Insel, 1906.

Je viens de lire qu'on veut attribuer le prix Nobel à Maeterlinck. Soit ! Mais après lui (ou avant lui) c'est vous qui le méritez et je me retiens avec peine de le dire publiquement.

A Emile Verhaeren [lettre en français]
    Vienne [sans date : décembre 1911 ?]

Mon cher maître, merci pour les bonnes nouvelles ! Enfin *Hélène* triomphera à Berlin et Paris ! Je ne sais rien de Reinhardt, mais comme il aurait à payer quelques centaines de francs d'amende s'il ne la montait pas avant la fin de la saison, je ne doute pas que la nouvelle est exacte. Moi, je ne sais rien. Je n'ai même pas reçu un mot quand il a accepté ma pièce ! C'est un Napoléon du théâtre, qui veut gagner le monde entier. A présent il joue à Londres, New York, Berlin et quelques villes allemandes en même temps.

L'affaire du Rembrandt[1] est réglée. Schellenberg ne pouvait le traduire. J'ai proposé Rilke. Rilke a refusé parce qu'il est occupé. Alors je le fais moi-même. Il n'y a aucun différend entre Schellenberg et moi à cause de cela, il a bien compris qu'il n'en était pas capable quand on lui a montré ses erreurs. Je traduirai le livre très vite et publierai deux chapitres dans des revues, les honoraires sont à vous pour

---

1. Verhaeren, *Rembrandt. Etude*, Paris, Henri Laurens, 1905 ; *Rembrandt*, trad. S. Zweig, Leipzig, Insel, 1912.

toutes les publications dans les journaux, moi je n'ai accepté qu'une somme pour la traduction.

Aujourd'hui je vous envoie 75 francs pour le poème « Un soir ». Je l'ai traduit pour la *Neue Freie Presse*. Qu'il est beau, ce poème !

Quant aux conférences je doute fort que je réussisse à obtenir plus de *400 francs* par conférence. On a en Allemagne un public assez restreint pour des conférences purement françaises. Seulement à Munich j'espère 500 francs. Pour le moment je n'ai que *Vienne* et *Munich* de sûr pour vous, quant à Budapest je n'ai aucune relation avec les gens, à *Berlin* je n'ai pas encore trouvé une possibilité mais *Leipzig* et *Prague* seraient peut-être à faire.

Je vous prie encore une fois de ne pas donner l'autorisation à M. Kleppik (je n'ai *jamais* entendu ce nom dans le monde littéraire) sans avoir eu en main des essais de lui et avant de les avoir montrés à quelqu'un qui en comprend quelque chose. Je me méfie fort de ce monsieur qui n'a pas la moindre réputation littéraire et qui veut se mettre à une tâche si difficile.

En tout cas je viendrai vous rejoindre en Allemagne, même si votre arrivée est en même temps que les répétitions de ma pièce (qui sera bientôt montée, j'espère). Je préfère les laisser seules que vous, mon cher maître. Fidèlement à vous

Stefan Zweig

Bon Noël !

A Romain Rolland [lettre en français]
                    Vienne, le 17 février 1912

Cher Monsieur, l'éditeur Rütten & Loening de Francfort m'avertit qu'il a conclu avec l'éditeur de Paris l'édition du *Jean-Christophe*. J'en suis heureux et je vous félicite d'avoir choisi M. Otto Grautoff comme éditeur et traducteur, qui est en ce moment peut-être le mieux informé de tous les Allemands sur la littérature moderne en France[1]. Enfin donc le *Jean-Christophe* paraîtra ! J'étais en pourparlers avec des éditeurs allemands (surtout avec S. Fischer, le meilleur) sur ce point, mais il hésitait encore et c'est maintenant Rütten & Loening qui aura le mérite de publier le chef-d'œuvre.

Mais j'ai déjà promis à M. Fischer d'écrire pour sa revue *Die neue Rundschau*, la meilleure en Allemagne[2], un grand essai sur le *Jean-Christophe* et je n'attends que le dixième volume. Je viens de lire le *Buisson ardent* et je regrette vivement que je n'aie pas assez d'habileté en français pour vous dire comment j'ai été ému de l'ascension morale qui s'élève de plus en plus. J'attends impatiemment le dixième volume pour le dire en allemand. Heureusement vous êtes un des rares en France qui peuvent lire eux-mêmes sans intermédiaire ce que nous avons dit.

Permettez-moi de vous rappeler ma petite demande d'autrefois, que vous avez bien voulu

---

1. Otto Grautoff (1876-1934), historien de l'art, romaniste.
2. Fondée en 1890 sous le titre *Freie Bühne für modernes Leben*, puis *Neue deutsche Rundschau* (1894), puis *Die neue Rundschau* (1904), la revue existe encore aujourd'hui.

m'accorder : une partie manuscrite du *Jean-Christophe*, ou un manuscrit quelconque de vous. Soyez sûr que je le conserverai avec un soin extraordinaire : il fera partie d'une collection de manuscrits de mes auteurs les plus aimés, et aura pour voisin une nouvelle de Balzac et une de Flaubert.

J'étais tout heureux ce matin de savoir mon désir – *Jean-Christophe entré* en Allemagne – enfin réalisé et je n'ai pu faire autrement que vous envoyer ces pauvres mots de joie et d'attente. Fidèlement à vous

Stefan Zweig

A Artur Kutscher[1]
Vienne, [sans date ; début mars 1912 ?]

Très honorable Monsieur l'Assistant, je préfère renoncer au mot d'introduction. D'abord pour ne pas être confondu avec le manager de Verhaeren, ensuite – par vanité, si vous voulez. Verhaeren lit et parle avec une telle force, il produit une impression si grande qu'à ses côtés, on fait figure de sermonneur ennuyeux ; les discours de Verhaeren dépassent tout ce qu'on peut en dire. J'ai pu voir à Berlin que l'introduction ne faisait que retarder ce moment-là. Verhaeren parlera à peu près 50 ou 55 minutes. Monsieur de Jacobi 15 minutes sans doute. Toute minute

---

1. Artur Kutscher (1878-1960), historien de la littérature et spécialiste du théâtre, professeur à Munich.

supplémentaire serait de trop. Je me réjouis beaucoup en pensant à cette soirée et vous préviendrai de notre arrivée en temps utile. Avec mes cordiales salutations,

Stefan Zweig

A Emile Verhaeren [lettre en français]
Vienne, [sans date ; mi-mai 1912 ?]

Mon cher maître, je me suis levé de bonne heure ce matin et rué sur les journaux pour connaître le sort d'*Hélène*, retournée à Paris, et en lisant les journaux, j'ai appris avec joie que votre œuvre avait porté. J'ai vu en même temps l'antipathie latente de la critique parisienne contre vous, mais je l'ai sentie sans émotion, car je sais que vous avez surpassé les frontières et que vous pouvez appeler avec vos œuvres à l'instance la plus haute, l'estime européenne, plus qu'un autre auteur en langue française.

Et quelle joie de trouver mon nom sur la dédicace[1]. J'ai toujours aimé cette tragédie, mais maintenant je la sens comme un morceau de mon être, comme quelque chose qui est entré dans mes veines, qui appartient à ma vie à moi. Je vous remercie, mon cher maître, de tout mon cœur, et je suis sûr que ma reconnaissance durera et s'affirmera toujours avec la même joie que j'éprouve aujourd'hui en vous envoyant ces mots.

---

1. *Hélène de Sparte*, d'abord parue dans la *N.R.F.*, fut publiée par les Editions de la *N.R.F.* en 1912.

Mon ami Trebitsch m'a écrit sa sensation de la soirée. Il était émerveillé de la mise en scène et de la Sergine [1]. La Rubinstein [2] lui a paru intéressante, mais pas poignante, pas assez persuasive. Il était heureux d'assister à votre triomphe et m'a promis de me raconter tous les détails le jour où il rentrera.

La traduction de Schlaf est bonne, bien supérieure à celle de Madame Rehwoldt. Elle a du rythme, est simple, et si elle ne donne pas toute la couleur elle donne au moins les grandes lignes architecturales de vos poèmes.

J'ai fini de corriger les épreuves du *Rembrandt* et suis en train de faire celles des *Hymnes à la Vie*. A la fin de cette année le Insel Verlag aura publié 8 volumes Verhaeren [3] ! Quelle joie ! Quel triomphe !

Les journaux allemands n'ont publié que des dépêches courtes sur *Hélène*, la plupart favorables. J'espère que Reinhardt qui vient bientôt à Paris aura occasion de voir encore *Hélène* et les costumes de Bakst, dont Trebitsch a promis de m'envoyer des reproductions [4].

Et maintenant, cher maître, pensez au repos ! Vous devez être rudement fatigué par cet amas de correspondances, d'interviews, de répétitions, et vous avez bien le droit de penser à vous. Vous quitterez

---

1. Vera Sergine (1884-1946), actrice française.
2. Ida Rubinstein (1880-1960), actrice française.
3. Entre 1904 et 1912, les éditions Insel publièrent 11 volumes Verhaeren.
4. A l'occasion des représentations d'*Hélène de Sparte* de Verhaeren et de *Salomé* d'Oscar Wilde, une luxueuse brochure de reproductions des costumes et décors de Léon Bakst (1866-1924) fut éditée par la revue *Comœdia Illustré*.

bientôt, je suppose, Paris, pour aller à la mer. Et puis en août j'espère venir au Caillou, pour finir les *Aubes*[1]. Je serais enchanté de voir votre œuvre dans le « Théâtre des cinq mille » que Reinhardt prépare et qui est sans doute une grande création.

Encore une fois, cher maître, mes meilleures félicitations ! J'étais avec vous ce soir de loin et il me semble entendre les paroles, sentir la foule à travers toute cette distance, et je vous imagine maintenant un peu fatigué mais heureux d'être rentré au foyer et prêt à de nouveaux chefs-d'œuvre.

Fidèlement vôtre

Stefan Zweig

Mes meilleurs compliments à Madame Verhaeren.

A Benno Geiger
Vienne, [sans date ; fin mai 1912 ?]

Cher Benno,

Avec ton ode, tu as mis un terme à une situation insupportable et le fait que cet adieu ait été métrique lui ôte à mes yeux tout caractère d'hostilité. Je ne suis pas le seul que tu aies perdu ces dernières années, et tu n'es pas le dernier que j'aie perdu : ce sont des effets organiques de croissance ou de dessèchement,

---

1. Zweig voulait traduire *Les Aubes* (Drame lyrique, Bruxelles, Deman, 1898).

selon la manière dont on ressent l'âge et les années. Tu ne pourras cependant nier que j'ai fait des efforts pour aller vers toi, alors que tu t'es tout simplement dérobé à ma vue pendant des années et t'es écarté de façon presque hostile de la périphérie de ma vie, pour te rapprocher soudain en exigeant qu'on reprenne les choses là où on les avait laissées. Justement parce que je ne me sens pas stérile, beaucoup de choses nouvelles ont pris la place de cette amitié que tu avais blessée, et il aurait fallu les détruire pour rendre à nouveau possible notre vieille alliance de sang : l'ablation est préférable à une accumulation d'éléments impurs et je te renvoie donc ton adieu sans le faire en vers, mais avec plus de cœur peut-être. Salue ta femme pour moi !

Stefan

A Anton Bettelheim [1]

Vienne, le 2 août 1912

Très honorable Monsieur le Docteur, le biographe de Balzac que vous êtes (que votre livre paraisse enfin, je l'attends depuis des années) sera peut-être curieux d'apprendre l'existence d'un manuscrit de Balzac qui se trouve à Vienne, dans ma propre collection de manuscrits, par ailleurs tout à fait modeste. C'est la belle nouvelle *La Messe de l'athée*, que j'ai achetée à

---

1. Anton Bettelheim (1851-1930), journaliste autrichien. Il publia en 1926 une biographie de Balzac (Munich, Beck).

Paris et qui appartenait au comte de Spœlberg. Au cas où cela vous intéresserait, ce serait une joie pour moi de pouvoir vous la montrer un jour. Votre très dévoué
Stefan Zweig

A Julius Bab

Paris, Rue Beaujolais N° 15
Hôtel Beaujolais
[sans date ; cachet de la poste : 20 août 1912]

Cher Monsieur Bab, je reçois votre lettre avec quatre jours de retard et je ne crois pas que les éditions Insel vont publier à présent *post festum*[1] un livre sur Hebbel, de surcroît écrit par un auteur des éditions S. Fischer, la liste des parutions de la « Bibliothèque » est fixée pour longtemps[2] et l'« Ibsen » ne donnera qu'une petite idée des ouvrages de Walzel[3]. Je crains que vous n'ayez déjà reçu une lettre de refus de K. [Kippenberg] au moment où je vais lui écrire, ce que je ferai malgré tout. Vous savez quelle est mon opinion sur votre œuvre. Je n'ai rien lu sur H. hormis les invectives stupides de Schlenther[4]. Je passe

---

1. *Post festum* : après coup.
2. Zweig conseilla Anton Kippenberg pour la collection « Insel Bücherei », qui existe encore aujourd'hui : une série de petits livres d'une centaine de pages, à l'élégante couverture cartonnée.
3. Oskar F. Walzel (1864-1916), germaniste, professeur à l'université de Vienne, publia un *Ibsen* dans la « Insel Bücherei » (Leipzig, Insel, 1912).
4. Paul Schlenther (1854-1916), journaliste, critique et directeur de théâtre.

du bon temps ici et vois des personnes de choix – Verhaeren, Romain Rolland, Rilke, Suarès[1], Paul Fort. Malheureusement, je dois rentrer dans trois semaines. Bien cordialement, votre

Stefan Zweig

A Romain Rolland [lettre en français]
[Vienne, sans date ;
cachet de la poste : 24 décembre 1912]

Mon cher Monsieur Romain Rolland – voilà ma lettre à vous, parue enfin et déjà très commentée en Allemagne. Sa ferveur est la vôtre, sa voix la vôtre – elle est réponse et gratitude.

J'ai proposé à Rütten & Lœning de diriger une édition complète de vos drames, le *Théâtre de la révolution* et de vos œuvres futures. J'ai des relations avec tous les grands théâtres d'Allemagne et je suis sûr de les faire monter. J'attends vos propositions (car je ne demande pas de faire des affaires avec vos œuvres) et j'espère que M. Grautoff ne trouvera rien d'hostile dans ma demande, comme j'ai des relations beaucoup plus larges grâce à mes propres pièces. Laissons les éditeurs faire les conditions (pour les livres et les représentations) et restons comme jusqu'à présent des amis littéraires, représentant des idées communes dans des pays différents, actifs dans des plans divers

---

1. André Suarès (1868-1946).

pour le même élan de la vie et la même conception de l'homme et de la grandeur !

Fidèlement à vous

Stefan Zweig

A Hans Feigl[1]

Paris[2], 15 rue de Beaujolais
Hôtel Beaujolais
[sans date ; fin mars 1913 ?]

Très honorable Monsieur Feigl, grand merci pour le calendrier des bibliophiles que je trouve très réussi du point de vue du contenu (un peu moins il est vrai comme livre, mais vous m'avez écrit que la présentation serait améliorée). Puis-je me permettre de vous faire quelques suggestions, que j'ajoute à ma contribution, sans vouloir être importun : ce calendrier est bien un projet viennois commun !

Je vous propose de publier dans le prochain volume la magnifique petite nouvelle de Flaubert, *Bibliomanie*. Vous la trouverez dans le volume d'œuvres posthumes publié chez J.C.C. Bruns, traduit par le Dr Zifferer[3]. Ce n'est pas parce que j'en possède le manuscrit original que je vous donne

---

1. Hans Feigl (1869-1937), critique littéraire autrichien, président de la Société des Bibliophiles depuis 1912, éditeur à partir de 1913 du *Deutscher Bibliophilen-Kalender*.

2. Zweig séjourna à Paris du 3 mars au 23 avril 1913.

3. Flaubert, *Nachgelassene Werke*, trad. P. Zifferer, Minden i. W., Bruns, 1910.

ce conseil, mais parce qu'il s'agit du portrait le plus magistral des fous de livres et qu'elle est malheureusement totalement inconnue. Elle fera sensation dans votre recueil.

Deuxièmement : le beau poème « Le lecteur » de *Felix Braun*[1].

Troisièmement : quelques études bibliophiliques d'*Anatole France*, un de ses souvenirs de jeunesse (il est le fils d'un bouquiniste parisien).

Quatrièmement : ce calendrier devrait comprendre un petit panorama régulier des prix les plus élevés atteints par les premières éditions et les manuscrits dans les ventes aux enchères de l'année (au moins en Allemagne). Le tout, bien entendu, sans prétention exhaustive, mais un tableau récapitulatif, qu'il serait ensuite intéressant d'avoir comme point de comparaison au fil des années, et aussi une sorte de nécrologie des plus grands bibliophiles (par exemple Pierpont Morgan et sa collection), et peut-être aussi de petites anecdotes, comme on en rencontre souvent dans les quotidiens. Cet almanach se rapprocherait ainsi du style des *anciens* calendriers viennois et de leur bric-à-brac amusant, et serait plus qu'une série d'essais consacrés à un même thème.

J'écrirai mon article fin avril à Vienne, il me reste encore du temps. Avec tous mes remerciements, donc, et les compliments de votre dévoué

Stefan Zweig

P.S. Je reçois à l'instant votre aimable lettre. La question des honoraires n'a aucune importance,

---

1. Felix Braun (1885-1973), écrivain, ami de Zweig.

je comprends parfaitement que vous n'ayez pas les mêmes moyens qu'un quotidien. Merci de m'envoyer le livre à Vienne et non ici ; je règle aussi ma cotisation de membre.

Avez-vous rencontré le Dr Kippenberg pour sa collection Goethe[1] ? Il prépare un grand catalogue[2].

A Rainer Maria Rilke
    [Paris,] mercredi [sans date : 9 avril 1913 ?]

Cher M. Rilke, nous avons parlé tout récemment des beautés de Paris et je voulais vous demander si vous connaissiez *Robinson*, un paysage charmant, surtout en ce moment où les arbres fruitiers sont en fleur. C'est tout près de chez vous : vous prenez un train à la gare du Luxembourg (toutes les dix minutes) et vingt minutes plus tard, vous êtes loin de la ville et vous pouvez emprunter un petit chemin qui mène à une belle forêt ; de surcroît, si vous y allez le dimanche, vous pourrez contempler le tableau animé des caravanes d'étudiants et de grisettes pleins d'exubérance. Si je ne devais pas partir prochainement, j'aurais peut-être pris pour quelques jours un appartement là-bas, pour voir le printemps droit dans les yeux. Ne man-

---

1. Anton Kippenberg possédait à l'époque une des plus belles collections de manuscrits de Goethe. Dans *Le Monde d'hier*, Zweig note que leur commune passion pour les manuscrits contribua à les rapprocher.
2. *Katalog der Sammlung Kippenberg. Goethe, Faust, Alt-Weimar*, Leipzig, Insel, 1913.

quez pas cette petite excursion qui n'est guère plus longue qu'un trajet en métro et qui libère vraiment.

Je me réjouis beaucoup d'aller avec vous à Carnavalet et je vous propose que nous déjeunions ensemble auparavant : je me suis souvenu d'un charmant petit restaurant espagnol qui pourrait vous plaire.

Avec mes salutations, votre fidèle et dévoué
Stefan Zweig

A Arthur Schnitzler

Vienne, le 23 mai 1913

Très cher Monsieur le Docteur, je viens de recevoir votre *nouvelle*[1] et mon propre travail ne saurait être assez important pour ne pas être interrompu par une aussi agréable lecture. Je l'ai lue d'un trait du début à la fin, et j'ai ressenti ensuite un sentiment de grande plénitude, celui qu'on éprouve quand on ne se contente pas d'effleurer des existences en un point contingent de leur destin, mais qu'on les pénètre jusque dans leur plus intime profondeur, où la somme entière de leur vie est recueillie comme un extrait très concentré. Rien d'anecdotique dans ce texte, tout converge vers une nécessité : il n'y a plus de personnage principal – comme dans toutes les œuvres épiques achevées –, chacun maîtrise la situation de son côté et la confrontation des figures devient une lutte

---

1. A. Schnitzler, *Frau Beate und ihr Sohn*, Berlin, Fischer, 1913.

de forces harmonieuse. Si j'ai regretté l'absence de construction dramatique de l'action dans la première partie et dans la partie centrale – j'ai le sentiment que c'est d'abord une matière dramatique qui s'est présentée à vous, tant le contraste plastique des figures est puissant –, la fin m'a convaincu par son harmonie que la forme choisie était la bonne, que la nouvelle était la seule forme possible, parce qu'elle seule autorise l'apaisement sublime de sentiments aussi passionnels. Je redoute que vous ne rencontriez cette fois bien des réactions d'hostilité, parce que vous décrivez avec beaucoup de vérité l'élan sexuel primitif ; la plupart des gens, par un étrange mensonge intérieur, recouvrent du nom d'amour chacune de leurs impulsions purement sexuelles et ne peuvent tolérer le sentiment du sang, pur et nu, y compris dans les œuvres d'art : ils préfèrent transformer un faux sentiment de honte en une attitude de rejet moral ou esthétique. De mon côté, en revanche, je ressens cette intensité des élans du corps, liée à l'atmosphère électrique de ces jours d'été (magnifiquement décrits), comme la vérité la plus forte de cette œuvre. La fin m'a surpris moi-même à la première lecture, c'est vrai, mais je suis moins sûr de moi que de vous et je ne doute pas qu'une seconde lecture dont la progression sera moins précipitée et moins mue par la tension de la nouvelle ne m'en fasse mieux percevoir la nécessité. Le motif du déchargement des forces érotiques accumulées, que *Berta Garlan*[1] et *Le Vaste Pays*[2] avaient

---

1. A. Schnitzler, *Frau Berta Garlan*, Berlin, Fischer, 1901.
2. A. Schnitzler, *Das weite Land. Tragikomödie in fünf Akten*, Berlin, Fischer, 1911.

déjà si magnifiquement illustré, atteint ici une force admirable et je suis heureux qu'il nous soit donné d'admirer dans ce texte, comme dans le Bernhardi [1], une telle audace virile et un regard si franc dans une période où les écrivains se font de plus en plus prudents et mesurés. A mes yeux, vos œuvres acquièrent toujours plus d'assurance, elles se rapprochent toujours davantage de la vérité, elles s'affranchissent chaque fois un peu plus des illusions qui vont fatalement de pair avec la jeunesse et la rêverie. Soyez remercié du fond du cœur pour cette œuvre comme pour toutes les autres (avec lesquelles je dialogue plus souvent que vous ne l'imaginez sans doute, grâce à votre belle édition complète).

Peut-être parviendrai-je à m'exprimer publiquement quelque part au sujet de cette œuvre : j'aurais très envie d'exposer aux regards cette connexion de problèmes mêlés. Hélas ! vos livres sont presque toujours épuisés dès le jour de la parution, et l'article paraîtrait *post festum*.

Une chose encore : je parlerai *lundi* à *7 heures et demie dans la petite salle de réception* de l'université pour la cérémonie en l'honneur de Bahr et je ne vous cache pas que *j'aimerais beaucoup* vous voir dans l'assistance. Pas pour moi (qui devrais susciter des réactions hostiles, car Bahr est une personnalité si provocante et si agressive que le seul fait de parler de lui éveille l'animosité) mais pour Bahr, dont beaucoup disent que toute sa génération l'a d'une certaine façon abandonné ou que lui s'est éloigné d'elle. C'est en partie

---

1. A. Schnitzler, *Professor Bernhardi. Komödie in fünf Akten*, Berlin, Fischer, 1912.

vrai, mais pas pour vous, autant que je sache : voilà pourquoi, sans vouloir être pressant, je souhaiterais que vous soyez présent *pour lui.*

Recevez encore, cher Monsieur le Docteur, la gratitude d'une affection et d'une admiration anciennes et toujours renouvelées, celles de votre fidèle et dévoué

Stefan Zweig

A Romain Rolland [lettre en français]
        Vienne, [sans date ;
    cachet de la poste : 28 juin 1913]

Mon cher maître et ami, je viens de recevoir le livre du Professeur Seippel[1], charmant vraiment par sa chaleur et sa compréhension. Les seules choses que je n'aime pas dans son essai sont les citations de lettres privées (chose que je trouve indiscrète, surtout quand il s'agit d'un vivant) et puis votre portrait qui ne donne qu'un regard anxieux, vrai regard fabriqué par le photographe et non repris de la vie. Le livre vient au bon moment : maintenant *Jean-Christophe* marchera d'un bon pas à travers tous les pays.

Je vous envoie aujourd'hui le nouveau livre de Verhaeren sur Rubens[2], paru d'abord en Allemagne

---

1. Paul Seippel, *Romain Rolland, l'homme et l'œuvre*, Paris, Ollendorff, 1913. Paul Seippel était le directeur du *Journal de Genève*.
2. Verhaeren, *Pierre-Paul Rubens*, Bruxelles, G. van Œst & Cie, 1910.

dans une édition magnifique, qui ne coûte cependant que 3 francs 50. Moi-même je travaille à mon Dostoïevski et j'ai fini deux nouvelles, dont une me paraît bien réussie. Je partirai bientôt pour Hellerau à la première représentation de *L'Annonce faite à Marie* au théâtre de Dalcroze, puis à Weimar. L'automne je serai dans le Tyrol, à Meran, et rien ne me ferait autant plaisir que de vous voir tenir votre promesse. Vous trouverez là un calme unique, un paysage admirable et un automne de fruits que vous ne connaissez pas encore. J'aurai assez de livres avec moi qui vous intéresseront et je suis prêt à vous procurer près de Meran (pas dans la ville même) un petit logis exquis et pas du tout cher. Nulle part au monde – et j'ai vu pas mal de pays – l'automne n'est aussi beau qu'à Meran, parce que tout le paysage est coloré de fruits différents et que l'air est doux et bon.

Je suis heureux de vous savoir au travail et ce que vous me dites de votre roman, qu'il sera gai, m'attire beaucoup. Nous avons plus que jamais besoin d'œuvres qui n'attristent pas, et l'homme qui écrirait de nos jours une vraie comédie serait le plus nécessaire. La psychologie pèse sur nous et le jeu libre des instincts non décomposés me paraît souvent beau comme un combat de jeunes éphèbes grecs.

Je vous ai envoyé le drame de Hauptmann *Gabriel Schillings Flucht* à Paris. Vous avez lu sans doute que sur le désir des nationalistes et de l'Empereur on a interdit les représentations de son « Festspiel » à Breslau. Toute l'Allemagne intellectuelle a protesté : c'est une défaite terrible de la liberté de l'artiste en Allemagne. Ils croient être plus forts que le poète – et ils le sont. Mais l'effet moral a été foudroyant et Hauptmann a reçu des encouragements et félicitations de toute l'Allemagne.

Et maintenant, cher maître et ami, tous mes vœux pour votre travail. Je vous enverrai ce que j'écrirai sur le livre de Paul Seippel. Et n'oubliez pas votre très fidèle

Stefan Zweig

A Romain Rolland [lettre en français]
Vienne, le 27 août [1913]

Mon cher maître et ami, une bonne nouvelle pour vous et pour nous : j'ai réussi à faire accepter ici à la Volksbühne, l'excellent théâtre artistique-populaire, *Les Loups* (traduction Herzog [1]). On les montera cette saison et on serait très heureux si vous assistiez à la première. On arrangerait la date suivant votre arrivée et on se donnerait toute peine pour le jouer parfaitement. Si vous consentiez à venir, vous pourriez – je connais votre façon de vivre simple et calme – loger chez moi (Verhaeren l'a fait aussi) et je serais on ne peut plus heureux de vous offrir l'hospitalité simple mais cordiale de ma garçonnière. Venez, venez, cher maître, on vous aime ici de loin et on vous attend !

Et Meran, Bozen ? Voulez-vous venir ? Je serai à Meran en octobre et si vous vouliez venir on

---

1. Rudolf Herzog (1884-1960), éditeur de la revue engagée *Das Forum*, traduisit *Les Loups*, qui était une transposition de l'affaire Dreyfus.

pourrait faire monter *Les Loups* fin octobre ou novembre et venir directement de là à Vienne. C'est si délicieux en automne dans le Tyrol, le paysage tout coloré de fruits et le soleil encore doux.

Je finis mon travail sur Dostoïevski. Il sera prêt à Noël et je crois qu'il sera définitif. Et maintenant, mon cher maître, une demande ! Je vais éditer les trois essais sur Balzac, Dickens, Dostoïevski en un volume (les grands types du romancier de la société, de la famille et de l'individu et l'humanité) et j'ose dire que ce sera un bon livre [1]. Eh bien, voulez-vous me permettre de vous dédier ce volume ? Je sens le besoin de vous remercier publiquement pour votre admirable effort moral et artistique et je ne vois aucun hommage si spontané entre artistes que la dédicace d'un livre qu'on juge assez réussi. Me permettez-vous donc, cher maître et ami, d'inscrire votre nom sur la première page et de vous dédier ce livre plus qu'à un autre ?

J'attends le *Jean-Christophe* en allemand pour le saluer encore une fois. On parle beaucoup du livre, il a déjà du succès avant de paraître. Je suis déjà impatient de le voir de retour en Allemagne, je suis sûr que sa patrie le reconnaîtra.

Et votre travail ? Dites-moi, si vous ne me jugez pas trop curieux, si le roman avance, car j'aime vos œuvres déjà avant leur naissance. M. Grautoff veut m'envoyer une photo de vous, je serais content de la posséder.

Avez-vous reçu la pièce de Gerhart Hauptmann que je vous ai envoyée à Paris ? Elle est très belle et

---

1. Zweig, *Drei Meister. Balzac. Dickens. Dostojewski*, Leipzig, Insel, 1920.

humaine, plus que toutes les autres créations chez nous.

Et maintenant, cher maître, je vous serre la main et j'espère pouvoir le faire bientôt en réalité soit au Tyrol, soit à Vienne, soit à Paris. Mais je serais heureux si vous vouliez consentir à rendre visite à vos admirateurs allemands, à vos amis d'Autriche. Fidèlement votre

Stefan Zweig

J'ai vu M. Paul Amann[1] et je lui ai parlé. Il est vraiment très bien.

A Emile Verhaeren [lettre en français]
Vienne, [sans date ; octobre ou novembre 1913 ?]

Mon cher maître, je viens de recevoir l'exemplaire de luxe des *Villages illusoires* dans la reliure de Van de Velde[2] et je trouve ce livre *parfait*. Les eaux-fortes de Ramah sont bien reproduites, l'impression des lettres de Lemmen[3] fine et délicate, tout l'ensemble harmonieux. Je me félicite d'avoir mis en relation Ramah[4] avec le Insel-Verlag[5]. On peut vraiment dire

---

1. Paul Amann (1884-1958), philologue et historien autrichien.
2. Henry van de Velde (1863-1957), architecte belge.
3. Georges Lemmen (1865-1916), peintre et graveur belge.
4. Henry Ramah (né en 1887), peintre et dessinateur belge.
5. Emile Verhaeren, *Les villages illusoires. Avec 15 gravures à l'eau forte par Henry Ramah*, Leipzig, Insel, 1913 (230 exemplaires numérotés).

dès maintenant qu'il est le premier entre les éditeurs belges : l'œuvre de Verhaeren est représentée chez lui sous toutes les formes, du livre à 50 pfennigs jusqu'au livre à 200 Marks. Il devrait faire un jour à Bruxelles une exposition de ses éditions verhaeriennes, pour montrer au public belge, qui l'ignore, tout ce qu'il a fait pour votre œuvre.

Je viens de lire aussi la belle et généreuse préface que vous avez écrite pour le livre de Guilbeaux [1]. Ce livre nous sera très utile en France, parce qu'il est composé non seulement avec ferveur, mais aussi avec une compréhension forte et puissante de la matière. Je suis très curieux de voir si Guilbeaux aura à subir les attaques des nationalistes ou si on traitera loyalement l'œuvre outre-Rhin.

Le Dr Kaemmerer [2] me raconte avec un enthousiasme enflammé sa visite au Caillou. J'ai été heureux d'entendre qu'il vous a rencontré en parfaite santé, joyeux et en pleine force de travail. Je suis impatient de vous voir finir votre drame et les théâtres le sont aussi chez nous. Je crois avec ferveur que vos drames auront une résurrection en Allemagne : c'est Reinhardt qui avec ses vaines promesses a beaucoup nui à votre succès.

L'automne n'a donc pas été sans fruits chez vous et sur l'arbre de votre vie les feuilles des vers sont encore en plénitude. Cela me réjouit, non seulement parce que je suis sûr que ce seront de très bons poèmes

---

1. *Anthologie des lyriques allemands contemporains depuis Nietzsche*, éditée et traduite par Henri Guilbeaux, Paris, Figuière, 1913.
2. Ami Kaemmerer (1861-1926), homme d'affaires de Hambourg, ami de Zweig.

mais aussi parce que je sais que vous vous aimez seulement comme homme créateur, que pour vous la production est une preuve superbe de la force vitale.

Vous viendrez donc en Allemagne ! J'en suis content. Mais vous ne trouverez plus Claudel à Francfort, il est maintenant consul à Hambourg. Son *Annonce* a eu beaucoup de succès et sa position littéraire est absolument garantie chez nous.

Je compose en ce moment une préface pour l'édition allemande des souvenirs de Lemonnier[1]. Je veux laisser aux jeunes le souvenir de ce probe artiste, de cet homme merveilleux. Vraiment je commence à haïr la Belgique ingrate, qui l'oublie et le néglige. Est-ce l'influence du gouvernement ou une torpeur nationale ? Je ne comprends ni l'un ni l'autre.

Rappelez mon souvenir à Madame Verhaeren et gardez toujours votre amitié, votre sympathie si précieuse à votre

Stefan Zweig

A Julius Wahle[2]

[Palerme,] le 10 novembre 1913

Cher Monsieur le Docteur, le cachet de la poste excuse à lui seul le retard de ma réponse : je suis dans

---

1. C. Lemonnier, *Erinnerungen*, Berlin, Juncker, 1913.
2. Julius Wahle (1861-1940), historien de la littérature, directeur des Archives Goethe et Schiller de Weimar jusqu'en 1928, éditeur de Goethe.

le pays favori de Goethe, bien loin de toutes les affaires allemandes. La nouvelle que les Archives Goethe et Schiller souhaitent acquérir le manuscrit de la succession Minor [1] aurait suffi à me faire renoncer : je ne suis heureusement pas assez collectionneur pour méconnaître la nécessité de ces lieux de conservation artistique et je ne tenterai jamais de concurrencer une telle institution – surtout celle de Weimar –pour une pièce qu'elle seule a vocation à abriter. J'ai seulement fait une offre vague à Mademoiselle le Dr Minor, nous n'avons jamais discuté concrètement.

Je me retire donc totalement en faveur des Archives et je serais très heureux – et aucunement jaloux – que cette belle pièce vous revienne. Mais si les tractations n'aboutissaient pas, notamment pour des raisons financières, je vous prie de m'en informer, car mon retrait ne vaut que pour Weimar ou Marbach [2] et je voudrais au moins empêcher que ce manuscrit ne parte en Amérique.

Avec tous mes compliments et le bon souvenir des heures passées aux Archives, votre très dévoué
Stefan Zweig

---

1. Jakob Minor (1855-1912), germaniste, professeur à l'université de Vienne, vice-président de la Société Goethe de Weimar et éditeur de Goethe.
2. Les Archives Goethe furent fondées à Weimar en 1885, les Archives Schiller s'y ajoutèrent en 1889. Le Schiller-Nationalmuseum de Marbach fut fondé en 1903 : il recueillit non seulement des documents relatifs à Schiller, mais aussi des fonds concernant les écrivains et philosophes souabes.

A Martin Buber

Vienne, le 26 novembre 1913

Cher et honorable Monsieur le Docteur,

En proie à une incertitude du sentiment esthétique, je me tourne vers vous qui – je le sais ! – accueillez souvent et toujours avec bonté de pareils hôtes. Il y a quelques semaines, j'ai reçu du fin fond de la Galicie les vers d'un pauvre gars de vingt-trois ans à demi inculte, Jacob Funkelstein, qui ont produit sur moi un effet saisissant par leur force mystique et le feu spirituel qu'ils jettent sur les choses. J'ai été enthousiasmé, je le lui ai écrit, je lui ai promis mon aide. Et j'ai fait ce que j'ai pu. Mais je n'ai pas été couronné de succès. Werfel, auquel j'ai présenté ces vers pour la maison d'édition [1], a refusé tout net, de même qu'un autre, et aucun des deux ne m'a convaincu. Je sens chez ce petit juif (dont la vie est très étrange, il est issu du hassidisme le plus fervent) une puissance de rythme, une force nouvelle, que je ne trouve pas dans les œuvres de tous nos nouveaux juifs. Je me trompe peut-être. C'est pourquoi, cher Monsieur Buber, je vous demande votre avis : vous comptez infiniment pour ces jeunes gens, vous êtes une instance ultime, un modèle et un espoir : et je sais moi-même que vous êtes parfaitement juste en ces matières, beaucoup plus que moi, qui suis peut-être exalté par ce qui m'est étranger. Je vous en prie, lisez ces vers, dont je connais moi-même les défauts (l'excès lyrique, l'inflammation chronique des

---

1. Franz Werfel (1890-1945) était alors directeur de collection aux éditions Kurt Wolff de Leipzig.

images) et dites-moi si je dois continuer à m'en occuper. Je voudrais en tout cas faire quelque chose pour cet homme-là.

Je n'ai pas de chance avec votre éditeur [1] : il n'a pas donné suite à mon envoi du roman *Wilgefortis* [2] et en ce qui concerne Romain Rolland, tout se serait également mieux passé s'il m'avait écrit, car pour un ami comme Romain Rolland, je me serais moi-même chargé des corrections et les aurais rendues rapidement.

Un grand essai (un petit livre) sur Dostoïevski m'a donné beaucoup de travail et davantage encore de connaissances nouvelles. Je suis heureux de m'être essayé pour une fois à un projet extrême et je crois avoir vraiment donné forme à beaucoup de choses dans ce livre. Je suis impatient d'achever ce qui ne peut pas être achevé – il dépasse toute mesure – et de vous remettre ce volume.

Je vous remercie par avance pour votre geste aimable et votre bienveillance toujours renouvelée ; j'ai une profonde admiration pour votre œuvre et pour la part secrète de votre action.

Bien fidèlement votre

Stefan Zweig

---

1. Il s'agit de Rütten & Lœning (Francfort).
2. Il s'agissait sans doute d'un roman de Friderike von Winternitz qui resta inédit.

A Benno Geiger

Paris, le 21 mars 1914

Mon cher Benno,

J'ai reçu aujourd'hui – avec quelle joie – tes poèmes : enfin, je connais ton adresse, que tu m'as soigneusement cachée depuis des années, avec un art consommé (qui mériterait un autre usage !). Hier, j'ai reçu une proposition qui t'était adressée, et qui t'invitait à collaborer à l'édition Insel de Verlaine : elle m'avait été retournée de Rodaun. Je l'ai envoyée chez Cassirer[1].

Toutes les nouvelles que j'ai de toi me parviennent par des voies détournées, et ne me vont donc pas droit au cœur. Les voies détournées déforment ou affaiblissent la vérité. Il paraît que tu es marié, que tu es marchand d'art – je ne sais rien et je te demande si quelque chose, dans mon attitude, t'a autorisé à me fuir ainsi. Tu ne peux pourtant pas t'effacer, combien de fois reviens-tu dans mes souvenirs, avec le sentiment de notre fraternité : les jours passés à Rodaun, les discussions dans la nuit ; plus je suis assailli par l'angoisse parfois très vive que notre jeunesse soit désormais achevée, plus je cherche à ressentir à nouveau intimement ces heures où nous nous ouvrions entièrement l'un à l'autre, et qui étaient la jeunesse. Tout est devenu très calme autour de moi, mes amis sont mariés et encroûtés et il faut avoir le même âge pour accéder à certaines formes d'intimité des sens, parce que les sens eux aussi ont un âge et une expérience. Je n'ai plus envie de partager des

---

1. Le Cassirer-Verlag de Berlin, éditeur de Geiger.

discussions sérieuses avec des gens de vingt ans, je ne comprends plus la balourdise de ces relations et la honte retorse des jeunes gens. Mais nous, comme nous parlions bien ensemble, nous enflammant l'un l'autre, comme nous nous embrasions dans notre être intime : cela n'est-il que du passé, mon cher Benno ? Je ne peux pas te supplier, mais je n'ai pas honte de regretter que tu sois si loin de moi, et malgré ta curieuse attitude de rejet, je veux toujours te tendre la main.

L'idée de lire tes vers suscite en moi un sentiment étrange. Je les ai reçus hier, mais je ne peux pas encore les lire : ils sont comme un arbre dont les branches abriteraient une nuée de souvenirs nichés telles des chauves-souris : je frappe sur le tronc, tends la main pour saisir un fruit et immédiatement, un de ces souvenirs ailés s'envole en sifflant. En lisant un poème, je revois l'heure où tu me l'avais lu pour la première fois, j'entends ta voix ; je vois le paysage de Rodaun, je revois chaque trait, ta vareuse brune, tout me revient à l'esprit. C'est toujours le souvenir que je perçois en premier et ce n'est qu'après avoir évacué ce fouillis bigarré que je pourrai ressentir les poèmes eux-mêmes, la blancheur du corps de tes vers, et les pénétrer vraiment avec amour. Comme je serai heureux de pouvoir le faire. Quel bonheur de les lire ici, à l'écart !

Je ne te dirai presque rien de moi (je ne sais pas si cela t'importe). J'ai de nouveaux poèmes et je crois qu'ils sont beaux. J'ai terminé un livre sur Dostoïevski depuis deux ans et il n'est pourtant jamais achevé : c'est pour moi une torture et une joie infinies. J'ai un immense dégoût de toute littérature. Quelques personnes bonnes, si peu, si peu, entourent ma vie, une femme qui représente beaucoup pour moi, mais je vis en même temps des moments très ardents (seul le corps *vit* sincèrement[1]), j'ai beaucoup d'inquiétudes et un fort désir de voyages que je satisfais comme je peux. Si tu veux en savoir plus, viens à Paris ou, en mai, à Baden près de Vienne. Je n'aime pas Berlin, j'y reste deux jours tout au plus : trop d'« activité » pour moi.

Je t'embrasse affectueusement, que tu le veuilles ou non, sans me laisser décontenancer, sans craindre ta fierté ou ta rancune,

Stefan

Aux Editions R. Piper & Co., Munich
[Vienne,] le 31 mai 1914.

A MM. Piper & Co., Munich.
Chers Messieurs !

J'ai appris avec une certaine stupéfaction qu'une plainte avait été déposée contre vous au sujet de l'édition allemande des *Contes drolatiques* ; dans un premier temps, je n'ai pas voulu le croire. J'ai eu récemment le livre incriminé entre les mains et je lui dois des heures délicieuses de plaisir intellectuel et de bonheur intense. La traduction de Paul Siegler a justement l'avantage d'être étonnamment proche de l'original :

---

1. Zweig était déjà lié à Friderike von Winternitz, mais également à une Française du nom de Marcelle.

pour nous, Allemands, ce livre est un vrai cadeau. Nous aurions tout lieu d'être reconnaissants. Mais la reconnaissance des autorités a pour nom, en l'occurrence, « procès » ; elles voient dans les fruits joyeux de l'esprit balzacien des « écrits licencieux ». Loin de moi l'idée de mettre en doute la faculté d'un avocat royal à apprécier les valeurs intellectuelles et artistiques d'un Balzac, mais si l'on écarte cette hypothèse, il n'est pas facile de s'expliquer ce qui s'est passé. Voilà près de 80 ans que l'œuvre qu'on accuse aujourd'hui d'outrager grossièrement les mœurs circule librement et sans ombrage dans les pays cultivés – et voilà que l'œil des autorités prussiennes la découvre enfin (alors même qu'un éditeur de Leipzig l'avait déjà publiée en langue allemande), constate derechef qu'elle représente un péril pour la communauté, et la confisque. Je fais tout mon possible pour tenter de me mettre dans la peau du censeur et me demande sérieusement si ces nouvelles ont jamais produit sur moi un effet « licencieux ». Mais je l'avoue sincèrement, pareille supposition me fait presque rougir. Je n'ai pas vu un seul instant dans cette œuvre un écrit « licencieux », mais seulement des libres propos dans « l'esprit de Pantagruel », comme Balzac le dit lui-même ; j'y ai vu l'art magistral d'un romancier et psychologue de génie. Ceux qui sont impudiques au point de lire les *Contes drolatiques* pour flatter leurs sens s'enflamment sans doute aussi devant une antique statue de Vénus. Aucune interdiction ne sauvera ces gens-là, car leur journal leur apporte quotidiennement le récit détaillé de crimes sexuels ou de longs procès souvent répugnants, qui sont dix fois plus dangereux pour eux.

Loin de moi l'idée de mettre en doute les bonnes intentions et la probité du censeur, mais il devrait tout de même songer à la réaction que le monarque qui a fondé la grandeur de la Prusse, Frédéric II, aurait eue en lisant les *Contes drolatiques* et en voyant qu'on les désigne comme des « écrits licencieux ».

Il se trouve que j'ai lu ces jours derniers l'autobiographie d'un auteur nordique très sérieux et très malheureux, qui, le cœur blessé, s'est s'efforcé comme peu ont pu le faire de se forger une vision du monde profonde, et porte un jugement remarquable sur Balzac. August Strindberg écrit dans sa bouleversante confession, *Solitude* : « J'ai commencé à régler mes comptes avec moi-même il y a dix ans, lorsque je fis la connaissance de Balzac (...). Je me suis alors trouvé moi-même et j'ai pu faire la synthèse de toutes les antithèses jusque-là irrésolues de ma vie (...). Et lui, le grand magicien, il a même introduit chez moi, en contrebande, une sorte de religion que je pourrais désigner comme un christianisme non confessionnel. En voyageant sous la conduite de Balzac dans sa comédie humaine, j'ai cru vivre une autre vie, plus grande et plus riche que la mienne (...). Balzac, ce croyant, ce tolérant, cet homme bienveillant... En le lisant, j'ai bu les potions amères de la vie comme un remède et j'ai considéré qu'il était de mon devoir de tout supporter... »

Un écrivain capable de produire un tel effet sur un des auteurs les plus strictement hostiles à toute superficialité et les plus assoiffés de vérité n'écrit pas des œuvres « licencieuses » : lorsque la source est pure et vraie, la goutte qu'on y puise n'est pas impure.

J'espère qu'il est encore possible de revenir sur

cette regrettable méprise qui fait beaucoup craindre pour le niveau culturel de nos instances de censure, et d'éviter que le monde entier n'en tire un motif de méchante moquerie.

A Richard Dehmel

Vienne, [le 14 juin 1914]

Cher Monsieur Dehmel, j'ai pris tant de plaisir depuis huit jours à lire vos textes verhaereniens que je n'ai pas trouvé les mots pour vous remercier. Mais dès que je les ai reçus, j'ai dit mon enthousiasme à Verhaeren, qui me répond aujourd'hui qu'il est impatient d'avoir la revue et s'en réjouit par avance.

A Paris, j'ai entendu dire que vous aviez aussi traduit Rimbaud – c'était proprement *nécessaire*. On a découvert il y a trois mois de nouvelles lettres de Rimbaud, et l'une d'entre elles – publiée dans *Vers et Prose* et, en allemand, dans le dernier *Merker*[1] – contient selon moi ses confessions *ultimes* sur la nature de la poésie. Vous devriez lire ces lettres – qui pourrait les goûter avec plus de créativité que vous !

Dans quelques mois, je me permettrai de m'adresser à vous. Verhaeren fête l'année prochaine son soixantième anniversaire et nous projetons d'organiser une cérémonie en son honneur : il faut qu'elle soit *européenne*, et qu'une commune reconnais-

---

1. « Das Dokument eines Lyrikers (Drei Briefe von Rimbaud) », *Der Merker* 111, mai 1914.

sance nous unisse pour la première fois par-delà les frontières des pays. Nous n'avons pas encore trouvé quelle forme donner à cette fête, mais notre amour est vivant, notre volonté assurée et nous ne manquerons pas d'agir.

Je pense souvent à vous, toujours avec admiration. Comme votre œuvre reste toujours neuve pour moi, et plus grande encore quand j'en apprécie l'étendue ! Je n'ai pas la vaine prétention de la mesurer. Mais je peux vous dire personnellement et sans affectation que les derniers poèmes de vous que j'ai lus dans la *Neue Rundschau* m'ont paru atteindre un sommet de votre art. Bien fidèlement et avec toute ma reconnaissance,

Stefan Zweig

A Anton Kippenberg
> [Den Haan /Coque-sur-Mer, sans date ;
> cachet de la poste : 30 juillet 1914]

Cher Monsieur le Docteur, je quitte aujourd'hui la Belgique et me rends directement à Vienne : bien que je ne sois pas soldat de première ligne, je ne veux pas m'éloigner en ce moment. Je passerai peut-être par Leipzig – même si les livres doivent à présent être le dernier souci de tout homme honnête ; je ne serai pas grossièrement importun dans une période aussi inquiète – à moins que tout ne s'éclaircisse. Je regrette de ne pouvoir séjourner chez Verhaeren – mais ce regret même doit s'effacer derrière les sentiments plus essentiels du moment. Bien cordialement, votre

Stefan Zweig

Bons souvenirs pour vous et Madame Kippenberg Ramah*.

A Anton Kippenberg
Vienne, Kochgasse 8
le 4 août 1914

Cher Monsieur le Docteur,

Je ne veux pas vous importuner aujourd'hui avec des considérations littéraires ou financières, mais vous dire un mot personnel. Je vais être incorporé dans les prochains jours, faire mes classes, et je serai selon toute vraisemblance sur le front dans quelques semaines : je prends en tout cas mes dispositions dès aujourd'hui. Je formulerai une requête qui vous est destinée, au cas où il m'arriverait quelque chose : je voudrais qu'on compose à partir des textes que j'ai publiés chez vous et de différents autres encore inédits des œuvres choisies en édition bon marché, je proposerai un éditeur, vous pourrez choisir le moment. Je pense que compte tenu des relations toujours amicales que nous entretenons depuis des années, je peux être dès maintenant certain que ce vœu sera accompli.

---

* En français dans le texte.

Pas un n'échappe au front. La plupart de nos poètes, à commencer par Hofmannsthal, ont été incorporés depuis longtemps. Si l'Angleterre restait neutre, j'ai bon espoir, nous savons tous que cette fois, l'enjeu est absolu. Que Dieu protège l'Allemagne !

Bien affectueusement, votre

Stefan Zweig

———◄o►———

A Ludwig Fulda [1]

Vienne, le 27 août 1914

Très honorable Monsieur le Docteur, je suis évidemment entièrement de votre avis, nous avons en ce moment autre chose à faire que diffuser la culture française en Allemagne, le projet est remis à plus tard – qui sait ce que sera le visage du monde dans six mois. Moi-même vais sans doute être incorporé prochainement dans l'armée de réserve, et je serai heureux, le cas échéant, d'apporter ma contribution, dans la modeste mesure de mes forces ; pour l'instant, je suis encore à Vienne, mais ma pensée et mon sentiment vont partout où l'Allemagne lutte et souffre aujourd'hui. Je vous envoie toutes mes salutations, votre très dévoué

Stefan Zweig

---

1. Ludwig Fulda (1862-1939), écrivain, traducteur.

P.S. Votre lettre du 16 août ne m'est parvenue qu'aujourd'hui, le 27 !

A Romain Rolland

Je vous écris en allemand, parce que les lettres pour l'étranger peuvent éventuellement être ouvertes !

Vienne, [sans date ;
cachet de la poste : 6 octobre 1914]

Je vous remercie mille fois, mon cher et admirable ami, pour les salutations que vous m'avez adressées en ces temps difficiles ! Je n'ai jamais pensé plus souvent et plus affectueusement à vous que ces jours derniers, je n'avais jamais senti à ce point que seules la rectitude et la sincérité absolue peuvent nous rendre importants aux yeux l'un de l'autre. Comme c'est curieux : nous avons dit tous deux presque en même temps que c'était contre notre gré que nous étions entrés dans la sauvagerie des passions et je ne rencontre jamais sous votre plume (ni vous sous la mienne, je l'espère) le mot *haine* ni même son ombre. Lorsque j'ai lu hier que Charles Péguy était tombé, je n'ai ressenti *que* le deuil, *que* la consternation, et dans mon cœur, son nom n'était en rien mêlé à celui d'« ennemi » ! Quelle perte que cet homme noble et pur ! Combien le monde a-t-il perdu ces jours-ci d'hommes qui sont morts jeunes et qui auraient pu devenir de grands artistes, un Beethoven peut-être, un Balzac. L'Europe ne saura jamais ce qu'elle a perdu dans ces batailles, les listes de morts ne sont que des noms !

D'un côté et de l'autre, c'est la même chose : comme vous le dites très bien, nous n'allons pas comparer nos souffrances. Je ne veux donc pas, mon très cher ami, vous répondre publiquement comme l'ont fait tant d'autres lorsque votre première lettre est parue[1] : je l'ai trouvée tout à fait noble dans son intention, conforme à ce que j'espérais de vous et – à mon avis – seules ses prémisses étaient fausses. Louvain[2] n'*est* pas détruite, ses monuments, l'hôtel de ville surtout ont été sauvés des flammes par les officiers au prix d'indicibles efforts, hormis la bibliothèque : j'ai eu des récits de première main, j'ai vu un plan qui indique les parties détruites et celles qui ont été préservées. Quelle est la part de responsabilité de la presse française, dont, en temps de paix déjà, la haine et la malhonnêteté n'avaient pas de limites, et qui a sans doute annoncé qu'on avait incendié Louvain par pur esprit de vengeance, par jeu en quelque sorte ? Je ne peux la mesurer : ce que je sais en tout cas avec certitude, c'est que Louvain n'a pas subi de dommage à l'exception de cet unique bâtiment, les tableaux aussi ont tous été sauvés. Je le sais par un ami qui était là au moment de l'assaut

---

1. La « Lettre ouverte à Gerhart Hauptmann » de Romain Rolland, parue le 15 septembre 1914 dans le *Journal de Genève* (reprise dans *Au-dessus de la mêlée*, Paris, Ollendorff, 1915).

2. Des troupes allemandes envahirent Louvain le 19 août 1914. La célèbre bibliothèque de l'université catholique, riche de manuscrits anciens, fut incendiée. Romain Rolland avait vigoureusement condamné ces actes dans sa « Lettre ouverte à Gerhart Hauptmann ».

(qui a été terrible) et qui m'a raconté tous les détails ; mais j'aurais aussi accordé foi à nos journaux. Je ne sais pas si vous lisez en ce moment les journaux allemands, mais je trouve qu'ils conservent une extraordinaire dignité. Jamais de récits barbares, jamais de tentative pour conspuer la nation française ou faire passer son armée pour une bande sadique. Ne souffrez-vous pas – très sincèrement –, Romain Rolland, de voir des journaux français débattre longuement de la question de savoir s'il faut aussi soigner les blessés allemands ? Sommes-nous vraiment en Europe et au XXe siècle, quand Clemenceau réclame publiquement qu'on ne s'occupe pas d'eux ? Mon sang se glace dans mes veines quand je pense aux malheureux qui, couverts de plaies purulentes et les membres déchiquetés, sont censés mourir dans la haine, privés de toute assistance ! Je ne crois pas qu'un Français puisse suivre ces conseils, mais le seul fait que la question soit discutée, Romain Rolland, discutée publiquement, quelle honte ! Quand on est en guerre, il faut à mon avis se taire – je l'ai écrit – mais les blessés, les malades, les prisonniers, ce n'est plus la guerre, c'est seulement la misère, la misère humaine infiniment tragique, que le poète doit défendre. Pour les blessés, pour les malades, j'attends un mot de vous : si nous ne pouvons aider ceux qui doivent tuer et se faire tuer, si nous ne pouvons retarder d'une petite heure l'horreur de l'action, nous devrions quand même assister les victimes et réclamer de l'amour pour les malheureux. J'ai rendu visite à des Russes blessés à l'hôpital militaire, avec une dame qui parlait russe, et j'ai vu quel bonheur c'était pour ces infortunés d'entendre seulement parler leur langue et combien ceux qui sont tombés en pays ennemi ont *justement doublement besoin d'amour.* Vous-même, Romain Rolland, vous avez été malade[1] et vous savez que la bonté et la tendresse sont un baume infini en pareil cas, quand l'âme est d'autant plus vigilante que le corps souffre, vous savez que l'hostilité, même celle d'un simple regard ou d'un mot, avive les blessures et décuple la souffrance. Je vous exhorte donc, non pas parce que vous êtes mon ami, mais parce que vous êtes poète et homme : *aidez les malheureux ! Exhortez à la bonté envers les malades et mettez fin à ce misérable débat qui fait honte à la France !* De mon côté, je suis prêt à intervenir en Allemagne sur toutes les questions d'humanité – parlez aux femmes, si vous êtes comme moi d'avis qu'en temps de guerre, les non-combattants doivent garder le silence, mais parlez, Romain Rolland, parlez ! Dans quelques années, quand nous nous souviendrons de cette guerre, vous vous demanderez : qu'ai-je fait à l'époque ? Et si vous n'avez fait que cela : si *un seul* malade a reçu grâce à vous une once de bonté, vous pourrez dire que vous n'avez pas été tout à fait inutile au cours de ce temps. Walt Whitman a été envoyé au front comme soldat et il a été infirmier : rien n'est plus grand dans sa vie que cette transformation, rien n'est plus beau que les lettres qu'il a envoyées à ce moment-là. Si les autres composent des chants de guerre, vous, Romain Rolland, vous devriez exhorter à la bonté, les femmes surtout, vous devriez protéger les blessés allemands des regards méchants et des mots sans pitié. Rappelez-vous que les blessures sont

---

1. Romain Rolland avait eu un grave accident en 1910.

plus douloureuses encore quand on gît abandonné en pays étranger et non dans sa patrie, et que les malades ne font plus la guerre ! Epargnez à ceux qui souffrent une épreuve supplémentaire, et une honte à votre pays !

Je ne vous dirai rien de moi : je suis comme hagard face aux événements ! Tous mes projets de travail ont été interrompus, mes nerfs ne m'obéissent plus. J'ai beaucoup d'amis au front, d'un côté et de l'autre – Bazalgette, Mercereau[1], Guilbeaux[2] ne sont-ils pas en danger ? Je n'ai aucune nouvelle de ceux qui me sont le plus chers, comme Verhaeren !! ! Votre carte m'a procuré une joie sans bornes, elle portait la marque du lointain, mais sans hostilité, alors que pour les Allemands aujourd'hui, tout ce qui passe leurs frontières est l'ennemi, le monde entier ! C'est un moment terrible et il exige toute notre humanité, pour ne pas être indignes de lui !

Portez-vous bien, cher et admirable ami, je reste toujours votre fidèle

Stefan Zweig

A Anton Kippenberg
　　　Vienne, [sans date ; 18 octobre 1914 ?]

Cher Monsieur le Docteur, je serais heureux de savoir où vous êtes aujourd'hui ! Je suis encore à

---

1. Alexandre Mercereau (né en 1884), ami de Zweig.
2. Henri Guilbeaux (1884-1939), germaniste et traducteur français. Il fonda la revue pacifiste *Demain* (1916-1918).

attendre à Vienne, l'armée de réserve dont je fais partie n'a pas encore été appelée, mais cela ne va pas tarder, j'imagine : nous avons eu beaucoup de pertes dans la plus grande bataille de l'histoire universelle [1]. J'ai parlé à des amis qui sont revenus blessés : aucune description ne laisse imaginer les épreuves que nos pauvres soldats ont connues là-bas. Les combats menés en France n'étaient rien à côté de cette bataille dans une nature sauvage, dans la tourbe et la steppe. Beaucoup de régiments ont dû rester plusieurs jours sans manger sous les balles, parce que le train s'embourbait dans les marécages jusqu'aux roues, un ami très cher s'est enfoncé dans un marais avec son cheval, sous les yeux de ses gens qui ne pouvaient pas lui venir en aide. Les villages ont été incendiés par les Russes, aucun de nos officiers n'a ôté son uniforme depuis deux semaines, il n'y a pas de lits. Je crois qu'on n'est pas conscient, en Allemagne, du malheur qui est le nôtre, nous avons là la guerre la moins civilisée qui soit (les Serbes se sont battus avec femmes et enfants contre les soldats) et la plus insignifiante qui soit, car Krasnik et Rawarnska [2], cela ne fait pas le même effet que Reims et Metz. Pourtant, le sang y coule tout autant. Les combats sont partout les mêmes, et on retrouve partout la même nature cruelle ! Il a fait un froid glacial ces dernières nuits, je préfère ne pas penser au mois de novembre. Et pas de villes à l'arrière pour abriter les hôpitaux militaires, rien que des villages sales et dévastés où

---

1. Zweig se réfère aux batailles menées en Galicie (batailles de Lemberg, août-septembre 1914).
2. Villes russes au sud de Lublin.

même le maire n'a pas un lit propre, pas de chemins de fer à l'arrière des champs de bataille : les blessés ont souvent dû être transportés en chariot pendant vingt heures, parce que les routes étaient impraticables pour les automobiles ! C'est effroyable ! Ce n'est pas le purgatoire, c'est l'enfer ! Je vous écris cela pour que vous ne méprisiez pas l'action de l'Autriche, comme tant d'autres en Allemagne. Mon bonheur le plus cher serait d'avoir le droit de combattre comme officier un ennemi civilisé – si je suis appelé ici, ce sera comme simple soldat luttant contre la saleté, le froid, la faim et la canaille. Vous comprendrez peut-être à présent pourquoi aucun intellectuel autrichien ne s'est jusqu'ici porté volontaire pour le front, et pourquoi ceux qui auraient dû y être ont demandé à rentrer (Hofmannsthal, Werfel). Vous comprenez aussi que nous manquions de cohésion. Brody[1] compte moins pour moi qu'Insterburg[2], Brody me laisse froid alors que je frémissais à l'idée qu'Insterburg soit dévastée. Il n'y a plus qu'une ultime grande cohésion, seule la langue est notre foyer natal au sens suprême !

Je ne m'occupe évidemment pas de littérature, mais avec deux autres qui ont travaillé comme moi dix heures par jour, nous avons aidé à mettre sur pied une organisation qui a accueilli en l'espace de quelques jours plusieurs centaines de milliers de personnes. Dans les moments où l'on n'est pas de quart, il faut au moins œuvrer pour la communauté et je ne manque

---

1. Ville russe au nord de Lemberg, à la frontière de l'Ukraine.
2. Ville de Prusse orientale, à l'est de Königsberg, occupée par les Russes en août-septembre 1914.

pas de ressources. Mais je vous envie de pouvoir être officier dans *cette* armée, de pouvoir vaincre en France – en France, *oui*, ce pays qu'on châtie parce qu'on l'aime. C'est étrange, rien ne m'aurait donné davantage d'élan que l'idée de combattre ceux que je respecte le plus, car leur orgueil a été à l'origine de tout notre malheur. Peut-être nos régiments vont-ils être suffisamment chamboulés pour qu'une part d'entre nous soit envoyée là-bas – ce jour-là, je donnerais tout pour être du voyage. Je n'ai pas de haine contre la Russie, ils se battent comme l'Allemagne pour un peuple élargi, mais la France combat pour son image, sa vanité, et l'Angleterre pour son argent.

Ecrivez-moi donc, dites-moi si vous avez déjà senti l'odeur de la poudre, recevez tous mes vœux pour le combat et la victoire, votre fidèle et sincère
Stefan Zweig

A Romain Rolland
Baden près Vienne, le 19 octobre 1914

Je vous remercie de tout cœur, mon cher, mon admirable ami, pour les mots précieux que vous m'avez adressés. Il en est peu qui souffrent autant de la situation présente à la seule idée de l'immense haine qui emplit aujourd'hui le monde. Je vous demande de me faire entièrement confiance : je ferai tout pour contribuer à ma mesure à une réconciliation, au moins spirituelle. Le silence et l'indifférence sont aujourd'hui un crime.

Je ne sais pas si je pourrai encore vous écrire souvent. Le mois prochain – bien que je sois depuis longtemps dégagé des obligations militaires – je passerai un nouvel examen d'aptitude. Je serais heureux de pouvoir être affecté à l'infirmerie, comme je le souhaite : j'aimerais mille fois mieux guérir des blessures qu'en infliger. Je sens que je pourrais y être très utile, davantage que sur le front : on ne va au bout de ses capacités que lorsque l'effort s'accorde avec les tendances profondes du caractère.

Mais tant que je suis encore chez moi, je veux mettre toute mon énergie dans le projet d'adoucir ce combat et de lui ôter une part de son amertume. Et je crois que votre exhortation à ce que les meilleurs des nations se réunissent à Genève dans une sorte de parlement moral est la plus noble et la plus nécessaire qui soit. Il doit seulement s'agir de personnalités *de tout premier plan* (moi-même, par exemple, je n'ai pas encore fait l'œuvre qui m'autoriserait à parler au nom de l'Allemagne ou de l'Autriche) : Gerhart Hauptmann pour l'Allemagne, Bahr pour nous, Eeden[1] pour la Hollande, Ellen Key pour la Suède, Gorki[2] pour la Russie, Benedetto Croce[3] pour l'Italie, Verhaeren pour la Belgique, Carl Spitteler[4] pour la Suisse, Sienkiewicz[5] pour la Pologne,

---

1. Frederik van Eeden (1860-1932), poète hollandais, médecin et psychothérapeute.

2. Maxim Gorki (1868-1936), écrivain russe.

3. Benedetto Croce (1866-1952), philosophe italien.

4. Carl Spitteler (1845-1924), poète et essayiste suisse, partisan de la neutralité de la Suisse, Prix Nobel de littérature 1919.

5. Henryk Sienkiewicz (1846-1916), écrivain polonais, Prix Nobel de littérature 1905.

Shaw[1] ou Wells[2] pour l'Angleterre – ce ne sont là que des propositions, mais je crois qu'elles sont envisageables. Voici ma question : *si vous n'adressiez pas votre appel aux écrivains*, je serais prêt à m'en faire le porte-parole en Allemagne. Ou bien dois-je le faire connaître dans un premier temps en Allemagne comme émanant de vous ? Je suis certain que Hauptmann répondra à cet appel ! Que de choses seraient à faire ! Je pense à une sorte de journal qui serait publié par ce comité toutes les semaines, et qui démentirait les mensonges, informerait le monde des cruautés réellement perpétrées et diffuserait tous les appels à l'humanité dans la guerre, à l'apaisement des souffrances *inutiles*. Ne serait-il pas possible par exemple de faire ce qu'on faisait dans les guerres vraiment plus barbares de naguère, d'échanger des officiers et des soldats contre leur parole d'honneur ? De laisser les civils se rendre dans les pays neutres et y rester, sous la responsabilité de leurs gouvernements ? Je l'ai vu moi-même : les souffrances des soldats ne sont rien à côté de celles des parents qui se consument en attentes stériles, à côté de l'indignation des personnes déplacées dont on a détruit le foyer. Ici aussi, nous avons des sans-toit venus de Galicie, des femmes qui ont perdu leurs enfants dans la fuite ; en Prusse orientale des milliers de personnes ont fui lorsque les Russes sont arrivés et les récits qu'ils font à leur retour sont épouvan-

---

1. George Bernard Shaw (1856-1950), dramaturge irlandais, Prix Nobel de littérature 1925.
2. Herbert George Wells (1866-1946), écrivain et essayiste anglais.

tables. Qui sommes-nous, Romain Rolland, et à quoi servons-nous, si nous ne faisons pas usage à présent des mots et du pouvoir que nous donnent les mots ? Votre proposition est si noble et si belle : mettez-la à exécution. Ce sera peut-être un échec. Mais il faut montrer qu'il n'y a pas que du nationalisme dans le monde, que l'idéalisme existe encore. Nous tous avons réalisé que nous avions tort de croire à la maturité de l'humanité, vous et moi, nous avons tous cru que cette guerre pourrait être empêchée et c'est pour cette *seule* raison que nous ne l'avons pas suffisamment combattue alors qu'il était encore temps. Je revois parfois la bonne Bertha von Suttner[1], qui me disait : « Je sais que vous me prenez tous pour une pauvre folle. Dieu fasse que vous ayez raison. »

Oui, Romain Rolland, il est temps d'œuvrer contre la haine. Il n'est pas possible que des journalistes oisifs méprisent des soldats qui rampent des semaines sur la terre humide et risquent leur vie chaque jour ; ces pauvres gens n'ont pas à être calomniés par des littérateurs. Je crois fermement qu'il y a encore beaucoup à faire, car l'Allemagne – croyez-moi ! – n'a toujours pas de haine pour la France. La France a connu un immense triomphe moral dans cette guerre : elle recueille les sympathies du monde entier, et le plus étonnant, c'est que l'Allemagne même a de l'affection pour son ennemie. Nous sentons que la guerre oppose deux adversaires égaux, deux pays égaux : chacun a choisi les meilleurs de ses hommes,

---

1. Bertha von Suttner (1843-1914), écrivain autrichien, auteur du roman *Die Waffen nieder !* (Bas les armes !) (1889), Prix Nobel de la Paix 1905.

son feu le plus sacré. Toute la *haine* allemande va à l'Angleterre qui achète des peuples comme du bétail, à l'Angleterre dont le peuple fume la pipe au coin du feu et s'informe dans les journaux d'une guerre menée par ses mercenaires hindous et sikhs – au nom du droit et de la dignité de l'homme bien entendu ! La France n'est combattue que par les armes, non par les cœurs : l'Allemagne a toujours le rêve de conclure une alliance avec la France, d'instaurer une amitié. Je sais que cet amour est à sens unique, mais ce n'est pas un motif suffisant pour en nier l'existence. Et je crois que sur les questions spirituelles qui nous importent, c'est surtout entre la France et l'Allemagne qu'une entente est possible. Nous sommes le cœur de l'Europe, France et Allemagne, et il *faut* que ces deux pays puissent un jour se comprendre ! Voilà pourquoi tout ce qui envenime ces relations – chez vous et chez nous – est un crime. Nul ne sait comment se terminera cette guerre, mais je sais qu'il y aura ensuite une paix et que le devoir de tous ceux qui ne combattent pas aujourd'hui est de la préparer et de faire en sorte qu'elle soit *belle*.

Cher Romain Rolland, vous me trouverez toujours prêt à œuvrer pour la pureté et la dignité dans ce combat. Envoyez-moi s'il vous plaît les documents que vous possédez sur les barbaries allemandes – je vous envoie à votre demande un échantillon, l'infamie de M. Richepin[1]. Qu'il montre un des 4 000 jeunes gens auxquels on a tranché les mains, cet « immortel » de l'Académie ! Je suis heureux en pensant à

---

1. Jean Richepin (1849-1936), poète et dramaturge français, membre de l'Académie française.

Dehmel, qui n'exprime dans ses poèmes que l'enthousiasme, jamais la haine et qui (à la différence de Maeterlinck et de Richepin) donne un témoignage ultime de sa sincérité en s'engageant comme volontaire et en combattant comme simple soldat dans les rangs de l'armée. D'un côté comme de l'autre, nous devons nous insurger contre ceux qui, trop lâches pour se battre eux-mêmes, calomnient les adversaires, qui excitent les haines sans aider personne, ni eux-mêmes ni leur patrie. Le soldat respecte toujours le soldat et j'ajoute volontiers foi à ce que vous me dites de la bonté des soldats de l'infanterie française envers les prisonniers allemands : ce n'est que dans le petit peuple qu'on rencontre cette sublime fraternité du sentiment qui ne naît que des grandes souffrances.

Le bureau d'inspection des civils n'a heureusement pas de lien avec l'Autriche. Chez nous, il n'y a pas de camps de concentration, et on n'interne personne à l'exception de quelques suspects isolés. Des accords d'échanges avec la Russie sont en train d'être conclus ou déjà établis, pour des femmes et des hommes d'un certain âge. Dans cette affaire, l'Autriche a été remarquablement correcte et je peux *vous assurer* qu'aucun étranger – à l'exception de quelques Serbes – n'a fait l'objet d'une demande de rançon *(de la part de la police)*. Quoi qu'il en soit, je voudrais susciter la formation d'un comité qui diffuserait toutes sortes d'informations : *toutes vos propositions, Romain Rolland, seront mises à exécution.* Je suis heureux de pouvoir me rendre utile de quelque manière en ce moment ; j'ai fait quelques tentatives heureuses ici à Vienne. Mais notre véritable grand œuvre à l'heure actuelle consiste certainement à rendre cette guerre moins cruelle, au moins dans les esprits, et à préparer une réconciliation qui sera absolument nécessaire. J'ai presque davantage peur des petites haines qui viendront *après* la guerre que de sa sauvagerie actuelle, car elle possède une certaine beauté, alors qu'elles auront la laideur des sentiments mesquins. Je l'ai écrit dans mon mot d'adieu : « Jamais notre amitié, notre confiance mutuelle ne seront plus nécessaires qu'après la guerre. » Hélas ! on a barré une phrase importante : « Que nous soyons vainqueurs ou vaincus, nous serons confrontés à un seul et même danger : la haine ou l'orgueil, et il nous faudra les combattre d'un côté comme de l'autre. »

Je vous salue très affectueusement, mon cher ami. Je n'ai jamais autant éprouvé qu'aujourd'hui la nécessité de votre action, pour ma vie et pour nous tous. Tous mes vœux vous accompagnent, ainsi que le grand monde de souffrances européen auquel nous appartenons ensemble, fraternellement – *malgré tout !*

Votre très fidèle

Stefan Zweig

Bazalgette est certainement dans l'armée ! Je pense souvent à lui et avec quelle affection ! Si vous lui écrivez, transmettez-lui mes salutations ! Si l'on m'envoie au combat, ma consolation sera au moins que je ne me battrai pas contre les hommes qui me sont chers depuis une décennie. Et j'en connais pourtant beaucoup qui sont contraints de combattre aujourd'hui des frères et des parents. Je n'ai pas de nouvelles de Verhaeren, mais je lui ai écrit à Bruxelles.

―――◆―――

A Alfons Petzold[1]
> [Vienne, sans date ; fin octobre 1914 ?]

Mon cher ami, Felix me raconte que vous passez des jours difficiles et même si la compassion que l'on éprouve pour chaque destin individuel tend à diminuer dans l'épreuve de la communauté, je pense très sincèrement à vous, avec une très profonde affection. Si je ne vous ai pas écrit au sujet de votre brochure, c'est parce que je ne voulais pas polémiquer en ce moment. Je hais tout ce qui *célèbre* la guerre et même si je sais qu'elle doit être menée à son terme, je n'oublie pas qu'elle est la chose la plus épouvantable et la plus cruelle du monde. Nous n'avons pas le droit de la combattre, mais nous ne devons pas non plus la célébrer, nous qui haïssons la haine et n'aimons que l'amour. Davantage que l'héroïsme, je ressens la torture des jeunes corps mutilés, l'angoisse des femmes et même la douleur des chevaux, des animaux muets me déchire le cœur. Je n'ai donc pas compris que vous, dont la vie n'a été des années durant qu'une lutte acharnée contre la mort, puissiez d'un seul coup célébrer la destruction volontaire et délibérée de

---

1. Alfons Petzold (1882-1923), poète-ouvrier autrichien, auteur de poèmes héroïques publiés au début de la guerre (*Krieg*, Leipzig, Anzengruber, 1914).

la vie terrestre. Petzold, nous n'avons aujourd'hui qu'un *seul* devoir, diminuer la haine d'un côté comme de l'autre, être *sincères* au milieu d'un tourbillon de grandes phrases, penser à toute l'humanité et faire en sorte de la réconcilier. Moi-même, je me suis tu – hormis dans le cercle de mes proches amis – parce que je ne veux décourager aucun de ceux qui combattent pour leur patrie et n'ai pas le droit de le faire, mais au fond de moi, j'*aspire* à la paix depuis le premier jour et me mords les lèvres pour ne pas le dire tout haut. Je veux seulement dépeindre la *souffrance*, chacun pourra en tirer les conséquences ; je ne tolère pas qu'on la dissimule à coups de grandes phrases mensongères, car la souffrance est l'ultime vérité terrestre et n'a jamais été aussi infinie que dans le monde d'aujourd'hui.

Mon cher Petzold, ne nous éloignons pas l'un de l'autre parce que vous avez d'autres idées que les miennes, parce que votre état d'esprit est plus dur et plus héroïque. J'ai peut-être tort devant les faits, mais il faut être fidèle à soi-même, aujourd'hui plus que jamais. J'ai toujours tenu la souffrance pour le fait humain le plus terrifiant et je ne veux pas renier cette conviction pour quelque peuple ou quelque dynastie que ce soit. Je ne *peux* pas dire que cette période est belle – *jamais, jamais* !

Adieu, mon cher, saluez votre femme de ma part et ne pensez pas de mal de moi. Je devrai peut-être partir moi aussi dans quelques mois – comme infirmier si mon vœu est exaucé. Mon but le plus cher serait de sauver une vie humaine ou d'aider un mourant, la joie et l'ardeur guerrière qu'ont nos courageux soldats me font entièrement défaut. Je n'ai jamais été lâche, mais je n'apprendrai jamais la *joie* de la guerre !

Bien affectueusement, votre

Stefan Zweig

A Anton Kippenberg
>Vienne, [sans date : 6 novembre 1914 ?]

Cher Monsieur le Docteur, au moment même où votre lettre me parvient, j'en reçois une de Rolland, qui a enfin réussi à trouver l'adresse de notre cher fugitif *Verhaeren*. Il habite
>18, Matheson Road, Kensington
>London

et respire là-bas l'air effroyablement vicié des journaux français et anglais. J'ai demandé à Rolland de le supplier d'être juste dans sa colère, mais que ne faut-il pas craindre lorsque Rolland m'écrit : « Hélas ! il connaît aussi maintenant la haine. » Je ne veux évidemment pas le supplier d'« épargner » l'Allemagne, mais j'ai terriblement peur que dans son livre sur la Belgique détruite, il ne transforme des articles de journaux en poèmes. Un poème du livre est consacré à la cathédrale de Reims ! Peut-être pourriez-vous lui adresser vous aussi un mot de souvenir : j'ai seulement demandé à Rolland que *lui*, le Français, l'exhorte à être juste. Mais comme il doit avoir souffert ! St. Amand, Bornhem, les lieux de sa jeunesse sont détruits et le fait qu'il se soit enfui et ne revienne pas suggère qu'il a vécu des moments troubles, car il n'a jamais été craintif.

Je voudrais savoir si mon livre sur lui est à présent paru en Angleterre à cause de son actualité : il était imprimé fin juillet et aurait dû paraître en août.

Romain Rolland est à *Genève*, Agence de la Croix-Rouge pour les prisonniers de guerre, son adresse privée est : Genève-Champel, Hôtel Beau Séjour. La Croix-Rouge a magnifiquement fait ses preuves.

Ici, à Vienne, toute la vie publique est à présent soumise au nouvel ordre de la guerre, les nouvelles qui nous parviennent de Galicie depuis Przemysl sont aussi favorables qu'on peut le souhaiter et les pertes se sont considérablement réduites depuis que nous avons pris des leçons chez l'adversaire et que nous avons renoncé à la bravoure traditionnelle et renforcé l'élan stratégique. Quoi qu'il en soit : j'ai déjà perdu des amis très chers d'un côté et de l'autre et nous n'en sommes encore qu'au début ! A la fin du mois, je vais passer devant la commission et faire mes classes : enfin ! La situation d'attente qui s'est perpétuée jusqu'à aujourd'hui était insupportable. Bien cordialement, votre

Stefan Zweig

A Romain Rolland

Vienne, le 9 novembre 1914

Mon cher et admirable ami, je vous écris à l'une des heures les plus difficiles de ma vie. Je n'ai vraiment pris conscience qu'aujourd'hui de l'effroyable dévastation que la guerre a entraînée dans mon monde humain, dans mon univers spirituel : je dois quitter la maison en flammes de ma vie intérieure comme un fugitif, nu et dépouillé de tout, pour aller où – je n'en sais rien. Je me tourne d'abord vers vous pour me plaindre, pour vous dire toute mon indignation. J'ai lu un poème de Verhaeren[1] (que je vous envoie avec son commentaire très simpliste) et j'ai eu l'impression de sombrer dans un abîme. Je pense que vous savez ce que Verhaeren est pour moi : un homme dont j'aimais la bonté si infinie que j'en venais presque à la blâmer d'être aussi dépourvue de limites. Je n'ai jamais entendu une parole de haine sortir de sa bouche, un mot déplacé, une grande tolérance le rendait doux jusque dans ses colères. Et à présent !!

Je m'attendais à ce que Verhaeren ne puisse se taire face à la tragédie de son pays natal, je le souhaitais même par souci de justice. Il est la voix de son peuple, elle *devait* retentir dans un cri de misère et de haine ! J'attendais de lui une malédiction, un refus. Mais ce qu'il a écrit est si terrible *pour lui* ! Croit-il vraiment que les soldats allemands remplissent leurs lourdes besaces de jambes d'enfants coupées, afin de s'en nourrir ? Si ce genre de fables de mauvais goût a vraiment pu se frayer un chemin jusque dans un cœur comme le sien, aucune rage, aucune haine n'est assez grande pour ces empoisonneurs de la vérité. Je suis assez clairvoyant pour savoir que des brutalités ont eu lieu : lorsque cent mille personnes habitent dans une ville en pleine

---

1. Verhaeren, « Das blutende Belgien », *Neue Freie Presse*, 10 novembre 1914.

période de paix, des vols, des meurtres et des viols se commettent tous les jours, alors à plus forte raison lorsque des millions de gens sont en guerre. Face à cela, il n'est ni discipline ni loi ! Mais je frémis à l'idée qu'il ait vu là un système et surtout une qualité spécifique de notre peuple. Nous a-t-il entièrement oubliés, nous, ses amis, Rilke, Dehmel, moi et elle surtout, la grande martyre de ces journées-là, devant laquelle ma pitié s'incline encore et encore, la reine ? Croyez-moi, mon cher, mon admirable ami, ces vers m'ont ravagé le cœur et je n'aurais jamais cru qu'une main si chère puisse me causer tant de douleur. Ce n'est *pas* l'outrage qui m'a fait souffrir, mais le fait de voir un homme dont la vie était pour moi parfaitement accomplie se laisser abuser par un esprit étranger, et la haine l'emporter en lui sur le désir de justice. Si j'étais assis en face de lui – comme je l'ai été des centaines de fois –, je lui demanderais s'il croit vraiment ou *veut* vraiment croire ces histoires au fond de son cœur, et il ne pourrait que dire non. Et pourtant, il s'empare de ces mensonges indignes qui auraient dû finir dans la boue des bavardages quotidiens, les soulève dans ses mains pures et les montre au monde entier en prenant à témoin la pureté de son nom, il les ennoblit avec son art, il pare d'or la vermine répugnante des imaginations communes et des haines effrénées.

Moi-même, je ne peux que souffrir et me taire. Si une tempête se lève maintenant en Allemagne – où on l'aimait beaucoup, infiniment plus qu'en France ou partout ailleurs – je ne pourrai que me voiler la face. Je ne dirai rien, j'aime trop ce grand homme et cet ami très cher, mais comment justifier l'inexplicable ?

Ces vers ont détruit en moi l'une des parts les plus précieuses de ma vie, la confiance et la certitude d'avoir plusieurs patries. Je croyais avoir pour toujours ma place dans son cœur et il me faut comprendre que je n'étais pas encore grand-chose pour lui ; sinon, il ne m'aurait pas imposé cette souffrance.

J'ai peur des jours présents et des années à venir. Que sera ma vie qui avait jusque-là trouvé une voie à l'écart des préjugés, comment respirer au milieu de tant de haines ? Hors de l'Allemagne, je trouverai partout la haine, pendant des années et des années ; l'Allemagne éprouvera aussi la haine des autres et j'ai peur de moi-même, je crains de succomber à ce poison sans m'en rendre compte. Ma vie me paraît désormais déchirée en deux et privée de ses plus grandes joies spirituelles, qui me rendra le sentiment européen, qui me rendra le sentiment de toute l'humanité ? Les centaines de milliers de morts parleront trop fort, ils prendront trop de place et nous priveront de bonheur, à nous, les vivants ! Le meilleur de mon existence est passé, je le sens, et parfois, je me demande si le mieux ne serait pas – même sans enthousiasme – de me jeter dans la mêlée et d'y disparaître. Mon monde, le monde que j'aimais, est de toute façon en ruine, toutes les graines que nous avons semées sont foulées aux pieds. Pourquoi recommencer ?

Je ne peux vous dire, cher et admirable ami, ce que représente pour moi votre bienveillance dans un moment comme celui-ci. Le fait que je puisse encore parler à quelqu'un au-delà de ma propre langue est pour moi un bonheur que je ne puis expliquer à autrui. Conscient de toute la cruauté du moment, pensez que vous avez accompli un acte important, que vous avez au moins aidé *une personne* pendant cette période, par le simple fait de lui parler et de l'écouter. Que vous n'avez pas coupé les ponts, que le Français en vous a conservé en lui le souvenir de l'homme tout court, la grande justice qui est due à ce qui nous reste en commun. Chacun de nous, s'il veut être fidèle à soi-même et à son passé, sent qu'il doit se plier à des exigences plus douloureuses que nous n'aurions jamais pu l'imaginer. Mais que je puisse encore vous considérer comme mon ami et que vous ne refusiez pas de me tendre la main est plus important que je ne saurais le dire, aujourd'hui surtout, où une autre main aimée m'a fait si mal. Adieu, je vous remercie du fond du cœur, votre fidèle

Stefan Zweig

A Romain Rolland
　　　　　Vienne, [sans date ; cachet de la poste :
　　　　　　　　　11 novembre 1914]

Cher et admirable ami, votre lettre m'a fait peur : je croyais que bien des informations étaient assurées, à propos de Reims, par exemple. Si j'ai parlé de « calomnie », c'est parce qu'on a accusé les Allemands d'avoir fait feu sur la cathédrale « *par pure méchanceté* ». Cela, je ne veux toujours pas le croire. Car les Allemands ont été à Reims au cours de leur première avancée : ont-ils détruit une seule pierre, une seule arabesque ? Ce n'est que par la suite qu'ils ont fait feu sur la cathédrale, en raison d'impératifs militaires, comme ils le disent, parce qu'elle était employée comme base de tir, pour couvrir des batteries.

Avait-on le droit de tirer sur une telle œuvre d'art pour un avantage militaire aussi minime ? Si l'on pose la question de cette manière, les Allemands ont tort. Mais les Français encore plus ! Ils ont construit des barricades autour de ce joyau de leur art, ils ont préféré laisser mettre la ville à feu *avec* la cathédrale que de perdre cinq kilomètres. Je ne crois pas que les Allemands détruisent des œuvres d'art par malveillance : la guerre est fatalement destructrice, *mais je ne connais pas de peuple qui se soucie autant de la conservation des monuments que le peuple allemand*. La France n'a pas la moitié des publications que l'Allemagne, pays étranger, consacre à *ses propres* trésors, à ceux du pays étranger, n'importe quel citoyen allemand, n'importe quel soldat de réserve est allé en Italie, toutes les jeunes filles ont étudié l'histoire de l'art, sans parler des commandants, des généraux ! Tout le monde savait ce qu'était la cathédrale de Reims et je me refuse à croire – même si c'est votre avis – qu'elle a été bombardée « par méchanceté », comme cela a été dit dans l'arrêté français. Il aurait été du devoir des commandants allemands de donner un coup de semonce avant de tirer (en raison de la présence des batteries) ; mais peut-être n'en ont-ils pas eu le temps. J'ai employé le terme de « calomnie » en songeant aux *motifs* et sur ce point, aucun civil, aucune infirmière ne peut évaluer le danger qu'un poste d'observation situé dans une tour représente pour une attaque : seuls les militaires sont en mesure de le faire.

Je ne vous dis pas cela, cher ami, pour heurter

vos convictions, mais pour vous montrer que les miennes ne se manifestent que lorsqu'elles se fondent sur une certitude intime et non sur des affirmations extérieures. Dans le cas de la Belgique, je ne partage *pas* l'analyse officielle de l'Allemagne et les documents qui ont été produits ne me font pas changer d'avis. Je ne peux pas être plus précis, mais vous me comprenez et vous voyez bien que je ne reconnais pas « nécessité fait loi » comme une règle morale. Je n'accepte pas l'idée que *la cruauté et le mépris des valeurs culturelles soient des caractères spécifiques du peuple allemand et je vois là une calomnie de la pire espèce.* J'affirme et jure que le soldat allemand moyen n'est inférieur ni au français ni à l'anglais en matière de culture et d'humanité, et qu'il est largement supérieur de ce point de vue aux soldats autrichiens, belges et russes. Je trouve honteux qu'on veuille tout d'un coup les faire passer pour des brutes et qu'on prétende que les crimes des Serbes, des Turcs et des Bulgares au cours de la dernière guerre n'étaient que des enfantillages à côté des leurs.

Je vous envoie un article remarquable paru dans la *Neue Rundschau* au sujet de la bataille de Liège. Vous verrez qu'il y est question d'assassinat de femmes et même de femmes enceintes : vous verrez cette violence effroyable, quelle détresse ! Il a été écrit par un infirmier militaire. Rien n'a davantage indigné l'armée allemande que le meurtre des médecins et du personnel hospitalier par des francs-tireurs. Ils ont été la cible favorite de ces combattants isolés parce qu'ils étaient restés dans les villages attenants. Les Français n'ont encore jamais connu *cela* au cours de la guerre : voir leur personnel soignant et leurs blessés attaqués sournoisement et cruellement par des civils et des femmes. Cette indignation *est* compréhensible ! Les Français accusent les Allemands d'avoir tué des femmes et des enfants, mais nul ne dit pourquoi ! Comparez les pertes des médecins allemands avec celles des français, et vous saurez tout !

Vous me comprenez, cher et admirable ami : je ne veux pas nier les atrocités, mais les expliquer et souligner une fois encore qu'elles n'émanent pas du peuple allemand, ni même d'un ordre militaire, mais seulement de la guerre et des conditions particulièrement dangereuses d'une guerre menée en pays ennemi. La guerre est toujours plus terrible pour l'autre que celle qu'on mène chez l'adversaire, mais elle est plus terrible aussi pour l'attaquant ! Beaucoup plus terrible ! Non et non, les soldats allemands ne sont pas et n'ont pas été plus cruels que ceux des autres pays civilisés dans des conditions similaires. C'est pour cela que le poème de Verhaeren m'a tant bouleversé : il prétend soudain que le *sadisme* est une propriété essentielle de la nation allemande (qu'il lise donc les discours qui ont été tenus au Parlement anglais au sujet des crimes belges au Congo !). Si nous sommes tous consternés par ces vers, c'est qu'ils *généralisent*. C'est ce que vous, Romain Rolland, n'avez jamais fait, non plus que tous ceux qui sont justes et clairvoyants : on ne juge pas un système à partir d'actes isolés, on ne juge pas un peuple à partir de quelques individus. Et surtout : appeler héroïsme chez soi et crime chez l'adversaire la cruauté inhérente à la guerre et au meurtre, tenir pour des héroïnes des femmes qui arrosent des soldats d'eau bouillante et prétendre que ces soldats sont des assassins parce qu'ils tirent sur ces héroïnes – c'est là une faute que je m'efforce d'éviter en ce moment, avec toute l'énergie morale dont je suis capable.

Je vous informe également qu'on va tenter de mettre sur pied en Suisse un journal neutre, qui sera bilingue. Le professeur Brockhausen, un économiste très connu et un partisan de la paix, a été envoyé de Vienne pour réaliser ce projet, il va certainement chercher à obtenir votre collaboration en Suisse et je peux seulement vous dire qu'il passe pour honnête et sérieux, et que l'excellence de ses intentions ne saurait être mise en doute. Je ne peux pas porter de jugement sur l'organisation – j'espère qu'il vous la soumettra. A mon avis, il est déjà trop tard pour une entente, des hommes comme Verhaeren, Maeterlinck, France, Gerhart Hauptmann sont déjà trop profondément engoncés dans leurs convictions et préfèrent la destruction à la paix. Je crois que comme toujours, le peuple, le peuple magnifique qui aime et souffre davantage et a pourtant moins de haine, imposera sa volonté dans tous les pays, et fera mieux ses preuves que les poètes et les intellectuels, qui cherchent des thèmes et des problèmes là où il n'y a que la souffrance et le malheur infini du monde. Je crois que cette fois, ce ne seront pas les diplomates qui décideront du sort des peuples, mais la force de réaction de ces derniers, qui finiront par transformer la souffrance qu'ils subissent passivement en volonté. Et les peuples auront déjà réappris à s'entendre que leurs poètes en seront encore à leurs querelles haineuses. *Seuls* les combattants (et cette fois, c'est le peuple *tout entier*) savent la vérité et en témoigneront. Et les combattants deviennent de plus en plus humains. Aujourd'hui, un ami m'écrit de Serbie qu'on a célébré une messe le jour de la Toussaint et que tous les soldats qui n'étaient pas en première ligne se sont confessés et ont chanté. Les Serbes, nos ennemis les plus acharnés, ont écouté les chorals, ont vu les longues rangées de fidèles s'agenouiller, mais n'ont pas tiré. Pourtant, leurs prêtres honnissent les nôtres. Au début de la guerre, cela n'aurait pas été possible. Le destin de la Belgique a été de répondre à la rage par la rage.

Si vous écrivez à Verhaeren, dites-lui qu'est tombé hier Ernst Stadler, un professeur à l'Université Libre de Bruxelles qu'il aimait beaucoup, un excellent poète et traducteur de Péguy et de Jammes. Je ne sais pas si l'on a trouvé dans sa besace des jambes d'enfant – j'espère que Verhaeren n'en croira rien en ce qui le concerne, et lui accordera une mort bonne et honnête. Il m'avait envoyé une carte du front, au sujet d'une traduction de Verlaine qu'il m'avait promise pour une édition des œuvres complètes... N'est-il pas étrange que bon nombre de ceux qui sont partis au front aient pensé en même temps à diffuser en Allemagne la culture de l'ennemi ?

J'ai trouvé à présent davantage de paix intérieure qu'au début. Je crois que si nous le voulons, la clarté peut se faire en nous après le premier tumulte. Bien sûr, il faut que nous le *voulions* et *je le veux*, même s'il est dangereux de savoir ce qui est juste et d'être impuissant devant les événements. Mais je dois me rendre utile là où je peux l'être, j'ai déjà *empêché* au moins certaines choses : cet apport négatif est déjà une action importante.

Merci pour vos bons vœux. Je suis tellement avec vous – davantage, bien davantage, en mon for intérieur, qu'avec beaucoup de ceux qui étaient jusque-là mes plus proches amis. Recevez les salutations affectueuses de votre fidèle

Stefan Zweig

A Arthur Schnitzler
Vienne [sans date : mi-novembre 1914 ?]

Cher Monsieur le Docteur, je suis très malheureux : vous m'avez téléphoné en vain. Mais j'ai sous-estimé mes obligations militaires : je croyais que lorsqu'on sortait à 6 heures du matin pour apprendre le salut, on pouvait être de retour chez soi à midi. En fait, cela a duré jusqu'à 4 heures et je ne suis pas encore certain de maîtriser la chose. J'effectue une préparation en vue de mon service : le 1er décembre, je serai incorporé dans les Archives de guerre, où je devrai (sous la surveillance de Bartsch [1] et de Ginzkey) classer et mettre en forme les documents souvent secrets du conflit, un travail que je me réjouis énormément d'accomplir, bien qu'il soit très prenant. C'est ainsi que j'ai été privé de la joie de pouvoir vous parler : je dois encore m'entraîner dans les jours qui viennent à Klosterneuburg et je vous prie de m'envoyer le communiqué par lettre – je ne suis plus maître de mon temps. Mille compliments de votre sincère et fidèle

Stefan Zweig

---

1. Rudolf Hans Bartsch (1873-1952), officier et romancier autrichien.

A Romain Rolland
>Vienne [sans date ; cachet de la poste :
>30 novembre 1914]

Mon cher et admirable ami, je suis un peu embarrassé pour vous écrire : votre lettre du 24 novembre en annonce une précédente très emportée que je n'ai jamais eue entre les mains. Vous pouvez imaginer ce qu'il en est advenu et je le regrette de tout cœur, car je suis si convaincu de votre grande et bienveillante justice que j'aime aussi bien vos colères que votre douceur : je sais qu'elles proviennent de la même source.

Moi non plus, je n'apprécie pas l'essai de Thomas Mann, à cause de l'étrange équation qu'il établit entre la guerre et la culture. En un sens, il fait partie de ces gens qui n'ont jamais pris conscience de la grandeur et de la beauté de la démocratie et de la souveraineté populaire et qui rejettent le droit le plus sacré et le plus précieux du peuple, son droit à exprimer sa volonté, au nom de quelques sophismes spirituels. Mais Thomas Mann – on ne peut le nier – est absolument honnête, parce qu'il est courageux et combatif, et se considère comme un représentant de toutes les forces en lutte. J'aime moins chez lui le créateur que le combattant : il y a trop de dureté en lui et aucune bonté. Personnellement, je ne connais rien de plus précieux au monde qu'une bonté qui a dépassé la passivité et la tolérance qui lui sont inhérentes et s'est faite passionnée, aussi passionnée que la rage et la haine chez d'autres. Verhaeren a une telle bonté, vous aussi. Et je n'aime que cette forme de sentiment *actif*.

Vous êtes d'avis, cher et admirable ami, que la justice aujourd'hui ne doit plus rester silencieuse, mais aussi se montrer combative. Et je sens que vous me demandez – à mots couverts – pourquoi je ne me manifeste pas et ne dis pas ouvertement tout ce que j'ai sur le cœur. Croyez-moi, cher et admirable ami, je vous en prie, *croyez-moi*, ce n'est pas possible. La raison n'en est pas intérieure, car je n'ai pas peur, mais ce projet n'est tout simplement pas matériellement réalisable, il n'est pas de lieu aujourd'hui où l'on puisse prendre la parole. Mon essai *Aux amis de l'étranger*[1] (qui m'a valu beaucoup d'ennemis) avait déjà été un peu modifié par la rédaction. Je ne trouverais pas de tribune où prendre la parole. En privé, j'ai fait ce que je pouvais, j'ai rappelé à l'ordre un grand nombre de ceux qui étaient allés trop loin, j'ai mis en garde un ami comme Lissauer[2], dont le « Chant de haine de l'Angleterre » est devenu populaire, en lui rappelant combien un tel populisme pouvait nuire aux vrais intérêts du peuple. Nous ne devons pas creuser davantage le fossé, mais construire des ponts spirituels : la lettre de Bab à Verhaeren était une tentative pour ajourner les discussions *pour lesquelles une connaissance précise des faits nous manque, à nous et aux autres*, jusqu'au jour où la clarté se fera.

En outre, le poste que j'occupe m'interdit évidemment de prendre part pour l'instant à toute dis-

---

1. « An die Freunde im Fremdland », *Berliner Tageblatt*, 19 septembre 1914.
2. Ernst Lissauer (1882-1937), poète et dramaturge allemand, l'un des grands représentants de la poésie de guerre nationaliste.

cussion publique. Bien que je n'aie jamais été envoyé au front jusqu'à présent, j'ai été incorporé, je porte l'uniforme et toute intervention dans la presse doit se faire avec l'accord de mes supérieurs. Je ne suis pas au front, mais affecté à Vienne à une fonction militaire importante et je me réjouis sincèrement d'exercer une véritable activité qui mettra en jeu toutes mes capacités intellectuelles. Vous devez sentir combien je suis soulagé de me savoir *activement* rattaché aux événements : la simple observation affaiblit et énerve au lieu d'encourager. Vous savez sans doute aussi pourquoi vous vous êtes engagé auprès de la Croix-Rouge de Genève – il serait trop affreux de ne consacrer son temps qu'à soi-même en ce moment.

Vous aurez dans les prochains jours un nouveau témoignage de la confiance dont vous jouissez chez nous dans les rangs des meilleurs, en dépit des nombreuses attaques dont vous faites l'objet. *Arthur Schnitzler*, le plus humain de tous nos poètes, a appris avec indignation qu'une interview de lui était parue dans des journaux russes, qui regorgeait d'insultes contre Tolstoï, France et Maeterlinck. Il veut à présent déclarer publiquement qu'il n'a pas perdu son admiration pour les artistes parce que nous sommes en guerre, et veut vous transmettre par mon intermédiaire une déclaration qu'il souhaiterait publier dans le *Journal de Genève*. Il partage entièrement notre conviction que les instances spirituelles doivent conserver une parfaite impartialité et qu'on n'a pas le droit de détruire la grande communion de sommets que nous appelons la culture européenne. Je vous ai sans doute dit que dans un article américain, on m'avait pris à témoin de fausses allégations ; qui sait si les propos de France et de Maeterlinck que nous connaissons n'ont pas été déformés. Les vers de Verhaeren étaient malheureusement authentiques.

J'ai encore perdu deux proches la semaine dernière. Cher et admirable Romain Rolland, vous avez un âge où les amis ne sont souvent déjà plus de ce monde : beaucoup de mes camarades de jeunesse ou d'enfance sont aujourd'hui au front. C'est étrange : quand j'apprends leur mort, je les revois petits garçons sur les bancs de l'école, encore tout enfants, tout à leurs jeux, et jamais comme des hommes. Je ne connais pas les raisons de cette vision intérieure : peut-être me fait-elle éprouver plus fortement le destin d'une mort qui n'était pas voulue. Il ne s'agit pas pour moi de personnes vraiment proches – un frère, un père, un fils – et c'est peut-être pour cela que j'éprouve cette souffrance de façon moins égoïste, davantage comme un malheur de l'humanité que comme une détresse personnelle. En ce qui concerne mes amis, une seule chose me tourmente : j'ai peur de ne pas leur avoir suffisamment manifesté mon amour. Le pire a été pour moi de perdre un ami de jeunesse avec lequel je m'étais disputé au cours de mes études : j'ai eu le cœur meurtri de ne pas lui avoir tendu la main avant qu'il ne parte ; il est mort à présent, alors qu'un seul mot de moi, lorsqu'il a été envoyé au front, aurait été pour lui une grande joie. La morale est très claire : ne plus jamais ménager la bonté et l'indulgence dont je peux témoigner envers les autres et détruire en moi tout ce qui est fierté personnelle et arrogance. Combien de bonté et d'abnégation nous sera nécessaire après cette guerre !

Je réserve dès aujourd'hui toutes mes forces intérieures, je les nourris à cette seule fin. Vous m'aiderez alors, Romain Rolland ! Avec toute ma fidélité et ma reconnaissance, votre

Stefan Zweig

A Anton Kippenberg
[Vienne, sans date ; cachet de la poste :
23 décembre 1914]

Cher Monsieur le Docteur, je vous souhaite de joyeuses fêtes, aussi joyeuses qu'elles peuvent l'être dans une période comme celle-ci. Vous serez curieux d'apprendre que j'ai eu l'occasion d'observer le combat du patriotisme et des affaires dans la mentalité anglaise. Constable & Co, qui a acheté mon livre sur Verhaeren, vient tout simplement de le faire paraître pour Noël, bien que son auteur soit allemand : Verhaeren semble être « à la mode » là-bas en ce moment et dès lors, il n'y a plus de boycott qui tienne. Je suis très occupé par mes tâches militaires et j'ai été promu caporal aujourd'hui : la seule chose qui m'ennuie, c'est de ne pas pouvoir me rendre en Allemagne de sitôt ; nous n'avons pas de congés. J'aurais aimé voir l'Allemagne cette année : dans ma vie, je regretterai de n'avoir pas fait cette expérience. Transmettez mes meilleurs vœux à votre excellente épouse et recevez les salutations cordiales de votre dévoué

Stefan Zweig

Ecrivez-moi de temps en temps ! Chaque mot venu de l'autre côté de la frontière fait doublement du bien en ce moment.

A Hermann Bahr

Baden près Vienne
Jour de Noël 1914

Cher et admirable Monsieur Bahr, le magnifique essai de votre admirable épouse me fait penser aux jours de Noël de l'an dernier que j'ai eu la chance de passer avec vous à Salzbourg. J'aurais aimé venir encore cette année, mais depuis deux mois – Dieu merci – je n'ai plus ma liberté et dois faire mon service. Suite à mes demandes répétées, j'ai enfin été nommé sur un poste, je suis employé aux Archives de guerre (ministère de la Guerre) avec Bartsch et Ginzkey, et je suis même déjà caporal ! Je suis content d'être très occupé et d'avoir des responsabilités sans pour autant devoir prendre les armes contre qui que ce soit, d'être utile sans détruire.

Je vous écris aujourd'hui sans raison particulière, juste pour vous dire ceci : j'admire et j'aime votre silence. Je sais que vous êtes un homme de convictions, vraiment passionné, et que vous devez brûler de dire en un temps comme celui-ci ce que vous avez sur le cœur. Et je comprends votre silence. Nous tous qui avons cru à une Europe, cette guerre a sapé nos espoirs : personnellement, je paie cher les bonnes années passées entre amis dans un monde qui n'existe plus. Des gens que j'aimais, comme Péguy, sont tombés sous les armes allemandes et leur deuil n'est pas moindre pour moi que celui de maint ami allemand. Des villes et des villages de Belgique que je connais, comme Salzbourg ou Baden, maison par maison, où j'ai des amis et le souvenir de moments fraternels, ont été détruits et conquis, à en croire les journaux. J'envie ceux qui ont toujours vécu dans un cercle étroit, leur sentiment national entêté et épais comme un cou de taureau. La joie que me causent toutes les victoires est trouble, parce que le sang avec lequel elles ont été achetées m'est cher, et mon deuil, le profond et infini désespoir que me cause la destruction de mon suprême idéal intellectuel – la réconciliation européenne – est vrai et sans limites. Vous pouvez imaginer les déceptions que m'a causées l'attitude de ceux auprès de qui j'avais vécu comme un fils – Verhaeren ! – ; en Allemagne aussi, la haine sauvage de beaucoup de mes connaissances m'effraie. Je vois des hommes qui ne semblent unis dans le monde que par mon amour, l'amour commun que je leur porte, se déchaîner les uns contre les autres et ce qui manque en ce moment, c'est un être puissant qui lance librement l'anathème contre tous ceux qui sont chargés de haine.

Un seul homme m'a apporté une véritable consolation dans le moment présent : Romain Rolland. Son action sera un jour légendaire, elle sera un exemple pour les siècles à venir. Afin de ne pas perdre sa foi la plus haute, sa foi dans l'idéal européen et dans un pays spirituel au-dessus des patries, il a quitté la France et dirige à la Croix-Rouge de Genève le service d'échange des lettres de prisonniers. Il s'est prononcé contre l'Allemagne et contre la France, et s'est fait haïr des deux côtés avec un héroïsme et une résolution d'une indicible grandeur. En Allemagne, il est « l'ennemi », en France, *tous* les journaux vouent le traître aux gémonies parce qu'il a été le seul à dire qu'il aimait l'idée de l'Allemagne et ne reniait aucun de ses amis. Il a eu une grande idée : rassembler à Genève, en terrain neutre, les meilleurs de tous les Européens, Hauptmann, van Eeden, Gorki, Ellen Key, mais la première tentative de sondage indirect que j'ai effectuée auprès des amis de Gerhard Hauptmann s'est soldée par un échec. Rolland voulait purger le corps fiévreux de la guerre du poison de la calomnie en créant une communauté, une instance spirituelle suprême : il était le seul à le *vouloir* vraiment. Que de bien a-t-il fait en secret ! Les lettres de lui que j'ai gardées de ce moment-là sont mes heures les plus pures et les plus heureuses dans cette guerre : elles seules peuvent encore allumer en moi l'espoir d'une réconciliation, d'une survie de notre unité morale et spirituelle. Le cercle sera plus étroit, il comprendra à peine une centaine de personnes, mais il sera suffisamment passionné pour compenser toute la haine des autres.

J'ai lu hier – dans les *Contes populaires* – le « Nicolas Stockmann » de Tolstoï. Lui aussi est un consolateur aujourd'hui, et un grand. Sa mort a été un des malheurs de notre temps. C'est maintenant que sa voix aurait eu le plus de poids. Personne ne l'aurait écouté. Mais ce temps aurait été plus grand s'il avait au moins eu cet homme pour l'appeler à la raison. Nul ne sait combien de voix sont aujourd'hui étouffées dans le silence.

Ne souriez pas : j'ai le sentiment que votre journal doit contenir en ce moment des choses merveilleuses. Un homme animé de votre élan de communication spirituelle ne peut que gagner en intensité ce qu'il perd en expansion et ce qu'il doit taire et se contraindre à garder pour lui est la passion même. Je pense souvent à vous, comme à tous ceux qui n'écrivent *pas* aujourd'hui, et ne font pas de poèmes de haine et de parade, car la vraie force est certainement du côté de ceux qui se taisent. Pour vous aussi, cette année amère a sans doute été une année décisive.

Je suis content de vous avoir écrit. Peut-être comprendrez-vous que je m'adresse à vous aujourd'hui sans aucun motif ou intention précise : pour moi, vous n'êtes pas seulement un maître dans votre art ; lorsque je pense aux valeurs intérieures, je me souviens de vous comme de l'un des rares qui ne mesurent pas la grandeur et la victoire des peuples au nombre de prisonniers et de canons qu'ils ont soustraits à l'ennemi. Je perçois à distance que vous souffrez beaucoup de l'absurdité des événements et j'avais besoin de vous serrer aujourd'hui la main. Je ne peux pas être auprès de vous cette fois. Recevez mon salut dans ces mots de souvenir et de confiance !

Cordiales pensées à votre admirable épouse et meilleurs souvenirs de votre fidèle

Stefan Zweig

A Romain Rolland
>[Vienne, sans date ; cachet de la poste :
>29 janvier 1915]

Cher et admirable ami, je trouve une nouvelle occasion de vous envoyer une lettre et m'empresse de la mettre à profit. La censure semble avoir été très rigoureuse ici ces derniers temps, sans véritable justification ; même nos journaux ont fini par protester, la *Neue Freie Presse* l'a fait très habilement : elle a publié en première page un essai de Ludwig Börne[1] sur la censure autrichienne qui date de 1843. Les autorités n'ont rien pu faire et cela a produit l'effet escompté. J'ai été très malheureux de ne pas recevoir vos dernières lettres : si vous pouvez les récupérer – en vous adressant peut-être directement au bureau de censure – conservez-les ! Ou plutôt non – renoncez à toute intervention, je suis à présent un être subalterne et j'ai le devoir de mettre de côté ma vie privée. Les Affaires étrangères m'ont proposé très gentiment de censurer immédiatement les lettres et de les envoyer à l'étranger : mais comment me faire parvenir les miennes ? Peut-être trouverez-vous un intermédiaire – un émissaire, une personne privée, des banques... Votre confiance et votre bonté me manquent beaucoup en ce moment.

Vous auriez tort de penser que la sévérité soudaine de la censure soit l'indice d'une situation exceptionnelle : tout suit son cours habituel, au contraire, la guerre a donné du travail à beaucoup de

---

1. Ludwig Börne (1786-1837), essayiste politique, une des grandes figures de la Jeune Allemagne.

gens et ce qui mène des milliers de soldats à la catastrophe réussit très bien à des centaines de gens qui n'ont pas quitté la chaleur de leur foyer. Pendant que les uns se saignent, les autres s'enrichissent ; cela seul suffit à me faire haïr cette idée ; cette effroyable injustice est sans doute nécessaire mais a quelque chose de terriblement révoltant. Parce que la guerre n'introduit pas le désordre et le chaos dans l'Etat, comme nous le pensions, mais n'est qu'un ordre nouveau, beaucoup peuvent s'y habituer, voire préférer ce nouvel ordre à l'ancien. Tous ceux qui ont prédit des émeutes et des soulèvements dans une région quelconque étaient des faux prophètes : les hommes sont occupés et seuls ceux qui n'ont rien à manger ou rien à faire peuvent être dangereux. Une certaine détente morale se fait jour, la poésie de guerre devient plus rare, on en lit de moins en moins, le fanatisme semble s'épuiser. La fièvre baisse, souhaitons que ce soit un signe de guérison.

J'ai entendu dire que Frederik van Eeden voulait éditer une revue en Hollande. Je ne peux malheureusement pas y collaborer. On fonde aussi un journal neutre en Suisse : je voudrais simplement vous suggérer de vérifier d'abord s'il est vraiment neutre. Les noms des éditeurs semblent être des noms de couverture : avant de collaborer, je voudrais qu'on me garantisse par serment que le journal n'est subventionné ou protégé par aucun gouvernement. Il existe des livres et des revues, surtout en Italie et en Roumanie, qui sont publiés pour le compte de personnalités ou d'Etats qui y ont leurs intérêts. Je ne voudrais pas laisser des imposteurs saboter le projet d'une revue vraiment impartiale.

Je n'ai pas de nouvelles de Verhaeren, ni d'aucun ami belge. Vous semblez très profondément affecté et je regrette de ne pouvoir vous dire combien je me sens proche de vous. Je crains qu'il ne nous soit jamais permis d'intervenir – chez nous, les gouvernements ont interdit à la presse toute discussion sur les modalités de la paix, les réparations, etc., ce qui est une excellente initiative : cela nous épargne les propos ridicules qui ont été tenus dans la presse française, qui se prépare déjà à « partager » l'Allemagne et à se répartir ses dépouilles – mais *si* nous avons le droit de parler, je serai le premier à exiger que la Belgique ne soit pas *incorporée* de force dans le Reich, sous quelque forme que ce soit. Il viendra certainement un temps où les peuples pourront faire leurs choix. La séparation de la Suède et de la Norvège, cet acte suprême de moralité qui s'est réalisé en Europe avec sérénité et grandeur, a montré qu'un groupe de population peut se séparer d'un Etat sans qu'il y ait nécessairement une « révolution » et des « crimes », et on a vu qu'il pouvait s'agir d'un acte éthique d'une rare beauté [1]. Si les Etats qui font partie depuis des siècles d'organismes plus vastes doivent remplir une obligation historique – comme c'est le cas en Autriche – et si l'on peut exiger, ne serait-ce qu'en vertu d'un droit à la vie, qu'ils continuent d'exister, aucun sacrifice ne me semble pouvoir justifier la tentative de rattacher contre son gré un peuple (fût-il privé d'unité) à un empire voisin. Je crois aussi que le gouvernement allemand ne songe

---

1. La Suède et la Norvège étaient devenues deux Etats indépendants en 1905.

pas à une jonction officielle mais à un rattachement souple : personnellement, je suis hostile à toute autre forme de jonction des Etats que celles de l'amour et du magnétisme des intérêts communs. Mais la Belgique est certainement animée d'une hostilité irréconciliable envers l'Allemagne : malheur à ceux qui en sont responsables, d'un côté et de l'autre !

Je vous donne mon opinion à titre privé, et je ne saurais songer à la rendre publique – vous savez que je ne suis pas libre – et je vous demande de ne rien dire à nos amis belges. Il ne faut pas qu'ils pensent que je cherche à gagner leurs faveurs, et l'heure n'est pas propice pour entamer de telles discussions : mais si une prise de position publique est un jour possible, je n'hésiterai pas, soyez-en sûr. Une Pologne, une Alsace, cela suffit – tous ces pays brutalement mis en pièces se sont vengés effroyablement de la monstruosité avec laquelle on se les était appropriés. Combien de sympathies la Belgique n'a-t-elle pas coûté à l'Allemagne, davantage, bien davantage que ses mines de charbon et ses minerais ne lui permettront jamais de récupérer ! Et bien qu'elle se soit compromise dans des alliances avec l'Angleterre et la France, une mise au point ouverte, de Parlement à Parlement, si elle avait été effectuée à temps, aurait pu – à mon sens – imposer sa neutralité de tous les côtés – personnellement, je sais que ce pays, ce peuple n'aspiraient qu'à la tranquillité. Mais nos Parlements semblent constitués de telle manière qu'ils sont toujours en vacances quand les orages de guerre menacent. En juillet 1908 [1],

---

1. En juillet 1908, l'Autriche-Hongrie avait annexé la Bosnie-Herzégovine avec le soutien de l'Allemagne ; l'Angleterre, la Serbie et la Russie protestèrent.

au cours de l'été 1912[1], dans tous les moments de danger, ils ont toujours été neutralisés par des politiciens ambitieux qui se sentaient entravés dans leur irresponsabilité, et on ne les a convoqués que pour dire oui et amen. Cela changera-t-il un jour ?

J'ai presque honte de le dire, mais mes nerfs se sont raffermis, je suis plus calme au lieu d'être plus excité. Je travaille à nouveau un peu, surtout à mon ouvrage sur Dostoïevski, pour me prouver à moi-même mon impartialité à l'égard de toutes les nations. L'horreur du moment présent est presque devenue la compagne permanente de notre conscience : je sens une ombre derrière tout ce que je fais, mais elle ne me fait pas peur. Je suis conscient qu'il faut rester fort et résolu pour ce qu'il faudra accomplir par la suite, et cette conscience ne faillit pas. Ici même, je travaille beaucoup. Et je le fais volontiers.

Adieu, cher et admirable ami ! Je ne sais pas si une nouvelle occasion de vous écrire se présentera bientôt : je me sens toujours plus léger après vous avoir parlé, je me sens libéré de la haine qui ronge tous ceux qui m'entourent et qui se reporte souvent sur moi dès que je tente de leur montrer que leur rage est inutile. Mais seuls ceux qui sont restés à l'arrière sont à ce point haineux : ceux qui reviennent du front et ont vu l'horreur sont plus cléments et comprennent mieux le sens et les attentes profondes de ce moment. De tout cœur votre

Stefan Zweig

---

1. Zweig se réfère à la première guerre des Balkans, qui eut pour objet la Macédoine turque.

A Romain Rolland

Vienne, le 17 mars 1915

Cher et admirable ami !

Ceci n'est pas une lettre, mais juste une réponse hâtive à vos questions que j'ai bien reçues aujourd'hui avec une lettre datée du 15 – je suis heureux qu'à ma demande expresse, les autorités de censure m'aient assuré qu'elles laisseraient passer librement notre correspondance. Ma lettre est sans doute déjà entre vos mains.

Je dicte donc celle-ci très rapidement pour qu'elle puisse partir aujourd'hui et que les réponses à vos questions ne tardent pas. Je vais vous dire tout ce que je sais. Je vous adresse en même temps un exemplaire imprimé de l'article d'*Annette Kolb* [1], qui est une conférence donnée à Dresde, où elle s'est heurtée à une franche hostilité. Les poèmes d'*Ernst Stadler* qui, comme vous le savez, est tombé en France, étaient extraordinairement prometteurs, c'était aussi un des meilleurs traducteurs du français, et dans l'une de ses dernières cartes du front, il me promettait de collaborer à mon édition de Verlaine. Je suis bouleversé d'avoir sous les yeux cette carte envoyée par un homme qui se battait pour la culture française et qui est tombé pour l'Allemagne, touché par une balle française. Le livre *Sébastien en rêve* de Georg Trakl est l'œuvre d'un vrai poète lyrique, mais il l'a écrit au crépuscule de sa vie, le cerveau déjà perturbé. Trakl n'est pas mort à la guerre, il s'est tué à Cracovie, sous le

---

1. Annette Kolb (1870-1967), écrivain franco-allemand, partisan de la paix pendant la Première Guerre mondiale.

choc de toutes les horreurs qu'il avait vues dans son service hospitalier. La guerre n'a fait que lui donner le coup de grâce, il était déjà perdu.

L'adresse de *Hofmannsthal* est *Rodaun près Vienne*, il ne manifeste au demeurant aucune sympathie pour nos convictions ; je ne crois pas qu'on puisse compter sur lui. Je n'ai pas encore lu le livre de Bahr [1], je n'aime pas ses vues, bien que je lui aie jusqu'ici voué une grande estime. Les plus forts sont ceux qui ont gardé le silence, et non ceux qui ont étalé leurs premières exaltations dans des livres.

Merci beaucoup pour votre magnifique essai [2], je vais faire en sorte qu'il paraisse chez nous et le traduire moi-même.

Comme je vous l'ai dit, ceci n'est pas une lettre mais seulement une réponse écrite à la hâte. Avec ma profonde vénération, votre

Stefan Zweig

P.S. Une phrase de votre lettre me contraint cependant à une réplique immédiate. Vous écrivez que vous êtes isolé. Non, cher et admirable ami, jamais dans votre vie vous n'avez été à ce point uni à tous les sentiments humains, jamais vous n'avez gagné autant d'âmes à votre cause qu'à présent. Plus tard, ce n'est que plus tard que vous vous en apercevrez, quand elles pourront toutes vous répondre. Je connais beaucoup de personnes en Allemagne qui

---

1. Hermann Bahr, *Kriegssegen*, Munich, Delphin, 1915.
2. Romain Rolland, « Notre prochain, l'ennemi », *Journal de Genève*, 15 mars 1915. Zweig le traduisit sous le titre « Feindeshaß und Nächstenliebe » dans la *Neue Freie Presse* du 25 mars 1915.

aimeraient vous remercier publiquement, mais ceux qui voient loin se tiennent en retrait pour ne pas aggraver votre situation en France.

Une chose encore : conservez bien tous les documents. J'ai pensé qu'il serait bon de rassembler après la guerre dans un livre toutes les prises de position vraiment belles et humaines des écrivains, de les réunir dans un témoignage pour l'éternité. C'est à vous qu'il reviendra de le faire et je me mettrai volontiers à votre disposition. Fidèlement vôtre

Stefan Zweig

A Romain Rolland

Vienne, le 13 avril 1915

Cher et admirable ami, je vous remercie beaucoup pour votre lettre que je viens de recevoir. Si cette fois, nous ne sommes pas d'accord, c'est (je crois) parce que vous pensez que l'article est aussi dirigé contre ceux qui prennent part au conflit : mais il ne vise que l'Amérique, l'Espagne, la Suisse, les pays neutres. Je comprends évidemment que la Belgique soit plus importante pour vous. Vous savez combien j'ai aimé ce pays (et mon amour ne confond pas le présent et le passé en raison du contexte), vous savez que je suis entièrement de votre avis sur la question du droit – et l'on ne trouve dans mon article aucune trace de haine, de froideur ou d'ingratitude. Quant à ce que j'ai dit de l'indifférence intellectuelle de la France – je crois que nul ne connaît mieux le dossier que le biographe de Verhaeren. Je n'ai jamais rencontré en France un écrivain (mis à part Bazalgette et vous) qui connaisse le *nom* de De Coster, sans parler de son œuvre, et je ne sais que trop bien que Maeterlinck a dû sa gloire au *Figaro* et à sa femme [1]. Mais ce ne sont là que des remarques marginales : il est surtout question de la Pologne. Et là, le monde *est* indifférent. Sinon, nous le saurions, cela ne nous aurait pas échappé.

Je vous dis (et vous savez, j'espère, que je n'ai que mépris pour les affirmations gratuites), je vous dis que la tragédie des juifs en ce moment est plus terrible qu'elle ne l'a jamais été depuis qu'elle a commencé dans l'histoire. Après la guerre, quelle qu'en soit l'issue, la Belgique ressuscitera et guérira : mais la tragédie juive, elle, ne fera *que commencer* avec la paix. Je ne peux vous en dire plus, mais *je vous demande de me faire confiance : croyez-moi si je vous dis* qu'elle ne fait que commencer, qu'elle n'est pas prête de se terminer. Je ne désigne aucun coupable, la faute est peut-être à l'esprit de ce peuple, à une destination mystique qui fait que partout où il redevient un peuple, une nation, il est condamné à redevenir le vieil Ahasvérus. Brandes l'a pressenti, mais il est loin, il ignore des choses essentielles. Et je songeais dans mon essai – vous le comprendrez mieux à présent – à l'Amérique, la nouvelle patrie, aux frères qui ont dû y émigrer *avant*, il y a une génération. Il sera diffusé là-bas, j'en ai donné l'autorisation parce que

---

1. En 1889, Octave Mirbeau publia dans *Le Figaro* un article enthousiaste sur « La princesse Maleine » de Maeterlinck. Il était l'époux de la célèbre actrice Georgette Leblanc.

beaucoup me l'ont demandée, et parce que face à cette tragédie, la conscience doit rester en éveil. Voilà quelle était mon intention. Si tout n'était pas exprimé aussi clairement que cela aurait dû l'être, c'est que j'avais mes raisons (que vous connaissez, ne serait-ce que par leurs symptômes), mais je sais que c'était nécessaire. La Belgique n'était que le prétexte – et je me suis senti obligé de donner l'exemple et de montrer qu'on pouvait parler d'adversaires sans haine, avec l'émotion sincère qu'on éprouve face à un destin purement humain.

Encore une fois : je vous demande de deviner et pas seulement de lire le sens de mon propos. Je n'ai pas exagéré, au contraire, j'ai justement tu toutes les horreurs et les actes de cruauté, mais il est inadmissible que ces souffrances terribles infligées en Pologne soient aussi totalement et aussi systématiquement dissimulées. Je regarde de temps en temps des journaux suisses, je n'y trouve jamais rien sur ce malheureux monde de l'Est, Georg Brandes a été le seul à oser en parler et il se trouve à présent mis au ban, d'un côté comme de l'autre – comme tous ceux qui conservent leur impartialité.

Mais l'essentiel, mon cher et admirable ami, reste d'en appeler à la pitié humaine universelle. Il nous faut séparer la souffrance de la politique, c'est la mission des poètes à l'heure actuelle. Il nous échoit de vivre plus intensément, par un surcroît de sympathie : et ce doit être pour nous l'expérience *décisive* à l'heure actuelle. J'ai essayé d'exposer aux autres cette expérience intime aussi souvent et aussi fortement que je le pouvais, et je veux continuer à le faire aussi longtemps que je vivrai. Chaque jour nous apprend quelque chose, et chaque jour doit nous donner plus de passion. Je sens que je deviens chaque jour un peu plus déterminé, que le besoin de parler (longtemps étouffé en moi par la conscience que nous n'étions pas encore prêts, pas assez mûrs pour trouver les mots *vrais*) se fait plus pressant en moi.

Je veux à présent (si j'en ai la possibilité) écrire plus souvent. La prochaine fois, ce sera un article contre le livre répugnant du professeur Werner Sombart[1], *Marchands et héros* (une brochure qui veut détruire philosophiquement l'Angleterre). C'est le même Monsieur Werner Sombart qui a écrit qu'il n'avait jamais regardé les Japonais comme des hommes mais comme des singes[2]. Quand ce type d'individus se mêlent de politique et s'arrogent le droit d'être les porte-parole de la culture allemande, il faut les contrecarrer. Les articles de Lasson[3], etc. étaient bien mesurés à côté des dérapages de ce causeur de salon en plein délire. *Vous*, vous comprenez combien ces mises au point sont nécessaires : les autres ne m'en sauront pas gré. Mais nous ne travaillons pas, nous n'œuvrons pas pour qu'on nous dise merci.

Mon cher et bienveillant ami, cela me fait du bien de vous parler, surtout lorsque je vois que vous

---

1. Werner Sombart (1865-1941), sociologue et économiste allemand, souvent critiqué par son ami Max Weber. *Händler und Helden. Patriotische Besinnungen*, Munich, Duncker & Humblot, 1915.
2. Werner Sombart, « Unsere Feinde », *Berliner Tageblatt*, 2 novembre 1914.
3. Georg Lasson (1832-1917), philosophe allemand, éditeur de Hegel.

ressentez les choses avec un autre sang et dans une autre langue, qui n'épouse pas tout à fait le rythme de la mienne : j'éprouve d'autant mieux la volupté de la compréhension qu'elle naît d'un désaccord. Ah, si tous pouvaient débattre ainsi, en respectant la sensibilité de l'autre ! Je vous suis si reconnaissant à l'heure qu'il est, et votre voix, aussi faible et aussi lointaine soit-elle, couvre pour moi tout le vacarme des paroles que doivent affronter chaque jour mes yeux et mes oreilles. Le rêve de l'Europe se fait alors plus vivant en moi, je sens l'unité dans le chaos, l'unité qui dépasse toutes les solitudes. Et la seule chose que je souhaite est que vous sentiez aussi combien votre bonté et votre amitié m'ont apaisé et consolé, et que cela vous rassure, vous réjouisse et vous délivre de bien des doutes intérieurs. De tout cœur votre fidèle

Stefan Zweig

A Abraham Schwadron[1]
Vienne, [sans date ; début mai 1915 ?]

Très honorable Monsieur le Docteur, merci beaucoup pour votre lettre. Georg Brandes m'a lui aussi écrit dans le même sens. Je ne sais que trop bien combien la situation des juifs est tragique ; dans mon article, je n'ai pu faire que des *allusions*, j'ai dû supprimer un passage très important où je notais que les riches juifs

---

1. Abraham Schwadron (1878-1957), chimiste, essayiste.

américains réunissent des fonds – pour la Belgique. L'essentiel, surtout : chez nous aussi, on trouve dans l'abominable souffrance des Galiciens pour l'Autriche un argument en faveur de l'antisémitisme. Je suis fermement convaincu que le ressentiment déjà latent ne se déchaînera pas après la guerre contre ceux qui ont attisé le conflit, le parti de la *Reichspost*[1], mais contre les juifs. Je suis – absolument convaincu qu'après la guerre, ces partisans de la « Grande Autriche » trouveront refuge dans l'antisémitisme, que les Polonais et les Viennois s'accorderont enfin sur ce terrain. Nos poètes et nos écrivains s'enflamment pour le Brandebourg tandis que l'immense tragédie du peuple juif continue. J'étais déjà au courant de ce que vous m'avez dit de Felix Salten[2]. Son sionisme a toujours été une affaire privée – dans ses milliers d'articles, pas un où il ait dit qu'il était juif. Curieusement, nous nous sommes brouillés parce qu'il me trouvait à l'époque trop favorable à l'Allemagne – avant la guerre. A présent, il est brandebourgeois[3] de toute son âme – qui n'est juive qu'à l'occasion.

J'ai promis à mon ami *Romain Rolland* de lui envoyer à Genève des témoignages sur la tragédie juive. Après la guerre, il sera un des rares qui parleront, notamment du problème autrichien. Pour l'instant, je ne peux pas l'informer suffisamment – je

---

1. Le parti conservateur groupé autour du journal viennois *Die Reichspost*.
2. Felix Salten (1869-1947), écrivain, journaliste.
3. Brandebourgeois : synonyme de « prussien », « nationaliste allemand ».

porte l'uniforme et dois présenter chaque *ligne* que j'écris à mes supérieurs. Mais après la guerre, je sais qu'il m'aidera, lui dont la voix retentit aujourd'hui à travers toute l'Europe. Nous ne nous tairons pas, c'est certain. Car nous devons nous protéger et nous préparer à être confrontés chez nous au combat desespéré du parti politique qui tentera, suivant la bonne vieille recette, de faire endosser ses fautes aux juifs. C'est un fait auquel on ne changera rien et qu'on ne pourra dissimuler : cette guerre est la tragédie des juifs en Pologne, la tragédie de tous ceux qui ont une sensibilité internationale – et humaine. Ils souffriront plus que tout autre peuple, sans connaître les mêmes triomphes. Ils ne font que *souffrir*, sans faire souffrir – et de nos jours, dans ce monde de violence, c'est un péché impardonnable.

Je vous demanderai encore des détails après la guerre. Comptez sur ma promesse : je la tiendrai. Meilleures salutations,

Stefan Zweig

A Romain Rolland

[Vienne, sans date ;
cachet de la poste : 5 juin 1915]

Cher ami, j'ai l'occasion aujourd'hui de vous écrire directement et plus librement que cela n'est possible d'habitude. Bien entendu, je suis assuré que cette lettre restera entre nous ; c'est un soupir, un cri. Le reste du temps, nous n'avons pas le droit de parler.

Nous sommes ici des êtres sans opinion, sans pouvoir : nous n'avons pas de Parlement, aucun des représentants du peuple n'a eu l'occasion de voter pour ou contre la guerre, nous ne savions rien des pourparlers avec l'Italie – qui ont été menés de manière très maladroite –, pendant sept ou huit mois le mot « Italie » avait déserté les journaux. La censure pèse terriblement sur nous. Vous vous êtes souvent demandé pourquoi nous ne parlions pas – personnellement, j'aurais cédé le Trentin (mais jamais Trieste) à l'Italie *avant* la guerre et tout le monde ici aurait voulu faire de même pour que nous puissions combattre librement. Mais personne n'a pu parler, donner des conseils, personne n'a voix au chapitre hormis quelques diplomates à qui il n'est pas vraiment possible de faire confiance. En Allemagne, tout se passe mieux – mais je regarde à nouveau avec envie les pays démocratiques. Quelle que soit l'issue de la guerre, elle permettra au peuple allemand de gagner en liberté ; c'en est fini, je crois, du loyalisme aveugle et de la crédulité envers les supérieurs. Vous souvenez-vous, je vous avais dit à Paris qu'une victoire facile pour l'Allemagne serait plus terrible pour nous que pour nos ennemis. A présent, c'en est fait, le peuple qui a accompli l'effort le plus gigantesque que l'histoire ait jamais connu – 10 mois contre la France, l'Angleterre, la Russie, etc. et pas un seul ennemi sur le sol allemand – va à présent se découvrir *lui-même.* Ne croyez pas que je surestime la force militaire, je ne confonds pas victoire et valeur, mais j'admire la ténacité morale, la constance, et j'espère qu'après cette mise à l'épreuve, la plus difficile qui ait jamais été imposée à un peuple, le peuple allemand sera lui aussi infidèle à son passé et deviendra une nation démocratique. C'est le seul moyen pour lui de nouer de vrais liens avec les autres et de devenir européen. Je ne parle pas d'un changement de *régime*, mais de nature de l'Etat : la fin des ordres et des castes, la démocratie au sens de Walt Whitman[1]. Je comprends peu à peu que ce conflit avait sa *nécessité*, la contradiction était trop forte – mais je n'ose cependant pas penser qu'il ait pu avoir vraiment lieu, qu'il ait été si sanglant et si interminable. L'entrée en guerre de l'Italie le prolonge encore ; les ennemis avaient sans doute déjà compris qu'en dépit de toutes les offensives annoncées, l'étau ne pouvait se desserrer. Si l'Italie était restée à l'écart, le moment aurait été propice à la paix ; à présent, de nouveaux espoirs s'enflamment. Je ne vois pas d'issue possible avant des mois et des mois.

Je me dis toujours qu'il faut conserver sa droiture intérieure. A vrai dire, je la conserve à mes yeux. Mais mon imagination m'étouffe : je sens trop peser sur moi les souffrances des autres, je pressens le malheur de millions de gens et je n'arrive jamais – jamais ! – à me dire : ce n'est pas moi, ce sont les autres. Je ne comprends pas ceux qui écrivent tranquillement des poèmes pour eux-mêmes, qui ignorent tout et se tiennent à l'écart – la poésie de guerre et l'agitation me dégoûtent. Même les livres sont trop froids pour moi – à part quelques-uns peut-être, très lointains, j'arrive à lire Whitman, Tolstoï, les mystiques allemands, mais à petites doses. Je suis empli de la vie des autres. Je ne ressens que les souffrances

---

1. Walt Whitman, *Democratic Vistas*, 1871.

et non les triomphes. Et je hais les discussions militaires et stratégiques, l'arithmétique du crime.

Mes anciens amis me sont devenus étrangers. Ils parviennent encore à être joyeux, moi non, le sentiment le plus fort qui me soit donné est la douceur de contempler un paysage ou d'écouter de la musique. Pourtant, comme je savais être heureux avant ! Il est vrai que cette guerre m'a particulièrement affecté, pas seulement parce que j'ai perdu des amis comme Verhaeren et des liens importants, mais aussi parce que je suis très attaché à ces pays – avec mes dernières forces vitales – et je ne sais rien, je n'ai pas de nouvelles de ceux dont j'en aurais le plus attendu. Je ne peux rien vous dire à ce sujet, c'est *trop* atroce et énigmatique pour trouver place dans une lettre – après la guerre, quand nous nous verrons, je vous en parlerai un jour. Vous pourrez alors mesurer la souffrance qui a été impartie à tant d'hommes – mais je suis presque fier de prendre part au destin de tous. J'aurais honte de ne pas avoir d'inquiétude profonde en ce moment.

Je ne sais pas ce qui va advenir de moi... Je suis sans doute utile ici aux Archives de guerre, où j'ai depuis le début du conflit un poste de confiance, mais j'aurais préféré être engagé dans l'armée du sud (je parle bien l'italien). Jusqu'ici, on m'a toujours jugé inapte à aller au front, mais peut-être les critères seront-ils moins sévères au fil des mois. Je ne parviendrai jamais, je le crains, à être un vrai soldat, mais j'ai une forte volonté de travail et d'action. Jusqu'ici, on a toujours été content de mes services ; il ne m'a pas encore été donné de subir cette ultime épreuve, mais je sais que je pourrais la surmonter, en dépit de toutes mes résistances morales. Pour l'instant, je me noie dans un travail pénible, et l'idée qu'il est important me fait du bien. Je ne voudrais pas être libre en ce moment, à aucun prix. Nous ne le serons plus jamais ! Si cette guerre s'achevait – que ferions-nous ? J'ai toujours été timide, toute ma vie, mais à présent, je sens que j'ai envie d'aller vers les gens, de frapper à toutes les portes et de leur parler, de les convertir à mes sentiments. Je suis très impatient de pouvoir aussi agir de la sorte : puissé-je le faire bientôt !

Meilleures salutations de votre fidèle

St. Z.

A Romain Rolland

[Vienne, le 23 juin 1915]

Mon cher et admirable ami, je veux vous écrire aujourd'hui une lettre longue et sincère. L'amour que je ressens pour vous et votre œuvre ne peut demeurer muet s'il veut pouvoir se protéger. Je crois que même l'être le plus modeste a le droit de parler au meilleur quand il le voit dans l'erreur. Si nous nous écrivons, ce n'est pas pour faire de la politique, ce n'est pas pour gagner l'autre à nos convictions, mais pour nous éclairer et nous prémunir mutuellement contre les passions fautives. Nous n'avons tous deux qu'un seul désir, celui de la justice.

J'ai lu votre article « Le meurtre de l'élite[1] » et

---

1. R. Rolland, « Le meurtre de l'élite », *Journal de Genève*, 14 juin 1915.

je trouve qu'il est en recul par rapport aux précédents. Je comprends *entièrement* la noble et profonde intention qui est la vôtre : vous voulez délivrer le Français de la haine de l'Allemand, mais pour lui inspirer confiance en vos propos, vous avez fait des concessions, vous avez abandonné la perspective humaine universelle que vous aviez conquise (magnifiquement !) et vous avez opté pour un discours partisan. Votre article n'est pas écrit pour le monde entier, mais pour les Français, vous avez enveloppé la vérité que vous vouliez leur transmettre – la belle et noble vérité nécessaire de l'humanité universelle, qui est la même sous tous les drapeaux et tous les étendards – dans un papier tricolore aux tons criards. Vous savez que mon vœu le plus cher est d'accéder à l'objectivité et que je suis reconnaissant à tous ceux qui me préviennent quand je me suis laissé emporter par le sentiment ; j'attends de tous ceux qui poursuivent un but similaire qu'ils ne soient pas sourds aux voix de la critique.

Au lecteur ou plutôt au Français, Romain Rolland, vous dites deux choses qu'il aura plaisir à entendre et que vous ne pourrez jamais démontrer. D'abord : que le gouvernement allemand a voulu la guerre. Je ne veux pas entrer dans les détails, mais vous rappeler seulement cette question de bon sens : un peuple peut-il vouloir faire la guerre aux trois plus grands Etats du monde, un gouvernement peut-il vouloir la guerre dans un *pareil* moment ? Et la France, était-elle entièrement pacifique ? Que voyait-on dans les librairies depuis des décennies ? Des appels à la revanche et à la guerre ! Je crois que si l'on est objectif, il n'est pas possible de rejeter la faute sur un Etat, et vous démentez vous-même les propos que vous aviez tenus dans un précédent essai, où vous imputiez la faute à tous et non à un seul. Je ne peux que témoigner de mon expérience. Nous, en Autriche, nous avons vu l'agitation panrusse, nous l'avons vue de nos yeux, et moi-même, à Paris, j'ai entendu des dizaines de fois des appels à la revanche (y compris à la Chambre). Pourtant, je n'accuserai jamais tout un peuple, un *seul* gouvernement – ce que vous avez fait cette fois, Romain Rolland.

Deuxièmement : vous avez opposé le courage et l'enthousiasme *de la France* pour les causes justes et la discipline *de l'Allemagne*. Là encore, c'est faux. L'une et l'autre ne se résument pas dans une notion, et un peuple qui a eu deux millions de volontaires pour le front a fait la preuve de son enthousiasme (ainsi que par l'effort gigantesque auquel il a consenti). Je ne doute pas que la France ait connu un élan ; mais si l'on se réfère à telle ou telle lettre ou à tel ou tel poème, ne peut-on invoquer aussi les débats parlementaires sur les « embusqués » et les modalités de leur répression ? Je crois qu'il ne faut pas faire l'éloge d'un peuple aux dépens d'un autre. Chacun a droit à la gloire, ne serait-ce qu'à cause de sa souffrance, de ses morts.

A quoi sert donc cette opposition, Romain Rolland ? N'est-ce pas assez que les peuples s'arment les uns contre les autres, faut-il encore que les meilleurs des hommes comparent leur être spirituel ? Je vous répète, cher et admirable ami, que je comprends la grandeur de l'idée qui préside à cet essai, mais vous obtenez peut-être l'effet inverse quand vous opposez quelques individus à toute l'Allemagne. C'est comme si l'on disait : comme la France est grande, comme elle est juste, elle possède un homme aussi objectif que Romain Rolland, seul être raisonnable parmi des millions d'autres. Un tel éloge ne serait-il pas épouvantable pour vous ? Ne préféreriez-vous pas – sincèrement ! – qu'on méprise et ignore votre action et qu'on célèbre votre pays tout entier et votre nation unie ? Je crois, cher et admirable ami, qu'il faut à présent laisser de côté la psychologie des masses nationales : l'élan n'est pas un sentiment constant, il est capricieux. Ici et partout ailleurs, j'ai vu l'opinion changer rapidement, aussi bien sur les grandes questions que sur les plus ténues, et les manifestations individuelles – une lettre par exemple –, même si elles sont authentiques, sont souvent une falsification et un faux témoignage d'un point de vue supérieur. Des lettres isolées, écrites dans un accès de fatigue, de haine et souvent de simple épuisement physique, ne prouvent *rien* et ne devraient donc jamais être invoquées par un homme juste. Je crois que nous qui ne faisons pas partie des combattants, nous devrions nous abstenir de tout jugement sur leurs capacités et leur esprit, que nous ne connaissons que par les impressions d'autres personnes qui ne voient que ce qu'elles veulent voir.

Cher et admirable ami, j'ai cru être en devoir de vous écrire ce qui précède. Vous m'avez beaucoup aidé ces temps derniers, vous m'avez infiniment aidé à conserver mon équilibre intérieur – je dois donc vous manifester ma reconnaissance en étant sincère et en vous prévenant lorsque vous avez failli à votre volonté la plus intime. Nous sommes tous soumis aujourd'hui, sans toujours le savoir, aux courants du moment, qui nous entraînent souvent avec violence loin de notre objectif européen. Mais nous devons nous interpeller mutuellement et nous indiquer le chemin pour ne pas perdre de vue cet objectif, et rester unis dans l'invisible assemblée fraternelle de l'amour et de la confiance universels. J'espère que vous ne vous méprendrez pas sur ces paroles sincères. Toujours fidèle et inébranlable dans son amour,

Stefan Zweig

A Raoul Auernheimer [1]

Przemysl, le 17 juillet 1915

Cher ami, les journées sont chaudes et magnifiques ici en Galicie – jamais elles n'ont été plus riches d'expériences, même s'il faut supporter la fatigue, la saleté et des visions répugnantes. Mais ce déplacement incessant, nuit et jour, heure après heure, des masses qui se rendent au front, cette avancée inexorable, cette immense horloge universelle dont les coups sourds retentissent de temps en temps, et qui ne s'arrête jamais, jour et nuit, ce sont là des choses immenses et riches, qui dépassent l'imagination. Etant en service, je suis au centre de l'action : j'ai le droit de choisir n'importe quel moyen de transport (je viens de voyager sur le toit d'un train

---

1. Raoul Auernheimer (1876-1948), essayiste, dramaturge, journaliste à la *Neue Freie Presse*.

comme les gars qui s'assoient sur une meule de foin). Et puis la Galicie, tragique et belle à la fois ! Il me faut repartir,

    votre

Stefan Zweig

A Paul Zech

Vienne, [le 6 août 1915]
Le jour de la chute de Varsovie !

Cher ami, je vous écris un jour de fête et n'éprouve pourtant pas de joie. Je viens de lire avec émotion que votre ami Ehrenbaum était tombé en France et ce sang précieux gâche ma joie. Stadler, Trakl, Ehrenbaum[1], Heymann[2], Heymel[3] – la liste est sinistrement complète, et cet exemple nous permet de mesurer le prix qu'il a fallu payer. Je suis constamment inquiet quand je pense à tous ceux que j'aime et qui sont partis. Heureux ceux qui n'y pensent pas ! Pour eux, ces jours-ci sont des jours de fête.

Je viens de rentrer de Galicie. Trois semaines passées là-bas m'ont ouvert un monde. Je me suis senti pris dans les rouages de l'organisation allemande, j'ai éprouvé son avancée de l'intérieur : mais

---

1. Hans Ehrenbaum-Degele (né en 1889), poète expressionniste.

2. Walter Heymann (né en 1882), poète allemand.

3. Alfred Walter Heymel (né en 1878) avait cofondé en 1899 la revue munichoise *Die Insel* et les éditions du même nom à Leipzig en 1900.

ce qui m'a surtout donné un coup au cœur, c'est le train sanitaire que j'ai pris. La grandeur ne peut que s'incliner devant la grandeur suprême : la souffrance terrestre. Elle est plus grande que toute action, à mes yeux du moins.

Vous aussi, mon cher, vous êtes à présent plus proche du chaos. Si nous ne le vivons que pour l'avoir vécu – je veux dire si nous sommes les seuls à avoir encore des lèvres pour parler, plus tard, des membres qui se disloquent, alors cela vaut peut-être la peine d'être vécu. Je me sens parfois devenir impassible – le nom d'un être aimé n'appelle plus qu'une once de pitié et disparaît ensuite, mais je m'en veux à moi-même. Il faut se contraindre à rester pieux et sensible ces temps-ci malgré toute la fatigue des nerfs et du sang.

Si vous avez un jour le temps, écrivez-moi une carte. Je prête l'oreille à la voix de mes amis et leur cri de vigilance me dit qu'ils sont encore là, une part de mon amour respire dans un monde heureux. Nous entrons à présent dans les années où ce que l'on a perdu devient irremplaçable, et on fait alors l'inventaire de son bien.

J'ai reçu une lettre tragique de Romain Rolland. Il a rendu les armes face à la haine du monde. Il m'écrit qu'il ne veut plus se battre. Il a donné une année de sa vie, m'écrit-il, et il s'aperçoit à présent (sans le regretter) que toute tentative de conciliation est sans espoir. N'est-il pas épouvantable qu'au bout d'une année, la situation soit pire qu'au moment du premier appel ? Je comprends sa lassitude, je la ressens aussi au fond de moi.

Je vous parlerai bientôt de la Galicie, ce pays à demi détruit, de Przemysl et Lemberg ! Pour

aujourd'hui, je me contente de vous saluer du fond du cœur et de prendre part à la perte qui vous affecte,
votre

Stefan Zweig

A Romain Rolland
[Vienne, sans date ; cachet de la poste :
20 septembre 1915]

Cher et admirable ami, je me réjouis beaucoup de savoir que vous allez bien et que vous êtes au travail : je pensais que vous étiez déjà rentré pour répondre personnellement aux attaques. Savez-vous que Hesse fait lui aussi l'objet de toutes sortes de propos hostiles, lui qui a conservé la plus grande noblesse poétique qu'on puisse imaginer. Je suis heureux que vous ayez pu le rencontrer. Il y a des années, nous avons passé de bons moments ensemble au bord du lac de Constance. Son dernier livre, *Knulp*, est pour moi le plus beau de tous : on y trouve une Allemagne que personne ne connaît, pas même nous, les Allemands, et qui est vraiment aimable – une part du monde souabe avec ses bourgades et ses routes, ses hommes simples et modestes et son amour de la musique.

Moi-même, je ne vais pas très bien. Depuis que je suis revenu de Galicie et que j'ai retrouvé mon service quotidien, mes nerfs crépitent. J'avais l'habitude de les aérer, de les soigner par la liberté et le mouvement. Mais à présent, privé de tout cela, je suis très fatigué et abattu. C'est davantage qu'une souffrance personnelle qui pèse sur moi : je subis de plus en plus l'oppression générale, la tension universelle, même si – à vous, je peux l'avouer ouvertement – ma pitié et ma participation active ont faibli. Un jour ou l'autre, l'égoïsme du sentiment revient, il se protège lui-même : pendant plus d'un an, je n'ai vécu qu'au rythme des événements et de l'actualité, mais le désespoir, l'incapacité à se rendre utile et l'impuissance de la volonté finissent par se faire sentir. Je le dis ouvertement, j'ai très peur aujourd'hui de connaître des moments d'indifférence à *toutes* les souffrances du moment – et je crois que beaucoup sont comme moi. J'ai honte de cette indifférence, de cette tendance à se couper de tout – mais mon sentiment est à présent en partie paralysé. Je travaille pour moi, je me tiens davantage encore à l'écart des gens, pour ne plus entendre de mots superflus. Tout est dit, tous les actes ont été accomplis – nous ne pouvons aller au-delà du superlatif. Je crois que beaucoup sont comme moi. De la grandeur de cette guerre, il ne reste plus qu'une lassitude de l'âme. Mais peut-être est-ce bien au fond que cette ultime guerre, cruelle entre toutes, pèse sur la mémoire des peuples, comme un avertissement à tous les enfants et petits-enfants de toutes les nations.

Je vous envoie mon article sur la Galicie. J'ai vu là-bas beaucoup de choses que je n'ai confiées qu'à mon journal, mais malgré tout, peut-être ce texte vous donnera-t-il une idée de la situation. Tout ce que je dis est absolument exact et le bonheur de la population (juive pour la plupart) au moment du retour des Autrichiens n'est pas exagéré[1]. La plus grande

---

1. La Galicie avait été occupée par les troupes russes en mars 1915 et reconquise par les troupes austro-hongroises et allemandes en juin 1915.

souffrance de ces juifs était causée (comme partout) par la peur, par les récits abominables qui leur ont fait plus de mal que les cosaques. C'était la même chose qu'en France et en Belgique : la peur grossit tout et le mensonge est le fléau des peuples.

Je ne sais pas ce qu'il va advenir de moi. Je vais rester ici quelque temps, puis il me faudra certainement repartir – je ne suis pas maître de ma volonté. Faites-moi encore le plaisir d'une lettre. Il est si important pour moi de savoir que vous travaillez, que vous gardez la tête haute dans toute votre solitude et chaque lettre de vous est pour moi comme la promesse de temps meilleurs. Fidèlement vôtre

Stefan Zweig

Je n'ai malheureusement pas vu le chef de la Croix-Rouge, dont j'ai appris la venue à Vienne par les journaux.

Savez-vous que *Moissi*, notre plus grand acteur [1], est prisonnier en France ?

A Ernst Hardt [2]

Vienne, le 21 octobre 1915

Très cher et honorable Monsieur Hardt, ce n'est qu'aujourd'hui que je trouve un moment propice pour

---

1. Alexander Moissi (1879-1935), acteur fétiche de la troupe de Reinhardt, fut fait prisonnier en France en septembre 1915 et relâché l'année suivante.
2. Ernst Hardt (1876-1947), dramaturge, traducteur, critique.

vous remercier de votre bonne lettre et de votre livre : j'aspirais à le faire depuis longtemps, mais le service a totalement étouffé mon penchant d'autrefois ; je ne peux plus consacrer mes soirées à lire à loisir : il ne me reste plus que les nuits, et je dois en user avec parcimonie.

J'étais cette fois particulièrement curieux de lire votre pièce [1] : ma dernière œuvre dramatique se joue dans le même monde et (à peu près) à la même époque, même si ses motifs et sa forme sont tout autres (j'ai choisi la prose biblique plutôt que le verset). Le paysage intellectuel m'était donc déjà familier, ainsi que les personnages. J'ai trouvé le vieux roi David sublime, il incarne toute la royauté, la puissance de l'Ancien Testament. Il me semble qu'il est la figure principale, il surplombe l'action proprement dite du drame et sa mort a une portée démonique. Il possède vraiment la carrure des héros de Hebbel [2] et le vieillard de votre pièce m'est plus présent que celui de la Bible, j'en ai gardé une image plus durable. Votre Salomon ne m'a pas fait une aussi forte impression. A mon sens, vous l'avez trop germanisé dans son esprit, vous lui avez donné de la noblesse alors que la Bible insiste sur sa sensualité (très noble) ; pour cette raison, je ne trouve pas que sa position centrale dans l'œuvre soit totalement heureuse. Sa grandeur spirituelle est un peu décalée dans les palmiers et les cèdres : il a grandi entre les chênes

---

1. Ernst Hardt, *König Salomo. Ein Drama in drei Akten*, Leipzig, Insel, 1915.
2. Friedrich Hebbel (1813-1863), le plus grand tragique allemand du XIXe siècle.

et les sapins, ce Salomon, et il n'est pas tout à fait le fils de l'ardente Bathseba. J'espère que vous ne prendrez pas cette remarque pour une critique ; le problème qui se pose est de savoir si un poète allemand n'est pas contraint de germaniser tous ses personnages. Dans tous les cas, votre style s'accorde mieux, selon moi, au sol allemand qu'au monde mythique de l'Orient : la profonde pureté que vous donnez à tous les personnages, y compris aux ennemis, la pureté qui est même celle de la haine et la colère, habille cette humanité d'un vêtement étranger. Le monde juif de l'Ancien Testament est un monde de haine, de puissance, de ruse et de sensualité. L'éthique lui est étrangère, hormis sous la forme figée de la loi des prêtres ; l'instinct de pureté et le désir de purification (la catharsis des Grecs) lui sont inconnus. C'est du moins ainsi que je le perçois, c'est ainsi que je veux lui donner forme et c'est peut-être ce présupposé qui m'empêche de saisir un lien organique entre vos personnages et l'action (à l'exception du roi David). Bien entendu, je n'ignore pas pour autant la puissance dramatique de la pièce et sa force morale, je vois toute la noblesse de son intention et de sa construction. Et si je vous expose aussi librement mes réticences de détail, c'est parce qu'il va de soi que c'est la beauté de votre œuvre qui me pousse à exiger davantage encore de beauté. Je suis heureux que vous nous ayez donné cette pièce, je suis heureux de sa réussite dramatique et mes objections ne sont liées qu'à des considérations personnelles que j'aurais facilement pu passer sous silence. Mais la sincérité insouciante de mon propos sera pour vous la preuve de mon attachement.

Merci aussi pour tout ce que vous avez fait pour Paul Zech. Vous avez adouci sa vie au front et la souffrance de l'éloignement : pour nous qui sommes restés au pays, il est impossible de faire mieux. Merci de tout cœur encore une fois, avec ma sincère affection. Votre dévoué

Stefan Zweig

A Hermann Hesse

Vienne, le 9 novembre 1915

Très cher et admirable Monsieur Hesse, ne vous étonnez pas si je m'adresse brusquement à vous pour la première fois après des années de silence – j'ai toujours vécu dans l'errance, partout dans le monde –, mais j'ai besoin de vous dire un mot de reconnaissance. Depuis les premiers jours de la guerre, votre attitude d'homme et d'écrivain m'a beaucoup ému, chacune de vos paroles, entendue au milieu d'autres voix qui me faisaient mal, m'a profondément bouleversé. Puis mon ami Rolland m'a écrit qu'il s'était rapproché de vous ; cela a été encore une joie pour moi. Mais tout ceci n'aurait pas suffi à inciter un correspondant aussi indolent que moi à vous saluer si je n'avais pas senti dans les attaques haineuses dont vous avez fait l'objet une solitude qu'il est de mon devoir de saluer et d'admirer. Votre essai paru hier dans la *Zeit*[1] s'accorde parfaitement à mes

---

1. Hermann Hesse, « Die Pazifisten », *Die Zeit* (Vienne), 7 novembre 1915.

propres vues. Vous avez rempli votre fonction d'écrivain d'une noble et belle façon. Tolstoï et Björnson [1], les deux grandes voix de la conscience, se sont tues à l'heure qu'il est, et chacun devrait s'élever contre la foule, sauver au moins son âme et rester fidèle à soi-même. Rolland m'a beaucoup aidé par son exemple moral : il a été pour moi le plus fort des appels à la justice.

Il faut que je vous remercie aussi pour votre *Knulp*. Vos derniers livres me paraissent vraiment être les plus beaux. Si vous me permettez de vous parler franchement, je vous le dis comme je le pense : après vos deux premiers livres, j'avais remarqué chez vous un léger fléchissement de l'imagination poétique, ou j'avais cru le remarquer. Peut-être des temps difficiles et une situation peu favorable ont-ils été une entrave pour vous. Parfois – je vais être franc – j'ai eu la sourde crainte que vous ne soyez en déclin. Puis je me suis remis à lire souvent des vers de vous et j'ai senti dans vos deux derniers livres une régénération intérieure. Il y a tant d'âme dans ces derniers livres, tant d'ouverture. Jamais je n'ai perçu un horizon aussi vaste et autant de pureté et de largeur de vues dans votre création. A l'ancienne affection est venue s'ajouter une admiration nouvelle.

J'aurais aimé joindre un livre à cette lettre pour vous remercier. Mais depuis deux, trois ans, je réserve tout, surtout les nouveaux poèmes. J'ai seulement achevé un livre sur Dostoïevski, où trois ans

---

1. Bjørnstjerne Bjørnson (1832-1910), écrivain réaliste norvégien, Prix Nobel de littérature 1903.

de travail et beaucoup d'amour sont concentrés sur cent pages. Je crois que vous l'apprécierez quand il paraîtra après la paix – quand, oh quand. En ce moment, je ne peux rien faire pour moi, mon service militaire m'occupe entièrement. Voilà déjà des mois que cela dure, avec une seule parenthèse vivante et colorée, une tournée de service de trois semaines à travers toute la Galicie sur les pas des Russes. Robert Michel[1] m'a raconté la méprise dont vous avez été victime au service de la presse de guerre, qui ne vous a pas admis tout de suite : je crois que je pourrais arranger cela à tout moment si vous le souhaitiez. Mais je ne sais quel conseil vous donner : on n'y est jamais seul, des semaines durant, on y est toujours entouré, sans cesse contraint à parler et à se déplacer. Bartsch lui aussi est revenu assez troublé de son voyage.

Mais cette lettre est bien longue ; je voulais en fait seulement vous dire un mot : Merci ! Merci de tout cœur !

Stefan Zweig, qui vous admire depuis longtemps.

A Abraham Schwadron
                Vienne, le 20 novembre 1915

Très honorable Monsieur le Docteur !
J'ai lu l'article et je l'ai trouvé particulièrement

---

1. Robert Michel (1876-1957), écrivain de Bohême, traducteur du tchèque et du slovène.

intéressant. J'étais déjà informé en privé de ces questions. Je savais aussi que l'Allemagne et l'Autriche ont adopté des positions très différentes dans l'administration, les Allemands s'appuient sur les juifs, les Autrichiens principalement sur les Polonais et j'ai quelques témoignages très précieux sur ce point. Mais chez nous, autant que je sache, il est presque impossible de dire le moindre mot de cette affaire, à cause de la censure. Chez nous, on sent bien que ce problème est crucial et on préfère ne pas l'aborder, parce qu'on ne veut pas trancher la question du patriotisme des trois souches galiciennes [1]. Je sais que plusieurs tentatives ont été faites, en vain. Il semblerait que le censeur ait reçu l'ordre de bloquer tout ce qui concerne la population polonaise, à l'exception du récit des actions d'éclat des légionnaires polonais, sur lesquels on entend en privé un tout autre son de cloche. Je suis vraiment désolé de ne pouvoir vous aider, mais nous sommes tous tenus au silence. Moi aussi, j'aurais à dire des choses qui me tiennent à cœur, et je dois me l'interdire. Mais surtout, il est hors de question de s'immiscer actuellement dans ces affaires, qui sont mêlées à des considérations éminemment politiques. Autant que je sache, on ne sait pas clairement quelles régions de la Pologne russe sont censées revenir à l'Allemagne et à l'Autriche, il n'est même pas certain qu'une occupation durable soit envisagée ; même si cela ne me paraît pas justifié, je peux comprendre que les propos les plus innocents sur ces questions puissent faire tache, parce qu'on *veut tout simplement faire oublier qu'il y a des problèmes*

---

1. Les trois souches galiciennes : Ruthènes, Polonais et Juifs.

là-bas, les problèmes sont synonymes de difficultés et, au milieu de la tourmente de la guerre, on veut éviter de suggérer que même après la guerre, tout ne sera pas d'emblée bonheur et félicité, et qu'un autre conflit intérieur ne fera que commencer : celui de tous les partis et de toutes les nations qui auront à supporter d'immenses efforts.

J'espère que vous comprenez bien, très cher Monsieur le Docteur, pourquoi je ne transmets pas votre article ; je ne recule pas devant la tâche mais je sais qu'il est absolument exclu de publier aujourd'hui un tel texte dans un journal autrichien. Mais par la suite, vous pourrez toujours compter sur moi.

Avec les meilleurs compliments de votre très dévoué

Stefan Zweig

―◇―

A un inconnu
Vienne, [sans date ; après le 11 décembre 1915]

Cher ami, je ne souffrirais pas qu'un malentendu s'insinue ne serait-ce qu'un instant entre moi et une personne aussi chère que vous. Je vous dis donc d'emblée que je n'ai pas lu cet essai de Rolland – je pensais à sa magnifique exhortation *Au-dessus de la mêlée.* Je sais depuis longtemps qu'il n'aime pas la musique contemporaine allemande, mais je n'étais pas au courant de la publication de cet article, que je lui demanderai demain de m'envoyer. Je suis souvent amené à lui écrire des lettres dans lesquelles je m'oppose durement à lui, mais son effort de justice est si passionné qu'il force l'admiration. On n'a plus raison ou tort dans ses opinions individuelles à l'heure qu'il est, les choses sont trop grandes pour que nous puissions les mesurer – mais je vénère et respecte aujourd'hui tous ceux qui se tourmentent et ne se laissent pas tranquillement porter par l'indifférence universelle. A cause de l'essai dont je vous ai parlé, Rolland est aujourd'hui l'un des hommes les plus calomniés dans son pays.

Mais le mieux serait que je vous montre cette profession de foi ! Comme il est bon de s'être entretenu ainsi avec vous et de pouvoir à présent nous donner mutuellement raison, après avoir soutenu deux points de vue très différents. Beaucoup pensent qu'il est absurde de prendre au sérieux ces questions d'idées ; je crois quant à moi qu'il est essentiel de rendre des comptes de tout amour et de toute haine, car ce moment va être décisif pour chacun d'entre nous, justement parce qu'il ne se reproduira jamais. On verra un jour qui l'a vraiment vécu et qui n'a fait que passer à côté.

Je vous rendrais volontiers visite un de ces soirs, mais mon temps libre est singulièrement réduit par l'obligation de porter l'uniforme de l'empereur et de le servir (d'une manière au demeurant bien peu guerrière) entre 9 heures et 3 heures. Je vous proposerais très volontiers de dîner quelque part tranquillement et de passer une soirée avec le célibataire que je suis : j'ai besoin de fréquenter des personnes dépourvues de haine, des personnes qui ne sont pas enflées sous l'effet des slogans qu'elles ont avalés et qui ne servent la cause commune qu'en paroles et sans un seul souffle de leur être véritable. Peut-être après un concert, si vous êtes retenu : il suffit d'un pneu, je suis libre presque tous les soirs. Sinon, je tenterai de me présenter chez vous un soir à l'improviste.

Merci pour l'amitié que je sens dans chacune de vos paroles. De tout cœur votre fidèle

Stefan Zweig

A Romain Rolland

Vienne, le 30 décembre 1915

Cher et admirable ami, je ne veux pas laisser passer les derniers jours de cette terrible année sans vous adresser un salut et un vœu. Je viens de relire *Jean-Christophe* et j'ai été impressionné par le caractère prophétique de ce livre. Je ne sais pas si vous l'ouvrez parfois : jamais je ne l'ai senti aussi vivant qu'aujourd'hui où il est devenu historique, où l'époque de cette histoire de fraternité spirituelle porte la marque sanglante du passé. Et je devine que des puissances supérieures étaient avec vous pour vous faire achever cette œuvre à ce moment précis. Je sens aussi en moi-même qu'une partie de ma vie s'est achevée cette année-là, en ce jour de juillet 1914 où je suis retourné chez moi[1] : mais je n'ai rien oublié, ma reconnaissance va à tous les jours de ma jeunesse. Je sens

---

1. Le 30 juillet 1914, deux jours après que l'Autriche-Hongrie eut déclaré la guerre à la Serbie, Zweig avait quitté la Belgique où il séjournait chez Verhaeren pour retourner à Vienne.

seulement que ma jeunesse elle-même est inaccessible, comme barrée par une porte de fer : ce sont à présent d'autres années que j'ai à vivre, des années de lutte peut-être contre un monde et un état d'esprit qui me sont étrangers. Jamais je n'ai autant ressenti ce que j'avais à faire comme un devoir. Seule une volonté morale peut à présent permettre d'agir. Il s'agit maintenant de tout donner et de vouloir le tout pour le tout.

Votre exemple a beaucoup compté pour moi au cours de ces années. Je sens que vous avez déjà passé le cap le plus difficile. En lisant vos articles actuels, on ne rencontre guère de colère – justement parce que la colère est passée pour les hommes et que la réflexion se fraie une nouvelle voie. Je crois fermement que les heures de pire chaos sont passées, que l'emprise des slogans faiblit. Jamais le monde n'a autant vécu sous la contrainte des mots et, le plus étonnant, c'est que les mots ont eu un temps chez tous les peuples plus de réalité que les actes, que la réalité elle-même. Ce phénomène – qui est tributaire de l'immense pouvoir des journaux – restera à analyser comme l'une des grandes suggestions de masse de l'histoire, et il sera aussi incompréhensible pour les générations ultérieures que l'est pour nous la croisade des enfants. Mais à présent, à mon avis, le pouvoir des mots faiblit et la raison éclairera bientôt les choses, elle libérera définitivement le monde crucifié de sa croix de martyre et fera ressusciter l'Europe. Pourvu que la paix soit conclue cette année, et pourvu qu'il s'agisse d'une vraie paix, et non d'une paix que l'on signe les dents serrées et avec des idées empoisonnées ; non, une vraie paix – la trêve, le repos, la détente, la clarification, le renouveau. Mes souhaits sont certainement les mêmes que les vôtres, et ceux du monde entier qui souffre.

    Je voulais encore vous raconter quelque chose aujourd'hui : cela inspirera certainement à votre sympathie la même compassion douloureuse qu'à moi-même. J'ai parlé hier à Rainer Maria Rilke, qui a dû venir à Vienne pour des affaires militaires, et j'ai appris qu'en son absence, tous ses meubles de Paris, ses manuscrits, sa correspondance d'une dizaine d'années avaient brusquement été vendus aux enchères ; ils lui semblent perdus à jamais. Il y avait là des œuvres auxquelles il avait travaillé pendant des années comme un moine, avec la lenteur et les scrupules qui sont les siens, des notes, des esquisses qui étaient pour lui d'une valeur inestimable – et qui l'étaient aussi pour l'art allemand dans son ensemble, puisqu'il est l'un de nos plus grands poètes. Tout ça parce qu'il ne pouvait pas envoyer son loyer ! Toute une part de sa vie lui a ainsi été brutalement arrachée, des années de production ont été détruites, et le dommage subi ne se mesure pas en livres. Vous imaginez quelles sont ma compassion et mon amertume quand je pense que les biens spirituels les plus précieux ont été vendus pour quelques sous à des épiciers qui vont s'en servir pour envelopper du sucre et des légumes. Je crois qu'il a perdu des dessins de Rodin, des bijoux anciens, etc. – qui en aura reconnu la valeur dans une vente faite à la va-vite ? Ce genre d'incidents peuvent éveiller plus de ressentiment encore entre les nations que les batailles et les actes de haine, parce qu'il s'agit de destructions *délibérées*, d'actes de haine délibérément perpétrés contre des êtres sans défense.

Je sais qu'il s'est produit des milliers, des dizaines de milliers de petites tragédies de ce type, mais celle-ci est particulièrement bouleversante parce que nous ignorons la valeur de ce qui s'est perdu. Nous qui vénérons en Rilke l'un des poètes les plus purs et les plus durables de notre temps, nous ne pouvons guère imaginer de pire cruauté ; vous-même saurez certainement mesurer l'ampleur de cette tragédie qui s'est produite à quelques maisons de la vôtre. Je n'ai fait qu'échanger quelques mots avec Rilke et n'ai guère pu en parler avec lui : cela l'a gravement affecté, d'autant plus qu'il faisait une entière confiance à la femme qu'il avait engagée à son service là-bas et espérait qu'elle saurait protéger son bien.

Il faudra beaucoup de temps avant que ne soient connus ces malheurs, qui sont d'ordre spirituel. Les universités de toute l'Europe sont au front depuis presque deux ans et nombreux sont peut-être ceux qui ont perdu pour toujours la capacité de mener à bien un travail scientifique sérieux. Sur le plan de la littérature, cette période vouée au journalisme et non à l'art n'a autant que je sache donné naissance à aucune œuvre *véritable*. Je ne sais pas si l'on a autant versicoté en France que chez nous – tous ces poèmes ne m'inspirent rien parce que je crois qu'ils ne sont pas suffisamment respectueux de la grande tragédie. Mes propres travaux me consolent – je ne saurais dire si je vais parvenir à leur donner la forme à laquelle j'aspire – ; quoi qu'il en soit, j'ai trouvé à m'affranchir du quotidien dans le symbole et c'est déjà beaucoup ! Je pense souvent à vous, avec beaucoup d'affection. Que votre parole et vos forces vous restent fidèles dans ce grand combat spirituel : cette année, vous serez encore inébranlable pour vous et pour le monde — nous vous écoutons, nous attendons votre parole et votre confiance conforte la nôtre. Fidèle dans son admiration, votre

Stefan Zweig

A Arthur Schnitzler

Vienne, le 18 janvier 1916

Cher et admirable Monsieur le Docteur,

Pourrais-je vous rendre une nouvelle visite ? Ou bien préférez-vous ne voir personne en ce moment ? Je le comprendrais — on se prend parfois à haïr les paroles et les discussions, on sait combien elles sont inutiles et oiseuses.

Je voudrais à cette occasion vous demander conseil à propos de Rilke, qui a été incorporé et qui souffre beaucoup (pour bien des raisons). Peut-être pourrions-nous l'aider en prenant une initiative commune[1]. Qui d'autre que lui le mériterait davantage ?

Avec mes meilleures salutations à votre aimable épouse et à vous, votre fidèle

Stefan Zweig

---

1. L'intervention de Stefan Zweig, d'Anton Kippenberg et de sa femme auprès du ministère de la Guerre permit à Rilke d'être réformé en juin 1916.

P.S. Je suis libre tous les après-midi et tous les soirs à part le mercredi.

A Romain Rolland

Vienne, le 19 février 1916

Cher et admirable ami, je vous envoie avec cette lettre un petit article que j'ai écrit pour la revue *Carmel*[1] qui m'en a demandé un en votre nom. Il est tout à fait apolitique et suffisamment objectif, je l'espère, pour être partout à sa place : ce serait une grande joie pour moi s'il rencontrait votre approbation. Si la revue ne paraissait pas, donnez-le je vous prie à Guilbeaux pour sa revue[2]. Je suis également en train de préparer quelque chose pour lui.

On vous a sans doute déjà informé que vos *Loups* étaient donnés la semaine prochaine. J'ai suggéré au metteur en scène d'éviter tout ce qui pourrait se prêter à un usage politique, et on a également respecté votre vœu : les tantièmes seront versés non pas à vous mais à la Croix-Rouge de Genève. J'ai entendu dire que Wilhelm Herzog[3] assisterait à la représentation. Pour moi, ce sera la première sortie au théâtre depuis plusieurs mois, je suis incapable de

---

1. « La tour de Babel » parut dans la nouvelle revue pacifiste de Genève *Le Carmel* en avril et mai 1916.
2. Henri Guilbeaux avait fondé en janvier 1916 à Genève la revue *Demain*.
3. Wilhelm Herzog (1884-1960) était le traducteur de l'œuvre.

supporter la comédie humaine en ce moment et je ne vis que dans le travail et la musique. Je vous enverrai les critiques qui paraîtront.

J'ai demandé à la *Neue Freie Presse* de publier une note sur vous pour votre cinquantième anniversaire, et donné votre *Jaurès* à l'*Arbeiter-Zeitung*[1]. Je vous envoie les deux textes. J'aurais voulu écrire moi-même un long article, mais je crains toujours qu'on puisse voir là, de l'autre côté, un acte d'agitation et une mauvaise intention. Ce sont les grandes tendances intellectuelles qui doivent à présent occuper le devant de la scène, et non les hommes, à moins que l'idée ne s'incarne en eux, et il faut éviter de donner ne serait-ce que l'impression qu'on agit pour des individus. Il m'a été difficile de ne pas prendre publiquement la parole pour cette journée, j'ai pesé le poids de mon désir et de ma reconnaissance et celui des autres motifs, et ces derniers m'ont semblé plus graves et plus importants que mes besoins personnels. Il faut à présent remettre à plus tard l'accomplissement de bien des désirs, et l'habitude rend le renoncement plus facile.

Vos livres suscitent désormais partout un intérêt croissant. Tout le peuple allemand est maintenant saisi d'une envie passionnée de se connaître lui-même, il veut comprendre son passé, deviner son avenir et tous les livres étrangers dans lesquels se reflète son image, honnie ou adorée, ont de l'importance à ses yeux. Peut-être – Dostoïevski avait développé cet

---

1. L'article publié le 2 août 1915 dans *Le Journal de Genève* fut traduit par Zweig dans l'*Arbeiter-Zeitung* de Vienne le 30 janvier 1916.

argument il y a cinquante ans — cette guerre servira-t-elle à donner aux peuples une idée plus grande et plus juste des autres peuples. En ce moment, les journalistes s'emploient encore à instruire les civils au sujet des nations étrangères, le plus souvent avec beaucoup de haine : mais les prisonniers, les combattants qui ont découvert les pays étrangers corrigeront ces jugements. La circulation des langues progresse beaucoup et la culture et la littérature russes, en particulier, qui étaient pour nous, en Europe occidentale, une *terra incognita*, vont en profiter. Peut-être est-on en droit d'espérer que les liens se rétablissent plus vite que nous ne l'imaginons. Je crois que la domination infaillible de l'Amérique dans le domaine de l'art est plus dangereuse : ils vont acheter avec leur argent nos plus belles collections [1], nos meilleurs musiciens. Cet esprit américain de l'argent m'inspire davantage de craintes que toutes les haines européennes et l'éveil de l'Asie : alors que la fermeture incite à produire des œuvres, la perspective de gains illimités entraîne la dépravation artistique. Et ce danger nous concerne tous sans distinction, il sera peut-être notre premier destin commun.

Meilleures salutations de votre fidèle
Stefan Zweig

Sont joints à cette lettre :
1) l'article « La tour de Babel ».

---

1. Allusion aux activités du banquier et collectionneur américain John Pierpont Morgan (1837-1913), poursuivies par son fils Pierpont Morgan Jr. (1867-1943).

2) *Neue Freie Presse :* « Le cinquantième anniversaire de R.R. »

3) *Arbeiterzeitung* : « Jaurès. »

A Martin Buber

[Vienne, le 8 mai 1916]

Cher et admirable Monsieur Buber, je suis très heureux que vous ayez pensé à moi pour le lancement de votre revue[1] et je n'ai pas besoin de vous dire combien votre proposition m'enthousiasme. J'ai vu le premier numéro de la revue et je le trouve très beau, même si la prédominance de la théorie et des controverses me paraît receler un danger. On ne peut discuter des choses que dans certaines limites, il faudrait ensuite leur donner forme. Je regrette que l'art n'ait pas sa place dans la revue : beaucoup, et non des moindres, expriment mieux leur sentiment par le symbole que par les mots.

Sans manquer de modestie, je crois être de leur nombre. Je travaille à présent, dans les rares moments que me laisse le service militaire, à une grande tragédie juive (qui, par certaines associations, est intemporelle), un drame intitulé *Jérémie*, qui représentera, sans épisodes amoureux ni ambitions théâtrales, le tragique de l'homme qui n'a que les

---

1. Le mensuel *Der Jude* fut publié à Berlin sous la direction de Martin Buber à partir de 1916.

mots, les cris de mise en garde et la connaissance pour faire face à la réalité des faits, le tout sur l'arrière-plan d'un conflit de décisions. C'est la tragédie et l'hymne du peuple juif comme peuple élu – mais non au sens du bonheur, au sens de l'éternelle souffrance, de l'éternelle chute, de l'éternel recommencement et de la puissance qui se déploie sous l'effet d'un pareil destin – et la fin est pour ainsi dire l'annonce de l'édification d'une Jérusalem éternellement neuve après l'exil de Jérusalem. La guerre m'a fait découvrir cette tragédie, à moi qui aime la souffrance comme puissance, mais la ressens douloureusement comme fait, et si ma volonté est capable de passer à l'acte, ce sera cette fois. Je vous aurais volontiers donné un acte ou un fragment qui forme une unité, mais l'art est provisoirement à l'écart de vos préoccupations.

Pour ce qui est des essais, je pourrais éventuellement écrire (à côté de mon travail) quelques textes isolés sur les prophètes, Jérémie, Jésaia, Daniel – vus comme les représentants de quelque chose, dans leur signification symbolique et historique. Mais un tel projet n'est-il pas éloigné de vos intentions ?

Et les prises de position par rapport au judaïsme ? Ne serait-ce justement pas une des missions de votre revue que de demander à tous les auteurs allemands d'origine juive d'expliciter leur position, dans une sorte d'immense enquête ? Il serait peut-être libérateur pour beaucoup d'entre nous que d'être contraint à prendre parti devant soi-même, et ce serait d'autre part un document précieux pour les générations futures. Il faudrait un jour mettre à plat tous les arguments (profession de foi ou reniement ?) : ce serait le seul moyen d'y voir clair. Moi-même, je ne veux pas m'étendre ici sur ce point : je vous dirai seulement que conformément à ma nature, qui n'aspire qu'à la liaison et à la synthèse, je ne veux pas que le judaïsme soit une prison du sentiment, qui fasse obstacle à ma compréhension du reste du monde ; tout ce qui est de l'ordre d'une opposition dans le judaïsme m'est antipathique : mais je sais que je repose en lui et que je ne pourrai jamais être un rénégat. Je n'en suis pas fier, parce que je refuse d'être fier de ce qui ne vient pas de moi, de même que je ne suis pas fier de Vienne, bien que j'y sois né, ou de Goethe parce que je parle sa langue ou des victoires de « nos » armées, alors que ce n'est pas mon sang qui a coulé. Toute la fierté qui anime les professions de foi juives que je lis si souvent me semble la révélation d'une incertitude, l'envers d'une peur, d'un sentiment d'infériorité. Ce qui nous manque, c'est la *certitude*, *l'insouciance* – que je sens toujours plus fortes en moi comme juif. Le fait d'être juif ne me pèse pas, ne m'enthousiasme pas, ne me fait pas souffrir et ne m'isole pas, je le sens comme je sens le battement de mon cœur quand j'y pense et ne le sens pas quand je n'y pense pas. Je crois que mon propos est clair. Je vous en dirai davantage si vous me le demandez.

Je pense souvent à vous, et toujours avec affection. J'ai promis il y a longtemps au *Literarisches Echo*[1] un portrait de votre action : cette idée me tente toujours quand je pense à tout ce que je vous dois depuis ma jeunesse. Mais il faut d'abord que mon travail

---

1. *Literarisches Echo* : revue berlinoise fondée en 1898.

avance. Ensuite, je pourrai respirer à nouveau. Bien affectueusement, votre toujours fidèle

Stefan Zweig

A Romain Rolland

Vienne, 22 juillet 1916

Cher et admirable ami, voilà longtemps que je n'ai pas eu de vos nouvelles, et je ne sais pas vraiment pourquoi. Il est si difficile de parler à présent et je crois que nous entendons notre silence à distance comme une parole et que nous nous comprenons même ainsi. Je n'ai rien lu de vous non plus dans les journaux (et vous rien de moi), le monde est trop bruyant pour qu'on veuille jeter ses pauvres petites paroles dans le tumulte, elles seraient broyées par les choses, balayées par la grande tempête. Si je vous écris aujourd'hui, ce n'est que pour vous saluer et vous assurer de mon soutien.

Dans les petits recoins de temps que me laisse mon service, je travaille à mon œuvre. Je pense souvent à vous à cette occasion et je me demande si elle pourrait trouver grâce à vos yeux : dans le travail, la construction intellectuelle, l'architecture de l'art, rien ne vaut de prendre une aune pure. Pour moi, c'est l'opinion des quelques personnes que j'aime et que j'admire. Cela m'aide de penser à eux parce que cela encourage mes plus grandes forces morales et me retient de lorgner vers le succès. C'est aussi à votre intention, mon cher, mon admirable ami, que j'écris cette œuvre — peut-être ma première œuvre véritable. Les fondements sont déjà posés, j'aligne lentement pierre après pierre, mais combien faudra-t-il de temps encore avant que je puisse suspendre la verte couronne de lierre à la tuile de faîte — comme le font les maçons dans ce pays et peut-être partout.

Mais ne croyez pas que j'aie fixé mes regards sur moi-même et que j'oublie le monde, que je me sois fait sourd aux cris, aux cris de souffrance de l'Europe, que je me sois fermé à la douleur du temps. Je suis intimement bouleversé et chaque jour se marque plus profondément en moi. Je m'inquiète pour beaucoup de gens que j'aime et sans l'espoir d'une issue, d'une issue prochaine, je m'effondrerais. Et je sens que ce sentiment étreint à présent un monde, l'étreint si avidement qu'il pourrait l'enflammer jusqu'en son noyau le plus intime. Mais il boit le sang avec indifférence et emplit négligemment ses sillons de vie vivante.

J'ai reçu d'Ernest Bloch[1] une lettre qui m'a beaucoup ému. Espérons que l'Amérique ne mettra pas en péril son œuvre : Gustav Mahler[2] s'y est épuisé et consumé, sans rapporter autre chose que de l'argent. Je sais que vous croyez beaucoup à la puissance spirituelle du Nouveau Monde — je ne vous contredis pas, mais il n'est pas encore assez

---

1. Ernest Bloch (1880-1959), compositeur suisse qui vécut aux Etats-Unis entre 1916 et 1930, puis à nouveau à partir de 1939.
2. Mahler avait dirigé entre 1908 et 1911 le Metropolitan Opera et le Philharmonique de New York. Il était mort peu après son retour des Etats-Unis.

tranquille et paisible pour que la musique puisse y fleurir. Puisse-t-il retourner bientôt dans notre Europe unie !

Je vous adresse mes affectueuses salutations, et mes vœux ardents pour vous et votre œuvre ! Votre fidèle et dévoué, maintenant et toujours

Stefan Zweig

Avez-vous lu la petite prose de Hermann Hesse, « Pour mémoire », dans la revue *Die Schweiz* ? C'est le chef-d'œuvre d'un homme entier.

A Josef Luitpold Stern [1]

Vienne, le 16 novembre 1916

Cher ami, j'ai lu tout de suite votre petite pièce et vous remercie du fond du cœur de me l'avoir envoyée. Elle m'a fait une forte impression par l'intense humanité qui l'anime et sa brièveté même lui donne une force particulière. Combien de temps faudra-t-il pour que nous puissions voir sur la scène des œuvres comme celle-ci – la verrai-je moi-même ? Je ne crois pas. Quelque chose est détruit en moi et ne pourra sans doute plus se reconstruire : la confiance dans les hommes de l'intellect, qui ont trahi la parole et abusé d'elle. Ils sont devenus inu-

---

1. Josef Luitpold Stern (1886-1966), écrivain autrichien, directeur de la Freie Volksbühne de Vienne en 1914, promoteur de la « culture ouvrière ».

tiles à force de lâcheté du sentiment – mille fois plus que le peuple, qui ressentait confusément le vrai à chaque moment. Le seul homme qui a osé faire quelque chose est mis au ban et ses amis, vos propres compagnons [1], ne prononcent pas son nom par crainte d'éphémères répercussions extérieures. Non, mon cher Stern, je ne veux plus vivre dans cette sphère, après la guerre, si je lui survis : je me retirerai de la capitale, je repousserai tous ceux qui ont repoussé en eux l'homme vivant. Vous avez sans doute vécu la même chose, vous qui êtes enfermé dans le cadre d'une communauté artificielle et forcée [2] : il n'y a qu'une voie, celle d'une vie solitaire, pour manifester la volonté de communauté la plus profonde. La proximité détruit tout, elle exige un excès de justice envers les hommes qui n'est plus humain, elle demande une intensité de haine dont je ne suis pas capable pour préserver leur amour et leur fraternité. Tout cela, je l'ai compris lors de quelques jours de congé (les premiers !) que j'ai passés à Salzbourg et où j'ai merveilleusement senti que rien ne me manquait quand j'avais la liberté. J'ai travaillé, je me suis retrouvé ; ici, on s'épuise à se révolter contre la bêtise des opinions de personnes qui n'ont pas de but intérieur, contre l'idiotie des rumeurs, contre la quotidienneté des jours. Je crois que vous souffririez davantage ici que là-bas, c'est ma seule consolation (et elle compte vraiment) pour votre longue absence dont j'espère toujours qu'elle va être interrompue par des jours de congé. Encore

---

1. Stern était membre du Parti social-démocrate autrichien.
2. Il s'agissait de l'armée.

mille et mille mercis, salutations affectueuses de votre

Stefan Zweig

A Romain Rolland

Vienne, [le 29 novembre 1916]

je vous prie de dire à madame martha verhaeren que la mort de son mari[1], mon cher ami et maître paternel, est pour moi une très lourde perte et que je partage de tout mon cœur son affliction, profondément triste de ne pouvoir être à ses côtés en ce moment et accompagner dans la mort celui que j'ai vénéré toute ma vie.

stefan zweig

A Romain Rolland

Vienne, le 5 décembre 1916

Cher et admirable ami, je me suis adressé à vous pour vous prier d'informer Madame Verhaeren de ma sympathie : vous pouvez comprendre que je ressentais le besoin de lui dire que je ne l'avais pas oubliée, non plus que les dix merveilleuses années que j'ai passées

---

1. Verhaeren était mort le 27 novembre 1916, à la suite d'un accident dans la gare de Rouen.

sous son toit, été après été ou presque. Savez-vous qu'il y a deux ans et demi, j'ai accompagné Verhaeren qui devait donner une lecture à Rouen ? Sa femme en avait été très heureuse et vraiment – cette mort fortuite n'aurait pu se produire en ma présence. Je n'ai presque aucun détail sur sa mort, j'attends juste le récit de son enterrement, mais j'ai en moi tous les jours, heure après heure, un requiem pour lui, je sens les bougies me brûler le cœur et je sais seulement tout ce que je lui dois. Pas tant sur le plan littéraire – là, j'ai honnêtement payé ma dette – que sur le plan humain. Il m'a donné pour la première fois l'exemple d'une vie de poète sans tache à notre époque, il m'a montré avec une noble pureté que le choix de mener une vie simple était la condition de la liberté spirituelle : il m'a montré que l'on doit faire de l'amitié le fondement de sa vie et se donner sans espoir de retour, pour la seule joie du don. Vous aussi l'avez bien connu, mais pas complètement : c'est surtout dans son petit domaine qu'il se révélait ; il fallait le voir là-bas, entre les paysans et les petites gens, heureux, sans orgueil, magnifiquement anonyme et d'une antique simplicité. Ce qu'il y a de bon en moi, ce qui a été une rupture avec le milieu social dont j'étais issu, je le lui dois, et tout cela, tout cela, comme je le ressens à l'heure de sa mort !

Je vous écris cela, cher et admirable ami, parce que c'est la seule chose qui m'occupe en ce moment et parce que je souffre de la distance, qui me retient encore avec force loin de sa dépouille et de ses amis. Il avait pensé gentiment à moi il y a quelques semaines, cela m'avait déjà consolé à ce moment-là et plus encore aujourd'hui.

Je n'ai rien dit publiquement ni rien fait paraître à son sujet. Je ne sais pas être habile dans un cas comme celui-ci et ce moment est trop trouble pour célébrer quoi que ce soit, même les morts !

Salutations affectueuses et merci pour l'accueil que vous avez réservé à mon émotion et à mon message !

Votre fidèle

Stefan Zweig

P.S. Si vous voulez lire un livre splendide – un livre qui nous élève au-dessus de notre temps ! – lisez *Nietzsche et Wagner au temps de leur amitié* d'Elisabeth Fœrster Nietzsche[1]. On y trouve pour la première fois la correspondance de Nietzsche et de Wagner. Je viens de vivre plusieurs jours dans ce livre.

A Martin Buber

Vienne, le 24 janvier 1917

Cher et admirable Monsieur Buber, je vous écris aujourd'hui en réponse à votre lettre : après avoir mûrement examiné votre proposition, je ne sais toujours pas que vous dire. Ce n'est pas que mes sentiments soient partagés, mais plutôt que tout mon être est actuellement en proie à l'incertitude. Le quotidien monotone de deux ans et demi de service

---

1. *Nietzsche und Wagner zur Zeit ihrer Freundschaft*, éd. par E. Forster-Nietzsche, Munich, Georg Müller, 1915.

313

militaire a eu raison de ma force : toutes mes décisions ont peur d'elles-mêmes et je ne sais que faire.

Je vous confirme volontiers que je souhaiterais écrire pour cette enquête un petit texte qui soulignerait la valeur des professions de foi en songeant à notre expérience de l'opportunisme national (qui a été illustré par les meilleurs de notre époque). Mais ce qui me retient, c'est que je ne peux pas vous donner une date ni vous faire une promesse ferme tant que je vis ce calvaire et dois m'attendre tous les quinze jours à être envoyé à l'hôpital pour une révision et un nouvel examen de mon degré d'aptitude. Ces épisodes me laminent souvent pour plusieurs semaines et m'affectent dans des proportions qui sont sans commune mesure avec l'événement lui-même. Tout ce que j'écris à présent est un hasard et un don. Par conséquent, je n'ose rien promettre.

Mais la bonne volonté est là et je vous prie de le croire. Jamais je n'ai senti si librement en moi le judaïsme que maintenant, dans cette période de délire national – et la seule chose qui me sépare de vous et des vôtres, c'est que je n'ai jamais voulu que le judaïsme redevienne une nation et s'humilie ainsi dans la réalité des concurrences. J'aime la diaspora et je l'approuve parce qu'elle est le sens de son idéalisme, sa vocation universelle et cosmopolite. Et je ne veux pas d'autre négation que la négation dans l'esprit, dans notre seul véritable élément, et non dans une langue, un peuple, des mœurs, des usages, ces synthèses aussi belles que dangereuses. Je trouve que notre situation actuelle est la plus merveilleuse de l'humanité : cette unité sans langue, sans liens, sans pays natal, juste par le fluide de l'être. Tout rassemblement plus étroit et plus réel m'apparaît comme en recul par rapport à cette situation incomparable. Et le seul point sur lequel nous devons nous fortifier, c'est la capacité à ne pas éprouver cette situation comme une humiliation, mais à la considérer consciemment avec amour, comme je le fais.

J'ai parlé de ces questions avec Brod à Prague. Il est peut-être trop impatient. Il veut transformer en une décennie une situation millénaire. Il est fanatique et nationaliste – deux traits que j'éprouve comme des limites de son humanité, en dépit de toutes ses qualités. Il devrait convertir sa passion : je ne crois pas aux conversions par la parole et la discussion (c'est aussi la raison pour laquelle je regrette vivement l'absence de l'élément productif et poétique dans votre revue). J'aime infiniment plus votre manière que la sienne, je la trouve plus pénétrante parce qu'elle est moins importune, plus intense parce qu'elle n'est pas aussi véhémente. Et j'ai le sentiment de bien discuter avec vous quand vous venez à Vienne. Je me réjouis de tout cœur de ces rencontres. – Donc, encore une fois : je veux tenter d'écrire cet article. Il serait plus facile pour moi – si vous me le permettez – de réaliser ce projet, non sous la forme d'un article, mais sous la forme d'une lettre qui vous serait adressée. Cela semblera peut-être prétentieux, mais ce n'est certainement pas là mon intention. Je me sens seulement un peu gêné pour écrire des articles (j'en ai perdu l'habitude) alors que les lettres qui donnent et qui reçoivent ont été ces temps-ci mon seul privilège et mes seules fréquentations. Ici, j'ai évité d'échanger mes opinions avec tous les hommes de lettres (Wassermann, Hofmannsthal, etc., etc.) depuis qu'ils ont adopté au début de la guerre une attitude si virile, allemande et guerrière (tout en préservant bien leur personne et leurs intérêts) ; les lettres, en particulier celles que j'ai échangées avec Rolland, ont été une grande compensation, avec la rencontre de quelques jeunes, parmi lesquels Berthold Viertel, auquel je voue une grande affection et une profonde admiration. Certaines choses vivantes qu'il m'a racontées à propos des juifs de l'Est m'ont fait davantage d'impression que tout ce que j'ai lu sur le sujet. Je crois qu'il sera dans quelques années une des figures les plus importantes de l'Allemagne, il y a en lui une force qui agit jusqu'aux limites du possible dans les directions qu'elle s'est choisies. Il faut seulement le sauver du théâtre, qui est pour lui une tentation : vous devriez par ailleurs tenter d'obtenir de lui un engagement plus fort en faveur de la revue.

Je ne peux rien écrire pour l'instant sur les prophètes. Il faut d'abord que je termine lentement ma tragédie *Jérémie*. Je ne sais quel sera son destin, mais il m'est déjà indifférent, je sais seulement que les deux années de travail que j'y ai consacrées (et que j'ai dû laborieusement gagner sur mes corvées militaires) m'ont purifié et sauvé. Si je survis à cette guerre, il ne pourra plus rien m'arriver. Je me suis affranchi à présent de toute ambition littéraire et je sais que je ne veux plus user mes forces – s'il m'en reste – que pour des fins réelles. Je vénère en vous l'ami de mes débuts et vous voue aujourd'hui le même respect moral qu'autrefois : vous pourrez me demander à tout moment n'importe quel travail, je vous suivrai si je sens que je peux m'engager librement.

De tout cœur, votre

Stefan Zweig

A Rainer Maria Rilke

Vienne, le 23 avril 1917

Très honorable Monsieur Rilke, le professeur[1] Kippenberg m'a fait savoir que vous aviez demandé aux éditions Insel si le projet d'édition de Verlaine, malheureusement si longtemps différé, comprenait déjà des traductions des « Coquillages » et de « La lune blanche ». Il se trouve justement que ces deux poèmes m'ont contraint à prendre des mesures particulières : les traductions des « Coquillages » par Wiegler[2], Kalckreuth[3], etc. me semblent insuffisantes et j'espère en trouver une mieux achevée. Et « La lune blanche » est pour moi le poème intraduisible par excellence, une musique incommensurable au-delà de la langue. Plus il a été traduit, moins on a restitué sa composition mélodique, et plus il m'a semblé étranger

---

1. En 1914, la ville de Brême conféra à Anton Kippenberg le titre de « professeur » pour saluer ses activités à la tête des éditions Insel.

2. Paul Wiegler (1878-1949), historien de la littérature berlinois, traducteur, collaborateur des éditions Ullstein. Auteur d'une *Geschichte der Weltliteratur. Dichtung fremder Völker*, Berlin, Ullstein, 1914.

3. Wolf Graf von Kalckreuth (1887-1906), poète, traducteur.

en allemand ; pour ce poème, j'ai pensé adopter le parti suivant : je voudrais faire figurer dans le texte la transposition de Dehmel, par respect pour lui et parce que j'aime ce texte depuis longtemps (je l'ai dans l'oreille depuis des années), et montrer dans la préface ou la postface, à partir de cet exemple significatif entre tous, les possibilités et les limites de toute transposition lyrique en juxtaposant l'original et six recompositions (Dehmel, Stefan George, Schaukal, Evers, Kalckreuth, Hardt). Ce poème lyrique absolument insaisissable et évanescent peut fournir un exemple typique des gains et des pertes entraînés par une traduction, et la décision d'en choisir une reviendrait ainsi non à moi, mais à chaque lecteur. Dans cette période de préparation, il serait évidemment très précieux pour moi que vous me disiez si vous considérez une telle expérience comme judicieuse.

Votre demande m'a rappelé des choses que j'avais oubliées depuis longtemps et dont je m'étais éloigné intérieurement : j'ai dû tirer ces feuilles poussiéreuses d'une boîte et j'ai senti que ces trois années m'avaient entraîné bien loin de l'enthousiasme que j'éprouvais autrefois pour cette édition. Je viens de vivre entièrement plongé dans mes propres travaux et de passer mes journées dans les pièces qui vous ont peut-être laissé le souvenir d'une lourde voûte sombre. Je me suis déjà enfui à Rodaun depuis avril, cherchant en vain là-bas de belles journées aimables, et je vis replié sur moi, dans la patience et l'impatience, m'arrachant toujours plus profondément et toujours plus résolument à la surface du temps. Aux Archives, il n'y a presque rien de nouveau ; à notre grand effroi, Polgar[1] a pris la main de Polyphème et nous nous demandons dans un frisson – il est vrai un peu las – qui sera sa prochaine victime. Mais nous nous réjouissons toujours intimement de vous savoir sur un chemin de traverse et pensons à vous avec affection. Que vous ayez quitté le *Donauland*[2] a été personnellement une joie pour moi qui résiste de toutes mes forces pour que la revue ne confonde pas nos objectifs et les intentions tout à fait répugnantes de nos ennemis. – Mais je ne peux vous le dire qu'en secret.

Recevez, cher Monsieur Rilke, mes salutations et mes vœux affecteux ! Votre fidèlement dévoué
Stefan Zweig

P.S. Libéré de mon grand travail, j'écris à présent un petit livre de souvenirs sur Verhaeren[3]. Il n'est destiné qu'à ses amis et aux miens et ne sera jamais accessible au grand public. Puisse-t-il vous rappeler les bons moments d'autrefois et vous aider à retrouver sa présence perdue ! Je l'écris pour me consoler et me faire plaisir et ce n'est qu'en feuilletant ces souvenirs que j'ai compris ce dont tout mon être lui est redevable. Le tragique de cette perte, qui a été

---

1. Alfred Polgar (1873-1955), critique théâtral viennois. Il fut nommé aux Archives de Guerre en 1915.
2. Le mensuel *Donauland* était édité par les Archives de Guerre depuis 1917. Rilke lui avait confié un poème et annoncé son retrait dès la parution de la première livraison.
3. Zweig, *Erinnerungen an Verhaeren*, Vienne, tirage privé à 100 exemplaires, 1917 (réimprimé en 1927 à 440 exemplaires numérotés avec une gravure de Franz Masereel, Leizpig, Spamersche Buchdruckerei).

un choc brutal et douloureux, fait place chez moi au sentiment de reconnaissance que j'éprouve à l'idée d'avoir connu un homme comme lui.

A Martin Buber

Vienne, le 25 mai 1917

Cher Monsieur Buber,

Je vous remercie pour votre lettre qui m'a paru très riche à bien des égards et que j'ai trouvée extrêmement sympathique, même lorsque je n'étais pas d'accord. A en juger par vos propos et plus encore par le texte que vous avez eu l'amabilité de m'envoyer [1], vous fondez désormais vos aspirations sur une *Realpolitik*, à l'encontre peut-être de votre intention première, si du moins je vous avais bien compris à l'époque de Herzl et par la suite [2] ; mais je respecte évidemment toute votre évolution et considère vos convictions comme nécessaires, même si elles s'écartent des miennes à 90°. Ma position sur la question juive, qui manquait peut-être de clarté autrefois, parce que je refusais inconsciemment de me laisser accaparer par ce problème, est devenue étonnamment précise avec le temps. Ce que je n'éprouvais que

---

1. Martin Buber, *Völker, Staaten und Zion. Ein Brief an Hermann Cohen und Bemerkungen zu seiner Antwort*, Vienne, R. Löwit, 1917. Le philosophe néo-kantien Hermann Cohen (1842-1918) était un adversaire du sionisme.

2. Buber fut d'abord partisan d'un « sionisme culturel ».

confusément et qui s'est confirmé dans mes dix années de vie errante, la liberté absolue de choisir entre les nations, de se sentir partout comme un hôte actif, qui fait œuvre d'intermédiaire, ce sentiment supranational d'être affranchi de la folie d'un monde fanatique, m'a sauvé intérieurement au cours de cette période, et je sens avec reconnaissance que c'est le judaïsme qui m'a permis d'accéder à cette liberté supranationale. Je tiens les idées nationales pour dangereuses, comme toutes les limitations, et je vois dans le projet de réalisation du judaïsme un recul et un renoncement à sa mission la plus haute. Peut-être le judaïsme est-il destiné à montrer de siècle en siècle que la communauté peut exister sans terre, seulement par le sang et l'esprit, par la parole et la foi, et assumer cette spécificité, c'est pour moi remplir volontairement une grande charge que nous a confiée l'histoire, refermer un livre qui a été écrit sur des milliers de pages et peut encore abriter des milliers et des milliers d'années d'errance. Peut-être cette conviction est-elle née chez moi d'un profond pessimisme à l'égard de toutes les réalités, d'une méfiance envers ce qui prend une forme concrète au lieu d'être conservé dans l'esprit, la foi, l'idéal, et ce n'est peut-être pas un hasard si, dans le fragment de mon travail que je vous ai envoyé, le peuple et la réalité vous ont paru si informes, si inorganisés et si dénués de force. Ce qui a joué ici, consciemment et inconsciemment, c'est l'intention de présenter la masse comme une force lancée par les mots, qui, incertaine, cède à toute volonté, la meilleure ou la pire, et je devrais vous envoyer toute la pièce pour vous montrer que cette passivité et ce désarroi sont mis en scène très délibérément.

Ce n'est pas parce que je ne crois pas personnellement à la réalisation d'une communauté de peuple, à la construction d'une ancienne nation présentée comme une nouvelle, que je ne respecte pas ceux qui s'emploient activement ou passivement à mettre en œuvre ce projet. La littérature tchèque, la littérature hongroise sont en un sens un exemple de réveil artificiel de langues mortes par une volonté nationale, et on verra peut-être surgir dans la Jérusalem réelle, d'ici cent et cent ans, une œuvre spirituelle comme celle que vous appelez de vos vœux et à laquelle vous cherchez à donner forme. Nous ne serons plus là pour la voir, et ce n'est donc en définitive qu'une idée, comme ma Jérusalem spirituelle. Votre idéal du foyer ne peut se réaliser que dans un temps lointain, comme le mien, celui de l'éternelle absence de patrie. Le vôtre a certes l'avantage de libérer des forces, de rattacher le désir à la réalité en donnant à la force un but, le mien ne sert peut-être qu'à me consoler, moi qui éprouve depuis des années les conflits des nations comme une absurdité, et il consolera peut-être aussi quelques rares personnes qui partagent la même foi. Je suis très heureux que nous puissions aborder ces questions sans hostilité et que je puisse vous aimer tout autant que si vous partagiez mon point de vue ; je me réjouis de pouvoir vous envoyer bientôt mon œuvre tout entière, l'intégralité de ma profession de foi.

Je vous salue affectueusement, cher Monsieur Buber, et vous demande de penser avec amitié à votre toujours fidèle, reconnaissant et dévoué

Stefan Zweig

A Martin Buber

Vienne, le 15 juin 1917

Cher Monsieur Buber, j'avais besoin depuis longtemps de vous écrire un mot dans l'affection et le silence. Ma dernière lettre avait été écrite dans la hâte et la souffrance : j'étais sur le point d'être examiné (pour la neuvième fois) dans ma circonscription pour voir si je pouvais aller au front. Comme cette neuvième épreuve (qui n'est pas la dernière) est passée, je vous écris brièvement. Je vous ai envoyé le dernier tableau de *Jérémie*. Je le regrette aujourd'hui ! Isolé de l'ensemble spirituel auquel il appartient, il a dû produire sur vous un effet étrange, comme ce que vous m'écrivez le laisse supposer : je sais à présent avec certitude que vous n'avez pas pu voir la tendance *d'ensemble*. Pour moi, il s'agit quand même de la réponse poétique de la plus grande envergure qui ait été apportée par un dramaturge allemand au problème juif et au problème actuel et je suis même étonné que des scènes allemandes soient réellement disposées à tenter ce travail scénique considérable. Ne croyez pas que je cherche à m'assurer votre soutien pour cette œuvre (même si, je l'avoue, votre sympathie est pour moi un bien précieux, un appui qui vivifie profondément mon vouloir artistique) ; oubliez, je vous prie, l'impression que vous a faite cet extrait isolé jusqu'à ce que vous disposiez de *toute* la pièce, et surtout du tableau qui contient la révolte (éternelle dans le judaïsme) du prophète contre le Dieu invisible. Pour moi, l'histoire de l'esprit juif n'est pas celle d'une paisible émanation, mais celle d'une éternelle révolte contre la réalité ; je crois aussi que ce n'est pas l'organisation, la construction de l'être intérieur qui fait la force de notre peuple, mais la *distorsion*, le refus permanent de l'être tout entier de dire oui ou non : je crois que comme le cercueil de Mahomet, la foi ne s'appuie pas sur un socle solide, la terre ou le royaume des cieux (comme dans le christianisme), mais qu'elle est également attirée par les deux pôles du sensible et du spirituel et plane dans un équilibre insaisissable. Dès que vous aurez le livre entre les mains (il paraît chez Insel [1]), vous comprendrez que cette œuvre est un puissant oui à ce peuple, à cette foi (bien que l'on puisse voir poindre l'intuition du christianisme dans le désir de sacrifice du prophète). Il est *une chose* que vous ne contesterez pas : le fait que j'aie abordé ce problème qui nous est commun avec sérieux, passion et amour intérieur. S'il ne se résout pas de la même manière pour moi que pour vous, je ne vous perdrai cependant pas, je l'espère : ce qui ne peut que nous lier, c'est le fait que chacun de nous veuille le résoudre à partir de sa propre existence et avec toute l'intensité de sentiment dont il est capable. J'espère que vous reconnaîtrez combien la confiance humaine que vous m'avez accordée depuis des années n'était pas vaine. Votre ami de toujours,

Stefan Zweig

---

1. *Jeremias*, Leipzig, Insel, 1917.

A Hermann Bahr

Vienne VIII, Kochgasse 8
le 9 septembre 1917

Cher et honorable Monsieur Bahr,

Merci pour votre carte ! Et merci pour l'article contre Scheler[1]. Je vais vous dire sincèrement ce que j'en pense.

Vous voilà enfin là où je vous attendais depuis trois ans, à l'instar de beaucoup de vos meilleurs amis ! Lorsque l'Europe devint folle et que je vis ici à Vienne, avec une terreur épouvantable, les pires et les meilleurs de nos intellectuels se vouer soudain à un patriotisme échevelé, je tendis les mains de tous côtés, seul, terriblement seul, pour trouver des personnes qui partageraient mes sentiments ! Je vous écrivis alors et reçus de vous une carte étrange qui me disait de ne pas m'inquiéter pour l'Europe. Puis votre *Bénédiction de la guerre* ! Sincèrement, cher Hermann Bahr, j'ai alors désespéré de vous ! Car tout ce qui était *vrai*, la jeunesse (Werfel, Leonhard Franck[2], les meilleurs) se défendaient en se révoltant, tous ceux qui avaient *de la maturité et de la sagesse* (Rolland, Lammasch[3],

---

1. Le philosophe et sociologue Max Scheler (1874-1928) publia en 1917 un texte nationaliste (*Die Ursachen des Deutschenhasses. Eine nationalpädagogische Erörterung*, Leipzig, Kurt Wolff, 1917) qui suscita l'indignation de Hermann Bahr. Un extrait de son journal paru le 8 septembre 1917 dans le *Neues Wiener Journal* en portait témoignage : « Si vous aussi, vous succombez à l'illusion de la supériorité allemande, en qui pourrons-nous espérer ? »

2. Leonhard Franck (1882-1961), écrivain allemand.

3. Heinrich Lammasch (1853-1920), juriste, homme politique autrichien, partisan d'une paix de compromis.

325

Förster [1]), tous ceux qui avaient de la tenue honnissaient le fratricide. Seuls ceux qui manquaient de dignité, qui voulaient *paraître* jeunes ou courageux ou valeureux ou allemands approuvaient et battaient des mains. Je vous le dis ouvertement, cher et admirable Hermann Bahr, ce fut une profonde douleur pour moi que de vous voir en pareille société. Vous reconnaissez aujourd'hui que ce sont Lammasch et Rolland qui ont été courageux, mais cela ne suffit pas. Votre devoir d'homme aux opinions droites (et cela va dans le sens de votre foi, pour laquelle j'ai toujours éprouvé du respect) est aujourd'hui de vous *accuser* vous-même et de renier vos livres et vos articles du début de la guerre. Les rejeter publiquement ! Car ces articles circulent encore, ils sont encore cités et glosés – donnez le bon exemple, cher Hermann Bahr, rachetez votre *Bénédiction de la guerre*, faites-la pilonner et exhortez les autres à faire de même. C'est le *seul* moyen pour vous qui y êtes venu sur le tard [2] de servir encore la cause sacrée : une repentance publique. C'est la *seule* manière de s'opposer aux dernières fortes têtes. Je ne vois pas de honte à avoir défendu le nationalisme par passion (pas davantage qu'à avoir commis la profanation ou le sacrilège pour la même raison, car toute passion est sacrée), mais je ne vois pas non plus de honte à dire que cette passion était folle et dangereuse. Soutenir Lammasch et Rolland ne suffit pas : vous devez vous opposer au Hermann

---

1. Friedrich Wilhelm Förster (1896-1966), pédagogue et pacifiste allemand.
2. La prise de position contre Max Scheler avait été le premier témoignage d'hostilité de Bahr à la guerre.

Bahr d'autrefois. Donnez ainsi aux autres un modèle, comme vous l'avez fait si souvent, en reconnaissant vos erreurs ! Je n'hésiterais pas un instant à faire une telle confession ; mais il est vrai que cette fois, je ne me sens pas coupable. Je n'ai pas à renier une seule ligne et j'en ai écrit beaucoup qui, étant donné ma position militaire, étaient risquées. Vous retrouverez toute la souffrance que *nous* avons subie pendant cette guerre, nous qui devions nous taire, dans mon *Jérémie* : il a été ma fuite et mon confessionnal pendant ces trois années. Je crois avoir fait là une œuvre et un acte importants : et pourtant, je sens que ce petit sacrifice est minime à côté de ce qu'a fait Friedrich Adler[1], qui a libéré notre parole à tous et peut-être sauvé l'Autriche.

Cher Hermann Bahr, je crois que vous comprendrez ces paroles si franches comme un signe de mon amour et de mon respect. Je sais que je n'ai pas à m'immiscer dans votre conscience, mais comme j'ai perçu l'aveu de votre grande erreur dans cet article sur Scheler, je voulais vous exhorter à aller jusqu'au bout. Il ne sert à rien d'accuser les autres, la seule chose utile est de se condamner soi-même : seul un sacrifice de la vanité vous rendra vraiment crédible, car les convictions qui ne sont attestées que par des mots et non par des sacrifices ne sont que des boîtes vides que le premier vent emporte. Il est encore nécessaire de se prononcer en faveur de l'Europe, même s'il n'est plus dangereux de prendre la parole :

---

1. Friedrich Adler (1879-1960), fils du chef du Parti social démocrate autrichien Victor Adler, il assassina le ministre Karl Graf Stürgkh, responsable de la censure pendant la guerre.

aidez-nous, cher et admirable Hermann Bahr, pour aider un monde ! Fidèlement, votre dévoué

Stefan Zweig

―――――<o>―――――

A Richard Dehmel

Vienne, le 11 septembre 1917

Très honorable Monsieur Dehmel, merci de tout cœur pour les mots que vous m'avez adressés ! J'ai toujours trouvé extraordinaire qu'après un demi-siècle de littérature, vous soyez aussi peu préoccupé de ce qui est purement littéraire et que vous abordiez chaque œuvre en allant à l'essentiel, en affrontant un problème précis ; et surtout que vous sachiez vous donner avec générosité. Je vous le dis avec admiration et gratitude : c'est cela qui est existentiellement nécessaire pour le grand poète ; beaucoup ont été grands mais se sont figés dans l'impassibilité de leur gloire, sous le masque de leur nom ! Je peux vous dire sans fausse pudeur que vous êtes aujourd'hui comme par le passé le premier de cette espèce vivante, que vous êtes presque le seul de votre génération à avoir préservée, parce que des questions vous échauffent encore le sang, parce que la tension des autres réveille encore vos muscles et que vous êtes encore celui par lequel la jeunesse se sent le mieux comprise.

Vos paroles ont beaucoup compté pour moi et vos conseils se sont parfaitement accordés à mes intentions : j'en veux pour preuve le fait que j'avais choisi pour la fin les deux tableaux que vous avez mentionnés. Je n'ose pas penser à une réalisation scénique : j'imaginais confusément quelque chose de solennel, d'antique, et je me suis défendu contre mon instinct théâtral toujours vivace. Si j'accorde une certaine valeur à cette œuvre, c'est surtout parce qu'elle a soigneusement évité le mélange du drame héroïque et du conflit amoureux, *contre* la loi du *delectare* (Wallenstein [1] est pour moi l'exemple éternel d'une pièce qui dissuade de barbouiller la ligne tragique d'ornements bleu ciel) et parce qu'elle présente l'*extase* comme le mobile suprême de l'homme contre son Dieu, là encore *contre* la loi, mais conformément à l'idée de l'Ancien Testament. L'extase, le vouloir volcanique de l'homme élu, et non la petite volonté terrestre et industrieuse de l'homme de puissance, qui accède à toutes les choses du monde, mais jamais à Dieu. Et que ce soit la souffrance qui fasse éclore ce grand sentiment, qu'il doive toujours en être ainsi – elle ne l'engendre pas elle-même, mais elle l'aide à percer – cela, je l'ai *vécu* : il m'a fallu subir une immense pression, être tourmenté par un service militaire totalement stupide, être déchiré dans mon sentiment européen (10 ans de travail et de construction ont été réduits à néant) pour arriver à ce niveau. Et si je maudis ici la guerre à cause des autres, à cause de ceux qui souffrent ou sont fustigés, à cause des morts et des veuves – je bénis la guerre pour moi-même. Je sais ce que cette épreuve a représenté pour moi ! Puisse-t-elle avoir la même valeur pour l'Allemagne, pour le monde entier, pour l'Europe

---

1. Schiller, *Wallenstein*, tragédie en trois actes (1798-1799).

crucifiée ! Je vous remercie du fond du cœur ! Votre fidèle

Stefan Zweig

P.S. Je me réjouis beaucoup de lire votre nouveau livre [1]. Saluez bien votre admirable épouse.

A Rainer Maria Rilke
Vienne, VIII, Kochgasse 8
le 12 septembre 1917

Très honorable Monsieur Rilke, un mot de remerciement pour votre bonne lettre et une nouvelle : j'espère pouvoir partir pour la Suisse et y rester deux mois, dès le début du mois d'octobre. Une conférence sert de prétexte officiel, la raison profonde est ma propre énergie, qui a enfin obtenu deux mois de liberté. Je verrai sans doute là-bas Rolland et d'autres amis : si vous voulez leur transmettre un message ou si vous avez un souhait particulier, je m'en chargerai volontiers et en toute confiance.

C'est une satisfaction pour moi que de savoir mon œuvre enfin achevée entre vos mains : je me sens moins oppressé par l'actualité depuis que ce texte m'a permis de la mettre à distance. Depuis, je suis plus pauvre, mais plus libre. Peut-être la Suisse et le sentiment nouveau d'une libération me donneront-ils une parole nouvelle.

---

1. R. Dehmel, *Kriegs-Brevier*, Leipzig, Insel, 1917.

Votre fidèle admirateur vous salue avec les compagnons d'autrefois,

Stefan Zweig

A Josef Luitpold Stern

[Vienne, sans date ;
cachet de la poste : 18 septembre 1917]

Mon cher ami, merci beaucoup pour ces mots aimables. La seule chose qui compte vraiment pour moi dans cette pièce, c'est qu'elle produise un effet humain et agisse sur notre temps (c'est ainsi que Dehmel l'a lue et il me l'a dit magnifiquement). Je suis donc reconnaissant à tous ceux qui la soutiennent. Si je vous ai demandé d'écrire pour l'*Arbeiterzeitung*, c'était aussi pour nouer des liens. Je partage entièrement vos convictions et j'aurais préféré écrire pour vous pendant la guerre plutôt que pour la *Neue Freie Presse*. Mais je n'ai pas voulu proposer mes services et c'est dommage, car j'avais en moi bien des mots que j'ai dû taire. A présent, mes positions sont connues et j'aimerais beaucoup que mes idées soient exposées dans un cadre en affinité avec elles. C'est *pour cette raison*, et non par vanité littéraire, que je vous ai demandé d'écrire dans l'*Arbeiterzeitung*.

J'espère à présent partir en Suisse pour des conférences et ne plus être obligé de dire « à vos ordres » pendant deux mois ! J'y verrai Rolland et d'autres et m'entretiendrai avec eux ; peut-être ma présence là-bas pourra-t-elle être utile en un sens supérieur.

Merci encore ! Dès le premier jour, j'ai pour ainsi dire conçu cette œuvre pour certaines personnes en particulier : vous avez toujours été de leur nombre !

De tout cœur, votre

Stefan Zweig

A Rudolf Pannwitz[1]

Vienne, le 6 octobre 1917

Cher et honorable Monsieur Pannwitz, pardonnez-moi de ne vous remercier qu'aujourd'hui de votre précieuse lettre, qui a beaucoup de valeur à mes yeux. Je suis moi-même conscient d'avoir commis une sorte de faute, une erreur (qui s'applique aussi à votre livre[2] en un sens supérieur), en voulant laisser tout son temps à une œuvre qui appartenait à l'actualité. Si je m'en suis séparé, vous l'avez très bien compris, sans renoncer à lui donner peut-être plus tard une forme plus dense, c'est que les restrictions imposées par les circonstances du moment rendaient impossible une concentration *trop intense*. Comme je ne pouvais y travailler que par bribes, le soir, après des journées passées à bavarder et à attendre dans un bureau

---

1. Rudolf Pannwitz (1881-1969), essayiste, poète et traducteur allemand.
2. R. Pannwitz, *Die Krisis der europäischen Kultur*, in : *Werke*, t. 2, Nuremberg, Hans Carl, 1917. Zweig le recensa dans la *Vossische Zeitung* du 17 novembre 1917.

militaire, je me suis trop appliqué aux détails et pas assez à l'ensemble. Je n'ai *jamais* eu le temps de recomposer intérieurement l'architecture générale ; il m'aurait fallu pour cela deux semaines de tranquillité. Je ne dis tout cela que pour vous montrer que je suis moi-même *conscient* des insuffisances de cette œuvre, et non pour les excuser. Ne pas avoir voulu attendre la paix, ma liberté et deux années supplémentaires a peut-être été une faute morale ; j'ai au moins le mérite de le reconnaître. Cette fois, je l'avoue aussi, j'étais impatient de publier le livre et de faire jouer la pièce ; je le jure ce n'était pas par vanité, mais parce que ce type d'activité publique est pour nous, les esclaves, la *seule* possibilité de prendre congé pendant deux semaines des « A vos ordres » quotidiens. Je prononce cette formule maudite depuis plus de mille jours ! Je ne vous donne pas cette explication pour tenter d'infléchir votre jugement artistique ou pour vous inciter à la clémence, mais pour vous faire comprendre que les défauts artistiques ne trouvent pas leur origine dans des défauts humains (supporter cela patiemment, sans mot dire et sans protester aurait été surhumain). Vous qui placez la liberté spirituelle de l'homme au centre du cosmos, vous comprendrez cette impatience, j'en suis certain. Pendant quinze années de ma vie, depuis l'école, je n'ai vécu que pour le vivant, j'ai aimé le monde dans ses formes extérieures et intérieures (ce dont mes livres ne témoignent pas avec ostentation), j'ai passé des mois entiers seul, tout à mon sentiment de liberté, sur d'autres continents, en Amérique, à Cuba, en Inde, en Chine, en Afrique, et des années entières à Paris, en Espagne, en Italie, en Belgique – pour atterrir finalement dans un bureau minable et devoir supporter de surcroît qu'on me dise que j'ai de la chance de n'y côtoyer chaque jour *que* deux quidams (du genre le plus indifférent et le plus vil). Comment tirer un ordre pur d'un pareil chaos ? C'est peut-être pour cela que mon livre est plutôt un cri et une dissonance qu'une harmonie. D'un autre côté, je n'ai jamais été dans d'aussi bonnes dispositions pour comprendre la souffrance, et j'arrive ainsi à extirper de mon âme un grand travail sur Dostoïevski que j'ai commencé il y a sept ans.

Votre éditeur m'a envoyé les *Tragédies dionysiaques*[1] et je vous en remercie beaucoup. Je veux commencer à les lire bientôt. J'espère qu'elles ne sont que la phase préparatoire d'une œuvre originale, car au fond, je crois que les paraphrases du mythe grec (dans le style des Français contemporains, comme Moréas[2] ou Viélé-Griffin[3]) sont certes inépuisables comme toutes les variantes, mais stériles en un sens supérieur. Je crois que l'interprétation est moins essentielle que le renouvellement pour qui « aime mieux la vie que le sens de la vie » — comme le dit toujours Dostoïevski.

Votre très dévoué
Stefan Zweig

---

1. R. Pannwitz, *Dionysische Tragödien. Der Tod des Empedokles. Philoktetes. Der glückliche König Kroisos. Die Befreiung des Oïdipus. Iphigenia mit dem Gott*, Nuremberg, Hans Carl, 1913.
2. Jean Moréas (1856-1910), écrivain franco-grec, représentant de « l'Ecole romane » (néo-classique).
3. Francis Viélé-Griffin (1864-1937), poète français, proche de Mallarmé.

A Josef Luitpold Stern
> [Vienne, sans date ; octobre 1917 ?]

Cher ami, je vous remercie de tout cœur pour votre magnifique lettre. Ce que j'ai pu donner est né d'un sentiment puissant, d'une passion amère, et c'est là ce qui lui donne sa valeur. J'ai d'abord perdu six mois à errer dans les cafés et à vociférer contre ceux qui vociféraient, à déverser ma colère dans mille discussions. Sous Stürgk, il était impossible de s'exprimer dans le journal : il ne restait que le symbole ! Je retenais mes sentiments, je ne fréquentais presque plus personne (hormis dans mes heures de service) et cette pièce est née dans ce feu intérieur qui ne laissait même plus s'échapper une parole. A présent, toute la haine, toute l'amertume se sont tassées : j'assiste aux événements avec indifférence parce que je sais que désormais, *plus personne n'est coupable*, qu'à l'heure actuelle, il n'y a plus que la roue du destin, qui s'est emballée, est sortie de ses gonds et poursuit sa trajectoire. A présent, nul n'est plus coupable, personne, et toute rancune est superflue. Notre combat ne reprendra que *plus tard*, quand les anarchistes d'aujourd'hui seront les portedrapeaux des associations de vétérans de demain – *à propos* : le parti socialiste devrait *interdire* à ses membres d'entrer dans ces associations et de s'adonner ainsi au culte de ce temps – quand le mensonge, qui est inné chez l'homme et transfigure éternellement le passé, veut célébrer ses orgies, alors, cher ami, il faut renverser les tables du banquet. Il nous faut alors étouffer le mensonge du temps – nul Héraclès ne pourra étrangler à jamais cette hydre ! Elle se nourrit du sang des hommes, elle est immortelle comme l'enfantement !

Je suis très heureux que ma pièce exerce une action morale. Ce n'est peut-être pas le mot d'ordre du temps, mais au moins un signal pour beaucoup, qui sont appelés à dévoiler leur opinion au grand jour. La scène est cernée de toutes les barrières que les hommes ont clouées dans leur tête, mais la pièce s'imposera peut-être à ses lecteurs. Je vous ai déjà demandé votre soutien – pour nos idées.

Je pars pour la Suisse début novembre. Votre souhait sera exaucé, faites-moi confiance, j'emporterai le manuscrit avec moi dès que j'aurai parlé à mademoiselle R. Fiez-vous à moi en toute amitié, je ne laisserai passer aucune occasion.

Portez-vous bien là-bas, sous le tonnerre de tous les ciels et de tous les enfers ! Votre

Stefan Zweig

A Rudolf Pannwitz

Vienne, le 23 octobre 1917

Très honorable Monsieur Pannwitz,

Bien que le temps me manque, je ne puis me soustraire à une vraie prise de position. J'ai monté vos *Tragédies dionysiaques* contre moi et moi contre elles – j'avais d'emblée éprouvé une certaine hostilité, ne serait-ce qu'envers le titre, qui sent les distinctions subtiles et la philologie. Mais si cette impression me portait à rejeter l'ouvrage, j'étais en même temps attiré vers lui par l'intérêt que suscitent chez moi votre œuvre et votre personnalité. J'ai d'abord lu *La Libération d'Œdipe* et l'*Iphigénie* – en raison de leur brièveté et pour être plus rapidement fixé sur la valeur de l'œuvre – et je vous dis les yeux dans les yeux, sans détourner le regard, que je suis peiné. Je vous cherchais et j'ai trouvé une retraduction du grec – vous vous êtes transposé dans le grec avant de revenir à la langue allemande (en vertu de je ne sais quel penchant artistique devenu impératif). Un tel détour me paraît vain, comme lorsqu'on sacrifie, dans les montagnes, sa pure capacité de plaisir à un seul panorama. Je n'aime pas du tout les dérobades de la volonté, pas davantage chez les Préraphaélites que chez les antiquisants, car l'art et la culture (au sens courant du mot) deviennent alors si contraints qu'ils servent au lieu de figurer. Votre Œdipe n'est accessible qu'à ceux qui sont initiés à la mythologie et si vous me donnez le (second) Faust de Goethe comme contre-exemple, cette référence n'apporte pas grand-chose, car chez lui, le style grec est une époque, l'image mouvante d'un décor éternel, alors que chez vous, il est censé avoir une valeur universelle. L'aspect de reconstitution qui s'attache inexorablement à ce genre de productions littéraires ne me semble admissible et supportable que chez des auteurs comme Hofmannsthal[1], dont la forme originelle s'est en quelque sorte fluidifiée et se fond à présent dans toutes les formes comme du mercure, les emplit avec une certaine densité et achève leur

---

1. Zweig fait ici allusion à *Elektra* (1903) et *Œdipe et le Sphynx* (1906), inspirées d'Euripide.

reconstitution avec un sens artistique incomparable. Mais vous, qui êtes pour ainsi dire à l'orée de votre œuvre, et n'avez pas encore pris forme pour le regard qui la cherche, pourquoi voulez-vous trouver l'achèvement dans d'autres formes avant d'avoir commencé à forger les vôtres ? La variante, la paraphrase sont l'art des virtuoses et non des artistes, et je crois que votre vouloir artistique, à la fois spirituel et passionné, pourrait rapidement trouver une forme, un décor intérieur. Ne croyez pas que je récuse la puissance d'un savoir qui a révélé des symboles jusque-là inaccessibles et les possibilités d'un style tragique qui transforme même la petite littérature en tragédie. Je sens le grand rythme qui roule en vous, et qui, capricieux comme tous les rythmes, se plie à une passion, je sens aussi que vous cherchez à opérer la jonction de l'un et de l'autre – mais comme je vous l'ai dit, l'ombre, l'ombre philologique qui assombrit tant de grandes œuvres allemandes pèse sur Halcyone. Même si je respecte beaucoup ce livre (il est vrai que je me suis arrêté à sa porte, mais non sans avoir sondé ses profondeurs), je souhaiterais que les prochains soient plus libres, moins asservis à un style étranger. Pour moi, le style grec est le refuge des imaginations qui se glacent et des pas qui se figent (Goethe, *Pandora*, *Epiménide*) ou une forêt bacchique dans laquelle une jeunesse lance son ivresse (Hölderlin) mais à en croire votre autre livre, vous me semblez être un homme parmi beaucoup de jeunes gens, conscient de votre volonté et de votre valeur, et maîtriser la langue à votre mesure. J'aimerais à présent que

votre parole poétique se confronte à notre temps !
Votre sincère

                        Stefan Zweig

A Romain Rolland [lettre en français]
                    Zurich, Hôtel Schwert
    [sans date ; cachet de la poste : 17 novembre
                            1917]

Mon cher maître et ami, je suis heureux de vous savoir à Villeneuve et je ne désire pas autre chose que de venir et de rester quelques jours auprès de vous. Ne craignez pas que je dérange trop votre travail, votre temps est pour moi plus précieux que le plaisir égoïste de la conversation. Si vous n'y voyez pas d'inconvénient je logerais dans le même hôtel pour 4 ou 5 jours de repos, de travail et d'amitié. J'espère que ce n'est pas un hôtel de luxe, car j'ai seulement une part très menue de ma garde-robe avec moi, à cause des problèmes à la frontière. Plus il sera calme, plus il me plaira.

    Une autre chose, qui demande la franchise amicale : je ne suis pas seul. Je suis avec Madame de Winternitz – vous la connaissez de Paris – qui vous admire autant que moi et qui a fait des choses admirables pendant la guerre. Elle est ma femme depuis des années – mais pas devant notre loi en Autriche, qui rend impossible le mariage aux femmes catholiques divorcées. C'est une honte unique dont nous avons à souffrir dans notre pays, mais elle existe à mon avis seulement pour l'Etat, pas pour l'homme élevé. Je vous dis tout cela franchement pour vous informer, car je ne voudrais pas la priver du plaisir de vous voir – plaisir et devoir de reconnaissance, dont elle sent autant que moi la grandeur. Et je vous demande ouvertement si cela vous gêne que j'introduise Madame de W. auprès de vous sous son nom et en ma compagnie. Je ne vois aucun inconvénient à loger dans un autre hôtel que vous m'indiquerez et je comprendrai votre décision dans ce cas autant que vous-même me comprendrez sûrement.

Je suis impatient de vous causer. J'ai une idée d'action à vous proposer – aucune action politique naturellement, car je déteste la politique et les jeux funestes des nations plus que jamais. J'ai beaucoup à vous raconter et je le ferai avec toute la franchise dont je me sens maintenant capable. Je viendrai probablement entre vendredi et lundi (je ne peux pas encore fixer le jour, car je suis obligé de passer par Berne, où je veux éviter soigneusement les légations et ne voir que Hermann Hesse et Oscar Fried[1]). Dites-moi je vous prie d'ici mercredi à Zurich, Hôtel Schwert

1) Si vous préférez que je loge à l'Hôtel Byron.

2) Si vous voulez bien me faire réserver deux chambres après avoir reçu la dépêche qui vous annonce le jour de mon arrivée.

3) Si vous ne vous sentez pas gêné dans votre repos si je reste 5 ou 6 jours à Villeneuve.

---

1. Oscar Fried (1871-1941), chef d'orchestre.

J'attends un mot de vous pour vous avertir du jour exact de mon arrivée.

Impatiemment et fidèlement vôtre

Stefan Zweig

Samedi
Par téléphone je suis joignable chaque matin entre 8 1/2 et 9 1/2 à l'Hôtel Schwert, Zurich.

[Testament]

[Villeneuve, le 28 novembre 1917]

Je dépose ici en Suisse, avant de retourner en Autriche, le testament de ma conscience. Ici, sans subir les pressions de mon service, sans être en proie à la dépression psychique qui assombrit notre cerveau dans les pays en guerre et rend notre âme incertaine, j'ai réfléchi à ma position personnelle vis-à-vis des exigences de l'Etat et mes décisions sont à présent inflexibles et claires. Nous en sommes à la quatrième année de guerre, et je crois que le devoir de chaque individu est non seulement de dire non à la guerre au risque de courir un grave danger personnel, mais aussi de mettre en acte ce refus. Ces lignes attesteront que ma décision est libre et mûrement réfléchie.

Ma situation extérieure est la suivante. J'ai commencé mon service militaire en 1914 et l'ai poursuivi jusqu'au 5 novembre 1917 sans opposer de résistance, parce qu'il s'agissait d'un service sans armes, qui ne contribuait en lui-même ni à l'extension ni à la poursuite de la guerre, et qui était en fin de compte entièrement inutile. Je n'ai pas reçu de distinctions ni cherché à en obtenir, et j'ai accompli avec gratitude ce type de service parce qu'il me laissait le temps d'œuvrer par ailleurs, en écrivant des textes littéraires et des articles, pour mon idéal intérieur de fraternité et d'humanité. Les visites médicales qui ne me qualifiaient à chaque fois que pour un service sans armes m'ont fait prendre conscience que ma sécurité personnelle n'était pas usurpée et – à la différence de presque tous les autres écrivains autrichiens, en particulier les patriotes comme Hofmannsthal, Schaukal, Hans Müller – je n'ai jamais cherché à me soustraire au service commun en feignant l'enthousiasme, ni à assurer égoïstement ma liberté personnelle en me faisant dispenser de service. J'ai refusé tous les compromis et les refuse encore alors qu'ils s'offrent à moi sous la forme la plus tentante, puisque j'ai obtenu un congé de deux mois pour donner une conférence sur les artistes autrichiens dans la Suisse libre.

Hormis la promesse que j'ai donnée, rien ne pourrait à présent me contraindre à reprendre mon service et à retourner en Autriche. Je pourrais rester ici comme réfractaire sans avoir à craindre pour ma vie, et je suis même certain que cette forme radicale de refus du service militaire ne serait pas nécessaire et que je pourrais prolonger mon séjour ici jusqu'à la fin de la guerre sous un quelconque prétexte patriotique ou en feignant la maladie. Il ne faudrait pour cela qu'un peu de servilité et je n'aurais qu'à approfondir ma conviction intérieure selon laquelle l'objectif du moment n'est plus d'agir pour la patrie, mais seulement pour l'achèvement de la guerre. Ces contorsions de la conscience, ces prodiges acrobatiques d'un tempérament opportun, qui n'ont pour fin que d'assurer sa sécurité personnelle, me dégoûtent. Ce n'est pas le sentiment du devoir envers l'Etat mais la répugnance que j'ai à m'associer ici à ceux qui ont assuré leur sécurité sous des prétextes patriotiques, en prétendant œuvrer pour la même patrie avec des mots (mais jamais avec des actes), qui me pousse à reprendre mon service.

Mais mes convictions les plus intimes et une réflexion approfondie en mon âme et conscience m'engagent à ne remplir mon service qu'aussi longtemps que je ne serai pas contraint de porter les armes et d'en faire usage. Je considère, à l'exemple de Tolstoï et en me fiant plus fortement encore à ma propre conviction, qu'il s'agit là du crime le plus grave qu'il soit possible de commettre contre l'esprit de l'humanité et je tiens pour un devoir moral de refuser l'assassinat. J'ai tenté d'exprimer cette conviction dans ma pièce *Jérémie*, je suis prêt à en témoigner en sacrifiant ma propre vie. Car les convictions sans péril sont méprisables, et si je me refusais à mettre en acte mes idées les plus intimes, je ne vaudrais pas mieux que toutes ces figures pitoyables de notre époque, les patriotes du verbe, qui ont fui l'armée et le danger. Je connais le péril que j'encours par ce refus et je ne m'y soustrais pas.

Je n'ai aucunement l'intention, en accomplissant cet acte, d'en inciter d'autres à faire de même. On ne peut faire le sacrifice qu'appellent ses convictions que pour soi-même, mais en le faisant pour soi-même, on le fait pour les autres. Il importe cependant pour cette communauté d'esprit que le sacrifice ne soit pas dépourvu de sens, qu'il ne soit pas perfidement englouti par les ombres puissantes du temps. C'est la raison pour laquelle j'écris ces mots, afin de témoigner que mon refus n'est pas le produit d'un accès de panique psychique ou d'une crise de nerfs, mais le fruit d'une conviction et d'une nécessité réfléchies.

Libre dans mon sentiment, et assuré du jugement des rares personnes devant lesquelles je me sens responsable, par admiration et par amitié, je suis prêt à rendre ma décision publique. Je n'ai pas la vanité de me faire martyre et je ne cherche pas le conflit, je ne cherche pas le danger. Je préfère ne pas publier ces lignes et pouvoir continuer à agir dans la sphère qui est pour moi essentielle, celle de la forme artistique. Je ne me sens pas assez fort pour défier délibérément le danger, je ne veux provoquer personne et je déteste tous ceux qui sont prêts à en envoyer d'autres à la mort ou en prison pour leurs convictions – que ce soit pour des convictions patriotiques ou pour les nôtres. Mais je garde mes forces pour résister à une exigence que je ressens comme criminelle : celle de faire usage des armes contre d'autres hommes. Je suis prêt à combattre contre l'assassinat, et c'est le seul combat qui me semble encore nécessaire et inévitable à l'heure qu'il est. Je suis prêt et il aura commencé quand ces lignes paraîtront – elles n'ont pas pour but de m'aider et de me protéger, mais de témoigner de la clarté de ma réflexion et du caractère délibéré de ma décision.

Stefan Zweig

Pour mon 36ᵉ anniversaire
28 novembre 1917
Villeneuve, Lac Léman

―――◇―――

A Romain Rolland [lettre en français]
              Genève, le 29 novembre 1917

Mon cher maître et ami, permettez-moi de vous dire après vous avoir quitté mes remerciements pour les précieuses heures à Villeneuve. Jamais, malgré les plus grands efforts, je n'arrive à dire en face à ceux que j'aime le plus mes sentiments et mon affection : il y a toujours une force secrète qui me défend la parole. C'est pour cela que je n'ai pas pu vous remercier à Villeneuve comme mon cœur le sentait. Je sais bien que, en me recevant, vous vous êtes exposé aux malentendus de la part des malveillants qui vous guettent, et je sais d'autant plus le prix de votre affection. Laissez-moi vous dire maintenant que ces jours ont été très importants pour moi. Je me sens maintenant plus clair, ma raison (obscurcie à Vienne par les tourments de l'âme) est purifiée et ma conscience plus ferme que jamais. Si quelque chose me donne un certain appui dans le sentiment de la dette morale que je sens envers vous, c'est que je crois que vous pourrez dorénavant me faire absolument confiance. J'espère que je me tiendrai toujours droit et qu'aucune crise, aucun danger personnel ne pourra plus ébranler ma certitude morale. Soyez sûr que, si un jour vous me jugez utile pour une œuvre, pour un sacrifice, vous me trouverez toujours prêt. Je n'ai plus d'ambition littéraire, je ne recherche pas le succès public, je n'ai jamais cherché l'argent – je n'aime plus que me vouer à mes idées, qui sont – j'en suis fier – tout à fait en accord avec les vôtres, sans toutefois en avoir la force et la grandeur. Vous me trouverez toujours prêt à servir et heureux de donner toutes mes forces pour la lutte nécessaire.

Et si un jour je peux vous être utile, faites-moi l'honneur de m'appeler. La traduction de votre drame[1] ne sera qu'une petite part de ce que je me sens capable d'entreprendre. J'ai toutes mes forces prêtes maintenant et je suis impatient d'en faire usage : ma tragédie *Jérémie* a consumé pendant deux ans toute ma force, maintenant j'ai les mains vides et brûlantes de désir d'action.

Merci aussi pour le bon accueil que vous avez donné à ma compagne, Madame de Winternitz. Vous aurez, j'espère, un jour l'occasion de voir quelles forces rares de bonté et d'âme elle possède. Le livre qu'elle publiera l'année prochaine vous en donnera une preuve. Pour elle comme pour moi votre présence a été un raffermissement moral et elle vous remercie avec moi.

Je reste encore en Suisse jusqu'à la fin décembre, mon adresse sera *Zürich*, Hôtel Schwert. Je tâcherai d'utiliser ces quatre semaines pour notre cause commune en faveur de l'humanité et de la réconciliation : puis je retournerai au service. Ma

---

1. R. Rolland, *Le temps viendra. Drame en trois actes*, Paris, Demain, 1903 ; *Die Zeit wird kommen. Drama in drei Akten*, trad. S. Zweig, Leipzig, /Vienne, E.P.Tal, 1919.

résolution est prise de ne pas provoquer une collision avec les autorités – je juge inutile le sacrifice voulu par l'orgueil et le désir de souffrance. – Mais dès qu'on me demandera le service avec les armes, je le refuserai. Ma conscience est claire. Et je vous dois cette clarté intérieure – ni à un conseil ou à une suggestion, mais seulement à votre présence, à votre exemple de conscience, à ces beaux jours de repos et de beauté. Je ne les oublierai jamais. Et mon cœur, ma gratitude restent auprès de vous.

Sincèrement à vous, mon cher maître et ami
Stefan Zweig

A Romain Rolland [lettre en français]
Zurich, Hôtel Schwert
9 décembre 1917 (jusqu'au 28 décembre)

Mon cher, mon grand maître et ami, votre lettre m'a fait infiniment de bien. Elle m'a trouvé dans un moment de lassitude et de désespoir. Le discours de Wilson [1], qui pronostique une guerre presque éternelle, une guerre sans fin, le changement funeste dans notre politique autrichienne, oh cette marée de guerre, quand on espérait déjà voir descendre les flots – cela a obscurci le monde. Et puis ici : chez les quelques-uns qui devraient maintenant agir ensemble, rien que des rancunes littéraires, l'orgueil, le terrible

---

1. Discours du 4 décembre 1917. Trois jours plus tard, les Etats-Unis déclaraient la guerre à l'Autriche-Hongrie.

orgueil d'avoir son opinion à soi (maintenant où il faut n'avoir des idées que pour *tous*), le mélange effroyable de cette pose sociale de gains – j'en suis dégoûté et je ne sors presque pas. Je travaille toute la journée dans ma chambre et je ne cesse pas de lire et de penser, cela me soulage. Je me torture : quoi faire ! Car il faut absolument agir ! Ce que je fais avec Jouve[1] c'est un geste – mais pas encore une action. Aujourd'hui Wolfgang Heine, le leader des socialistes[2] réplique publiquement dans la *Neue Zürcher Zeitung* à une discussion privée que j'ai eue avec lui ici (« Ein angesehener österreichischer Schriftsteller[3] ») dans laquelle je lui disais que les socialistes devaient passer à l'opposition maintenant, parce qu'il ne faut plus faire de la politique mais sauver le monde. Il défend son byzantinisme, d'ailleurs assez habilement – j'ai bien envie de lui répondre, mais j'hésite. Je suis autrichien, je ne suis pas de leur race – cela ne pourrait que fournir aux Junkers des arguments pour prouver que tous ceux qui ne sont pas de leur parti sont des traîtres à la patrie : mais je crois que l'interview de Barbusse[4] pourrait être très utile

---

1. Avec le poète français Pierre Jean Jouve (1887-1976), lui aussi exilé en Suisse, Stefan Zweig lut des extraits de ses œuvres dans une soirée (Jouve choisit des poèmes du recueil *Danse des morts*, dédié à Romain Rolland, Zweig son *Jérémie*).

2. Wolfgang Heine (1861-1944), avocat ; il devint ministre de la Justice en Prusse en 1918.

3. Traduction : « Un écrivain autrichien en vue. »

4. Henri Barbusse (1854-1934) était l'auteur du roman pacifiste *Le feu. Journal d'une escouade* (Paris, Flammarion, 1917 ; *Das Feuer. Tagebuch einer Korporalschaft*, Zurich, Rascher, 1918). Le livre fut recensé par Zweig dans la *Neue Freie Presse* du 8 juillet 1917. L'interview mentionnée par Zweig ne fut pas publiée.

et j'ai déjà écrit à Jouve. J'ai tout fait pour la faire paraître en Autriche et si là il n'y a pas moyen, en Hongrie. Le moment serait propice. Car – je vous dis cela entre nous – on prépare en Allemagne depuis longtemps une manifestation d'intellectuels disant qu'ils approuvent le premier discours de Bethmann-Hollweg[1], disant que l'Allemagne a commis une injustice à l'égard de la Belgique. Jusqu'à présent je ne sais si ce sera un succès et je crains beaucoup la crainte, la peur de ces gens à s'exposer. Mais un document de ce genre serait fort utile. Malheureusement les discours de Wilson font un effet terrible. Leur entêtement doctrinaire et peu psychologique (qui divise le monde en deux couleurs, une moitié blanche comme la neige, l'autre noire comme la nuit) *prolonge* en Allemagne la résistance contre la démocratie, car même le démocrate qui ne veut plus obéir à son gouvernement, le veut encore moins à la « dictature » de Wilson. Oh les rhéteurs, oh les bavards ! Que de malheurs ils font encore en ce moment ! Quelle vertu le silence et tout de même quelle faute souvent ! Comment ne pas se faire coupable, soit par la parole, soit par le silence ?

Ne me jugez pas ingrat si je n'ai parlé jusqu'à maintenant de la grande bonté que je sentais monter de votre lettre jusqu'au fond de mon cœur. Vous avez été pendant cette époque pour moi *le* guide : je n'ai

---

1. Theobald von Bethmann-Hollweg, chancelier allemand et ministre-président de Prusse de 1909 à juillet 1917, dut démissionner après avoir défendu le principe d'une paix de compromis. Le discours auquel il est fait allusion est le premier discours qu'il prononça après sa chute.

eu personne entre les vivants dont l'exemple moral a été pour moi si nécessaire et bienfaisant. Et je me sais reconnaissant et affermi, tenace dans ma gratitude. Hier Rascher[1], que j'ai rencontré ici à l'Hôtel, m'a demandé de traduire votre roman. Je lui ai dit que je ferai tout si je ne le prends à personne. Et je juge – franchement – un peu nécessaire que vous soyez dès maintenant plus sceptique dans le choix de vos traducteurs. Votre renommée en Allemagne est si grande que c'est une bonne affaire d'abuser de votre nom. J'ai entendu ici le prix que Herzog demandait pour la cession de votre Beethoven, pour la cession seule, sans l'avoir traduit, et je dis franchement que je trouve indigne de vous voir l'objet d'opérations financières. Cela entre nous. Grautoff m'a paru médiocre, mais honnête. Et si j'hésite à accepter, c'est seulement parce que je ne connais pas sa position financière. Je ne le veux pas le priver. Mais soyez sûr, je ne refuserai jamais de traduire une œuvre de vous, si vous le voulez, et je le ferai avec un soin amical et cette dévotion à l'œuvre que j'ai prouvée pour Verhaeren. J'ai traduit ici *Aux peuples assassinés*[2] et nous en ferons une petite brochure à 10 ou 15 centimes sans gain d'aucune part, mais qui se répandra. Oh, il est nécessaire d'éveiller les consciences ! Je souffre de voir les bons Suisses se plaindre et se plaindre. Ils se sentent tellement « neutres », comme s'il existait une neutralité en face du malheur !

Je ne vous ai pas encore dit combien je me

---

1. Max Rascher (1883-1962), éditeur suisse.
2. R. Rolland, « Aux peuples assassinés », *Le bonnet rouge* (Genève), 24 avril 1917.

réjouis que vous ayez donné votre parole puissante au *Jérémie*. C'est vraiment la première chose de moi que j'aime, parce qu'elle n'est plus littéraire, parce qu'elle a sa volonté morale, parce qu'elle m'a aidé. Si je relis la pièce maintenant, j'y trouve ces deux ans de ma vie, la transformation de tous mes accablements. Et on aime ses douleurs plus que ses joies. Maintenant la souffrance n'est plus si aiguë, si violente en moi. Mais plus pesante, plus lourde, plus étouffante. Je me demande journellement quoi faire, quoi faire, car l'apathie est un crime, je le sais, plus que jamais, maintenant en ces heures. Quand j'étais chez vous j'avais le sentiment exact et juste que nous traversions une crise de décision. Aujourd'hui est déjà décidé – je vois la guerre indéterminable, l'extinction de la race européenne ou – l'action, la révolution. Quand j'étais chez vous, je croyais qu'elle ne serait pas nécessaire. Maintenant je suis convaincu que les gouvernements sont trop faibles, trop lâches, pour finir. Et je vois l'Europe, qui est en sang aujourd'hui, en feu demain !

Ne croyez pas, cher ami, que je me plaigne. Au contraire : je plains tous ceux qui peuvent vivre maintenant sans souffrir immensément. Celui qui ne souffre pas maintenant, qui ne se torture pas, ne *vit* pas, il est seulement spectateur, il est en dehors de l'humanité.

Et maintenant la grande question du retour s'avance. Le sort de ma pièce n'est pas encore décidé. Le directeur est lent, il promet et ne décide jamais. S'il se décide et fixe un délai, il sera possible que je reste encore deux mois. Franchement, je n'ai la volonté ni de rester ni de m'en aller. Je me laisse porter par le hasard, par les forces inconnues. Qui sait ce qui est bon pour lui maintenant ? Qui oserait fixer quelque chose dans ce chaos ? J'évite de mêler ma conscience et l'idée de la liberté personnelle : je veux faire le sacrifice de tout, excepté « il sacrificio d'inteletto ».

Est-ce que je vous ai déjà raconté que j'ai passé d'excellentes heures avec le Dr Ferrière [1] ? J'ai écrit un grand article ici sur la Croix-Rouge. Je vous l'enverrai dès qu'il paraîtra. Unruh [2] n'est pas ici, mais il reviendra bientôt. Il viendra sûrement vous voir et vous fera une très grande impression. Je ne sais pas à quel degré il est poète. Mais il y a du *génie* en lui et puis une humanité très large et une énergie brûlante. J'étais ici beaucoup avec Rosika Schwimmer, l'admirable Hongroise [3], qui a fait l'expédition Ford [4] et prépare maintenant chez nous des manifestations énormes et puis ici en Suisse pour février-mars un Congrès des Femmes de tous les pays. C'est une excellente femme, pleine d'énergie et brûlante d'action et généreuse, pas étroite dans ses vues. Nous étions ensemble le soir où la réponse de Wilson est arrivée : quel désespoir, quelle tristesse ! Oh, il n'y

---

1. Frédéric-Auguste Ferrière (1848-1924), Directeur des Services civil et sanitaire de l'Agence Internationale des prisonniers de guerre (Croix-Rouge de Genève).
2. Fritz von Unruh (1885-1970), dramaturge et romancier autrichien.
3. Rosika Schwimmer (1877-1948), pionnière du mouvement hongrois (et international) pour les droits des femmes et pour la paix.
4. L'industriel automobile américain Henry Ford avait organisé en décembre 1915 une « expédition pour la paix » en Norvège, au Danemark, en Suède et aux Pays-Bas.

aura jamais une génération sur terre comme la nôtre qui ait tellement connu le gouffre entre l'espoir et les désillusions !

Merci aussi pour les bons mots pour Madame de Winternitz. Elle est d'une modestie si grande qu'il faut bien la connaître pour savoir toute sa valeur. Le livre, le roman qu'elle va publier sera – c'est l'éditeur qui l'a écrit, pas moi – peut-être le plus beau roman d'une femme de cette génération. Le premier livre que vous avez [1] n'est qu'un petit essai pour cet effort. Et heureusement elle n'est pas du tout femme de lettres. Elle a fait beaucoup pour notre cause, seulement tout discrètement. Ah, quand pourrai-je vivre avec elle tranquillement dans notre petite maison à Salzbourg et travailler et vivre ! Que la guerre nous pèse ! Que le temps est long ! Que la vie, la belle, éternellement belle vie est obscurcie !

Excusez, mon cher maître, mon grand ami, que je retombe toujours dans les plaintes. Excusez ! Je sens bien que ces jours chez vous étaient les plus beaux depuis longtemps et pour longtemps et sans le vouloir le souvenir me fait sombrer dans la mélancolie. Au fond je suis ferme et j'attends mon sort tel qu'il se décidera. Si je peux rester encore un peu, je reviendrai vous voir. Mais je n'ose pas l'espérer. Plus d'espoirs. Il est trop cruel d'être trompé ! Fidèlement à vous, mon cher ami,

Stefan Zweig

---

1. F. Maria von Winternitz, *Der Ruf der Heimat. Roman*, Berlin, Schuster & Lœffler, 1914.

A Romain Rolland [lettre en français]
Hôtel Schwert, Zurich
[sans date ; cachet de la poste : 16 décembre 1917]

Mon cher maître, Jouve vous aura raconté ces jours à Zurich. Ils étaient pleins, trop pleins. J'ai été très heureux avec les amis : oh, comme nous étions loin des frontières dans nos cœurs !

Ma situation ici est très peu sûre. Le théâtre m'a réclamé pour les répétitions, mais je ne sais pas si cela suffira. Le consentement donné, je quitte immédiatement Zurich : la situation est intolérable pour nous qui désirons rester libres. On cherche à nous abuser avec des amabilités, on veut briser notre opposition intérieure en approuvant notre révolte. La situation est tellement compliquée pour nous qu'il ne reste qu'un moyen : fuir la ville, se retirer, pour ne pas être repris par les tentacules aimables de la pieuvre. Les représentants du gouvernement font cela de bon cœur : ils détestent eux-mêmes les dirigeants militaires et tentent de nous attirer. Mais on est abusé tout de même et je préférerais partir. Jouve vous a raconté un peu ces contradictions éternelles et presque ridicules chez nous : je préfère leur situation, elle est moins agréable du point de vue de la sécurité personnelle, mais plus claire, plus distincte et moins dangereuse pour l'âme. Vous me connaissez assez pour savoir qu'on ne peut pas se servir de moi, mais ces gens nous proposent toujours de nous servir d'eux et il faut être prudent, très prudent. Je veux être loin de toute cette sale politique qui me dégoûte et je déteste l'idée de retrouver le service, je déteste encore plus d'avoir ma liberté grâce à l'amabilité bienveillante des ambassades. Mon cher maître vous seriez étonné d'entendre tout ce que j'ai appris ici en deux semaines : le fait le plus curieux est que tous ces gens ont *une sympathie vraie* pour nous qui sommes contre la guerre, contre les gouvernements : ils ont sauvé Latzko[1], Schickele[2], ils s'empressent *de bon cœur* de nous être utiles, mais tout de même – *je ne veux que ma liberté intérieure*. Plutôt consacrer celle de ma journée, de mon corps que celle de mon âme ! Dès que j'aurai une réponse je partirai – soit pour Vienne, soit pour un lieu éloigné des centres suisses. Ce que je pense, je l'ai dit dans un article de *Demain*[3] – maintenant je veux travailler pour moi et le bon Dieu, plus que pour le jour et les idées de l'époque. Chaque jour fortifie mes impressions que nous ne sommes que des atomes sans force dans cette matière brûlante du temps, incapables de lutter contre la folie, étouffés par cet ouragan de mensonges. On ne peut que travailler pour soi, mais pour ce moi en nous qui est l'éternel de l'humanité. Je suis las des conversations, las des efforts vers la réalité. Il n'y a plus rien de commun entre moi et la folie du monde : je sens que je n'en comprends *plus rien*. Et je ne fais plus d'efforts pour comprendre cette humanité. La folie est inexplicable. C'est à elle-même de se tuer.

La vie sans sûreté, la vie d'un jour à l'autre, la

---

1. Andreas Latzko (1876-1943), romancier pacifiste germano-hongrois, traducteur, auteur de *Menschen im Krieg. Novellen* (Zurich, Max Rascher, 1917).

2. René Schickele (1883-1943), écrivain alsacien, éditeur des *Weiße Blätter* depuis 1915.

3. S. Zweig, « A mes frères français », *Demain* (Genève) 20 décembre 1917.

vie en attente me pèse lourdement. Mais je veux essayer de me sauver par le travail. Votre roman à traduire sera en ce moment pour moi une élévation. Rascher n'a pas encore de réponse d'Ollendorf. Mais je commencerai dès que j'aurai le manuscrit. Les traductions de Jouve paraîtront bientôt[1] et j'espère avoir réussi aussi à trouver des commandes pour Masereel[2] chez Rascher. Je les aime beaucoup tous les deux : comme ils sont solitaires dans leurs idées. Je me sens plus uni à eux qu'à ces internationalistes ici qui ne crient que « A bas l'Allemagne » toute la journée, qui font une politique contre la politique – mais de la politique tout de même. Un jour je vous raconterai tout ce chaos d'idées, la perturbation profonde qui agite ici tous les milieux : c'est si compliqué et je crois qu'au fond la vérité doit être une et simple comme une ligne de la sainte écriture.

Les jours à Villeneuve sont dans ma mémoire comme des astres purs et luisants au-dessus de ce brouillard confus des idées d'ici. Là-bas, je savais à chaque moment comme j'étais heureux. Et je le sais maintenant encore beaucoup plus ! Fidèlement à vous, mon cher maître et ami, votre

Stefan Zweig

---

1. Jouve, *Ihr seid Menschen* (traduction allemande de « Vous êtes des hommes » et de « Poèmes contre le grand crime »), Zurich, Max Rascher, 1918.
2. Franz Masereel (1889-1972), dessinateur, graveur et peintre flamand. Pacifiste, il illustra plusieurs volumes des éditions Rascher (Jouve, Romain Rolland, Marcel Martinet, Leonhard Frank...).

A Romain Rolland [lettre en français]

Zurich, Hôtel Schwert
[sans date ; cachet de la poste : 23 décembre 1917]

Mon cher maître et ami, je reviens de Berne. Tout est encore indécis : je ne saurai pas avant le 28 décembre si je dois partir le 1er janvier ou non. C'est pour moi l'inquiétude éternelle depuis trois ans et demi : vous comprendrez combien ce sentiment brise la force de volonté et détruit le fond tranquille si nécessaire pour le travail. La mécanique fatale qui a pris ma vie entre ses roues tourne et retourne mon âme tout à son gré ; oh, si on avait la force de briser ce terrible mécanisme !

Le chapitre est traduit[1]. Il paraîtra demain. J'ai lu la préface dans la *Nation* et je la traduirai également. Combien je suis impatient de connaître l'œuvre entière : je pense à un Monsieur Bergeret[2], mais pas si flou, pas si sage que celui-là, non pas un être de contemplation inerte comme celui d'Anatole France, mais un homme qui pense à travers son cœur, qui a le courage de la souffrance. Je sens même dans ce petit chapitre la bonté dont vous envelopperez cette figure, et je suis convaincu que cette œuvre sera comme un monument de l'époque, élevé au-dessus du grand piédestal du *Jean-Christophe*. Je serai fier de le traduire et je le ferai avec le triple plaisir de servir l'art, de vous montrer mon amitié et de répandre les idées nécessaires dans le monde allemand.

---

1. Ce chapitre du roman *Clérambault* de Romain Rolland parut le 25 décembre 1917 dans la *Neue Zürcher Zeitung*.
2. Anatole France, *Monsieur Bergeret à Paris*, Paris, 1901.

Je ne vous ai pas encore remercié pour vos bonnes lettres. Mais ma reconnaissance pour vous est si permanente en moi que je saurais difficilement en isoler des moments. Je ne me sens pas faible : mais il y a des heures où je ne comprends plus le monde, où je me sens si isolé, comme si ma raison était celle d'un fou. Et puis : ici, il y a trop d'hommes, trop de nouvelles et chaque nouvelle est une inquiétude et aucune une espérance. Vous avez votre solitude et j'espère l'avoir aussi du moment que mon affaire à Vienne sera arrangée ou non. Je vis toujours sans certitude et je vois : *on a besoin de certitude comme de pain, d'eau, d'air.* De la certitude intérieure, mais aussi de celle de la vie extérieure. On ne peut pas vivre toujours en objet pendant quatre ans : le vivant veut être sujet, volonté, action personnelle !

Et puis la lâcheté du monde entier – c'est une honte éternelle et une infection en même temps. On voit trop peu d'exemples de révolte pour trouver la force de la révolte soi-même. Au fond de mon être, je déteste la révolte, la force, j'admire la soumission au sort. Mais *au sort*, pas au fardeau d'une troupe de brigands et meurtriers : là il faudrait la révolte, mais hélas, ma force n'est pas entraînée, l'incertitude, l'esclavage m'ont beaucoup brisé. Nous attendons tous l'exemple des autres, voilà notre folie, notre crime ! Je vois ici tous mes amis de pensée vivre dans les mêmes sentiments de rage – et d'impuissance, de volonté ferme d'idée – et trop faibles pour l'action. Et tous souffrant de la même souffrance, s'accusant comme je m'accuse. Hier, chez Hermann Hesse, nous avons beaucoup causé de cela. Il s'est sauvé dans le travail pour les prisonniers depuis trois ans et n'a pas écrit une ligne pour lui-même : c'est un caractère noble et droit et si allemand au bon sens de la vieille Allemagne. Un poète né, fils de pasteur comme Mœrike, embrassant le monde entier de son petit endroit. Sans orgueil, plein de bonne volonté, doux et fort à la fois. Et tout de même : comme il souffre lui aussi du Hindenburguisme[1] des autres !

Dès que j'aurai une certitude sur mon sort, je vous écrirai. En tout cas, je reste ici jusqu'au 31 décembre ! Fidèlement à vous

Stefan Zweig

A Romain Rolland [lettre en français]
Zurich, Hôtel Schwert
[sans date ; 3 janvier 1918 ?]

Mon cher et grand ami, je vous remercie pour vos bonnes lettres qui m'ont profondément touché. Je vis pour l'instant absolument dans l'incertitude. Depuis des jours pas une ligne, pas un télégramme de Vienne et je sais bien que Madame de Winternitz n'oublie pas de les envoyer, surtout qu'elle veut revenir en Suisse[2]. Le même silence sur mon sort militaire

---

1. Paul von Hindenburg était considéré comme l'incarnation du militarisme.
2. Friderike Maria von Winternitz était partie pour Vienne en décembre 1917, afin de régler avec Ernst Benedikt, le fils du directeur de la *Neue Freie Presse*, Moritz Benedikt, un contrat nommant Stefan Zweig correspondant permanent du journal en Suisse.

– vraiment c'est dur de vivre éternellement depuis trois ans dans l'attente. J'ai une soif brûlante de travail, de concentration – impossible dans *les faits*. La même pression sur presque tous en France et en Allemagne, aucun de nous ne peut viser un but. Oh, vivre dans le travail, s'enfoncer jusqu'au fond de soi-même, plonger dans l'abîme de son propre Inconnu – oh joie à laquelle j'aspire avec tous mes nerfs, tout mon être, joie défendue et presque oubliée ! Tout ce que vous trouvez peut-être de mécontentement dans mes lettres, c'est que cette joie me manque. La liberté, je la retrouve en moi à certains moments de clarté : alors je suis calme et sûr. Mais la passion ardente, ininterrompue du travail, c'est cela qui me manque. Je l'ai eue pendant le *Jérémie*, mais c'était la fureur, la haine, le désespoir – des forces mauvaises qui me poussaient. Maintenant je suis plus calme, les Démons sont partis ; mais la paix du travail ne revient pas encore.

Si je réussis de rester dans l'Engadine trois semaines je resterai peut-être plus longtemps encore. Car *si je commence à travailler* il n'y aura plus de force au-delà de moi. Personne ! Aucune ! J'attends encore la décision, en tout cas je partirai pour ma lecture à Davos.

Vous m'avez écrit à l'occasion du bombardement de Padoue[1]. J'étais furieux en lisant ce crime bête, lâche et stupide. Mais soyez sûr qu'on ne trouvera personne chez nous qui proteste *publiquement* – car chez nous, chacun sera contre ce crime

---

1. Le 31 décembre 1917, des avions allemands avaient bombardé Padoue.

– c'est impossible dans les journaux. Et moi-même, je ne le peux pas faire d'ici, comme il s'agit d'une action *militaire* et je peux bien protester contre le militarisme comme fait et folie (ce que je viens de faire encore une fois en ces jours) mais pas contre une seule action. D'ailleurs, il faut concentrer toute la force pour le grand combat *définitif* que je juge moi-même maintenant nécessaire, si le monde ne réussit pas à éviter l'offensive guerrière qui se déclenchera avec une force inouïe dans peu de temps. Si on continue maintenant le crime sans faire des concessions à l'humanité de part et d'autre, je crois à la Révolution. Même les socialistes allemands, ces agneaux, commencent maintenant à refuser des garanties. Et ce qui se passera chez nous, si on continue, sera très sérieux.

Excusez cette lettre, mon cher et grand ami. Je me sens moi-même un peu bouleversé. Je ne vois pas clair, je suis nerveux avec cette incertitude éternelle. J'ai envie de vivre dans la nature, dans le travail, dans ces deux solitudes éternelles de l'homme. Hier j'étais chez Busoni et j'ai passé un bon moment. Comme il est bon et clair ! Et quel artiste ! Il me racontait qu'un de ses camarades d'antan vient d'éditer l'opus 112 de Beethoven dans une nouvelle édition avec une préface où il dit que la supériorité des Allemands est prouvée par cette œuvre et que si le monde ne reconnaît pas la valeur allemande on la lui imposera par les armes. Je veux me procurer ce document. Nous avons bien ri ensemble ! Fidèlement vôtre

Stefan Zweig

A Romain Rolland [lettre en français]
St. Moritz, Hôtel Calonder
Adresse : Zurich, Hôtel Schwert
21 janvier 1918

Mon cher et grand ami, je viens de recevoir les exemplaires de la traduction d'*Aux peuples assassinés*. Je crois que le petit cahier se présente très bien et qu'il sera répandu dans toute la Suisse. Pour le moment je ne crois pas qu'on le laissera entrer en Allemagne et Autriche, mais un certain nombre d'exemplaires passeront sans doute. J'espère que vous serez content de la façon de l'édition : l'éditeur a mis beaucoup de soin et le prix est de 50 centimes, ce qui ne paraît pas trop pour les prix du papier et de l'impression aujourd'hui. Et j'espère une forte répercussion morale.

Et le moment est propice. Je n'ai pas de détails, mais il semble que ce que je vous ai prédit se passe maintenant en Autriche. Les socialistes ont toute-puissance sur le peuple et chez nous on est assez intelligent pour traiter directement avec eux. Il semble que ce bavardage arrogant, militariste, inhumain du Général Hoffmann[1] – tenu *à l'insu* de nos autorités autrichiennes à Brest Litovsk – a fait une impression *foudroyante* chez nous. Tous les journaux ont attaqué pour la première fois ouvertement le militarisme. Et le peuple a répondu par des grèves. La seule chose qui n'est pas claire, est pour l'instant de savoir si cette révolte et ces grèves ne sont pas *voulues*

---

1. Le 19 janvier 1918, le général allemand Max Hoffmann avait défendu la ligne « dure » des conditions allemandes dans les pourparlers de paix de Brest-Litovsk.

et provoquées par notre gouvernement. En tout cas, elles ne semblent pas désagréables à nos politiciens. Seulement, c'est très dangereux de jouer avec le feu ! Je crois que la pression de l'Autriche sur le parti gouvernemental allemand deviendra terrible : enfin le peuple allemand doit se déclarer. Car moi, je vois des possibilités de paix maintenant. La tension est terrible partout. Ce discours de Hoffmann et l'arrestation de Caillaux [1], c'est absolument la même chose : le dernier effort désespéré pour prolonger la lutte. Mais ce ne sont pas les coups de fouet qui font courir les chevaux, c'est leur force naturelle, et si celle-là est épuisée, le fouet ne provoque que des sursauts. Nous touchons à la fin. Au moins nous, en Autriche. Mais il me répugne de dire « nous » et de penser à l'Autriche. Quand je dis « nous », c'est l'Humanité que je désigne avec mon cœur.

J'espère rester ici en Suisse encore quelque temps. Réclamation du théâtre, réclamation de la *Neue Freie Presse*, qui désire d'avoir une série d'articles de moi — cela suffira. Je retourne à Zurich dans quelques jours. *Werfel* est là, le meilleur poète que nous ayons parmi les jeunes et un bon ami à moi. Il a été vaillant pendant la guerre, inébranlable dans son humanité. Il a suivi mon chemin en faisant une conférence à Zurich et j'espère il suivra mon conseil de ne pas retourner en Autriche. Si on réunissait ici un certain nombre d'hommes qui ont un nom et une autorité, on pourrait peut-être faire une déclaration

---

1. Le Premier ministre français Joseph Caillaux, hostile à la guerre, avait été soupçonné d'être un agent de l'Allemagne. Il avait été arrêté le 13 décembre 1917.

ou une manifestation décisive. En tout cas, un homme comme lui peut penser autrement et librement ici. Je me sens raffermi dans tout mon être par ces deux mois en Suisse. Je n'ai plus peur de rien. Je n'ai peur que de compromettre les autres. Je ne me mêle pas d'affaires comme celle de Ragaz[1], homme que j'estime beaucoup, mais qui mène son combat *suisse*, je ne m'occupe pas de politique. Mais je veux continuer ma route. Je prépare une nouvelle chose, mais c'est encore loin. Pour l'instant je finis mon livre sur Dostoïevski, interrompu pendant 4 ans.

Ma bonne compagne me soulage bien dans le travail. Elle m'a apporté beaucoup de nouvelles. Elle a causé longuement avec Lammasch et d'autres personnes de nos idées. Nous espérons pouvoir rester ici en Suisse encore des semaines ou même des mois : je ne *veux* pas retourner au service et je crois que la volonté vainc tout. Et immédiatement après le congrès de Berne au commencement de mars[2], nous espérons venir au lac Léman et nous établir là-bas quelque part pour quelque temps. Aucun obstacle ne pourra me priver de la grande joie de vous revoir et de vous serrer la main.

Et maintenant ce avec quoi j'ai voulu commencer la lettre, mais le courage me manquait. Votre bonté me rend toujours confus et j'ai presque honte d'en parler. Bignami[3] a eu l'amabilité de m'envoyer

---

1. Leonhard Ragaz (1868-1945), prêtre suisse, militant pacifiste.
2. Le Congrès International des Femmes de Berne eut lieu les 15 et 16 avril 1918.
3. Enrico Bignami, directeur de la revue *Cænobium* (Lugano).

une copie de votre admirable article sur *Jérémie* et vraiment, j'ai été ému. Toujours c'est vous, de tous ceux que je connais, qui comprenez tout le plus humainement et je me sens tenté par cet exemple. Vous cherchez l'âme partout et vous la trouvez dans ses profondeurs. Ce que vous faites est si loin de la critique d'art – c'est de la compréhension humaine, de la communication cordiale. C'est sur un autre niveau. Et je peux dire que je sens fortement la beauté de cette façon d'envisager les œuvres parce que j'y aspire moi-même. Mon but serait un jour de devenir non un grand critique, une célébrité littéraire – mais une *autorité morale*. Un homme comme vous l'êtes déjà pour l'Europe, pour le monde. Je trouve que c'est là la plus belle chose humaine qu'on peut atteindre, parce qu'on l'atteint seulement par l'humanité innée et cultivée, par l'effort obscur et secret, par le dévouement et le sacrifice. Et parce que c'est un effort continuel comme la vie elle-même, quelque chose qui n'a pas l'orgueil de rester en marbre et en livre, mais qui vit avec une génération et fleurit dans la prochaine.

Voilà ce que j'ai trouvé dans vos mots fortifiants. Cet article me restera cher comme un grand souvenir de votre amitié. Madame de Winternitz a commencé à le traduire : j'espère que vous lui permettrez la traduction et la publication allemandes. Soyez sûr : je ne veux pas et défendrai à l'éditeur qu'on en fasse une réclame ; mais je suis heureux que votre parole aide l'œuvre et son idée – idée que d'ailleurs vous avez aidé vous-même à forger et à former par votre exemple humain. Jamais je n'aurais pu concevoir l'œuvre telle qu'elle est sans votre présence, ni vu et senti « au-dessus de la mêlée ».

Je pars d'ici dans quelques jours. C'était pour moi une place de travail et je restais toute la journée chez moi et ne sortais que le soir, pour ne pas voir les fainéants dégoûtants, les sportifs du monde entier qui pullulent ici sans souci. On voit dans leurs visages riants qu'ils ne pensent pas à l'humanité souffrante, que pour eux personne ne meurt, personne ne souffre. Schickele, Cassirer [1], Oscar Fried sont ici également : je n'ai vu aucun d'eux. Je vis dans mon travail. Oh, comme j'en avais envie ! Vous ne pourriez pas comprendre, même vous, qui comprenez tout, comment nous, les prisonniers, nous sentons la liberté personnelle. Et je crois que le monde délivré ne se ruera pas dans la frénésie des plaisirs, comme on l'annonce maintenant – ils se ruront vers leur travail personnel. Car notre travail c'est l'essence de notre vie. Sans travail notre vie est celle d'un autre, d'un inconnu, qu'on hait. J'ai été moi-même longtemps cet inconnu. Et j'ai la joie de redevenir moi-même ; le travail m'a délivré. Je me reconnais déjà et, sans m'aimer, je tremble de joie d'être moi-même. Oh quand est-ce que l'Europe, l'Humanité se reconnaîtra aussi !

Je vous serre la main, mon cher, mon grand ami, et je vous prie de me conserver votre amitié. Je suis heureux de chaque occasion qui se présente et chaque preuve est une nouvelle joie ! De tout mon cœur, votre fidèle

Stefan Zweig

---

1. Paul Cassirer (1871-1926), marchand d'art allemand.

P.S. L'affaire Caillaux et le télégramme de Buenos Aires – on dit que l'éloge des journaux allemands lui a fait du tort – me rappellent que j'avais fini un essai sur votre *Au-dessus de la mêlée*. Au dernier moment je ne l'ai pas donné à la *Neue Freie Presse*. Je me suis dit que cela pourrait peut-être vous nuire. Je vois maintenant avec quelle rage on attaque ce Caillaux qui m'a toujours été antipathique et que je trouve malhonnête de ne pas avoir défendu son pacifisme jusqu'au bout – et je vois avec horreur avec quel manque de pudeur les journaux faussent les détails, les chiffres même. Et en Allemagne dans la réunion de la Vaterlandspartei on a *frappé* des *blessés* sur béquilles qui faisaient opposition à l'annexionisme ! Les canailles de tous les pays se valent toutes.

Respects de Madame de Winternitz.

A Romain Rolland [lettre en français]
Zurich, Hôtel Schwert
30 janvier 1918

Mon cher ami, merci pour vos bonnes paroles sur mes *Souvenirs à Verhaeren*. J'ai écrit le livre seulement pour les amis et je ne veux pas que même des parties soient communiquées au public. J'aime avoir un livre qui n'est que pour mes amis, une preuve sûre que je puisse leur donner de mon affection et une preuve aussi que l'amitié représente beaucoup dans ma vie. Inutile d'évoquer la haute figure de Verhaeren pour ceux qui ne l'ont pas connu : on ne créerait que des regrets.

Est-ce que je vous ai raconté ce passage admirable sur vous dans une lettre à Mugnier, que celui-ci m'a montrée là-bas : « J'aime R.R. d'autant plus qu'il y a maintenant danger à l'aimer. » Il disait cela dans une lettre où il manifestait son opposition à vos idées. J'ai été profondément ému de ce mot. Oh, il avait encore ces dernières années des moments d'une clarté admirable.

Je passe ici des jours très mouvementés, actifs et intéressants. Au théâtre on commence à préparer *Jérémie* pour la représentation fin février. Et à l'Hôtel Schwert il y a nombre de gens que j'aime beaucoup. Vandevelde, l'artiste qui souffre beaucoup de la duplicité de sa position, il est belge de naissance, de cœur et de nationalité, et toute son œuvre artistique, il l'a faite en Allemagne. C'est un homme de haute culture et personnellement superbe. Puis Franz Werfel : quel homme, quel poète, quel ami ! Ce jeune homme est surgi tout d'un coup et nous a dépassés tous, c'est le seul grand poète de l'Allemagne (si Unruh ne le dépasse peut-être). Puis Annette Kolb, qui me plaît assez, bonne femme, un peu distraite, un peu vieille fille, pas trop claire dans les idées, mais je crois bonne par le cœur. Demain je reverrai Latzko. Nous sommes tous très bien ensemble. Seulement ce petit groupe de Frank, ces Prussiens de la révolution me restent étrangers par la ténacité et l'intransigeance de leurs idées. Les hommes politiques ne peuvent pas rester entièrement hommes, ils deviennent des idées. Des êtres raides et violents. Des armes, des poignards.

Nous sommes tous très excités par les nouvelles d'Allemagne. Les grèves là-bas, qui sont faites après les nôtres en Autriche, peuvent devenir un événement historique. Peut-être est-ce l'aurore ! Et puis nous espérons que Wilson acceptera la médiation de l'Autriche. Je crois connaître l'homme qui sera désigné par l'Autriche ; ce sera Lammasch, cet homme superbe, droit, plein de bonté, qui est aussi intime de Lansing[1]. Homme qui n'est pas politique et diplomate, mais simplement humain. Je vous ai raconté quelles heures excellentes j'ai pu passer chez lui à Salzbourg. Oh, si lui était l'intermédiaire, je serais sûr et consolé.

Je serai *très heureux* de posséder votre drame *Le temps viendra*. Justement j'en avais parlé avec Seippel et lui avais dit mon regret de ne pas le connaître, ni de pouvoir me le procurer. Si vous voulez bien m'en donner un exemplaire, je vous serai profondément reconnaissant.

J'espère que vous vous portez déjà bien. Peut-être l'air, le fœhn était trop pesant là-bas. Dans l'Engadine, j'ai connu des jours admirables : la pureté du ciel comme on la rêve et n'aurait jamais espéré la voir. Ici c'est la brume. Mais je suis tellement absorbé par le travail et les hommes que je ne sens rien et ne vois rien. La musique remplace ici le paysage de là-bas : hier j'ai entendu le *Wildschütz* de Lortzing et j'ai retrouvé la vieille Allemagne simple, tendre, gaie et sympathique, avant-hier j'étais chez Busoni, le maître. Souvent je désirerais que vous veniez à

---

1. Robert Lansing (1864-1928), secrétaire d'Etat américain aux Affaires étrangères (1915-1920).

Zurich, qui est si pleine de vie et d'hommes superbes : mais je comprends bien ce qui vous tient à distance.

Ma compagne, Madame de Winternitz, vous envoie ses compliments respectueux : elle ira au commencement de mars à Berne pour la réunion mondiale des femmes. Merci pour tout, cher ami, et de tout mon cœur fidèlement votre

Stefan Zweig

J'ai manqué ici le Dr Ferrière, qui est passé par Zurich pendant mon absence. Grautoff me demande des nouvelles de vous. Je ne lui ai pas écrit parce qu'il est au Bureau des Renseignements de Berlin, que je déteste.

A Martin Buber

Zurich, Hôtel Schwert
[sans date ; février 1918 ?]

Cher et honorable Monsieur Buber, je vous envoie l'essai de Rolland[1]. C'est le deuxième d'une série qui doit présenter aux Français les œuvres allemandes d'esprit européen : d'où le long sommaire (que vous pouvez d'ailleurs raccourcir). Mais comme il n'y avait rien sur cette œuvre dans le *Jude*, cette présentation conviendra peut-être.

Il n'y a pas d'honoraires à payer à R. : il n'en perçoit pas pendant la guerre et travaille gratuitement

---

1. R. Rolland, « Vox clamantis » (*Jeremias* de Stefan Zweig), *Cænobium*, 20 novembre 1917.

pour toutes ces petites revues indépendantes, parce qu'il veut les soutenir. Je l'ai simplement fait traduire et cela m'a coûté 25 francs.

Mon livre a un destin étonnant. L'éditeur n'a pas fait la moindre réclame, et sans représentation de la pièce ni publicité, le tirage atteint déjà les cinq mille exemplaires : est-ce le moment présent qui produit là son effet, ou la profession de foi ? Dans tous les cas, c'est mon œuvre la plus sincère et la plus importante, la seule que je considère comme nécessaire pour moi en un sens supérieur. J'aurais bien aimé parler avec vous pour savoir comment elle est reçue dans vos cercles nationaux : comme une profession de foi, ou comme un reniement de l'idée. Car je suis entièrement clair et résolu : plus le rêve menace de se réaliser effectivement, le rêve dangereux d'un Etat juif avec des canons, des drapeaux, des décorations, plus j'aime l'idée douloureuse de la diaspora, le destin juif davantage que le bien-être juif. Ce n'est pas dans le bien-être ni l'accomplissement que ce peuple a jamais trouvé sa valeur – il n'affirme sa force que sous l'oppression, son unité que dans l'éclatement. Et il éclatera en se rassemblant. Qu'est-ce qu'une nation, sinon un destin transformé ? Et qu'en reste-t-il quand elle échappe à son destin ? La Palestine serait un point final, le cercle se refermerait sur lui-même, ce serait la fin d'un mouvement qui a bouleversé l'Europe et le monde entier. Et ce serait une déception tragique comme toute répétition.

J'écrirai prochainement un article sur le livre d'André Spire [1]. Par ailleurs, il est paru un recueil de

---

1. André Spire, *Les Juifs et la guerre*, Paris, 1917.

poèmes de Marcel Martinet, *Les Temps maudits*[1], dans lequel on trouve un magnifique poème intitulé « Israël ». Je vais dire au traducteur, Felix Beran, de vous l'envoyer.

Je ne suis pas du tout certain de vous voir en mai à Vienne. La première de *Jérémie* va avoir lieu bientôt, mais je pense rester encore par la suite. Les personnes qui me sont le plus chères sont ici, Rolland, Werfel, et je me repose de mes trois années de service. C'était trop pour moi.

On m'a dit que deux livres de vous m'attendaient à Vienne. Je vais me les faire renvoyer entre-temps. De mon côté, j'ai fait imprimer à 100 exemplaires un livre uniquement destiné à mes amis, un requiem pour Verhaeren. Un exemplaire vous est destiné. Je vous l'enverrai dès mon retour en signe de ma cordiale sympathie et de mon admiration, qui ne font que croître avec les années. Votre fidèle

Stefan Zweig

A Romain Rolland [lettre en français]
Zurich, Hôtel Schwert
3 mars 1918

Mon cher et grand ami, je vous envoie deux lettres destinées indirectement à vous. Je ne sais pas si vous feriez bien d'écrire une préface maintenant pour une

---

1. Marcel Martinet, *Les Temps maudits*, Paris, 1917 (*Die Tage des Fluches. Gedichte 1914-1916*, Zurich, Max Rascher, 1919).

édition allemande. C'est l'heure critique pour ceux de France qui sont encore libres. Ce qui me plaisait surtout dans l'affaire Guilbeaux, c'étaient les camarades. La lettre de Jouve était un acte de foi comme la vôtre sur Hélène Brion [1]. J'étais bien fier de vous.

Ici j'ai eu la première de *Jérémie*. C'était un grand succès et je pourrais être content. Mais j'ai des jours critiques pour toute ma vie maintenant. Vous m'avez donné tant de confiance que j'en souffre, car j'ai senti maintenant que je n'en étais pas digne. Je vous le dis en secret, et en secret *le plus intime* : j'ai commis une grande bêtise. Une bêtise sans excuse, une sale et bête bêtise, que je ne comprends pas moi-même. Par faiblesse et pour aider quelqu'un je me suis mêlé d'une affaire et sans avoir gagné quelque chose, je serai impliqué ; la sale affaire a éclaté et je suis sûr qu'on m'y mêlera, seulement par joie de m'impliquer. Tout ce que je vous écris là doit vous sembler l'action d'un fou : mais ici je sens l'incompréhensible qui gît dans chaque homme et dont il ne sait rien lui-même. Je ne sais pas comment j'ai pu par faiblesse m'occuper des affaires banales des autres (il s'agit surtout de quelqu'un de ma famille qui m'a chargé de gagner quelqu'un en Suisse à des idées peu correctes), je ne comprends pas, mais cela est et j'y suis. L'affaire vient d'éclater en Autriche et j'attends d'un jour à l'autre qu'on m'y mêle. Cela peut durer deux semaines ou deux mois encore pleins de jours de tortures car je ne sais rien directement, et du jour que cela sortira je serai ridicule, car personne ne comprendra que l'auteur du *Jérémie*, pendant tout son travail pour

---

[1]. Allusion à un procès d'opinion en France.

l'unité et l'humanité, a en même temps pu faire des amabilités à des gens d'affaires. Je sortirai humilié devant le monde (sans être puni, car je n'ai rien commis directement), chose dont je n'ai pas peur ; je ne crains que de perdre les quelques hommes que j'ai aimés et dont l'amitié m'est plus que tout. Est-ce qu'ils me donneront encore confiance ? Est-ce qu'ils comprendront qu'on peut par bêtise, par faiblesse et avec un oubli entier de ses propres intérêts et son propre danger se mêler des affaires des autres ? Qu'un homme qui n'a jamais fait la moindre affaire dans sa vie et n'a jamais fait commerce avec ses œuvres se mêle de sales affaires sans vouloir gagner, seulement par amabilité, par une volonté d'aider trop exagérée ? Imaginez ma situation : dangereuse, je l'aimerais encore. Quelle joie d'être impliqué dans un attentat, dans une affaire de sa propre conscience ! Mais être mêlé, à la joie des autres, à des choses qu'on ne peut pas défendre. Personne ne pourra les défendre, ni moi ni mes amis. Ceux-ci pourront seulement croire que je suis encore assez homme pour savoir moi-même que j'ai mérité cette punition par faiblesse et non par cupidité ou méchanceté.

L'affaire n'a pas encore éclaté. Elle mûrit au loin sans que je puisse changer le cours des événements par un mot. A mon avis elle ne peut être évitée et peut-être je préfère rester ici comme réfractaire et perdre toute ma fortune au lieu de retourner en Autriche. Je ne sais rien. Je suis heureux d'avoir ma bonne compagne avec moi ici qui sait bien que cette bêtise n'était qu'une bêtise de ma part et sait bien que mon cœur était tellement étranger à tout cela. Mais pour le monde, pour le jour, c'est autre chose.

Voilà, un quart d'heure de bavardage, une lettre de recommandation qu'on écrit à un contrebandier par faiblesse et toute une renommée de 20 ans de travail peut s'écrouler, une vie édifiée et fortifiée par toute la force intérieure se briser en une heure. Que ma fortune s'envole, bien, mais l'honneur – pas devant les hommes, mais celui de l'homme supérieur en moi vis-à-vis de l'autre, cela c'est dur. Imaginez mes jours : j'aurais envie d'en faire un roman. Enorme succès au théâtre, mais la veille arrive la nouvelle qu'on est impliqué dans une affaire qu'on avait oubliée depuis des semaines, qui était une conférence d'une heure, une lettre de recommandation. Et toute la journée des congratulations et intérieurement le désespoir noir, l'ironie cruelle de cette admiration qui se changera en quinze jours peut-être en son contraire. Et d'attendre chaque heure des nouvelles sans pouvoir écrire ou télégraphier clairement pour ne pas être impliqué plus profondément.

Mon cher, mon grand ami, quel soulagement de pouvoir vous confesser cela, l'homme que j'aime le plus de mes amis. Si je perdais tout et que vous me restiez, je serais content. Vous comprendrez qu'il y a en moi une volonté d'aider qui exagère la mesure. La moitié de la journée se consume pour les choses des autres : je procure, j'agis, j'écris, je travaille à mille affaires sans récompense et je suis trop fatigué souvent pour commencer les miennes. Et pour aider un pauvre diable d'ami (et peut-être aussi par plaisir de voir agir contre les lois) j'ai mis mes doigts dans la boue. Peut-être qu'un miracle apaisera l'affaire, que mon nom ne sortira pas directement, mais elle est en route et je ne dors plus. Voilà le grand destin dans une vie : habillé dans des loques ridicules, sans beauté, sans élan, rien que la force de briser la beauté d'une vie.

Je vous prie, cher ami, *de ne pas me répondre*. Je ne veux pas de votre bonté et il n'y a pas de conseils. Vous m'avez fait infiniment du bien en me laissant vous parler et me confesser. Si la chose éclate avec mon nom, je vous avertirai. Je suis pour la première fois heureux maintenant, après avoir parlé. Quelle folie ! Je crois qu'un cœur moindre que le vôtre ne pourra jamais la comprendre.

Madame de Winternitz, ma chère et aimable compagne, vous envoie ses meilleurs compliments. Et moi je vous dis ma fidélité respectueuse. Votre
Stefan Zweig

Je travaille toute la journée ou j'essaie au moins, pour ne pas me perdre.

A Romain Rolland [lettre en français]
Rüschlikon bei Zürich
Hôtel Belvoir
23 mars 1918

Mon cher et grand ami, je vous donne la bonne nouvelle que je suis convenu avec Rütten & Lœning d'écrire après la guerre ce livre sur vous et votre œuvre[1], qui promet d'être une grande et bienfaisante

---

1. S. Zweig, *Romain Rolland. Der Mann und das Werk*, Francfort, Rütten & Lœning, 1921.

occupation. Je n'ai pas conclu une date fixe pour avoir le loisir de travailler tranquillement. Et je veux le faire avec tout mon cœur. Je rédigerai aussi la traduction de *Colas Breugnon*[1] et puis je n'attends que votre roman et votre comédie[2] pour les traduire. Ne craignez pas que cela m'occupe trop. Après la guerre je serai libre et puis : je vivrai à l'écart, je ne ferai que vivre et travailler. Je ne veux plus écrire pour les journaux, je ne veux plus vivre dans les grandes villes : je ne veux que vivre par le travail et par l'effort intérieur.

Je ne sais pas si je pourrai rester encore longtemps. C'est un de ces procédés infâmes du militarisme de donner toujours ses décisions au dernier moment, de ne pas laisser l'esprit libre : toujours 2 jours avant le départ j'ai reçu la nouvelle de la prolongation de ma permission. C'est une torture morale bien raffinée. Mais je suis calme ici et j'attends avec froideur la décision. Toutefois : comme je désire déjà la liberté complète !!

En Autriche on fait en ce moment une campagne infâme contre le grand et admirable Lammasch, parce qu'il a dit que l'Autriche devrait user de son influence pour que l'Allemagne donne à l'Alsace-Lorraine le même droit qu'aux autres Etats confédérés d'Allemagne. Pour cette raison si noble, si humaine, on le qualifie de traître. Je pensais un instant prendre ici la parole pour cet homme admirable et sans tache,

---

1. Achevé en 1914, le roman ne parut qu'en 1918 (Paris, Ollendorff). Traduction allemande : *Meister Breugnon*, trad. O. et E. Grautoff, Francfort, Rütten & Lœning, 1919.

2. Il s'agit du roman *Clérambault* et de la comédie *Liluli* (Paris, Ollendorff, 1919).

montrer la grandeur morale de ce maître européen (ici personne ne sait rien de lui) mais j'ai résisté à la tentation. Je ne veux plus souiller mes mains avec ce mélange affreux d'encre, de sang et d'argent qu'on nomme politique. Lui est assez fort pour ne pas être brisé, et peut-être une intervention littéraire ici serait désagréable pour lui. Mais je tiens à diriger votre attention sur cet homme, un des derniers libres esprits d'Europe. C'est lui qui a le mérite immortel d'avoir tranché à La Haye la question du Neufondland entre l'Amérique et l'Angleterre, ce qui lui a valu la confiance des deux continents. Et cette confiance si nécessaire, le sabre prussien cherche maintenant à la détruire.

Les nouvelles de l'offensive allemande pèsent sur mon cœur. Je savais qu'elle était inévitable à cause de la folie du monde, mais tout de même, j'en souffre jour et nuit. De nouvelles hécatombes et l'éternisation de la haine. Je lis maintenant les deux volumes de Bertha von Suttner, l'œuvre postume *Der Kampf zur Vermeidung des Weltkriegs*[1] et je me trouve coupable d'avoir vécu conscient tout au long de ces dix ans et de n'avoir rien vu, rien dit, rien fait. Ce livre est vraiment nécessaire : est-ce que vous le connaissez ? Fried vous l'aura sûrement envoyé.

Quant à Fried[2] : je ne vous ai pas encore remercié pour votre article paru maintenant dans la

---

1. « Combat pour éviter la guerre mondiale » (2 t., Zurich, Füssli, 1917).

2. Albert Hermann Fried, directeur de la *Friedenswarte* à partir de 1899, figure du mouvement pacifiste allemand, Prix Nobel de la Paix en 1911.

Friedenswarte. Mais j'ai tant de reconnaissance quasi latente en moi qu'elle est toujours présente quand je pense à vous. J'espère que vous vous portez bien. Ici il fait beau et clair. L'air est plus fort, plus viril que celui du lac Léman. Près de ma maison est celle où Johannes Brahms travaillait et à dix minutes celle de Conrad Ferdinand Meyer. Et l'atmosphère du travail est bien propice. Je vous souhaite la tranquillité d'âme, « aequitas animi » – et tout ce qu'elle peut produire de clarté et bonheur. Votre fidèle

Stefan Zweig

A Victor Fleischer

Rüschlikon près Zurich
Hôtel Belvoir
le 28 avril 1918

Cher Victor, merci de m'avoir donné de tes nouvelles. Je te remercie pour la peine que tu as prise. Et je vois que ces décisions t'ont beaucoup coûté : il en ira de même pour moi. Pour moi aussi, beaucoup d'eau s'écoulera sous les ponts et la terre absorbera beaucoup de sang avant que je ne parvienne à y voir plus clair. Pour l'instant, ma situation est assurée pour les prochains mois avec le poste que j'occupe. Peut-être pourrai-je même venir un jour à Vienne. On y joue *Jérémie* cet automne.

Il m'est bien pénible d'évoquer la demande que tu as formulée. Mais la confiance que tu as dans mon amitié depuis des années te convaincra de ce que je te dis : je n'ose rien te promettre avec certitude. J'ai dépensé tout ce que j'avais en liquide pour acheter la maison, il m'a même fallu vendre des bons – et j'ai de gros besoins par le fait de cette situation invraisemblable : j'ai un logement, Friderike en a un, nous en avons un à Salzbourg, et nous vivons ici en ce moment. Je dois être en mesure de payer des impôts ici, de payer les impôts de Vienne qui sont énormes à l'heure actuelle, l'impôt sur la plus-value de la maison – et mes revenus littéraires sont insignifiants. Je t'expose tout cela ouvertement, en ami, et te donnerai des chiffres à l'occasion. Je ne sais pas si je peux espérer gagner quelque chose cette année avec l'entreprise (nous ne faisons pas de livraisons de guerre [1]) et, aussi incroyable que cela puisse paraître de l'extérieur, je ne sais pas si je vais joindre les deux bouts. J'ai fait une erreur avec la maison, parce que j'étais sûr que la paix serait revenue dès l'été – à présent, tout traîne à l'infini et vire à l'absurde.

Mais quoi qu'il en soit, tu peux compter sur *une certaine somme*. Elle ne sera pas très importante, à moins d'un revirement inattendu. Marié depuis trois ans à l'insu de mes parents, chargé de famille [2] et propriétaire d'une maison, et de surcroît retardé depuis trois ans dans mes travaux par le service militaire, je suis dans une situation tellement extravagante que nul ne peut la comprendre hormis les plus intimes ; tu vois

---

1. Le père de Stefan Zweig, Moritz Zweig, dirigeait une usine de filature mécanique à Ober-Rosenthal, dans laquelle était employé son frère Alfred.
2. Friderike Maria von Winternitz avait deux filles, Alix Elisabeth (née en 1907) et Susanne Benedictine (née en 1910).

que ma situation matérielle est gravement compromise. Moi-même, je ne m'y retrouve plus.

Je profite de l'occasion pour te demander quelque chose : si tu trouves dans mes papiers ma feuille d'impôts individuelle, peux-tu l'envoyer à mon frère pour qu'il la paie ? Merci aussi de régler la petite histoire avec Perles [1].

Après ces questions matérielles, les questions plus humaines. Je vais bien ici, nous vivons tranquilles et nous sommes très bien. Je travaille un peu pour moi – mais les travaux pour la presse me pèsent toujours. La question du ravitaillement ne se pose pas ici, on mange convenablement et l'existence est plus facile ainsi. D'un autre côté, voilà plus de six mois que je suis éloigné de mes livres, de ma correspondance, et que le manque d'expédients littéraires me tourmente beaucoup. Ici, on sent plus nettement qu'ailleurs le côté interminable de cette guerre – et c'est cela le pire.

Toi, au moins, tu es arrivé à tes fins : te voilà marié ! Puisses-tu à présent vivre des jours paisibles ! Les voyages de noces ne sont plus en usage et ne sont guère possibles : le mieux serait de s'installer tranquillement à Rodaun ou quelque chose comme ça. Eventuellement, je pourrais te prêter mon appartement de Vienne ou ma maison de Salzbourg, mais ils manquent de confort, d'équipements et de personnel. Donne-moi prochainement de tes nouvelles et salue bien affectueusement ta femme de ma part ! Ton fidèle

Stefan

---

1. Moritz Perles, éditeur viennois, qui publia le *Deutscher Bibliophilen-Kalender*.

P.S. Geyer[1] veut faire *Jérémie* avec la « Concordia[2] », et Montor[3] dans le rôle titre. Mais peut-on se fier à lui ? Il est grand temps que l'on monte tes pièces ! Et ta comédie aussi, si les choses suivaient un cours normal. Ecris-moi dès que tu auras de bonnes nouvelles à m'annoncer !

A Emil Ludwig[4]

Rüschlikon près Zurich
Hôtel Belvoir
le 28 avril 1918

Cher Monsieur Ludwig,

Tous mes amis m'ont annoncé qu'il pleuvait dans le Tessin – alors j'ai repoussé le voyage prévu. La semaine prochaine, je me rendrai avec des amis dans une propriété des environs de Lucerne, et si je peux encore rester en Suisse, je vous rendrais volontiers visite, même si les liaisons sont très mauvaises en ce moment. J'ai appris ces temps-ci à mieux apprécier votre art de vivre d'artiste : votre souci d'éviter consciencieusement Zurich et Berne, ces nids de vipères de l'intrigue, où la propagande, les passions

---

1. Emil Geyer (1872-1942), directeur de la *Neue Wiener Bühne*.
2. Concordia : Union viennoise d'écrivains et de journalistes.
3. Max Montor (1872-1934), acteur et metteur en scène.
4. Emil Ludwig (1881-1948), écrivain allemand installé en Suisse depuis 1906.

révolutionnaires et l'espionnage s'entremêlent fraternellement, atteste votre connaissance clairvoyante de notre époque. Moi-même, je me suis réfugié ici, totalement à l'écart, je me rends une fois par semaine à Zurich pour aller chercher des livres, mais m'isole le reste du temps et je me sens libre pour la première fois depuis que je ne vois plus ici les gens qui, en proie au trouble, veulent semer le trouble chez les autres.

A Vienne, Wüllner va lire ces jours-ci votre *Atalante*. Dommage que vous ne puissiez aller l'écouter, et nous non plus ! Mais réjouissons-nous d'avoir fait la paix ! Toutes mes salutations à votre épouse et à vous-même,

Votre fidèlement dévoué
Stefan Zweig

Si vous passez par Zurich, venez donc loger chez moi, à 15 minutes de la ville en train ou en bateau, et à l'écart du monde !

A Hermann Hesse

[Rüschlikon
Hôtel Belvoir
sans date ; 25 mai 1918 ?]

Cher et admirable Monsieur Hesse, un grand merci pour votre envoi ! Votre tâche doit sans doute devenir de plus en plus difficile, depuis que les livres se font rares et précieux [1]. On imprime le huitième mille de *Jérémie* – j'espère pouvoir recueillir quelques exemplaires pour votre belle mission.

Voilà six mois que je suis au calme à Rüschlikon et que je travaille. La politique me dégoûte, cette époque me désespère : je travaille pour oublier. Le seul texte que j'ai écrit pour le rendre public était destiné au cahier spécial de la *Friedenswarte* (dommage que vous ne saisissiez pas cette occasion pour dire quelque chose, peut-être allez-vous changer d'avis). Avez-vous lu d'ailleurs dans le dernier numéro le *magnifique* article d'Otto Flake intitulé « Les devoirs des intellectuels allemands [2] ». Il mériterait d'être diffusé à 100 000 exemplaires.

Je pense souvent à vous, et toujours avec affection. Je vous aurais rendu une autre visite si je ne craignais pas Berne à ce point, cette ville où se retrouvent tous ceux qui discutent politique avec beaucoup d'arrière-pensées, et auxquels j'ai le plus grand mal à échapper. J'ai passé deux jours avec Rolland : des jours merveilleux !

Je vous remercie de tout cœur : pour votre bon souvenir, vos idées et votre œuvre. Puissiez-vous bientôt vous retrouver : entre le nouveau monde et nous ne règnera jamais un ordre parfait. Nous serons tous des hommes rétrogrades, regardant avec nostalgie du côté d'un passé plus faste : nous ne serons

---

1. Hermann Hesse était chargé depuis 1915 de distribuer des livres à des prisonniers.
2. Otto Flake (1880-1963), « Die Aufgaben der deutschen Intellektuellen », *Friedenswarte*, 6 juin 1918.

peut-être plus là au temps où l'avenir sera à nouveau pur et digne d'être vécu.

Saluez très affectueusement votre épouse de ma part, votre fidèle

Stefan Zweig

A Romain Rolland [lettre en français]
Rüschlikon, Belvoir
21 juin 1918

Mon cher et grand ami, je viens de recevoir une lettre de Rütten & Lœning, il me dit qu'il imprime le 30ᵉ mille de chaque volume de *Jean-Christophe* et qu'il aurait pu vendre le triple si le papier ne lui faisait défaut. Il imprimera lentement une édition après l'autre. Beaucoup de comptes rendus, tous favorables dans les journaux allemands. Le livre vit déjà et devient populaire chez nous.

Une Madame Hannah Szass m'a prié de lui donner votre adresse. C'est une amie d'Ellen Key. Je lui ai donné l'adresse en lui écrivant en même temps que je regrette un peu le parti ambigu pris par E.K. Cette femme aussi comme tant d'autres n'était pas à la hauteur de sa position morale. Elle faisait de la politique au lieu de communier avec l'humanité. Elle était trop vieille déjà pour être forte !

Avez-vous lu dans la dernière *Friedens-warte* l'admirable essai de mon ami Otto Flake « Die Aufgaben der deutschen Intellektuellen » ? Si non, je vous l'enverrai. Pour le prochain numéro Fried prépare une manifestation d'auteurs allemands à l'occasion du 5ᵉ anniversaire de la guerre. J'ai écrit une harangue, « Bekenntnis zum Defaitismus » qui résume mes idées antipolitiques et antisociales [1]. Je travaille beaucoup. Ma pièce avance et elle s'approfondit. Ce n'est plus la figure de Wagner mais aussi celle de Friedrich Hebbel : comme vous dans le *Jean-Christophe* je mêle les détails caractéristiques de différentes personnes pour donner un caractère typique de l'artiste. Je suis très heureux en travaillant. Ce qui m'obsède, ce sont les nouvelles de chez nous, 90 grammes de pain par jour, pas de viande, de riz, de lait, de fromage, de graisse, de sucre, de café, de tabac, de vêtements, c'est la *famine nue*. La détresse est telle qu'on n'ose pas y penser. Le pauvre peuple, qu'on force à faire opposition ! Imaginez, ici les gens ont le triple de pain et aussi toutes sortes de nourritures et ils se plaignent ! Imaginez – 90 grammes par jour ! Et c'est la pression de l'Allemagne, qui a pris toutes les nourritures pour nous imposer ses idées politiques. Je tremble en pensant à la détresse de ces millions et j'attends chaque jour quelque chose de très grave. On ne fait plus d'efforts chez nous pour supprimer ces nouvelles, je ne vous dis pas de secrets. Mais je les sens mille fois plus que ceux qui les lisent dans les journaux, parce que je vois de loin ces figures terribles, affamées, en loques, qui se défendent contre l'ennemi invisible. Et en ces moments je sens que ma force morale devient féroce : je pourrais, si je les avais près de moi, tuer tranquillement les canailles qui

---

1. Zweig, « Bekenntnis zum Defaitismus », *Friedenswarte* 7-8, juillet-août 1918.

prolongent la guerre pour leurs idées à eux. Je ne crois pas à une justice dans ce monde et je n'ai pas la superstition qu'on puisse la créer en dehors de soi par la parole ou par l'action : mais j'aimerais davantage ma propre vie si j'avais tué un de ces criminels qui prolongent la souffrance de millions. Je ne sais pas si vous pourrez comprendre ce sursaut de haine en moi – mais l'idée des enfants et des femmes crevant de faim pour que – comme Guillaume disait hier – l'idée allemande triomphe sur l'idée anglaise, cette idée me rend presque fou par moments. –

Vous avez sans doute reçu l'exemplaire de *Le temps viendra*. Viendra-t-il, ce temps ? Je n'ose plus penser au-delà de l'instant. Et cet instant est si affreux, un gouffre, un abîme – si on se penche sur son bord on sent faiblir toutes les forces de pensée, le cerveau devient vide et le cœur s'arrête. Le besoin d'action commence à me reprendre et je crois que nous sommes plus que nous ne savons.

De tout mon cœur à vous fidèlement
Stefan Zweig

A Friderike Maria von Winternitz
[Rüschlikon, sans date ; avant le 19 juillet 1918]

Ma chère, je t'écris à présent toujours le matin, juste avant l'arrivée du facteur, au cas où un courrier te parviendrait, pour pouvoir te le renvoyer. Le manuscrit de ton roman que tu avais envoyé chez Georg Müller est arrivé – éventuellement, on pourrait le donner ici, ou peut-être en extraire des épisodes. J'ai aussi une facture de blanchisserie pour deux costumes d'enfant ! Faut-il que j'aille les chercher ? Et qu'en est-il d'Exner ? Lui as-tu renvoyé de l'argent, elle va bientôt être à court avant qu'une nouvelle somme ne lui parvienne. Et sinon, que dit-elle de là-bas dans ses lettres ?

La chaleur est maintenant fantastique. Je ne bouge pas de R. – à cause de la grippe, aussi, qui sévit toujours à Zurich. Depuis que tu es partie, je n'y suis pas retourné une seule fois. Juste hier soir chez Faesi[1], à minuit nous sommes rentrés en barque sur le lac et c'était magnifique.

Ma chère et bonne amie, je ne suis guère capable de te raconter quoi que ce soit dans une lettre. J'ai trop souvent la plume à la main. Je ne supporte plus de voir du papier. Hier j'ai fini la chronique, à présent il faut que je travaille à ma pièce parce que Paul Stefan[2] va venir samedi et me fatiguer sans doute avec *Donauland*. Je ne me laisserai pas trop détourner ; vendredi, il y a un spectacle « Vieille Vienne », apparemment organisé par Bach[3], mais il ne s'est pas montré ici et ne m'a pas fait signe (la dernière fois non plus). Si c'est possible d'une manière ou d'une autre, je n'irai pas, la vue de ces gens m'ennuie trop et je n'arrive pas à oublier le malaise que me cause la dépense de milliers et de

---

1. Robert Faesi (1883-1972), professeur de littérature suisse.
2. Paul Stefan (1879-1943), journaliste et musicologue autrichien.
3. David Josef Bach (1874-1947), journaliste, critique musical.

milliers de francs pour ce genre de menus plaisirs alors que chez nous, la population a faim et manque de tout. Cet art du divertissement me répugne jusqu'aux tréfonds de l'âme.

Rolland m'a appris qu'il ne savait pas non plus ce que signifiait l'affaire G. Il est convaincu comme moi de sa bonne foi *jusqu'à preuve du contraire.* Cette histoire semble beaucoup l'occuper. R. est la seule personne dont je reçois de vraies lettres. Aucune nouvelle de Vienne, j'ai vraiment l'impression que tout s'est figé là-bas. Aujourd'hui, je veux écrire à la bonne Conseillère de cour, qui doit avoir une crainte terrible de la grippe. Elle n'a pas dû arriver jusque chez vous là-haut, le sévère curé doit la chasser avec son goupillon.

Il faudrait encore que je te tienne une conférence politique. Je crois que c'est *en bonne voie*, en très bonne voie. Mon optimisme sera confirmé. Les Allemands sont devenus plus souples et la seule chose qui aurait pu faire obstacle à la progression rapide de ce nouvel état d'esprit, l'offensive, s'est enlisée *de fond en comble.* Le parti militaire là-bas en sera bientôt à son chant du cygne. Il faudrait une bêtise phénoménale de dernière minute pour empêcher l'union, mais je te le répète : tous les signes sont favorables en ce moment.

Adieu, il faut encore que j'écrive vingt pages de textes et de lettres. Bien affectueusement, ton

Stefan

Salue pour moi les enfants, soigne-toi bien et reviens avec cinq kilos de plus !

Ne m'en veux pas si cette lettre écrite à la hâte contraste terriblement avec la tendresse de Felix B.

— mais en matière de tendresse, j'ai toujours de mauvaises notes avec toi !

———◇———

A Romain Rolland [lettre en français]
[Rüschlikon, sans date ;
cachet de la poste : 31 juillet 1918]

Mon cher et grand ami, je vous remercie pour votre excellente lettre et l'essai sur Empédocle[1]. C'était un bienfait pour moi d'entendre votre voix. Et comme vous voyez l'âme à travers l'œuvre ! Ce que vous dites de ma harangue dans la *Friedenswarte* est absolument exact : c'était écrit en état de passion. J'ai si fortement l'impression que l'instant est critique : *il faut* crier, agir en ce moment, car ces semaines décident du sort de notre époque. Il y a maintenant un combat invisible en Allemagne : le peuple étouffé par les mensonges commence à se méfier. Et la méfiance est un sentiment neuf en Allemagne. Je ne sais pas pourquoi on reprochait tant aux Allemands de croire aveuglément à leurs chefs : il y a là-dedans une force religieuse, un sentiment très noble et profond, qui était la vraie source de tout ce que ce peuple a produit. Jamais le scepticisme, jamais l'athéisme n'a eu son époque en Allemagne : ce peuple vit et meurt dans la croyance. Que cette faculté, ce don de la croyance a été misérablement abusé par les chefs et

---

1. R. Rolland, *Empédocle d'Agrigente et l'Age de la haine*, Paris, Ollendorff, 1918 (trad. allemande : Leipzig, Reclam, 1930).

que le peuple commence à s'en apercevoir (même les intellectuels), cela provoquera un terrible réveil. Vous savez, ceux qui ont été croyants sont les plus terribles sceptiques si leur foi s'éteint : personne ne reconnaîtra l'Allemagne après cette guerre, elle aura plus changé en ces quatre années que de 1870 à 1914. *Nous sentons cette crise en ce moment* : le doute est devenu une force, une force qui ne se connaît pas encore, mais qui veut agir – ou détruire. Vous comprendrez maintenant pourquoi subitement en nous tous l'envie de parler et d'agir est revenue : nous sentons qu'il faut aider cet accouchement dont les cris tranchent l'univers. La parole de Kühlmann[1] a été le premier cri d'enfantement – étouffé immédiatement, mais autant qu'on ne peut plus faire rentrer un enfant dans le ventre de sa mère, autant on ne pourra plus étouffer le doute. Et c'est notre devoir de le protéger, de le nourrir – nous sentons la parole *nécessaire* en ce moment. Et comme nous n'avons pas d'hommes représentatifs, comme Hauptmann et Dehmel se taisent tous, nous sommes obligés de crier plus fort que nous aimerions le faire. *Il faut provoquer la discussion* : j'ai écrit cette harangue *pour être attaqué*. Vous avez bien reconnu que la violence était exagérée. Mais il faut provoquer la discussion maintenant en Allemagne à tout prix, car le peuple est mûr, *pour la première fois nous avons la chance de trouver foi*. Jusqu'à présent un communiqué

---

1. Richard von Kühlmann, secrétaire d'Etat allemand aux Affaires étrangères, avait déclaré le 24 juin 1918 devant le Reichstag de Berlin que la guerre ne pourrait être « sauvée par des moyens purement militaires ».

de Hindenburg tuait le plus grand appel humain ou poétique.

Vous, mon cher et grand ami, vous avez l'admirable sérénité de celui qui a reconnu la nécessité de l'erreur qui provoque la vérité. J'étais plus près de votre façon de voir quand je n'avais plus d'espoir de pouvoir changer quelque chose : maintenant je vois la possibilité d'*accélérer* un mouvement moral et intellectuel. Et l'envie me prend de descendre dans l'arène. J'hésite quand je lis une œuvre comme votre essai où tout se reflète comme dans le miroir d'un lac, où on voit la chasse furieuse des nuages à la fois mouvementée et tout de même immuable. Comme on sent l'horreur de ces jours se perdre dans l'immensité de l'espace et du temps ! Comme on respire cet air de sagesse millénaire avec les poumons de l'âme ! et comme vous savez unir l'érudition avec la vision libre et poétique, sans qu'on s'en aperçoive !

J'avais envie de vous demander si vous connaissez l'admirable fragment dramatique de notre grand Hölderlin [1] *Der Tod des Empedokles* ? C'est d'une beauté si rare, et cela donne le rythme mystique d'Hellas comme aucun poète allemand, même Goethe, ne l'a donné. Est-ce que vous le connaissez ? Probablement pas, comme vous ne le mentionnez pas : j'aimerais bien vous l'envoyer.

Je vous espère en bonne santé. Chez nous la grippe est presque inconnue, à Rüschlikon il n'y a pas un seul cas et même à Zurich très peu. Moi je n'ai pas peur, je suis toute la journée à l'air : mais

---

1. La réception de Hölderlin ne débuta en France qu'à partir du milieu des années 1920.

vous feriez peut-être bien d'aller un peu dans les montagnes. Je pensais à vous à Wengen, je me demandais si cela ne vous conviendrait pas. C'est le lieu où Byron a conçu le *Manfred* et tout ce qu'il y a de grandiose est dans le paysage, seulement moins morne et triste. J'aimerais tant être près de vous en ce moment : j'ai bien peur que vous souffriez de cette affaire de G. qui vous ordonne silence tant que les accusateurs se taisent. Je vous le répète : si vous jugez opportun une action de ma part je m'engagerai à la faire immédiatement. Seulement je ne veux rien gâter : la *Feuille* qui devient d'un jour à l'autre plus germanophile le défend à mon avis trop tôt, parce qu'elle n'a pas encore de détails et parle dans le vide. Avec beaucoup de plaisir, au contraire, j'ai vu le bon coup de pied que le journal de G. vient de donner à la bonne Madame Debran. Elle restera ridicule pour un certain temps et bête pour toujours.

On me dit que le *Jean-Christophe* vient de paraître dans une revue hongroise. Je tiens à vous signaler le fait sans en savoir plus. Il semble que l'édition allemande du *Beethoven* se vende très bien, il faudrait pour le futur ne jamais conclure des contrats sans vous réserver un certain pourcentage de la vente. Car ce sont les éditeurs ou des marchands comme W. Herzog qui en profitent. Vous avez une réputation énorme maintenant en Allemagne – après la guerre tous vont se ruer sur vous pour vous gagner à leur affaire ou à leur idée. Ah, comme je déteste l'industrialisme dans la littérature contemporaine d'Allemagne : les trois quarts sont d'admirables commis voyageurs de leur littérature. Jamais on n'a vu autant d'habileté attachée au talent et si peu de conscience et de conviction. La grande épreuve, la guerre a été terrible : maintenant se forment partout des groupes activistes. Ce sont les patriotes d'hier et les futurs chantres de la révolution (si elle réussit). Et en pleine guerre, on fonde des revues en masse, revues de luxe – et non, comme les revues françaises ou beaucoup de revues françaises, pour exprimer une conscience, mais pour imprimer sur papier vergé leurs petits poèmes à eux. Cet industrialisme à la veille du déluge a pour moi quelque chose d'atroce – c'est l'aveuglement antique qui précède le désastre. Un monde croule et sur la pente en glissant, ils propagent encore leurs poèmes et leur misérable vanité. Il y a eu des moments où je comprenais bien le besoin de la *non-action*, de l'abstention de la politique et du combat – mais non pour faire du combat littéraire. Et maintenant – je vous en disais les raisons – pour nous, pour toute l'Europe, c'est l'instant critique. Dans les prochaines semaines tout se décidera et non par les armes – comme vous le dites : par l'esprit. Puisse l'âge de la Haine finir – même s'il n'est pas remplacé par l'âge d'Amour. Mais la fin, la fin, la fin de l'esclavage humain ! Fidèlement vôtre,

Stefan Zweig

A Joseph Chapiro [1] [lettre en français]
Rüschlikon, Hôtel Belvoir
[sans date ; juillet/août 1918 ?]

Cher Chapiro, j'étais en voyage pour quelques jours.

---

1. Joseph Chapiro (1893-1962), journaliste.

J'avais besoin de me reposer après beaucoup de travail. C'est pour cela que ma réponse a tardé.

Stefan J. Klein [1] est un excellent homme et absolument sûr. Il savait par hasard que cette occasion se présentait et m'a demandé conseil pour aider les écrivains russes. Je l'ai adressé à vous. Il est absolument sûr et tout à fait dans nos idées.

Vous recevrez dans quelques jours le numéro spécial de la *Friedenswarte* consacré au 4ᵉ anniversaire de la guerre. Tous – ou presque tous les esprits libres d'Allemagne et d'Autriche en Suisse ont collaboré, Latzko, Frank, Hesse, Rubiner [2], le Prince Hohenlohe [3], Muehlon [4], Ragaz – vous ferez bien de l'étudier et vous rendrez service aux idées communes en l'annonçant. Moi, j'ai écrit une harangue, *Bekenntnis zum Defaitismus* – car je crois il est temps de *proclamer* le défaitisme comme une conscience, une idée, et d'accepter joyeusement la diffamation qui appelle Rolland « le père du défaitisme ».

J'aurais bien envie de causer avec vous des éditions de l'action sociale. On pourrait bien se réunir. De mon *Jérémie*, une traduction française vient d'être achevée, peut-être qu'elle pourrait paraître dans votre collection : moi, je serais bien content. Seulement, je suis en plein travail : je veux finir un nouveau livre et La Chaux-de-Fonds est bien loin ! Mais

---

1. Stefan J. Klein (1889-1960), journaliste suisse.
2. Ludwig Rubiner (1881-1920), écrivain expressionniste allemand.
3. Alexander Prinz zu Hohenlohe-Schillingsfürst (1862-1924), publiciste.
4. Wilhelm Muehlon (1878-1944), pacifiste allemand.

peut-être je viendrai tout de même. Sincèrement à vous, cher Chapiro ! Votre

       Stefan Zweig

A Victor Fleischer
      Rüschlikon, Hôtel Belvoir
      le 6 août 1918

Cher Victor, je te remercie beaucoup pour ta bonne lettre du 24 juillet. Pardonne-moi de te répondre parfois en toute hâte – outre mon travail et les quatre à six articles que je dois écrire chaque mois, je suis obligé de faire toute ma correspondance à la main. Cela me tue à petit feu. Je suis très fatigué. La vie ici, pour moi et pour Friderike, n'est pas si facile que vous le pensez. Je ne peux pas habiter avec les enfants parce que je n'ai pas les moyens de prendre un grand appartement où je pourrais m'isoler, et toute forme de séparation est évidemment un souci pour Friderike. En outre, il est très pénible de loger dans une petite chambre d'hôtel avec toutes ses affaires. Depuis quatre ans, la malédiction du provisoire pèse sur nous. Si j'avais eu la perspective d'une situation définitive en arrivant en Suisse, j'aurais pu prendre de tout autres dispositions. A présent encore, si je me rends à Vienne en septembre ou octobre, mon retour n'est aucunement assuré. Je ne peux jamais prévoir ce que je ferai dans plus d'un ou deux mois, sans compter que la moitié de mes affaires est restée à Vienne. Ici aussi, les questions matérielles sont toujours une incertitude : la centrale des devises n'autorise que de très petites sommes et la valeur de 100 couronnes change de mois en mois, 56 francs une fois, et puis seulement 38. J'ai réalisé pas mal de travaux rémunérés, et Friderike également, Fischer lui a donné une avance importante[1], nous y arrivons toujours, mais comme je le disais : l'incertitude nous talonne. Mon désir de pouvoir m'installer et travailler dans une pièce à moi, avec mes livres, est immense. On paie ici d'une autre incertitude l'avantage d'être affranchi du souci de se nourrir.

Je ne peux rien faire non plus pour mes pièces. Pour *Jérémie* à Vienne, voilà un an qu'on me dit que la décision est imminente, et on attend la décision de la censure de Berlin depuis des mois. D'ici, on ne peut rien faire, et à Vienne, tout le monde est déjà suffisamment préoccupé de ses propres affaires. Toi aussi, à ce que je vois, tu as eu ta part, et qui ne l'a pas eue, à moins d'être un sale profiteur de guerre ? Il semble que ce soit la même chose partout. Salue affectueusement de ma part ta femme et tous les amis ! Bien cordialement ton

Stefan Zweig

J'espère venir fin septembre !

---

1. L'avance avait été obtenue pour le roman *Vögelchen* (Berlin, Fischer, 1919).

A Carl Seelig [1]

[Rüschlikon,] le 11 septembre 1918

Cher ami, je vous remercie beaucoup pour votre bonne lettre. Nous pensons souvent à vous et, hélas ! sans joie, car il nous est pénible de vous savoir enfermé dans la fumée et le brouhaha de quelque quartier militaire pendant que nous vivons en paix. Vous auriez mérité la liberté – rares sont ceux à qui je dis cela, car la plupart ne peuvent pas respirer en liberté, ils se cherchent inconsciemment de nouvelles formes de dépendance, sociale, morale, étatique, alors que vous, vous possédez toutes les facultés nécessaires pour vous affranchir intérieurement.

Je prends un congé. Je veux dire que je pars trois semaines près du lac Léman pour rendre visite à mes amis Rolland, Jouve, Masereel, Guilbeaux et Arcos [2]. Tous mes sens aspirent cet automne à puiser encore nourriture et chaleur dans les bons éléments de la vie, car l'hiver prochain sera triste, effroyablement triste, la guerre va pourrir et l'Europe avec elle. Parfois j'ai l'impression que les soldats ne sont que des asticots et des vers dans un cadavre, et que ce cadavre est celui de notre monde : elle est déjà si morte, cette guerre, en matière d'idées. Elle pue déjà le cadavre et empoisonne un nombre infini de personnes en se décomposant.

---

1. Carl Seelig (1894-1962), journaliste suisse, éditeur des œuvres de Robert Walser.
2. René Arcos (1880-1959), écrivain français.

Adieu, cher ami ! Madame de W. et moi vous saluons très affectueusement ! Votre
Stefan Zweig

Il est paru un très beau poème de vous dans le *Donauland*.

A Romain Rolland [lettre en français]
[Rüschlikon,] le 17 septembre 1918

Mon cher et grand ami, merci pour votre bonne lettre. Nous viendrons vers le 19-20 septembre et nous installerons à Territet ou Veytaux, nous verrons les détails sur place. Je serai heureux de vous revoir. J'ai beaucoup à vous raconter. J'ai vu cet homme diplomatique[1] (qui a joué sans doute un grand rôle dans cette nouvelle offre), ce personnage officieux, et j'ai eu un entretien avec lui qui a été unique. Il m'avait invité à causer avec lui et a cherché d'une façon ultrajésuitique, mélange dangereux d'amabilité et de sourdes menaces (il m'a demandé deux fois comment ma position militaire se réglerait) à me retenir d'écrire ici en Suisse ; s'est plaint de mon article dans la *Friedenswarte* et m'a dit que l'ambassade voulait me persécuter et que « lui » était intervenu et qu'il préférait « parler » avec moi. Je lui ai fait voir que je me plais beaucoup en Suisse, que je refusais

---

1. Sans doute Paul Hevesy de Heves (1883-1988), diplomate en poste à la légation austro-hongroise de Berne.

absolument de dire que cet article et les autres me paraissaient regrettables et que ma foi internationaliste était inébranlable. La discussion a été des plus curieuses : à la fin l'amabilité a tourné en froideur polie et j'ai eu le sentiment sublime de me sentir haï d'un puissant qui se sentait impuissant. Rarement j'ai passé dans ma vie une heure aussi intense. C'était toute l'Autriche jésuitique concentrée dans cet homme, qui, avec une maîtrise indiscutable, cherchait à m'effrayer et à me calmer à la fois et je peux bien dire que (averti par un ami de la fureur de l'attaché militaire contre moi) j'ai été à la hauteur de la situation. Je vous raconterai cela *en détail* et je vous prie de n'en parler à personne. Je ne suis pas de ceux qui se font une fierté d'inspirer des inquiétudes aux officieux et s'en vantent, mais j'étais très content de voir comme ils craignent l'homme libre. C'était un peu le dialogue de Raskolnikov et de Porphyre Petrovitch : un jeu d'esprit et de volonté concentrée à la fois et je l'ai goûté comme une volupté. A tantôt donc ! Fidèlement vôtre

Stefan Zweig

A Emil Ludwig

Rüschlikon
le 21 septembre 1918
Montreux
Hôtel Breuer

Cher ami, votre lettre, complétée par votre article

dans la *Neue Zürcher Zeitung*[1], m'a beaucoup intéressé. Mais comme je vous l'ai dit, il y a quelque chose de fatal dans ces conseils qui arrivent trop tard, de même qu'il était fatal que Grouchy arrive trop tard à Waterloo : il faudrait démontrer pour les générations à venir ce qu'un monde avait oublié depuis Napoléon : l'*ubris* naît des succès du pouvoir et tue le pouvoir qui l'a fait naître. Dernières années de Napoléon, derniers mois de Ludendorff, tout cela ne fait qu'un : on donne à ses parents des titres de rois, on partage les pays à la règle, on défie l'opinion publique, on *méprise la psychologie dans l'ivresse du pouvoir*. Voilà ce qui a perdu Napoléon, voilà ce qui a perdu l'Allemagne, cette indifférence envers les opinions à l'heure du succès, et si l'on poursuit la comparaison, elle tourne en faveur de Napoléon, dont les succès étaient mieux assurés que ceux de Ludendorff, qui n'ont jamais été que des espoirs, même dans les moments les plus propices.

Ce qui nous attend désormais est épouvantable. En Allemagne, la démocratisation arrive trop tard : on se hâte de confronter les socialistes et la couronne, et ils vont se présenter devant elle avec beaucoup de servilité (pourquoi les hommes sont-ils tous aussi avides de pouvoir, d'un pouvoir qui est fugace et sans joie ?) et toutes les conditions seront rapidement remplies – celles qui régnaient déjà hier. Aujourd'hui, à mon avis, on ne peut plus sauver les Hohenzollern, les républicains sont devenus inso-

---

1. Emil Ludwig, « Völkerbund und Wille zur Macht », *Neue Zürcher Zeitung*, 8 septembre 1918.

lents et ne traiteront plus avec W. ou F.[1] – mais on ne se débarrassera d'eux que lorsque l'entente sera prise à la gorge. Que ce soit à présent le début de la fin, cela ne fait pas de doute pour moi : les succès sont partout trop univoques, et en Allemagne, on a si souvent exploité toutes les forces pour obtenir une paix victorieuse qu'il n'est plus possible de susciter un élan nouveau pour des luttes défensives. Les pangermanistes ont toujours crié : au loup ! au loup ! *et maintenant, le loup est vraiment là* et on ne les croit plus. A présent, nous allons vers la destruction, l'humiliation, la mise en pièces. Et à mon sens, le mieux serait d'accorder dès aujourd'hui un sacrifice à celle qui s'intéresse le moins au peuple et aux terres : l'Amérique. Elle veut la chute de la royauté, une reconnaissance des responsabilités, le retrait de Belgique – *habeat !* Mais vous verrez que les Hohenzollern préféreront sacrifier l'Alsace et les six provinces rhénanes que leur trône. L'Allemagne n'est pas assez résolue pour cela. Paris a expédié les Bonaparte deux jours après Sedan : au bout de quatre ans, l'Allemagne n'a pas pu imposer le droit de vote en Prusse, elle ne manifestera pas d'autre énergie que celle du désespoir. Hélas ! et dire que tout cela est déjà écrit dans les proses divinement prophétiques de Heinrich Heine, celui qu'on a raillé et méprisé : leur lecture aujourd'hui est magique. Comme il connaissait ce peuple et les autres et comme il les aimait tous, ce magnifique Européen juif, notre père et notre modèle en esprit, en dépit

---

1. W. ou F. : l'empereur Guillaume II et le prince Frédéric Guillaume.

de tout ! Pourquoi l'avons-nous méprisé, ce « journaliste », pourquoi ne l'avons-nous pas lu avec plus de foi ? Il a su nous en dire davantage que tous ceux qui prétendent savoir aujourd'hui.

Cher ami, préparons-nous intérieurement à vivre des temps difficiles. Le dernier acte de la tragédie va commencer. J'ai écrit tout cela il y a trois ans dans mon *Jérémie* et je le sais depuis cinq ans et pourtant, je le sais aussi, on va s'en prendre à moi. Nul ne peut rien faire à présent, sinon le peuple ! Rage ou colère, un élan quelconque. La raison est morte. Enterrons-nous dans le travail jusqu'à ce qu'elle se réveille ou jusqu'à ce que nous puissions œuvrer dans un monde vivant.

Je vous ai fait faux bond pour Locarno. J'avais peur de rencontrer tous ces littérateurs (j'en connais trop depuis longtemps !). Et ici, à Montreux, c'est magnifique, je suis seul dans une chambre haute qui donne sur le lac, j'ai parfois des discussions sérieuses et passionnées avec Romain Rolland, et je frémis déjà quand je pense à mon retour à Zurich. Quand nous voyons-nous ? Restez-vous vraiment muré à M. ? C'est peut-être la meilleure chose à faire ! Bien cordialement, votre

Stefan Zweig

La première de ma nouvelle pièce sera donnée le mois prochain à Hambourg ou à Dresde.

A Romain Rolland [lettre en français]
Rüschlikon, le 21 octobre 1918

Mon très cher et grand ami, mes pensées effarées par les nouvelles politiques fuient vers vous. J'ai maintenant dans ma chambre le *Marc-Aurèle* de Renan[1] et en le lisant je pense souvent à vous. Nous sommes tellement inutiles maintenant en ce monde qui est tout à fait entre les mains d'une quinzaine d'ambitieux, qu'on aurait envie de se taire pour toujours : ma méfiance envers les grandes paroles comme « liberté », « justice », devient peu à peu une obsession morale, je ne peux plus entendre ces mots. J'entends trop les cris désespérés d'un monde entier.

Je crois avoir chassé tout nationalisme de mon cœur : toutefois je souffre de voir l'Autriche, qui accepte tout, qui ne se défend plus, qui se ruine, qui se divise, qui fait tout ce qu'on lui demande, repoussée dans son désir de pouvoir déposer les armes. Si je ne me trompe pas, nous avons déjà commencé la démobilisation, on ne travaille plus dans les usines de munitions, on ne fabrique plus de canons, on attend patiemment le boucher, mais *il ne vient pas*, il se fait attendre. Voilà la terrible situation. Pour l'Allemagne elle est autrement tragique : l'Allemagne serre encore les dents pour ne pas laisser échapper les mots « Nous sommes vaincus », elle ouvre les mains, elle les lève pour capituler, mais elle a encore l'orgueil de retenir l'aveu. Ce que j'entends de Berlin est terrible, le désarroi dans les milieux officieux est indescriptible, tout le monde hait l'empereur et personne n'ose le

---

1. Renan, *Marc-Aurèle*, Paris, 1881.

chasser. Mais je me dis : il faut vaincre son orgueil. L'orgueil est la source de tous les maux. Tant qu'on garde l'orgueil on n'est pas encore humain. La vraie humanité commence (comme l'amour au-delà de la pudeur) au-delà de l'orgueil personnel et national. Voilà pourquoi je ne peux pas souffrir avec ces malheureux qui n'ont pas le courage de voir clair : ils ne se confessent pas encore en toute sincérité. Ils espèrent encore trouver un trou pour sortir, pour pouvoir dire un jour : « Nous n'étions pas vaincus. C'était notre bonne volonté qui a fini la guerre. » Pauvre peuple, assassiné par des mensonges et mourant encore le mensonge sur les lèvres. Oh, si on pouvait écraser les mots d'« honneur », de « victoire » — ces mots qui ont tué plus d'âmes dans les siècles qu'Attila et Gengis Khan ! Si on pouvait trouver un mot pour les consoler comme Jésus a trouvé sa parole pour les pauvres ! Jamais il n'a été plus nécessaire, le « renversement de toutes les valeurs [1] » rêvé par ce cerveau de sainte folie, par Nietzsche ; qui flairait le mal et qui aurait été tout autre en ce moment que les bons apôtres de la guerre le rêvaient.

La France, l'Angleterre, l'Amérique morale se taisent et je le comprends : c'est Foch qui a la parole, le nouveau Hindenburg. Le voilà chez vous, qui aurez les monuments et les discours et l'orgueil, tout ce terrible fléau d'orgueil qui étouffait l'air chez nous. Je comprends si bien votre souffrance morale : toutes les nations et chacun de nous passent encore une crise de conscience et peut-être la plus lourde, parce que

---

1. « Renversement de toutes les valeurs » : sous-titre de la *Volonté de puissance* éditée en 1901.

notre âme est fatiguée et on voit avec horreur les problèmes nouveaux à l'avenir : l'autre guerre, la bataille sociale. Pauvre génération que nous, impuissante devant la catastrophe par manque d'autorité, impuissante peut-être aussi par fatigue morale, par dégoût. C'est en nous-mêmes que nous avons vu passer tous les courants du sublime, du terrible, notre vie était plus intense en ces années pour ne pas s'épuiser. Sans le savoir nous serons peut-être usés par le nouveau monde : nous avons dans notre âme encore trop de souvenirs de cette époque qui est détruite pour toujours. Je brûle de curiosité de voir le nouveau monde, mais je ne crois pas pouvoir être plus qu'un spectateur, peut-être conseiller de temps en temps un peu, mais *je ne comprends plus* ce qui se passe maintenant. Je me cramponne à la vie, mais sans passion, seulement par horreur du déluge, et sûrement pas pour voir encore le pays promis. Je suis triste souvent, mais je sens l'immense spectacle, la plus grande tragédie du monde s'écrouler avec un frémissement de tout mon être : et peut-être dans des années lointaines nous nous rappellerons avec un vague regret l'intensité immense de notre âme dans ces jours de 1918. Passez bien cet instant, soignez-vous bien pour ne pas attraper la grippe (il faut bien conserver ses forces maintenant). De tout mon cœur votre fidèle

Stefan Zweig

A Martin Buber

Rüschlikon près Zurich,
le 8 décembre 1918

Cher et admirable Monsieur le Docteur, je me tourne à nouveau vers vous en ces jours décisifs : vous êtes l'un des hommes qui me donnent le plus le sentiment d'être compris. Je songe à une action allemande qui serait très nécessaire, et qui va peut-être vous étonner au premier abord : un appel signé par nous, qui avons gagné quelque autorité par notre attitude humaine au cours de toutes ces années. Un appel aux juifs d'Allemagne et d'Autriche – un appel à ne pas se mettre en avant, à ne pas s'aventurer en politique. Un appel à l'humilité. Je vois avec horreur les juifs envahir tout – la révolution, les gardes rouges, les ministères – et l'impur appétit de pouvoir de personnes impures se déchaîner. Ne nous revient-il pas – je crois que Schnitzler, Wassermann[1], Heimann[2] et bien d'autres nous soutiendraient – de prévenir une juste indignation antisémite et d'exhorter à la raison. Ecrivez cet appel, il est nécessaire* et je le signerai volontiers. Il ne s'agit *pas* de faire un manifeste des juifs nationaux, un manifeste *sioniste*, juste un appel à la réserve, au respect des affaires allemandes et autrichiennes. Je ne m'exprime pas très bien, mais vous me comprenez certainement.

Et mon vieux projet : demander à tout juif de quelque rang une profession de foi, quand a-t-il été

---

1. Jakob Wassermann (1873-1934), écrivain.
2. Moritz Heimann (1868-1925), dramaturge, lecteur aux éditions Fischer.

407

plus important qu'à l'heure actuelle ? Je vous avoue que ce problème ne m'avait jamais aussi profondément bouleversé et je suis heureux que cette question se pose aujourd'hui avec acuité à tout un chacun en Autriche. Tout ce qui était dissimulé dans l'inconscient vient à présent clairement au jour. Et cette clarté est à la fois douloureuse et bienfaisante.

J'ai pensé à vous à Lemberg ! Et à nous tous ! De tout mon cœur, avec mon ancienne admiration, votre

Stefan Zweig

* surtout avant les élections !

A Romain Rolland [lettre en français]
[Rüschlikon,] 10 décembre 1918

Mon très cher ami, je suis bien heureux de vous savoir mieux. Si seulement on pouvait se garder aussi de cette maladie morale qui affaiblit le corps et l'esprit : la lassitude, la lassitude terrible ! J'avale chaque jour les journaux pour trouver quelque chose de réconfortant, une espérance. Rien. Chaque jour produit des haines nouvelles. La réponse de Claudel dans le dernier numéro du *Mercure*[1] (répondant à l'annonce *erronée* qu'on allait représenter *Partage de Midi* à Vienne) surpasse tout. Et la marée monte encore.

---

1. « Une protestation de M. Claudel », *Mercure de France*, 16 novembre 1918.

Pour moi les conflits s'aggravent chaque jour. Je ne sais pas à quelle nationalité j'appartiendrai (*légalement*, car je nie la nationalité comme substance de l'être). En Autriche on demande une profession de foi *écrite* à la nation allemande pour devenir citoyen. Voilà peut-être pour moi un moyen d'échapper à la nécessité de devenir citoyen d'Etat. Je pourrais aussi choisir peut-être la nationalité juive – ce qui me séduit beaucoup, bien que je ne sois pas sioniste. Mais cela a un sens d'internationalité, de patrie dans l'esprit. Oh une île, une île quelque part, pour fonder la libre république des « citoyens du monde » !! J'y pense sérieusement. Tout ce qui se passe en Allemagne – séparation, république, bolchevisme – ne sont que des efforts pour éviter de payer les frais de l'aventure. Chaque classe, chaque province veut se soulager aux frais des autres. Nulle part je ne vois d'idéalisme, mais trop, beaucoup trop d'arrivisme. On a dépouillé les puissants pour hériter de la puissance – voilà tout le développement des dernières semaines. Je bénis ma résolution de m'être tenu à l'écart.

Je vous conseille de ne pas répondre encore à H[1]. Les temps ne sont pas encore mûrs. On mêle le problème de la réconciliation en Allemagne et en France avec les comptes financiers à régler – voilà pourquoi on aspire là-bas à l'union et on la repousse de l'autre côté ! Après la signature du traité tout sera plus propre, parce que moins mêlé avec la politique. Maintenant il n'y a en France que la haine à combattre – après la signature nous aurons aussi à

---

[1]. H : Wilhelm Herzog.

faire de même en Allemagne. Ne croyez pas qu'on s'humilie là-bas sans but et que l'amour soit sincère. Quand on verra tout l'anéantissement de l'Allemagne la haine poussera. Et ce sera alors notre heure. Je serai à ma place.

Je vous enverrai bientôt une partie de mon livre. Je ne peux pas partir : Vienne est impossible en ce moment, pas de lumière, pas de nourriture, pas de charbon, pas de trains. De la misère seulement et le désespoir noir.

J'espère que vous irez bientôt mieux. On me dit qu'après la grippe, un état de bien-être se produit. Je le souhaite de tout mon cœur pour vous et Madame votre mère. Fidèlement vôtre

Stefan Zweig

A Romain Rolland [lettre en français]
Rüschlikon, 18 décembre 1918

Mon cher et grand ami, je vous espère déjà tout à fait remis de la récente attaque de la grippe, mais je crains que l'état moral de l'Europe entière ne soit pas fait pour vous donner cette bonne humeur qui paraît nécessaire à chaque vraie convalescence. Je ne peux pas vous dire ce que les journaux m'inspirent de dégoût : j'ai des moments où je me demande s'il vaut la peine de vivre les vingt prochaines années. Je suis écrasé par le double poids d'une haine dont je ne me sens pas coupable, haine contre l'Allemagne, provocatrice de cette guerre, haine contre les Juifs en Autriche comme profiteurs de guerre. Je n'ai pas provoqué et je n'ai pas profité, Dieu le sait, toutefois je ne peux pas lâcher les uns ni les autres au moment du danger. Mais la vie sera insupportable là-bas pour ceux qui ne sont pas des ambitieux et des hommes de violence : les hommes de ma façon seront anéantis, ils n'auront pas le peu d'air nécessaire pour vivre. Et où fuir ? Le monde nous sera fermé et je ne peux pas vivre dans la prison d'un Etat qui me déteste lui-même comme étranger et ennemi. Impossible au cours des derniers siècles de trouver une situation plus critique que, justement, celle d'un juif autrichien, auteur de langue allemande. Il y en a, je sais, qui ignorent tout, on vient de m'appeler à Berlin pour prendre part à de nouveaux efforts : j'ai refusé, car je ne prends aucune responsabilité tant que ma force ne sait pas encore son but. Et je vois que le moment pour la raison n'est pas encore venu, il faut que la folie se détruise d'elle-même. J'espère que vous me comprendrez : ce n'est pas la défaite qui m'effraie (au contraire), mais la prison, la prison éternelle peut-être, l'impossibilité de s'isoler, l'obligation de se déclarer. Je suis tendu avec toutes mes forces contre l'invisible qui oppresse la liberté de l'homme : en ce moment, je vois qu'il n'y a qu'une vraie liberté, celle de l'individu. Libertés des peuples, c'est un mensonge, parce que les peuples enferment les hommes et jamais l'Etat n'est devenu autant l'élément de l'homme. Ce que nous vivrons sera l'état d'esprit du Japon avant 1846, où l'intrus était tué, où personne ne pouvait sortir hors des frontières, où l'homme était chose d'Etat, propriété, esclave d'Etat. Et je suis las de cette servitude féodale. Je veux m'appartenir à moi-même aussi. Je ne veux pas vivre toujours avec des « permissions » et des « certificats », voir ma vie vivante liée avec mille chiffons de papier. Je crois que j'userai toutes mes forces dans ce combat. Quel spectacle : une nation de 70 millions, isolée, emprisonnée, qui se dévore elle-même comme les araignées dans un pot fermé. Oh, vivre avec un peuple en haine, peuple sans joie ! Vivre et ne pas pouvoir agir parce qu'on est regardé comme étranger, comme ennemi de ce même peuple, pour les crimes duquel on expie ! Y a-t-il un conflit plus compliqué ?

Je sais bien, vous devez souffrir beaucoup, car l'attitude de la France depuis la gloire excède les pires présages. C'est une folie aussi, mais une folie qui n'a pas le désespoir pour excuse. Ce qui m'effraie, c'est le cynisme nu de la force, on ne cherche plus à cacher les instincts les plus brutaux, on ne prépare plus dans les caves comme autrefois mais en plein jour les instruments de torture et je me rappelle la description par Tharaud de l'exécution de Ravaillac, qu'on ralentit pour faire plaisir aux spectateurs. Et Wilson sera plié, j'en suis sûr, dans les mains dures du vieux Clemenceau. En Angleterre, après l'exécution, des bonshommes se lèveront dans le parlement et diront (comme après la conquête des Indes, la guerre de Transvaal) : « Nous avons agi malhonnêtement », Bernard Shaw montrera triomphalement l'hypocrisie – mais rien ne sera changé, ils seront maîtres du monde. Ce qui nous répugne, c'est qu'on abuse pour cela (car ce n'est que la *victoire*) des mots « liberté », « justice », qui nous sont si chers. Ah, j'ai relu votre *Triomphe de la raison*[1] – vraiment le monde ne change pas : celui qui connaît l'histoire connaît aussi le présent et le futur. Et on ne s'apercevra que très tard avec quelle lucidité vous avez prévu cette comédie.

Tristes fêtes, mon cher ami ! Triste avenir ! Mais vous avez au moins une grande tâche, d'être celui qui représente la raison française, la raison mondiale avec une autorité mondiale. Ne fléchissez pas en ce moment, ne laissez pas briser votre volonté par le dégoût : vous avez la satisfaction sublime d'être nécessaire pour des milliers comme espérance, un fanal dans la nuit immense de l'Europe. Votre présence invisible est pour nous l'espoir lui-même et pour moi presque le dernier.

Vous savez que Rütten & L. m'a envoyé le *Colas Breugnon* en allemand pour que je vous donne à critiquer la traduction : le même jour ils m'ont redemandé le manuscrit. Grautoff m'a écrit aussi, il se plaint amèrement que je ne lui aie pas écrit de Suisse et que je prenne part au complot contre lui. Je lui ai répondu que je ne pouvais pas correspondre avec lui en étant avec mes amis français tant qu'il était informateur au Auswärtiges Amt[2] et que je ne voulais pas user de l'amabilité du consulat allemand pour lui remettre les lettres. Il croit tout honnêtement qu'on peut être à la fois moralement indépendant et servir un gouvernement impérial. Je ne crois pas qu'il ait fait quelque chose de méchant, mais j'ai été obligé d'interrompre notre correspondance dans l'intérêt de

---

1. R. Rolland, *Le Triomphe de la Raison*, Paris, 1899.
2. Auswärtiges Amt : Affaires étrangères.

vous tous. Sa femme veut d'ailleurs venir en Suisse pour vous voir. Fidèlement vôtre

Stefan Zweig

―――◈―――

A Romain Rolland [lettre en français]
    [Rüschlikon, sans date : fin décembre 1918 ?]

Mon cher ami, je vous remercie de tout cœur pour vos bonnes paroles. Et voilà *(en esquisse)* la première des 5 ou 6 parties du livre sur vous, la partie biographique jusqu'à 1914. Car, je vous l'ai dit déjà, je veux montrer séparément votre vie personnelle en contact avec les écrits pendant la guerre. Dites-moi, je vous prie, les erreurs, les parties faibles. Je ne sais pas par exemple si vous désirez plus de détails sur votre jeunesse ou les années à Paris. Tout est esquisse, il manque souvent le rythme, mais vous voyez la manière générale. J'ai évité chaque mot qui pourrait être « littéraire », je veux écrire ce livre de façon qu'il puisse être compris par les simples aussi qui vous aiment bien. Mon grand livre sur Verhaeren a le défaut d'être une étude esthétique : je veux faire de celui-là un livre facile, qui se lit sans difficulté, qui se divise si clairement que chacun y peut prendre ce qu'il veut. Aidez-moi, je vous prie, dites-moi *franchement* les parties que vous trouvez faibles, je suis tout au commencement et je peux changer encore *tout*. D'ailleurs j'aime que vous me montriez des détails importants. Excusez-moi si je vous engage comme collaborateur, mais je veux faire le livre aussi authentique que possible, sans le faire confidentiel (je n'utilise pas le matériel des lettres privées comme Seippel). J'ai encore une copie, ne vous pressez point. J'écris maintenant la partie sur les drames et les autres premières œuvres.

Rütten & Lœning m'a redemandé le *Colas Breugnon* par dépêche sur l'instigation de Grautoff. Il me semble qu'il leur fait des difficultés et marchande en même temps avec un autre éditeur. La traduction est archaïque, seulement l'archaïsme allemand donne une certaine lourdeur de tournures, c'est une traduction baroque d'une œuvre rococo. C'est bien travaillé, mais pour mon avis trop pesant, trop lourd. Je ne sais pas si c'est sa faute, dans un certain sens le livre est trop français pour pouvoir être bien traduit : la gaieté devient un peu bouffonne et tordue. Mais j'avoue qu'ils se sont donné beaucoup de peine. Ce qui leur manque (dans le *Jean-Christophe* aussi), c'est le nerf musical. Vos œuvres sont « nées de l'esprit de la musique[1] », comme Nietzsche disait, il faut avoir un cœur de musicien pour les rendre. Le bon Grautoff cherche naturellement maintenant à redevenir internationaliste : il n'a rien fait de méchant pendant la guerre, mais il n'a rien fait pour nos idées – je vois partout dans ce pays malheureux maintenant l'effort de faire oublier. Mais le silence était très actif comme force pendant ces cinq ans, et celui qui n'a pas pris parti clairement a pris parti contre.

Ce qui se passe en Allemagne et en Autriche est terrible. Et le plus terrible c'est que les ouvriers, en méconnaissant leur force politique, cessent de tra-

---

1. Allusion au titre de *La Naissance de la tragédie* (1872).

vailler ou demandent des salaires qui sont ridicules. Les propriétaires qui voient que leurs usines travaillent avec pertes et se voient menacés de confiscation de leurs biens chôment eux aussi : par exemple le *Berliner Tageblatt* et la *Vossische Zeitung* ne paraissent pas à cause des demandes folles des ouvriers. Les ouvriers, au lieu de mener d'abord le combat politique, cherchent des avantages. Ce matérialisme leur coûtera cher et à tout le pays. On sent maintenant que les grandes villes sont artificielles et moralement malsaines : les grandes vérités de Tolstoï se montrent dans leur perspicacité formidable. Que cet homme devançait l'époque ! Sa mort a été une prophétie qui se réalise maintenant : l'industrialisme a tué l'âme et ruiné la justice, en créant une égalité artificielle ; et jamais on n'aimera tant la bonne terre que dans les temps qui viendront. Je bénis le jour où je ne vois que des arbres et la neige pure et claire ; plutôt crever que de rentrer dans une de ces fournaises, qui brûlent l'âme et la font dure comme l'acier.

Je fais maintenant un petit carnet en vers (très personnel, que je n'éditerai probablement pas) : un chant de révolte contre les Etats, qui étranglent la liberté personnelle. Plutôt être esclave d'un seul que d'une société bureaucratique, plutôt vivre sous le joug du cléricalisme espagnol que sous le socialisme prussien de Liebknecht (qui était grand tant qu'il était le martyr, qui est ridicule dès qu'il fait le Dictateur et se promène avec des mitrailleuses Unter den Linden). J'ai le dégoût d'une liberté qui est force brutale. Je comprends un élan de force, une explosion de liberté comme la Révolution française – je me refuse à un mécanisme de liberté, à un Etat-oppresseur, terreur réglementée. Oh, si l'union mondiale des prolétaires se faisait *au-dessus* des Etats, une union sacrée des ouvriers – mais pas une dictature nationale ! Et pour moi, qui connais les gens personnellement, quel spectacle de voir les nouveaux prétendants à la puissance ! Guilbeaux était au moins un courageux, un fanatique – mais eux, ces nouveaux Spartacus, ce sont des mécontents haineux, qui flairent l'argent et la puissance. Et au fond ils sont (ce que je ne leur pardonne pas) des nationalistes, des particularistes même : pour être internationaliste il faut l'amour de tous les peuples et non seulement la haine des riches, qui est, je l'avoue, internationale aussi, mais le foie jaune et non le cœur rongé de l'internationalisme. Moi, je ne me donne qu'à celui-là, l'internationalisme de la fraternité, non celui du combat social. Voilà ma tâche, la seule qui me rendra peut-être utile encore, si je sauve de mes heures de défaillance assez de force encore pour agir et combattre.

Bonne fête, mon cher ami, amitiés de nous deux, respects à Madame votre mère ! Votre

St. Z.

Quant à *Liluli*, je vous conseille de faire ou laisser faire par vos *amis* (Jouve, Masereel) une édition à souscription à 300-500 exemplaires, ce qui couvrirait les frais et restreindrait l'effet à un petit cercle d'abord. L'œuvre existerait pour l'élite et non pour la foule.

A Martin Buber

[Rüschlikon,] le 30 décembre 1918

Cher et admirable Monsieur Buber, je suis désolé que nous ne soyons pas du même avis : je vous redis seulement que quels que soient les gains et les pertes, on attribuera pendant des siècles en Allemagne la responsabilité du désastre aux chefs juifs (et de fait, leur sens de la désorganisation, leur impatience est responsable de beaucoup de choses). Je ne doute pas de la probité de votre position, mais il est regrettable que ce soit un Dr Cohn qui ait encaissé les millions russes. Dans ce moment décisif pour l'Allemagne, il ne convient pas que les responsabilités soient assumées par des hommes qui représentent, qu'ils le veuillent ou non, un autre peuple avec leur nom et leur sang : ce ne sont pas eux qui ont créé l'empire, et d'un autre côté, ce ne sont pas eux qui ont provoqué la guerre. Il m'aurait semblé plus clair que, de votre côté, vous ayez attendu que la construction s'amorce pour lui consacrer votre force spirituelle ; il faut certes agir, mais pas au premier plan. Je ne vois d'héroïsme aujourd'hui que dans l'action anonyme qui laisse parler les idées et ne se prononce pas elle-même. Mais ce jugement est peut-être tributaire de l'angoisse que me cause le destin de la nation juive, qui est aussi importante pour moi en ce moment que la nation allemande.

Vous me demandez ce que j'entends par profession de foi. Je l'entends sous la forme d'une réponse à des questions : quelle nation on ressent comme essentielle pour son propre compte, la juive ou l'allemande. Si l'on tient un empire national juif pour essentiel. Si l'on est disposé à s'y établir. Si l'on considère que la religion juive doit être préservée comme un élément de la race, si la profession de foi est le constat d'une appartenance raciale plutôt que d'une foi religieuse. Si l'on croit à un art et à une culture juifs spécifiques par rapport aux autres nations.

Ce ne sont que quelques questions de l'enquête à laquelle j'ai songé, et vous pourriez leur donner une formulation plus prégnante encore avec l'expérience et la culture mieux instruites et mieux assurées qui sont les vôtres. Si on le confiait à tous les juifs de la sphère intellectuelle en Allemagne et en Autriche, ce questionnaire apporterait de meilleures connaissances documentaires au sens le plus large. Et surtout : de la clarté vis-à-vis de l'extérieur et (ce qui est plus important pour tout le monde) de l'intérieur.

Je ne vois malheureusement jamais votre revue ici. Elle manque même au club du musée, où l'on trouve en général tout ce que l'on veut. Je regrette de ne pouvoir la lire : je me rattraperai à Vienne, où je me rends dans deux mois.

Avec toutes mes salutations,
Depuis toujours votre fidèle

Stefan Zweig

A Victor Fleischer
[Rüschlikon, sans date ; février 1919 ?]

Cher Victor, j'étais déjà en route, j'ai été heureux de voir ma maison à Salzbourg et de constater que la vie n'y était pas chère (la viande de bœuf est à 3 couronnes dans les restaurants, 5 dans les bons hôtels) et voulais me rendre à Vienne bien que le voyage soit épouvantable, mais j'ai dû retourner à Innsbruck pour aller chercher une valise et j'en ai eu assez. Je viendrai bientôt, quand j'aurai vu si Salzbourg est habitable et je voudrais enfin avoir la paix et pas des préliminaires de paix.

Pour ce qui est de l'affaire Tal [1], j'ai eu des nouvelles de lui. Je ne participerai évidemment pas, d'abord parce que je n'ai pas d'argent, et aussi parce qu'on est toujours réservé quand le financement principal vient d'un fabricant de papier. Votre projet de te faire diriger *seul* le bureau de Vienne me semble risqué : cette filiale coûterait *à elle seule*, d'après mes estimations, 60 000 couronnes par an, ce qui est trop pour un début. La *seule* chose qui est possible aujourd'hui, ce sont des fusions, et je voulais vous mettre en relation avec un certain Schweizer Verlag, qui vient d'être fondé.

Mon cher Victor, ne le prends pas mal. Mais pourquoi as-tu envie de devenir homme d'affaires ? Je vendrais de l'ail si cela m'assurait la liberté et la sécurité dans mon travail. La littérature même est une affaire perdue, la littérature mène au prolétariat le plus amer. Je crois qu'on n'a pas encore vraiment compris chez nous ce que cela signifie d'avoir perdu cette guerre, même les impôts les plus sévères n'arrangeront pas les choses, un pays n'*est* plus le

---

1. Ernst Peter Tal, ancien éditeur chez Fischer, fonda en janvier 1919 à Vienne les éditions E.P.Tal, avec la participation du Suisse Carl Seelig.

même quand il a perdu 100 milliards et chaque individu ne manque pas de s'en apercevoir. Je crois que nous vivons encore une période relativement facile, l'économie des assignats masque le chaos, mais il nous rattrapera.

Adieu, mon cher, je suis *vraiment* désolé. Mais en mars, je replie définitivement ma tente et je rentre à la maison pour tout mettre en ordre, pour – me marier[1] et fuir (pas Friderike mais toute la ville et son malheur, que je ne supporterais pas à la longue). Bien affectueusement, ton

Stefan

Salue de ma part ton aimable femme.

A Anton Kippenberg

[Rüschlikon,] le 27 février 1919

Cher Monsieur le Professeur, merci beaucoup pour votre bonne lettre et les corrections du Desbordes : seul le titre me gêne. Je ne peux pas signer tout le livre alors que je n'ai écrit que la grande introduction. Mettons peut-être plutôt Marceline Desbordes-Valmore, *Tableau d'une vie. Poèmes et lettres éditées par St. Z. Traductions de Gisela Etzel-Kühn.* Je m'en remets à vous, car nous n'avons plus beaucoup de temps pour échanger des avis ; vous pourrez décider

---

1. Une réforme du droit du mariage autrichien permit aux divorcés catholiques autrichiens de se remarier.

tout seul : je sais que le livre est entre de bonnes mains.

Ce serait dommage pour le Maupassant. Je me demande seulement si Fleischel[1] a *acheté* les droits, sachant qu'il existe une infinité d'autres traductions et que la situation juridique est très embrouillée. Peut-être faut-il cependant compter *selon toute vraisemblance* sur la méchanceté des Français à l'égard des Allemands ; ils ne manqueront pas une occasion de crier au vol.

Il faudra que nous parlions un jour de tout cela. De l'affaire Verlaine aussi. *Dans tous les cas*, il faudrait publier le petit volume qui était paru auparavant chez Schuster & Löffler, et bien réfléchir à un volume plus étendu. La matière est presque prête, elle est chez moi à Vienne : il faudrait seulement que je sache si vous avez déjà *payé* l'autorisation à Paris ou si vous avez seulement conclu un accord. Au cours actuel, les droits coûtent une fortune.

Je crois que le mieux serait, de façon générale, de ne pas faire trop de choses, de réactualiser les belles éditions anciennes et de les compléter : la littérature mondiale est si bien cultivée chez vous que vous pourrez tranquillement observer à présent la faillite de la moitié des nouveaux éditeurs dans le chaos épouvantable qui nous attend. La *plus prometteuse* de toutes les grandes entreprises serait (ne souriez pas) mon ancien projet de livres en français, de livres en anglais et d'éditions *en regard*. Le public *a soif* de romans français ; à Vienne, actuellement, on paie 28 couronnes pour un volume relié à 3 F 50. On

---

1. Fleischel : les éditions Fleischel & Co. (Berlin.)

pourrait publier en allemand un beau Balzac, Baudelaire, Byron, des anthologies : *avec la différence des cours, il faudra des années, croyez-moi, avant qu'on puisse acheter de beaux livres étrangers.* C'est le moment de lancer en Allemagne une bibliothèque de livres étrangers de qualité, bien choisis et bien imprimés (d'autant plus que Heitz-Strasbourg tombe et que Tauschnitz [1] va faire faillite avec les interdictions françaises). Réfléchissez-y précisément, pensez à l'avantage qu'il y aurait à libérer l'Allemagne du lourd impôt des importations de livres, et à publier de la littérature étrangère *nous-mêmes*. Je prendrais volontiers la direction de la collection, surtout des éditions *en regard*, car l'étude des langues va être rendue *très* difficile faute de professeurs ; beaucoup de ceux qui se perfectionnaient auparavant en voyageant sont à présent *contraints* de le faire en lisant.

Cher Monsieur le Professeur, je crois avoir toujours reconnu mieux que la plupart des autres le sens et les orientations de chaque époque. Je vous le dis : pour les éditions Insel, qui sont aujourd'hui confrontées comme tout un chacun à un tournant décisif de leur destin, ce serait le plus *magnifique* et le plus *rentable* des projets. L'Allemand voudra toujours lire les chefs-d'œuvre français, anglais, italiens. Il pourra difficilement les acheter à l'étranger (les importations vont être réduites au minimum pour des *décennies*) et ne sera *guère disposé* à soutenir ces pays. Mais si vous créez une bibliothèque de littérature étrangère sur

---

1. Tauschnitz : maison d'édition fondée en 1937 par Bernhard Tauschnitz, qui publia à partir de 1841 la « Tauschnitz Edition of British and American Authors ».

une base large et progressivement élargie, *toute la nation* sera avec vous. Ce n'est *pas* avec des traductions mais avec des *éditions originales* qu'on peut encourager l'internationalisme et les métiers du livre allemands par la même occasion.

Ce que je vous dis là me semble si évident et si logique qu'une objection serait à peine imaginable. Beaucoup ne demanderont qu'à transformer de l'argent en livres, et les capitaux ne manqueront pas d'affluer si ce projet voit le jour. Je prendrais *très* volontiers la direction de cette bibliothèque. Voici l'idée que je m'en fais :

Edition 1) français, anglais, italien, espagnol et grec seulement.

Edition 2) en regard, en reprenant tout simplement les maquettes du texte étranger, fort coûteuses

Eventuellement édition 3) Uniquement des traductions avec la maquette existante.

D'abord des classiques. Dans quelques années, on pourrait peut-être acheter aussi des œuvres originales (Verlaine, Wells, etc.). Et dans tous les cas, on exporterait *d'emblée* en Pologne, en Russie, Scandinavie. Je crois vraiment être capable de diriger une telle collection de main de maître, de surveiller les textes et de vérifier les corrections avec des amis. Je veux me retirer de la capitale et j'ai enfin le loisir de me livrer à un tel travail, qui réaliserait pour l'Allemagne, dans un style monumental, l'idée de ma vie, l'internationale de l'art. Bien entendu, les choix doivent se porter sur ce qui *nous* paraît vivant dans la littérature étrangère, *pas* sur Corneille, La Rochefoucauld, Bossuet, mais les *vrais* classiques. Des éditions de Gobineau et de De Coster, qui sont mieux acclimatés chez nous que dans leur pays. Je crois que nous pourrions entreprendre ainsi ensemble une œuvre importante et que vous pourriez assister avec satisfaction à l'empoignade des autres éditeurs allemands, qui se disputeraient les dernières nouveautés, sans pour autant vous résigner. Les éditions Insel possèdent déjà les traductions de beaucoup de chefs-d'œuvre, elles ont donc davantage vocation à réaliser ce projet que toute autre entreprise.

Qu'en pensez-vous ?

A propos de la remarque amicale que vous avez faite au sujet de ma vie future, je voudrais encore vous apporter une confirmation. Oui, je pense me marier très prochainement. Je vis depuis des années en concubinage (mais très agréablement) avec Madame de Winternitz, à qui j'ai dédié mon *Jérémie* et dont un superbe grand roman paraît en ce moment chez S. Fischer. Comme elle est catholique et divorcée, un second mariage en Autriche équivaudrait à la bigamie et tomberait sous le coup de la loi. Nous avons patiemment attendu que la vieille Autriche s'effondre et nous nous installerons en mai ou en juin à Salzbourg, où un petit château entouré d'un magnifique jardin représentera à peu près ce qui reste de notre fortune autrefois très conséquente – avec une petite rente, si Spartacus nous épargne. Mais j'ai fait depuis longtemps une croix sur tout, je sais que lorsque nous serons en paix, tout ira bien pour moi, je ne désire pas davantage en définitive qu'un jardin et une maison. Et si cela ne va pas, je vendrai ma collection aux enchères ; je ne rêve que de passer à nouveau cinq ans dans mon bureau avec mes livres. Une vie amère attend tous les Allemands, nous allons tomber plus bas que la plupart ne s'en doutent, mais si nous retombons sur nos pieds et non sur la tête, nous pourrons continuer. Adieu, saluez très affectueusement votre admirable épouse. Votre fidèlement dévoué

Stefan Zweig

P.S. Pourriez-vous demander que l'on vérifie s'il existe déjà des traductions de ces deux livres :
1) Renan, *Souvenirs d'enfance et de jeunesse*
2) Berlioz, *Mémoires*
Ils sont superbes.

Eventuellement, je pourrais m'atteler à ce grand projet de bibliothèque : les 30 ou 50 premiers volumes, dans une édition simple de 200 pages, 400 pages pour les éditions en regard.

Je crois même que ce projet pourrait recevoir un puissant soutien officiel, à cause des impôts et de la protection du change, et tous les libraires allemands accorderaient une place de choix à ces volumes par intérêt patriotique.

A Anton Kippenberg

Rüschlikon près Zurich
Hôtel Belvoir
le 16 mars 1919

Cher Monsieur le Professeur, je vous remercie pour les propos personnels si aimables que vous m'avez adressés, et si je les mets de côté pour en venir rapidement au fait, c'est parce que j'ai beaucoup à vous dire et que je vous écris alors que mes valises sont déjà bouclées.

Je suis heureux qu'avec la générosité qui vous est coutumière, vous ayez admis que seule une collection aussi monumentale et vraiment culturelle pourrait soustraire totalement Insel à la concurrence qui oppose les autres éditeurs à propos de petits auteurs (un jour, on trouvera risible que les éditeurs se soient « battus » pour Hasenclever [1]). Votre maison se tiendra ainsi à l'écart de la chasse aux nouveautés, elle aura le temps d'attendre patiemment ce qu'il y a de meilleur et surtout : elle donnera à l'Allemagne une grande contribution nationale, comme la Bibliothèque Insel et la Bibliothèque des Romans. Si vous êtes d'accord sur le principe – pour les raisons déjà évoquées, la dépendance à l'égard des devises étrangères dont on pourrait s'affranchir en imprimant nous-mêmes des livres étrangers, et l'indépendance morale vis-à-vis de l'étranger –, tout se passera *pour le mieux*. Je vous conseillerais seulement d'affecter un capital séparé à cette collection au sein de la maison d'édition. A l'heure actuelle, il sera encore très facile de trouver de l'argent et il serait bon de préparer d'ores et déjà le terrain et de mettre de côté certains capitaux. Cette collection doit s'imposer d'emblée de manière massive, avec 10 volumes *au moins*. La série de classiques de Fis-

---

1. Walter Hasenclever (1890-1940), dramaturge expressionniste.

cher[1] a échoué parce qu'elle n'avait pas le bon rythme.

Il faudrait à présent partager le travail pour aller de l'avant. Il faudrait établir dès *aujourd'hui* une maquette (je pense toujours à la Everymans Library, en ajoutant une couverture cartonnée, mais pas la même que dans la Bibliothèque Insel, parce que les autres volumes sont trop précieux), un plan de comptabilité, et décider surtout si vous acceptez l'idée des trois éditions a) originale b) en regard c) traduction seule, qui réduit de moitié les frais de composition. Je sais très bien que la maison Insel va devoir investir une forte somme d'argent, mais il est encore facile de trouver cette somme aujourd'hui, l'argent viendra de toutes parts (je pourrais moi-même vous soutenir) ; en second lieu, les éditions Insel seront désormais *au centre de la culture allemande*, et si tout se produit comme je le prévois, de la culture européenne dans vingt ans. Car je ne doute pas que nous puissions publier dans trois ou quatre ans Flaubert, Wilde, Swinburne, sans payer de droits, et dans dix ans des auteurs vivants du monde entier. Si l'entreprise est d'emblée ambitieuse, elle pourra être la plus belle d'Allemagne. Vous me connaissez suffisamment pour savoir que je ne harcèle pas volontiers les autres, mais dans ce cas, je ne vois pas de possibilité d'échec, je n'attends qu'une réussite illimitée.

---

1. Les « Tempelclassiker » de Fischer, sur le modèle des *Temple Classics* anglais : les œuvres complètes ou choisies de 10 auteurs (70 volumes au total) parurent entre 1909 et 1913 aux éditions Tempel-Verlag (réunion de Fischer, Eugen Diederichs, Carl Ernst Pœschel, Hans von Weber, Julius Zeitler).

Mais il faut voir suffisamment grand, être suffisamment intrépide et rapide pour que toute tentative d'imitation soit d'emblée vouée à l'échec par la supériorité écrasante de cette collection. Il faudrait publier dès maintenant dans les revues et dans le *Börsenblatt*[1] une annonce générale.

Je suis prêt à assumer les fonctions de directeur de rédaction, c'est-à-dire le choix des volumes en accord avec vous. Hormis la fabrication, Insel serait déchargé de tout le travail : révision des textes, relation avec les auteurs (correcteurs), révision des traductions, négociations avec les éditeurs étrangers et autres. A Salzbourg, j'ai assez de place ; un ami remarquable qui va loger chez nous (il est assistant d'université en littérature française et anglaise) pourrait être l'auxiliaire idéal, sans parler de ma femme. A l'exception d'une dactylo en matinée, je n'ai pas besoin d'autre personnel, je vous déchargerais de toute la correspondance (demandes, offres). Mes conditions seraient les suivantes : 1) des honoraires d'édition par volume (parce que nous ne pouvons prévoir l'étendue de l'entreprise, qui dépassera peut-être un jour les limites du continent) 2) un pourcentage sur les nouvelles éditions 3) un versement unique de 5 000 Marks pour les archives, les rangements, la machine à écrire, les bureaux, ce qui me semble très peu, étant donné que les locaux sont mis à disposition gratuitement.

Je confierai la correction de chaque volume à un professionnel, mais la reverrai moi-même. Je considère que si elles ne peuvent pas être reprises,

---

1. *Börsenblatt für den deutschen Buchhandel* (revue de l'Union des Libraires allemands).

les préfaces sont superflues. L'important, c'est que la qualité de l'impression soit belle et que le format soit idéal pour une bibliothèque. Une *édition sur papier fin* serait évidemment la *meilleure* des solutions. Mais est-ce encore accessible ?*

Je ne me fais pas de souci pour Tauschnitz. Nous ne marchons pas sur les mêmes plates-bandes. Il a surtout des livres faciles, à la Engelhorn [1] : avant la guerre, déjà, personne n'achetait les bons auteurs comme Shakespeare chez Tauschnitz. Vous verrez la liste que j'ai établie : elle contient *exclusivement* des auteurs de valeur et des classiques *vivants*.

Je crois que nous nous entendrons toujours. Si je veux me charger de l'édition, ce n'est pas pour gagner quelque argent mais parce que je vais ainsi mettre en acte la grande idée de ma vie, parce que je sais que je suis assez consciencieux et cultivé pour remplir cette fonction mieux que personne en Allemagne. Le contrat que nous allons conclure devra s'étendre sur quelques années ; bien entendu, vous resterez propriétaire de l'entreprise : je voudrais seulement m'assurer que les ouvrages porteront la mention « Collection fondée par Anton K. et St. Z ». Comme titre, on pourrait penser à « Die Meisterwerke », « Les chefs-d'œuvre », ou à un nom *latin* comme *Bibliotheca mundi*. Regardez à présent la liste que j'ai établie en un tour de main, sans l'aide de personne : j'ai dû oublier les plus beaux titres, car

---

1. La maison d'édition fondée par Johann Christoph Engelhorn à Stuttgart en 1860 publia à partir de 1884 une collection de romans populaires enrichie d'un nouveau volume tous les quinze jours.

tous mes livres sont emballés. Mais cela vous donnera déjà une idée. La collection comprendrait des *anthologies, des recueils de différents poètes, des recueils de lettres* d'une telle qualité qu'ils supplanteront même les éditions françaises et seront des modèles du genre. Il faut avoir le sens de ce qui est vivant chez nous en Allemagne et ne pas s'en tenir aux notions classiques : Corneille, Bossuet, Milton, Voltaire ne sont pas vraiment vivants en Europe, pas davantage que Lessing et Klopstock. Je veux une échelle très élevée, très nouvelle, très européenne : je veux des livres universellement vivants. Dans toute la liste, il n'y a pas un livre qui ne soit non seulement célèbre, mais surtout *important* et *vivant* pour nous. Le *Vicar of Wakefield*, que vous avez cité, est mort à mes yeux, de même que les *Promessi Sposi* de Manzoni. Voilà comment j'envisage cette bibliothèque : uniquement composée de livres vivants.

Voilà pour aujourd'hui. Je vous demande de m'adresser votre réponse à Vienne. Si les choses prennent un tour sérieux, je viendrai à Leipzig pour conclure un accord solennel. Je me dis seulement qu'il faut assurer dès aujourd'hui le capital chez Insel : nous allons vivre des temps difficiles et mieux vaut être puissant.

Je vous écrirai une autre fois à propos des *Souvenirs* de Renan. Le livre de l'homme le plus sage de France est depuis des années ma consolation, je l'ai lu au moins dix fois. Dès qu'il sera possible d'acheter les droits, il faudra le publier.

Avec les salutations de votre fidèle

Stefan Zweig

* Dans ce cas, il faudrait conclure un gros contrat avec une imprimerie.

Calibre des volumes : 250-350 pages

France : Baudelaire, *Les Fleurs du mal*
         Anthologie des poètes français
         Lettres d'amour (de différents auteurs de tous les temps, un livre pour les femmes)
         Tillier, *L'Oncle Benjamin*
         Stendhal, *De l'amour* (et d'autres par la suite)
         François Villon, *Poèmes*
         Montaigne, *Essais*
         Molière, 4 volumes
         Alfred de Musset : *Proverbes* (les ravissantes petites comédies en vers)
         Rousseau, *Confessions*
         La Fontaine, *Fables*
         Rabelais, *Gargantua*
                Pantagruel
         Ronsard et la Pléiade (poèmes français anciens)
         Prosper Mérimée, *Nouvelles*
         Balzac, *Le Père Goriot* (puis d'autres)
         Napoléon, *Lettres et souvenirs*
         Vigny, *Cinq-Mars*
         Pascal, *Pensées*
         Henri Heine, *Le Salon*
         Sainte-Beuve, *Lundis*
         George Sand, *Indiana*
         Desbordes-Valmore, *Lettres et poèmes*
         Madame de Staël, *De l'Allemagne*
         Diderot, *Contes*

Perrault, *Contes*
Les cent nouvelles nouvelles

Plus tard :
- Flaubert
- De Coster
- Victor Hugo
- Gobineau

Angleterre :
- Walt Whitman, *Leaves of grass*
- *Anthology of poets*
- Emerson, *Representative men*
- Carlyle, *Heroes*
- Poe, *Extraordinary Novels*
- Fielding, *Tom Jones*
- Shakespeare : 8 volumes
- *The Prae-Shakespaerians* (un volume de drames de l'époque de Shakespeare)
- Keats, *Poems*
- Byron, *Choix de poèmes, lettres, Mémoires.*
- *English Love Letters*
- Macaulay, *Essais*
- Dickens
- Thackeray
- Defoe, *Robinson* et *Moll Flanders*
- Swift, *Gulliver*
- Keats, *Poèmes et lettres*
- Tennyson, *Enoch Arden*

Plus tard :
- Wilde
- Kipling

Italien :
>   Dante, *La commedia*
>   Boccacio, *Il Decamerone*
>   Leopardi
>   *Poèmes et lettres de la Renaissance* (Michelangelo, Raffael, Colonna, etc., etc.)
>   *Poemi Scelti*
>   Petrarca, *Canzonniere*
>   Goldoni, *Commedie*

Espagne
>   *Don Quichotte*
>   Calderón, 4 volumes (traduction du baron Otto Taube)
>   Lope de Vega

Auteurs latins

Auteurs grecs (Homère, Euripide, Eschyle, etc., etc).

A Jean-Richard Bloch[1] [lettre en français]
>   Rüschlikon près de Zurich, Hôtel Belvoir
>   le 23 mars 1919

Mon cher Jean-Richard Bloch, je viens de recevoir vos lignes amicales et ferventes et je vous remercie

---

1. Jean-Richard Bloch (1884-1947), écrivain français, cofondateur de la revue *Europe*.

de tout mon cœur. Je croyais à un certain point de ma vie que les amitiés durables, la fraternisation intime étaient un privilège de la première jeunesse : mais pendant cette époque infernale, où j'ai perdu tant d'amis, quelques-uns par la mort et beaucoup plus par la faiblesse de leur âme, j'ai senti la possibilité d'affections nouvelles. J'ai pu aimer des hommes comme des frères et plusieurs d'entre vos amis, surtout le cher Jouve et le grand Rolland, sont devenus pour moi des éléments vivants et inséparables de ma vie intellectuelle et morale. Je ne demande pas mieux, mon cher Bloch, que nos relations aussi puissent devenir toujours plus amicales : depuis de longues années vous m'avez été cher par l'affection de Léon Bazalgette qui aimait tant parler de vous et qui me faisait vous connaître. Peut-être nous serons plus isolés chacun après la paix que pendant la guerre : car il arrive maintenant une époque où la foi (comme tout) devient objet d'étalage, où tout ce que nous avons senti depuis des années secrètement et amèrement sera abusé par les arrivistes et les politiciens comme leur idéal. Et peut-être la réalisation (extérieure) de nos idées nous fera retirer plus de la réalité que leur échec (car la réalisation, c'est-à-dire la vulgarisation, est la mort même d'une idée). Tous ces congrès socialistes, humanitaires, toutes ces foires des consciences me font horreur. Travaillons dans nos âmes et sans succès extérieur (comme vous avez édifié le beau recueil de *L'Effort libre* dans le vide, mais en le rendant tout de même impérissable pour toute une élite). Vous m'avez dit que vous étiez de mon avis de ne pas chercher les réalisations rapides : nous resterons très solitaires avec cette façon de travailler pour l'invisible. Mais restons peu ! Restons un groupe, mais soyons fraternels, nous les quelques-uns. J'ai vécu des jours inoubliables sur cette île de Suisse avec vos amis : et nous étions si heureux, si confiants, parce que nous fûmes tous ensemble un grain de poussière dans le terrible tourbillon. Je dis : heureux les petits Etats, heureux les isolés, heureux celui qui ne vit son but que dans l'intimité de son succès ! Je ne connais que deux hommes de cette époque qui ont été plus grands que leur succès : Tolstoï et Rolland. Tous les autres ont succombé. C'est pour cela que je renforce en moi la patience. Je ne veux rien pour demain, ni pour l'humanité, ni pour moi : et j'aime ceux qui ne craignent pas l'oubli et l'ingratitude.

Dans peu de jours je dirai à Amann vos paroles, j'habiterai mon ancien logis. Le cher ami s'occupera de votre roman et je le placerai : tout est réglé autant que l'instant le permet et nous n'attendons qu'un terme certain pour faire des propositions à votre éditeur ou à vous-même. Je ne comprends pas que le succès extérieur ne soit pas plus frappant : rarement un roman a eu plus de vision artistique et même prophétique avec de telles forces de réalité que le vôtre. Mais je ne vous plains pas. Il faut passer par ce long chemin d'indifférence morale pour rester sur la bonne route : tous ceux qui cherchent des raccourcis pour arriver plus vite se sont égarés.

De tout cœur à vous, cher Jean-Richard Bloch, votre

Stefan Zweig

Bientôt mon livre ! Tâchez d'en envoyer un par

Jouve à Amann, qui ne le connaît qu'en manuscrit.
Il vous écrira bientôt.

A Friderike Maria von Winternitz

Jeudi
[Vienne, sans date ; début avril 1919 ?]

Ma chère, je te transmets quelques lignes par Lisi.
Le courrier marche terriblement mal, le téléphone
aussi. Je ne peux jamais te téléphoner le soir parce
qu'il faut que j'aille au restaurant qui ferme à huit
heures et que je n'ai jamais l'interurbain depuis là-
bas. Jusqu'à maintenant, pas une *ligne* pour Rolland.
Je me suis occupé du courrier, j'ai vendu des livres
pour 1 200 couronnes, des ennuis et des soucis, entrecoupés du matin au soir par le téléphone. Mais
je suis joyeux et détendu, la Conseillère de cour ne
me reconnaissait plus. A la maison, on me nourrit
abondamment, on me gâte. Mes parents t'attendent
dans les dispositions les plus aimables [1], on veut te
donner toute une série de meubles, des rideaux, du
linge, des services, ma bonne mère est vraiment
touchante, mon père est très vieux et son esprit a
beaucoup décliné. Sinon, on exagère beaucoup à
propos de Vienne, tout est très cher effectivement,
mais tout le monde est très content en dépit de la
proximité du bolchevisme. *Jérémie* sera joué en mai,

---

1. Zweig n'annonça à ses parents son intention de se marier qu'en janvier 1919.

je ne suis pas très enthousiaste, pas plus que pour les conférences.

Dis-moi quand tu vas arriver. Si tu veux loger chez moi. Si je dois t'envoyer de l'argent. Je donne 1 000 couronnes à Lisi pour vous et quelque chose pour elle. Vas-tu venir bientôt ? Ne t'inquiète pas trop pour les enfants, ils iront bien même en ton absence. Il faut faire en sorte de tout arranger. La bonne Madame Mandl voudrait bien venir chez nous *pour se reposer* (donc pas à mes frais), il serait *infiniment précieux* pour moi que cette maîtresse femme puisse organiser les archives là-bas et mener à son terme l'affaire Rolland-Dostoïevski. Elle apporterait ses draps. Ma chérie, pense que ce serait merveilleux pour le pacha Stefan. Il faut juste lancer la machine pendant ces premiers mois, puis elle marchera toute seule. Et c'est une excellente femme d'intérieur. Je crois que tu n'es pas très pour. Mais c'est la seule personne parmi tous mes amis qui puisse m'aider. Rieger [1] est la neurasthénie personnifiée.

Pour préparer mes affaires ici, je vais engager mes vieux trabans, Josef, Madame Mandl, Stockbauer, pour que tu sois déchargée de tout. Chez mes parents, j'ai trouvé un trésor : un très vieux coffre de voyage en fer, magnifique, qui appartenait à mon grand-père italien : ce dont je rêvais pour mes manuscrits. Il est depuis vingt ans dans le grenier et je n'en savais rien. On me donne aussi de l'argent liquide, de 20 à 30, ce qui va couvrir les frais nécessaires. Tout est donc en ordre et tout ira à peu près bien,

---

1. Erwin Rieger (1889-1941), écrivain autrichien, ancien collègue de Zweig aux Archives de guerre.

sauf si le communisme est déjà là après-demain. Viens donc aussi vite que possible. Nous nous réjouissons tous beaucoup de ta venue. Affectueusement ton
Stefzi

Mangez autant que vous pouvez !

Madame Mandl a trouvé de très bons matelas chez une amie, ma mère a des couvertures, Alfred va te faire cadeau d'un tapis, j'espère que cela ira. Télégraphie-moi quand je devrai venir te chercher.

A Romain Rolland [lettre en français]
Vienne, le 4 avril 1919

Mon cher et grand ami, je suis depuis une semaine à Vienne et je goûte fort l'état extraordinaire et passionné de cette ville qui, abattue et affamée, a conservé sa légèreté et où le désespoir s'est tourné vers un excès de plaisir. Tout est énormément cher et on dépense l'argent à pleines mains, nul n'a souci du lendemain, c'est une grande danse sur un volcan : on s'amuse éperdument, avec la frénésie d'oublier. Chaque jour, chaque heure, le bolchevisme peut éclater : le luxe ne diminue pas, au contraire, il se décuple. Personne ne pense aux questions morales, tout est englouti dans un gouffre énorme de vie fumante et lascive. Après la Suisse rigide, peureuse et sérieuse, le contraste est si frappant, si séduisant, que je ne regrette pas d'être venu. Mais je désespère de pouvoir être utile. L'argent, l'argent factice, les assignats étouffent tout, l'esprit se plaît en railleries et moqueries : le désespoir prend des formes perverses et troublantes.

Il en va tout autrement à Salzbourg ; dans les petites villes, on travaille, on rebâtit, on construit. Et on voit la grande vérité de Tolstoï : les villes sont les mensonges vivants d'un pays, les champs, la nature, la grande vérité. J'ai grande envie de m'enfuir, de me cacher quelque part, de ne jamais souiller mon pied avec la boue des rues ni mon âme avec l'haleine étouffante des grandes capitales. Ma maison à Salzbourg me séduit beaucoup, j'espère pouvoir m'y installer au mois de mai.

Je donnerai ma conférence sur votre œuvre la semaine prochaine. Je n'attends pas trop du public viennois : il est trop occupé par sa frénésie de vivre pour entendre une parole. J'ai peut-être eu tort de choisir ce moment. Mais je ne cherche pas le succès et plus une entreprise me paraît défavorable, plus elle me tente. Je vous écrirai mes impressions.

Je verrai un de ces jours Amann. Les autres littérateurs de Vienne sont si loin de moi : j'ai vu l'un ou l'autre de mes anciens amis. Nous ne parlons pas la même langue. Nous ne nous comprenons plus. Ils ne connaissent que les quatre murs de leur prison, ils ont oublié le monde. Et leur âme est fatiguée comme leur corps. Moi, au contraire, depuis que je suis revenu, je me sens plus ardent que jamais : hier, pèlerinant dans un quartier ouvrier, les poings tremblants dans ma poche, j'ai vu la misère énorme, les enfants en haillons, les visages creusés, et pendant que je regardais leurs pauvres baraques, j'entendais les sillons des autos de luxe qui passent à pleine vitesse à travers cet enfer, passent comme un éclair pour ne pas voir cette misère. Jamais je n'ai eu plus de soif de justice dans ma vie et je crois que cette société se consomme elle-même à mort, elle qui passe au-dessus de toute cette misère qui est même trop faible pour se relever et pour crier, pour demander.

Et vous, mon cher ami ? Resterez-vous ? Je crois que la Suisse n'a plus rien à donner à notre vie : elle a été un asile. Mais nous ne sommes pas des coupables : le temps est venu de se montrer, de combattre. Et je suis sûr qu'à Paris, on vous attend impatiemment. N'oubliez pas, je vous en prie, de m'envoyer votre *Colas*, la poste accepte de nouveau les « charges » et je serai heureux de recevoir cette œuvre admirable.

Ici, nulle haine, nul reproche. Est-ce indifférence, est-ce bonté ? Ou seulement la faiblesse, qui ressemble si dangereusement à la bonté, et qui est si souvent son contraire. Je suis trop neuf ici dans ce monde pour pouvoir tout comprendre : mais vous aurez bientôt de mes nouvelles. Fidèlement votre
Stefan Zweig

A Romain Rolland [lettre en français]
       [Vienne, sans date ; cachet de la poste :
14 avril 1919]

Mon très cher et grand ami, j'ai donné ma conférence sur votre œuvre [1] avant-hier. La salle était comble et

---

1. La conférence avait pour but de défendre la « Déclaration d'indépendance de l'esprit » de Romain Rolland, qui fut soutenue

je peux être content, car on me suivait avec ardeur. Voilà un des comptes rendus, qui a bien raison de me reprocher un peu ma violence envers les nouveaux renégats, mais il faut – à mon avis – marquer la distance entre ceux qui ont souffert pour les idées et ceux qui les accaparent. Ce qui me répugne le plus, c'est qu'on n'a pas ici le sentiment de l'humiliation, qu'on ne sent pas l'épreuve morale dans la défaite. On a peur pour l'argent, on veut manger – c'est tout. On accepterait tout, un protectorat chinois ou américain, pourvu qu'on puisse s'amuser sous le nouveau régime. Et cette légèreté du peuple (très heureuse) est aussi celle des intellectuels, ils ne sont nullement préoccupés par la politique. Et moi-même, je sens l'infection : je me sens plus léger, plus indifférent ici que jamais en Suisse, je suis presque heureux, parce que c'est si facile ici d'oublier. Ce qui intéresse le plus ici l'artiste, c'est la grande bataille pour et contre Richard Strauss, qui devrait être le directeur de l'opéra !!! D'ailleurs : cela vous intéressera. Un ami de Strauss, un de ses intimes me raconte qu'il a été un peu choqué par *Jean-Christophe* parce qu'il a cru se reconnaître dans la figure de Hassler (visite de Jean-Christophe chez Hassler !). C'est seulement pour cela qu'il est resté si indifférent à votre œuvre. Quel malentendu ridicule !

Strauss et Reinhardt veulent fonder un grand théâtre – à Salzbourg, malheureusement. La charmante petite ville, ma retraite, deviendrait alors un Bayreuth ! J'ai un peu peur, car je déteste ces foules

---

par Jouve, Barbusse, van Eeden, van de Velde, Bertrand Russell, Benedetto Croce...

de snobs pour ma vie calme. Toutefois – cela prendra encore des années. Je déménage la semaine prochaine, vers le 1er mai, et je finirai le livre sur vous. Avez-vous déjà expédié le *Colas* ? Je l'attends avec ferveur.

Ces quelques mots seulement pour aujourd'hui.
Fidèlement vôtre

Stefan Zweig

Ma femme vous envoie ses meilleurs compliments.

―――◄o►―――

A Georg Minde-Pouet [1]
Nouvelle adresse permanente :
Salzbourg, Kapuzinerberg 5
le 13 juin 1919

Cher Monsieur le Professeur !

Je vous remercie de tout cœur pour l'envoi de l'ode de Kleist, que j'ai reçue avec grand plaisir. Si je peux mettre à votre disposition un de mes manuscrits de Kleist, je le ferai volontiers dès que les liaisons postales offriront une garantie absolue de sécurité. Les manuscrits de Kleist que je possède, outre cette *Ode à Germania*, sont le *Chant de guerre des Allemands*, le poème à *Friedrich Wilhelm*, à *l'empereur*

---

1. Georg Minde-Pouet (1871-1950), germaniste, éditeur de Kleist, directeur de la bibliothèque Deutsche Bücherei de Leipzig depuis 1917.

Franz, à *la reine Louise,* ainsi que six vers de *La Cruche cassée.* J'ai aussi un poème de *Fouqué à Kleist* écrit après son suicide. Je pourrais également vous aider dans vos travaux sur Kleist en vous faisant découvrir une étonnante collection qui a déjà rendu de précieux services à quelques chercheurs ; je possède presque tous les catalogues de ventes de manuscrits et ceux des libraires à partir de 1838, année où fut imprimé en Allemagne le premier catalogue d'une vente, ainsi que la plupart des catalogues imprimés de collections particulières, ce qui permettrait de retrouver au moins une trace de toutes les lettres qui ont été mises en vente depuis un siècle. Le professeur Castle a fait ainsi beaucoup de découvertes pour ses éditions de Lenau, de même que le Dr Hirth pour ses lettres de Heine. Peut-être trouveriez-vous dans ces 2 000 catalogues quelques indications relatives à Kleist. Je cherche à compléter autant que possible cette collection unique : dans une période plus calme, je voudrais écrire un ouvrage de fond sur les collections de manuscrits et la science des manuscrits.

Je vous envoie l'article sur la Bibliothèque allemande que j'ai découpé. Cela m'a fait grande impression et je vous félicite pour la belle mission qui vous attend là-bas. Il faudrait mettre en place une collection de manuscrits de tous les auteurs allemands vivants. Je ne crois pas qu'un seul d'entre eux refuse quoi que ce soit, car il y a là-bas une atmosphère vraiment paisible et une belle communauté, lourde de sens. Je me réjouirais de revoir un jour ces lieux et de faire votre connaissance à cette occasion.

Avec mes meilleurs compliments,
Votre très dévoué

Stefan Zweig

A Ida Dehmel

Salzbourg, Kapuzinerberg 5
[sans date ; 12 juillet 1919 ?]

Chère Madame Dehmel, je vous remercie de m'avoir écrit, même si votre lettre était sévère. J'écris aujourd'hui à Dehmel : je crois que vous vous méprenez gravement sur mon compte en prétendant que je *le* compte parmi les responsables, parmi ceux qui auraient à attester aujourd'hui que l'effondrement d'un peuple doit être vengé. Votre mari a été à mes yeux une des figures les plus pures de la guerre : je me souviens que bien que passionnément opposé à ce conflit, je vous avais écrit – apprenant que cet homme aux cheveux gris était parti au front – que je lui vouais une admiration sans pareille. Plus de dix fois (Ludwig[1] pourra en témoigner), lorsque des littérateurs bornés ne comprenaient pas sa façon d'agir, je leur ai dit que nul n'avait le droit d'émettre le moindre doute à son sujet. Et si je l'ai exhorté à passer à l'acte aujourd'hui, fort de cette pureté d'intention, à devenir un guide pour le peuple, qui est aussi mal dirigé aujourd'hui qu'à l'époque de l'empereur Guillaume, et de façon tout aussi partisane – c'est là mon juge-

---

1. Ludwig : Emil Ludwig.

ment personnel — il me semble avoir dit de quoi je le croyais capable, *justement parce que nous ne partageons pas les mêmes vues*. Je ne *peux* ni ne *veux* plus entendre parler de sentiment national depuis que j'ai vu combien d'hommes ont été sacrifiés à cet idéal (aussi sublime soit-il), mais c'est précisément parce que je souhaite la grandeur de tous les peuples que je souhaite que le peuple allemand, en cette époque troublée, ait pour guide un homme pur. Qu'il ait envoyé un Dehmel occuper les tranchées et vote pour n'importe quel avocat aux élections du Reichstag, qu'il se laisse représenter par un Erzberger, c'est une *faute* : ces guides spirituels ont peut-être eux aussi commis une faute en ne recherchant pas le pouvoir. Je voulais exhorter Dehmel à le faire. Et vous pensez que c'était là le dénigrer, ainsi que son peuple !

Erreur ou pas : je préfère que les grands hommes soient à la pointe des combats spirituels. L'un des conflits les plus douloureux de mon existence a été de voir Verhaeren, mon ami le plus bienveillant, brûler de haine et s'en prendre au peuple allemand. Mais il était à sa place (même si elle ne m'inspirait aucune sympathie). J'ai vu Romain Rolland s'élever contre un monde tout entier, honni et piétiné par sa nation à cause de ses convictions européennes : il était à son poste. La place de Dehmel, aujourd'hui, c'est d'occuper aussi le *premier rang* : il n'a pas le droit de suspendre ses fonctions au moment où il range son arme dans son paisible foyer. Aujourd'hui plus que jamais, il doit occuper le premier rang. Seuls les hommes de l'esprit, de l'esprit véritable, de l'esprit de conviction, peuvent aujourd'hui sauver l'Allemagne (qui a sombré à mon avis dans le gouffre des luttes politiques fratricides et sera livrée demain à l'enfer des haines impuissantes et des ivresses de vengeance). N'ai-*je* pas une haute idée de la mission d'une nation quand je dis que l'attitude de l'Allemagne est décevante ? Je souhaiterais qu'un homme renverse d'un mot les tables de roulette dans les rues de Berlin et envoie les bavards au travail avec le fouet de son discours. Qu'il accuse les criminels fauteurs de guerre, lui qui a risqué sa vie pour la guerre, qu'il guérisse les plaies et les ulcères de la morale en Allemagne, lui qui a décrit dans son livre la déception de la communauté avec plus de cruauté que quiconque, *mais avec foi.* A quoi bon parler toujours de la grandeur de l'Allemagne ? Les tentateurs ne cessaient de promettre une victoire qu'ils savaient depuis longtemps impossible. Il s'agit d'éveiller dans chaque individu un sentiment de grandeur par la foi et la force communicative et irrésistible de la croyance. Voilà ce que devrait faire Dehmel à mon sens. Il n'a pas le droit de se reposer. Il est encore trop jeune. Il est encore trop fort.

Que vous ayez pu vous méprendre sur mes intentions et penser que je le dénigrais alors que j'exprimais le souhait que le pays, le peuple et l'homme purifient leur action, cela me blesse profondément : attendre davantage de l'heure présente en Allemagne, n'est-ce pas faire confiance à l'esprit de ce peuple ? Je ne crois pas être indifférent : je ne sais pas si vous avez lu mon *Jérémie*, mais j'ose espérer – en bien ou en mal – qu'on y perçoit le bouleversement intime d'un homme qui a davantage souffert de ces années et de ces problèmes que la majorité. Le sens de cette œuvre était de *surmonter la défaite avec grandeur.* J'ai abordé ce problème en un temps où il n'était question que de victoire : c'est le problème de ma vie. Mon seul désir était que l'Allemagne surmonte ce moment d'épreuve avec suffisamment de grandeur.

Un de vos propos m'a frappé avec une dureté particulière : vous avez parlé de ma richesse. J'en ai perdu la majeure partie, mais je ne la pleure pas. Je suis libéré de toute angoisse personnelle (mon attitude pendant la guerre m'a valu des dénonciations et des difficultés inimaginables) et rien ne m'affecte hormis le fait qu'on se méprenne sur mon compte alors que je sais que ma volonté est pure. Je ne me venge pas de la dureté de vos paroles en disant qu'il serait bon que beaucoup en Allemagne aiment Dehmel avec la même pureté que moi et reconnaissent aussi bien sa grandeur morale ; aucune amertume contre moi ne peut m'empêcher de l'admirer. Je serais malheureux qu'un malentendu me rende méprisable à vos yeux et aux siens : sa sympathie a beaucoup compté pour moi et je serais infiniment triste de la perdre, bien davantage que d'avoir perdu ma fortune. Il y aura tant à faire dans les prochaines années : étouffer la haine terrible qui va se déchaîner et appeler de nouvelles guerres, et préparer un équilibre en évitant les bains de sang. Mais comment surmonter la méfiance qui règne entre les peuples sans venir à bout de celle qui affecte les individus, et sans changer de politique ? Dehmel me connaît depuis quinze ans : je ne crois pas qu'au cours de ces années, il m'ait entendu prononcer une parole impure ou faire un geste déplacé : à l'heure où je sens que l'Allemagne n'est pas à la hauteur de son destin tragique et où je l'encourage à être une autorité et un guide, ne devrait-il pas rendre justice à mes idées, voire à mes erreurs (si tel est le cas) ? Je ne vous demande pas d'intervenir en ma faveur. J'attends seulement de lui une absence de préventions ; je voudrais qu'il respecte mes prises de position passionnées comme je respecte et admire les siennes. Je ne suis pas nationaliste, et – comme Rolland l'a écrit à Verhaeren quand ce dernier prêchait la haine de l'Allemagne – je ne connais que « deux peuples, ceux qui souffrent et ceux qui provoquent la souffrance ». Et je suis toujours du côté de ceux qui souffrent. J'aime les vaincus et je leur souhaite d'obtenir la seule victoire qui compte, la victoire sur leur destin. Et non sur le monde.

Avec tout mon attachement, votre dévoué
Stefan Zweig

A Richard Dehmel

Salzbourg, Kapuzinerberg 5
[sans date : 12 juillet 1919 ?]

Cher Monsieur Dehmel,

Rien n'aurait pu m'étonner et m'effrayer davantage que votre carte. Je ne suis malheureusement pas un épistolier du rang de Goethe, qui conservait le brouillon de ses lettres ou les faisait copier, et je ne sais donc pas ce que j'ai pu écrire pour que vous vous mépreniez à ce point sur les sentiments que je vous porte ou que je porte à votre peuple. Il est regrettable que vous ayez jeté ma lettre au panier : une lecture plus paisible vous aurait peut-être permis de la voir d'un autre œil. Si je l'ai écrite sous le coup de l'émotion, vous étiez en proie à la même émotion quand vous l'avez lue. Je crois que ce bouleversement, d'un côté et de l'autre, n'est pas de mauvais augure : rien ne me blesse et ne me désole davantage que l'indifférence de milliers, de millions de gens au cours de ces journées (un ami fiable m'a décrit l'atmosphère de Berlin ce jour-là et je n'avais jamais vu le peuple ici ou à Vienne animé d'une humeur aussi joyeuse et printanière que dans les premières journées qui ont suivi la signature de la paix).

Je crois cependant – je le répète – qu'il a été désastreux pour l'Allemagne que les chefs et les tentateurs de la nation ne se soient pas dénoncés eux-mêmes, que Tirpitz, au lieu de couler avec son navire comme un amiral, et d'emporter son revolver, ait fui en Suisse, que Ludendorff se soit réfugié en Suède, que ceux qui ont ordonné le démontage des usines belges et françaises (que les enfants de leurs enfants devront encore payer) se promènent tranquillement en Allemagne ; ces hommes qui ont exigé que des millions de gens soumettent d'une façon inouïe leur volonté à *leurs* propres folies ne devraient-ils pas expier volontairement leur faute ? Il me semble désastreux que l'Allemagne ne place pas à sa tête des hommes nouveaux, non encore usés, et choisisse Erzberger et les autres opportunistes qui lui ont fait tant de mal.

Il semble que vous ne partagiez pas cette opinion et que vous teniez l'Assemblée nationale pour la digne représentante de la véritable Allemagne. Ce sont des divergences politiques que les débats les plus éthérés ne font que sublimer. L'objectif de ma lettre était de vous exhorter à prendre la parole, à passer à l'acte : bien des passages de votre journal intime montrent que vous avez en vous la volonté et la force d'être un prophète de l'avertissement, un prophète capable de fustiger votre patrie, et que vous avez peut-être le *devoir* d'occuper aujourd'hui une fonction dirigeante en politique (c'est-à-dire par-delà la politique). En Allemagne, les hommes véritables ont peur de l'action, ils en ont excessivement peur : pourquoi les plus grands, comme Rathenau, pourquoi les natures politiques comme Thomas Mann, comme Heinrich Mann, sont-ils restés à l'écart des élections au Reichstag, et pourquoi avez-vous fait de même ? Pourquoi, au risque de ne pas franchir la barrière des urnes ? A Bordeaux, en 1871, Victor Hugo a tenu un inoubliable discours à la nation : pourquoi n'a-t-on pas entendu un Dehmel, un Hauptmann, un Thomas Mann à l'Assemblée nationale allemande, mais un professeur, deux avocats et des politiciens professionnels ? Vous avez rempli votre devoir aux premiers jours de la guerre : je pense que le devoir vous appelle aujourd'hui plus que jamais à être un chef spirituel et à occuper une fonction officielle.

Je vous ai dit cela alors que nos positions diffèrent sur bien des points. Je tiens l'idée nationale pour dangereuse et je crois que nous atteignons aujourd'hui la limite au-delà de laquelle on ne pourra plus lui accorder une importance aussi démesurée. Nous ne comprenons plus aujourd'hui que l'Allemagne se soit déchirée pendant trente ans à cause de la sainte Cène et de son interprétation ; dans deux siècles, le monde ne comprendra pas davantage que notre Europe (qui sera depuis longtemps unie) ait pu se meurtrir et se détruire pour des questions de langue et de frontières. Ce monde aura peut-être une nouvelle folie, différente de celle-ci, et se détruira tout aussi absurdement à cause d'elle, il fera naître dans un autre combat la même dose d'enthousiasme, de haine, de malentendus, de sacrifices et d'amour. La seule chose qui importe peut-être pour cette volonté invisible est que les forces de l'individu agissent éternellement dans les masses.

Je me suis contraint depuis des années (et souvent contre mon propre sentiment) à ne pas attribuer des valeurs morales aux communautés. Il n'y a pas de justice, de liberté, de courage dans un peuple alors qu'un autre en serait dépourvu : je connais et j'aime des hommes (par exemple Richard Dehmel, et même s'il me lance son encrier au visage, je ne cesserai jamais d'admirer sa colère), j'aime les langues et leurs esprits divers, mais je ne vois dans les Etats que des formes contingentes. Que suis-je par exemple ? Allemand, si nous sommes rattachés à l'Allemagne, autrichien-allemand si l'Entente nous contraint à l'indépendance, tchécoslovaque parce que mon père est un Allemand de Bohême et que nous serons peut-être annexés dès demain, juif, si les juifs deviennent une minorité nationale. Ce n'est pas un destin isolé : des millions de gens ne savent pas ce qu'ils sont aujourd'hui, les Voralbergois seront demain des Suisses – je considère tout cela comme une farce, de même que le Reich allemand de Bismarck était à mes yeux un Etat puissant, certes, mais ne s'identifiait pas avec le monde allemand (qui n'existe que dans l'invisible, dans la langue et dans l'esprit).

Sur ce point, nous ne sommes vraisemblablement pas du même avis et tout le respect que j'ai pour vous ne peut me contraindre à forcer mon sentiment. Je ne vous demande qu'une chose : ne croyez pas que j'aie jamais voulu manquer au respect que je dois à vos idées et à votre position. Ce que j'ai écrit de votre journal dans un article témoigne du respect indéfectible que je voue à vos positions politiques, poétiques et humaines, même si je considère que la monotonie des événements extérieurs est une entrave à la création : je crois justement qu'un adversaire aussi passionné de la guerre et de tout sentiment national est un témoin plus probant de la pureté et de la grandeur de vos positions qu'un partisan indéfectible de vos idées. Et si je vous invite à agir, à prendre publiquement la parole et à occuper un poste officiel, moi qui ne partage pas vos opinions à bien des égards, si je crois que l'Allemagne a davantage besoin aujourd'hui d'être conduite par un homme moral que par une douzaine de politiciens, vous devez voir là un signe. Je considère que les positions politiques d'un Thomas Mann sont tout aussi fallacieuses : mais je préférerais mille fois le voir à la tête du pays que n'importe lequel des internationalistes de papier qui prolifèrent aujourd'hui sur le fumier de notre époque. Je ne vénère pas un parti, mais un état d'esprit. Et sur ce point, il ne saurait en être autrement : l'Allemagne a voté pour des hommes de parti, elle s'est prononcée de manière partisane pour la soumission ou pour la résistance, au lieu de se confier à de grands hommes responsables. Si vous ou Thomas

Mann aviez été au Reichstag, la séance serait restée dans les mémoires pour les générations à venir, elle aurait bouleversé tous les esprits européens.

Je ne vous demande donc pas de me *pardonner* mes idées, mais de *comprendre* mon sentiment, qui me porte à vous vouer un amour et un respect inaltérables, dussiez-vous me tenir pour un importun ou un homme perdu, me mépriser et me rejeter. Votre fidèle

Stefan Zweig

A Albert Ehrenstein [1]

Le 21 août 1919

Cher ami, si vous voulez polémiquer à propos de Kraus [2], notez bien que :

1) Nous n'avons jamais été « membres » des Archives comme il le prétend toujours. On est membre d'une association dans laquelle on peut entrer et dont on peut sortir à son gré. Nous, nous étions contraints d'être là, c'est en vertu de notre subordination et de notre servitude qu'on nous avait donné l'ordre d'être là, un ordre militaire inscrit sur des papiers officiels, auquel on ne pouvait s'opposer. Nous ne pouvions pas partir à notre gré. Il veut

---

1. Albert Ehrenstein (1886-1950), écrivain autrichien, collègue de Zweig aux Archives de guerre.
2. A. Ehrenstein, « Karl Kraus », Vienne, Waldheim Eberle/Berlin, Rowohlt, 1920.

laisser entendre que notre service possédait un caractère bénévole alors que cela n'a jamais été le cas ; nous avons dû supporter une forme de servitude, même si elle était plus agréable que d'autres.

2) Lui-même, qui se présente comme un ennemi du militarisme, a bénéficié d'une faveur *inouïe* : il a obtenu par deux fois un passeport pour l'étranger, document qui n'était accordé qu'avec l'aval du ministère de la Guerre, autrement dit à des personnes *parfaitement fiables*. Le ministère de la Guerre s'est montré à tel point *complaisant* envers notre héros qu'il l'a libéré de la contumace. Seul le ministère de la Guerre pouvait accorder une remise de la contumace et sept mille numéros doubles de *Die Fackel* ne peuvent nier qu'il a obtenu cette remise de contumace. Pendant cette période, il n'était pas possible d'obtenir un passeport pour l'étranger sans l'accord du ministère de la Guerre. S'il en avait eu peur, il n'aurait jamais été au-delà de Feldkirch !

3) L'« opprimé » qui se plaignait d'avoir été durement frappé par la censure n'était pas censuré en Suisse. Rien ne l'empêchait de dire là-bas tout ce qu'il avait sur le cœur, mais il s'en est soigneusement gardé et n'a pas écrit une ligne : il a pu rentrer tranquillement en Autriche, sans être inquiété.

Je n'ai pas cherché des « matériaux » contre K., et je ne vais pas le faire. Vous aimez la polémique, je ne l'aime pas. Je trouve seulement déplorable qu'après avoir vécu trois ans pareille humiliation, on puisse se faire insulter par un homme qui a vécu confortablement pendant tout ce temps, sans soucis personnels, et qui fait à présent usage d'un « si » bien commode (« S'il avait dû servir... »). Comme c'est facile, quand on n'a jamais été de quart ! Tout son héroïsme tient à ce « si », et s'effondre avec lui !

Pour moi, il n'y a que deux points de vue : l'opportunisme (on est resté libre intérieurement, on a trompé l'ennemi) ou le martyre (se faire tuer). Celui qui est parti à l'étranger avec l'accord du ministère de la Guerre et y est resté muet ne me semble pas faire partie de ces martyrs. Ce n'est pas mon cas non plus. De même que je me serais fait baptiser sous Torquemada pour ne pas être brûlé, j'ai accepté de faire un service de pure forme. Vous devez mettre l'accent sur ce point, car vous-même êtes aussi resté à l'écart.

Si vous vous engagez dans une polémique, je vous conseille d'adopter ce point de vue : il ne s'agit pas de dire que nous avons été des héros, mais que personne (à l'exception de quelques anonymes) n'a été un héros, surtout pas lui (lui que les généraux lisaient avec ravissement et qui avait davantage que quiconque le droit d'écrire). Ne faites pas comme lui, ne tombez pas dans les commérages, mais gardez de la hauteur et restez dans la sphère générale de la morale : détruisez seulement ses fausses prétentions à l'héroïsme, qui sont aussi nauséabondes que tous les autres discours héroïques. Dites bien qu'aucun de nous n'a été un héros et que l'héroïsme est un concept dépassé. Montrez d'abord votre pamphlet à des amis et à un avocat : vous ne devez pas lui donner une chance de succès en écrivant une phrase irréfléchie ou en commettant une petite inexactitude, et compromettre ainsi

l'essentiel. Si vous passez par Salzbourg, rendez donc visite à votre cordialement dévoué
Stefan Zweig

Indiquez aussi que son ami Siegfried Geyer[1] a reçu l'ordre de François-Joseph alors que vous-même n'avez aucunement été distingué. Personne n'a suggéré de nous décorer.

A Anton Kippenberg
[Salzbourg, sans date ; cachet de la poste : 23 août 1919]

Cher Monsieur le Professeur, je viens de lire pour la troisième fois l'*Histoire des Girondins* de Lamartine ; un livre magnifique. La traduction (Brockhaus ? Avenarius[2] 1847) est remarquable, vous n'avez qu'à l'imprimer avec une bonne présentation et ce sera un événement. Jamais on n'a dépeint avec plus de profondeur la tragédie de toutes les révolutions. Ouvrez n'importe quel tome, vous serez étonné.

Je suis heureux que les *Trois maîtres* soient sous presse. Le bonheur nous fait tellement défaut ! Chez nous, tout va si mal que les malheurs de l'Allemagne nous semblent encore paradisiaques. La couronne est

---

1. Siegfried Geyer (1883-1945), critique théâtral et dramaturge.
2. Cette traduction anonyme n'était pas l'œuvre de Ferdinand Avenarius, né en 1856.

passée à 9 centimes à Zurich, alors qu'elle en valait 105 avant la guerre : ceux qui ont besoin d'argent pour vivre n'ont qu'à aller se pendre. Moi, je poursuis mon travail et ne pense ni à demain ni à après-demain.

Je serai à Leipzig à la mi-octobre : je dois faire des lectures à Hambourg, Kiel, etc. fin octobre. Ne pourrais-je pas donner à ce moment-là à Leipzig une conférence sur Rolland, de préférence devant des étudiants ? Peut-être pourriez-vous m'aider ? De tout cœur votre dévoué

Stefan Zweig

A Leonhard Adelt
   [Salzbourg, sans date ; mi-septembre 1919 ?]

Cher Leonhard, j'ai reçu aujourd'hui de la W.B.V.[1] non pas ce que tu m'avais annoncé, mais un formulaire (une déclaration de résidence) qui devrait être rempli par ta femme. Si je dois te l'envoyer, télégraphie-moi simplement que oui, j'ai hésité pour certaines raisons. Il vaudrait peut-être mieux que ta femme aille à Vienne pour régler cette affaire.

Une chose encore. A Salzbourg, nous avons des passeports pour les environs immédiats, nous pouvons nous rendre à tout moment à Reichenhall, Berchtesgaden, Freilassing et même Munich sans

---

1. W.B.V. : Wiener Bezirks-Verwaltung (administration locale).

formalités. Nous pourrions ainsi nous rejoindre à mi-chemin, en faisant chacun deux heures de trajet. Je le ferais volontiers tout de suite, mais je dois partir à Vienne pour 8 ou 10 jours la semaine prochaine, à cause des impôts sur la succession ; Friderike serait très heureuse de vous voir.

Ma situation matérielle ressemble beaucoup à la tienne. Notre usine = notre fortune a été réquisitionnée par la Tchécoslovaquie, nos demandes de compensation à l'Autriche allemande ont été refusées, c'est une affaire perdue et nous ne serons jamais remboursés. J'en suis donc au même point que toi et cinquante ans de travail de mon père partent en fumée. Mais on est si léger qu'on reste presque insensible.

Je dois me dépêcher ! J'attends ton message télégraphique ! De tout cœur

Stefan Zweig

Vous pouvez évidemment loger chez nous, inutile de le dire !

A Jean Richard Bloch [lettre en français]
[Salzbourg, sans date ; cachet de la poste :
24 septembre 1919]

Très cher ami, pour la première fois depuis quatre ans, je vais maintenant me rendre en Allemagne, jusqu'à Kiel et Hambourg, pour donner des conférences. Je suis très curieux de l'impression. Car la défaite n'a pas du tout le visage triste et morne que vous supposez sans doute chez vous – au contraire, c'est la gaieté forcée et forcenée, une vie sans lendemain, libre de tous les préjugés de la morale et de la raison et pour cela beaucoup plus intense. Inoubliable, cette soif de vie qui sort du peuple – car maintenant ils savent bien qu'ils meurent pour eux-mêmes et qu'ils vivent pour vivre. Il faut tâter le pouls très soigneusement pour sentir que cette fièvre de vie est une maladie – au premier abord, on trouverait les villes chez nous plus gaies que jamais (comme tous les gens sont plus riches que jamais, chose facile, comme la couronne vaut cinq centimes). Il faudrait un grand psychologue pour retenir ce moment de folie joyeuse chez les vaincus. Je regrette que vous ne soyez pas venu voir ces pays en ce moment unique.

J'espère que votre roman paraîtra bientôt, je parlerai aux éditeurs. Je n'ai aucune nouvelle de Bazalgette, je ne doute pas que ce soit un problème de courrier.

Sincèrement à vous,

Stefan Zweig

Kapuzinerberg 5

A Romain Rolland [lettre en français]
Vienne, le 8 octobre 1919
Adresse : Salzbourg

Mon très cher ami, je suis à Vienne pour suivre les répétitions de *Jérémie :* elles sont déprimantes. La désorganisation totale se fait sentir aussi chez les acteurs, une fois que l'autorité est brisée dans un pays, il est impossible de la rétablir. Personne n'obéit au chef, le directeur est plutôt l'esclave de ses employés. On a cruellement mutilé la pièce, car les théâtres sont obligés de fermer à neuf heures, faute de charbon pour la lumière – c'est plutôt un cinéma sans paroles et je serais bien étonné de voir un succès.

Tout de même, il est facile de gagner les cœurs, si on parle aujourd'hui des grands efforts. J'en ai eu une belle preuve avec la conférence que j'ai donnée sur vous devant les ouvriers. La salle était comble et on me suivait attentivement. Je répéterai la conférence fin octobre à Munich, Hambourg, Berlin et Kiel, je suis heureux de pouvoir transmettre vos idées justement dans ces grandes villes allemandes où des idées absolument fausses ont été propagées sur votre œuvre et votre vie. Je vous enverrai quelques comptes rendus. Je suis très curieux de ce qu'on en dira.

Le *Berliner Tageblatt* vient de publier un excellent essai de mon ami Leonhard Adelt, « Le temps viendra », pour éviter des malentendus. Il est très clair, très impressionnant, je vous l'enverrai aussi, il a donné un coup de barre à tous ceux qui écriront sur le livre qui paraîtra dans deux semaines. Les représentations n'auront pas lieu – tout comme vous l'avez désiré. Je veille bien sur votre œuvre.

Laissez-moi vous raconter (mais cela entre nous) une petite histoire qui vous intéressera. Avant la guerre, en mai 1914, j'avais prêté le manuscrit original des *Fêtes galantes* à l'éditeur Messein, qui voulait en faire une édition en fac-similé. Je n'avais plus eu de nouvelles du manuscrit et je me suis adressé récemment à lui. Il m'a répondu immédiatement pour me dire qu'il le tenait à ma disposition – il aurait pu le faire réquisitionner – et qu'il l'avait transmis, quand il avait dû partir au front, à M. Barthou, l'ancien ministre et grand collectionneur, qui l'a gardé et le lui a transmis maintenant (il aimerait bien l'acheter pour sa collection). J'ai été très ému de cette façon honnête et loyale : je la prends comme un bon augure de nos relations futures. Car je ne connais pas M. Messein, qui n'est point au fond un internationaliste, mais qui a agi d'une façon superbe envers un soi-disant ennemi.

La situation à Vienne est terrible. Mais la vitalité de la ville est étonnante. On ne sait pas de quoi se nourrir d'une semaine à l'autre, on n'a pas de charbon, on éteint les lumières à 8 heures et ferme les maisons, les restaurants, les cafés à cette heure – malgré tout la population est gaie, même d'une joie blessante. On n'espère plus, mais on ne désespère pas : jamais je n'avais vu un tel exemple de la vitalité éternelle. Il semble que seuls ceux qui ont connu la mort connaissent la vie et que la souffrance ne fait qu'augmenter la joie de vivre, la ténacité intérieure. Je regrette que vous ne voyiez pas ce spectacle, la danse folle sur l'abîme, cette frénésie unique des hommes sans espérance, d'une nation sans lendemain. Ah, comme je me sens faible comme écrivain ! Etre le Balzac d'une telle époque, au moins, si on ne peut pas être le sauveur de ces âmes en détresse ! – quel bonheur ce serait ! Tout ce que vous lisez dans les journaux est écrit pour exciter la pitié, mais personne jusqu'à présent n'a décrit l'état de folie qui

règne chez nous et je me sens impuissant aussi !
J'espère vous raconter beaucoup de choses un jour,
quand on se rencontrera – mais quand ? Je ne viendrai pas en Suisse cette année et il semble que vous
y restiez. Et Paris – c'est encore plus loin de vous.
Un de mes amis, Paul Zifferer[1], qui s'y installe
comme attaché de notre nouvelle légation, m'a promis
de m'écrire, quand cela sera possible. Mais franchement j'ai peu envie de voir la France, tant que pullulent encore les uniformes dans les villes – Je veux
oublier la guerre et regarder en avant vers les temps
nouveaux.

Et vous, cher ami ? Avez-vous repris le travail ?
Je l'espère bien ! Il serait temps de publier votre *L'un
contre tous*, d'en finir intérieurement avec ce passé.
Vous avez toujours été celui qui prédit le futur par
la force visionnaire de votre conscience. Jamais,
même pendant la guerre, la jeunesse n'a eu autant
besoin de quelqu'un qui lui montre la route. On
attend votre parole, on attend votre œuvre.

Fidèlement vôtre, mon cher ami

Stefan Zweig

A Friderike Maria von Winternitz

Leipzig, le 22 octobre 1919

Ma chérie, nous sommes *mercredi* midi et je parviens
enfin à t'écrire, deux heures avant de repartir pour

---

1. Paul Zifferer (1879-1929), écrivain, journaliste à la *Neue Freie Presse*.

Berlin. J'avais énormément de choses à discuter avec K., j'étais chez lui le midi et le soir. La grande affaire est pour ainsi dire conclue, les quinze premiers volumes sont fixés, nous ne pourrons signer le contrat qu'à mon retour de Hambourg et Kiel, mais nous sommes d'accord pour l'essentiel. Ce sera très beau – même si les premiers volumes ne seront prêts qu'à la Noël 1920 dans le meilleur des cas, tout est très long. *Thersite* n'est pas du tout imprimé, on fait passer avant les *Couronnes anciennes* et le Desbordes, les difficultés sont infinies. *Jérémie* ne s'est pas aussi bien vendu que nous le pensions, il restait encore 3 000 exemplaires parce que Kippenberg ne livre plus en Autriche sans garanties. La peur de la banqueroute autrichienne est généralisée et même si je suis directement concerné, je ne peux lui donner entièrement tort, tu sais ce qui s'était passé avec Heller-Masereel.

Impression générale de l'Allemagne : attraction et répulsion plus fortes que jamais. Ce qui est admirable, c'est le travail : chez Insel, *tout le monde* travaille de 8 heures du matin à 8 heures du soir avec deux heures de pause à midi, et ils font un travail *fabuleux*. J'aurai beaucoup de choses à te raconter. D'un autre côté, un orgueil démesuré, un mécontentement indescriptible vis-à-vis du gouvernement – *je n'ai encore rencontré personne qui ne déclare pas ouvertement espérer une monarchie ou au moins une dictature* – la haine des juifs atteint des proportions folles (des insultes dans tous les W.C., sur toutes les tables, et on ne parle que de cela dans les trains), et la haine des Français aussi.

On peut *tout* acheter. Les magasins regorgent de vivres, fromages, charcuterie, oies, lait, viande, amoncelés dans les vitrines, café, thé, cacao, sprat — comme au pays des fées. Je n'ai jamais rien vu de tel en Suisse — *tous* les chocolats de toutes les marques. Les cartes de pain ne sont plus prélevées — tout cela est magnifique, mais épouvantablement cher, surtout pour nous. J'ai payé ce midi 10 Marks pour un plat de viande, 2 Marks pour l'accompagnement, et 2 Marks pour un entremets, soit un minimum de 14 Marks, autrement dit 75 couronnes. Tout est comme cela. Dans le bouge où je loge, 6 Mark 50 pour un trou à rats, soit 35 couronnes. Heureusement, j'ai toujours mangé chez K. Je ne préfère pas songer à tout ce qu'il me faudra dépenser à Hambourg et Berlin, où je devrai loger dans de bons hôtels à cause du téléphone et des visites. Je m'occupe en ce moment de la *Bibliotheca mundi* (c'est le nom qu'on a donné à l'enfant) et elle aura le dos assez large pour que je puisse t'y associer bientôt (si tu es gentille). Les Kippenberg aimeraient beaucoup te connaître. Ce sont vraiment des gens exceptionnels.

A Hambourg, je logerai au Palasthotel de lundi à vendredi ; puis je serai à Kiel, puis à nouveau à Leipzig jusqu'à lundi ou mardi (adresse : Editions Insel), puis je prendrai un train de nuit pour Munich, et de là, je rentrerai sans doute directement à Salzbourg. Eventuellement, nous pourrions nous retrouver à Munich, j'y serai vers le 5 ou 6 novembre. Je n'ai pas trouvé de lettre ou de télégramme de toi. Je ne suis pas du tout fatigué, mais étonnamment en forme, bien que je dorme peu et que je doive faire un effort de réflexion pour ne rien oublier. *Ne pas* voir mon courrier est pour moi une volupté. Dans ces cas-là, je me sens merveilleusement libéré.

Ce soir, donc, Berlin. Dieu sait où je logerai ! Je vais essayer de trouver une chambre au Fürstenhof parce que j'ai besoin d'un téléphone toute la journée, pour ne venir à bout que du tiers de ce que je dois faire. Je ferai sans doute une lecture dimanche matin à la « Tribüne [1] », même si le directeur vient de démissionner.

Portez-vous bien. Je te salue, ton

Stefzi

A Jean-Richard Bloch [lettre en français]
Salzbourg (Autriche)
Kapuzinerberg 5
28 novembre 1919

Mon cher ami, depuis longtemps je ne vous ai pas écrit, j'espérais toujours pouvoir vous donner des détails définitifs sur votre roman : l'affaire marche bien, mais lentement comme tout maintenant. J'espérais pouvoir en parler lors de mon voyage à Berlin, mais, hélas ! les communications étaient si misérables que j'ai été obligé de rentrer en hâte. Dans quelques semaines tout sera en ordre.

Je vois avec plaisir que vous faites partie du groupe « Clarté ». J'aime et j'admire beaucoup Barbusse et Duhamel, mais je ne vois pas d'avantage moral à se réunir avec des personnes opportunistes comme j'en trouve beaucoup parmi les adhérents. En

---

1. Tribüne : théâtre d'avant-garde berlinois.

Allemagne, c'est à peu près la même chose : il en est peu qui seraient sûrs si demain on inventait un nouveau Zeppelin capable de détruire cent mille personnes par jour. Et à quoi bon des groupements, des banquets et tout cela ? Il n'y a que la communion intime des âmes, la fraternité des camarades, les liens invisibles, et je me sens davantage lié à vous et à quelques amis à travers eux. Je n'estime que le travail anonyme, l'effort invisible pour nos buts, le sacrifice de temps et d'énergie, sans que nul ne s'en aperçoive : j'ai eu un grand maître, notre Romain Rolland, qui s'épuisait en lettres, en travail souterrain et héroïque. Oh, que son œuvre visible est peu en comparaison avec l'effort héroïque, avec l'épuisement de toutes les forces de son être. L'année en Suisse m'a montré un exemple pour toute ma vie.

Et vous, cher ami, Amann m'a dit que vous acheviez une tragédie. Je vous félicite d'avance ! Et si vous écrivez de petits essais, envoyez-les-moi, je les ferai traduire et publier dans les revues allemandes (elles pullulent maintenant, l'argent sans valeur se transforme en littérature). J'aimerais bien qu'un homme tel que vous vienne un peu chez nous pour voir la défaite : elle est différente de ce que vous imaginez. Pas de tristesse, de fureur silencieuse, de haine violente – une fièvre d'affaires, une folie malsaine de plaisir. Le sentiment de l'unité dans l'Etat détruit, chacun ne pense qu'à sauver son argent, à le gaspiller, à faire l'amour, à voler les autres – et avant tout la chasse et en même temps la fuite devant l'argent. Il n'y a plus personne qui épargne (car on sait que l'argent sera pris) alors chacun dépense, dépense, dépense et la grande roue tourne toujours plus vite, plus vite. Tout est corrompu, les mœurs, les magistrats, les juges – le grand Dieu d'or que Moïse a voulu écraser dans le désert a survécu au Christ, maître du monde, plus maître que jamais.

Oh, il faut voir cela ! C'est un moment unique de voir crouler un édifice moral vieux de 2 000 ans. Venez, ne croyez pas les journaux : ils ne voient pas la grandeur de ce moment, qui sera pour les autres générations un sujet d'effroi et – je le crains – un exemple. Fidèlement à vous

Stefan Zweig

Je vous envoie aujourd'hui mon *Jérémie*.

Aucune nouvelle directe de Bazalgette, seulement des saluts par des amis.

L'Effort libre reparaîtra-t-il ?

A Victor Fleischer
[Salzbourg, sans date ; avant le 9 décembre 1919]

Cher Victor, je t'écris en toute hâte à propos d'une question précise. Un jeune homme qui était prisonnier civil pendant la guerre (il est marié avec une Française) a écrit un roman sur ce thème : il est extrêmement intéressant et cela pourrait être un grand succès. Littérairement, il n'est pas de tout premier ordre, mais il est *très* prometteur, on pourrait facilement arriver à 20 000 exemplaires avec de la publicité. Je le mets de côté, soit pour ta nouvelle maison d'édition[1], soit pour Grunow[2] auquel tu pourrais le donner, il serait capable d'en faire un grand succès ; sinon, je le donnerai à Ullstein[3]. Tal est trop mesquin pour s'occuper d'un tel livre. A mon écriture, tu devineras la température qu'il fait ici. Nous avons eu une grosse tempête de neige et nous sommes heureux que tu sois en sécurité auprès de ta femme. Raconte-moi ton succès et dis-nous quand nous te verrons. En toute hâte, affectueusement.

Je salue bien Madame le Dr Fleischer (cela me fait tout drôle !)

Ton Stefan

Cher Victor, chère Madame Leontine, affectueux souvenirs de ma part aussi, en espérant vous revoir bientôt
Friderike

A Victor Fleischer

Salzbourg, le 9 décembre 1919

Cher Victor,
Pardonne-moi de ne pas t'écrire à la main et de dicter cette lettre, mais j'ai un courrier infini et je

---

1. Victor Fleischer dirigea la Frankfurter Verlags-Anstalt de 1921 à 1926.
2. Grunow : éditions Friedrich Wilhelm Grunow, fondées en 1819 à Leipzig.
3. Les éditions Ullstein avaient été fondées à Berlin en 1877 (revues, livres).

voudrais te dire tout de suite combien je me réjouis de cet heureux revirement ; après les sept années de vaches maigres, voici venues les sept années de vaches grasses. J'espère qu'elles ont commencé. J'aurais évidemment bien aimé en parler avec toi et te donner des conseils ; j'espère que l'occasion de le faire se présentera bientôt. Il faudra sans doute que j'aille à Vienne en janvier avec Friderike pour régler la fameuse affaire, nous aurons peut-être besoin de ta présence personnelle pendant une heure [1]. Je voudrais faire un projet avec toi, et j'ai eu l'idée suivante : tu sais que je t'avais parlé un jour d'une revue d'art ; ce n'est évidemment pas réalisable aujourd'hui parce que cela impliquerait des frais trop importants et exigerait une infrastructure trop poussée, mais je crois que ce serait une bonne idée de faire un *Annuaire des collectionneurs*, un almanach comme celui qui existe pour les bibliophiles : outre une série d'articles de référence sur des sujets généraux, des collections particulières, etc., il comprendrait des comptes rendus des principales ventes de l'année dans *chaque* domaine, décrirait en bref tout le marché de l'art, les prix et les tendances. Un ouvrage que *tous* les galeristes, toutes les bibliothèques, tous les collectionneurs devraient avoir et qui pourrait même comprendre des annonces, le cas échéant. Pour ta maison d'édition, l'avantage serait que tu pourrais l'utiliser pour ta publicité. Je te le dis dès maintenant, parce qu'il est peut-être plus facile de monter un tel projet à Vienne qu'à Francfort, je veux dire de trouver le bon responsable, peut-être Swar-

---

1. La fameuse affaire : le mariage civil.

zenski[1] serait-il tenté par cet almanach ; il pourrait chercher des personnes compétentes. Tu aurais ainsi une publication très luxueuse qui paraîtrait régulièrement, elle te permettrait d'entrer en contact d'un seul coup avec tous les cercles artistiques, et cela ferait boule de neige.

Tu as raison de vouloir laisser la littérature de côté pour l'instant, les auteurs de premier ordre sont bien gardés, et je ne crois pas qu'une maison d'édition puisse vivre de ce qu'on appelle la littérature, à moins d'avoir acquis une position et une réputation depuis trente ans, comme Fischer. Le mieux serait de s'en tenir dans un premier temps à un cadre assez étroit, mais, comme je l'ai dit, il me semble très important que tu fasses aussi des livres bon marché et surtout que tu projettes de racheter des publications régulières sur place. Je n'ai pas besoin de te dire que je ferai tout ce qui est en mon pouvoir pour t'assurer les meilleures chances de succès ; je passerai peut-être quelques jours à Francfort au printemps.

Je comprends toutes les difficultés que tu vas avoir maintenant à Vienne avec le déménagement, fais seulement en sorte de ne pas trop t'encombrer, quitte à transporter une partie de tes affaires plus tard. La situation est très incertaine à l'heure qu'il est et une occupation de Francfort par les Français n'est malheureusement pas exclue.

Je t'envoie le roman pour Grunow, le titre est très banal, mais justement, cela conviendrait bien pour Grunow. Pense bien que le thème est très actuel

---

1. Georg Swarzenski (1876-1957), historien de l'art, directeur de musée.

et que s'il était bien lancé, ce pourrait être un très grand succès.

Je t'écrirai bientôt une autre lettre, pour l'heure nous te saluons affectueusement tous les deux

Stefan

P.S. Pourrais-tu procurer directement au peintre Harta[1] un exemplaire des *Dessins de Meder*[2], à bas prix, il t'en serait très reconnaissant. Rainalter[3] travaille très activement au volume « Salzbourg », ce sera un très beau livre et il plaira à Schroll. Dis-moi, ne serait-ce que sur une carte postale, si l'affaire a trouvé un heureux dénouement et quand tu vas commencer.

Je t'envoie aussi le roman de Ratje. Les premiers chapitres sont moins importants, mais la description de la période de captivité est particulièrement saisissante. Si Grunow publie *rapidement* le livre et se débrouille bien, ce sera un succès gigantesque.

---

1. Felix Albrecht Harta (1884-1967).
2. J. Meder, *Die Handzeichnung, ihre Technik und Entwicklung*, Vienne, Schroll, 1919.
3. Erwin Herbert Rainalter (1892-1960), journaliste viennois.

TABLE ALPHABÉTIQUE DES CORRESPONDANTS

ADELT (Leonhard) 1.12.1901 ; 9.01, 12.02, 11.12.1902 ; 09.1919
AUERNHEIMER (Raoul) 17.07.1915
BAB (Julius) 20.12.1909 : 20.08.1912
BAHR (Hermann) 25.12.1914 ; 09.09.1917
BARNAY (Ludwig) 07.1906 ; 4.05.1908
BETTELHEIM (Anton) 2.08.1912
BLOCH (Jean-Richard) 23.03, 24.09, 28.11.1919
BROD (Max) 15.12.1906 ; 4.07.1907
BUBER (Martin) 26.11.1913 ; 8.05.1916 ; 24.01, 25.05, 15.06.1917 ; 02, 8.12, 30.12.1918
BUSSE-PALMA (Georg) 07.1904
CHAPIRO (Joseph) 07.1918
DEHMEL (Ida) 12.07.1919
DEHMEL (Richard) 05.1917 ; 14.06.1914 ; 11.09.1917 ; 12.07.1919
DIEDERICHS (Eugen) 16.12.1903 ; 5.01.1904
EHRENSTEIN (Albert) 21.08.1919
FEIGL (Hans) 03.1913
FLEISCHER (Victor) 1903 ; 19.12.1908 ; 8.01, 20.01, 3.02.1909 ; 28.04, 6.08.1918 ; 02, 12, 9.12.1919
FRANZOS (Karl Emil) 18.02.1898 ; 22.06, 3.07.1900 ; 26.11, 10.12.1901
FULDA (Ludwig) 27.08.1914
GEIGER (Benno) 18.08.1907 ; 06.1908 ; 05.1912 ; 21.03.1914
GINZKEY (Franz Karl) 11.1904
GREGORI (Ferdinand) 21.04.1911
HARDT (Ernst) 21.10.1915
HESSE (Hermann) 2.02, 2.03, 1.11.1903 ; 07, 8.09, 20.09.1904 ; 4.04, 17.10.1905 ; 9.11.1915 ; 25.05.1918
HOFMANNSTHAL (Hugo von) 24.06.1907 ; 16.02.1918 ; 9.11.1909
JACOBWSKI (Ludwig) 14.06.1900
KEY (Ellen) 1.07, 12.08, 16.11.1905 ; 9.02, 05.1906 ; 01.1907
KIPPENBERG (Anton) 30.07, 4.08, 18.10, 6.11, 23.12.1914 ; 27.02, 16.03, 23.08.1919
KLAMMER (Karl) 11.902 ; 08.1904
KUTSCHER (Artur) 03.1912
LUDWIG (Emil) 28.04, 21.09.1918
MINDE-POUET (Georg) 13.06.1919
MÜLLER-EINIGEN (Hans) 14.09.1905
MÜNCHHAUSEN (Börries de) 4.01.1905
PANNWITZ (Rudolf) 6.10.1917 ; 23.10.1917
PETZOLD (Alfons) 10.1914
PIPER & CO. 31.05.1914
RILKE (Rainer Maria) 11.03, 5.08.1907 ; 9.04.1913 ; 23.04, 12.09.1917
ROLLAND (Romain) 12.02, 23.04, 26.04.1911 ; 17.02, 24.12.1912 ; 28.06, 27.08.1913 ; 6.10, 19.10, 9.11, 11.11, 30.11.1914 ; 29.01, 17.03, 13.04, 5.06, 23.06, 20.09, 30.12.1915 ; 19.02, 22.07, 29.11, 5.12.1916 ; 17.11, 29.11, 9.12, 16.12, 23.12.1917 ; 3.01, 21.01, 30.01, 3.03, 23.03, 21.06, 31.07, 17.09, 21.10, 10.12, 18.12, 12.1918 ; 4.04, 14.04, 8.10.1919
SCHERLAG (Marek) 12.1901
SCHNITZLER (Arthur) 3.06.1908 ; 23.05.1913 ; 11.1914 ; 18.01.1916
SCHWADRON (Abraham) 05, 20.11.1915
SEELIG (Carl) 11.09.1918
SERVAES (Franz) 4.02.1905
STERN (Josef Luitpold) 16.11.1916 ; 18.09, 10.1917
VERHAEREN (Emile) 11, 19.12.1903 ; 28.01.1904 ; 29.10.1905 ; 07.1906 ; 4.12.1909 ; 6.01, 20.02, 16.05, 10.12, 17.12.1910 ; 4.05, 06, 11, 12.1911 ; 05.1912 ; 11.1913
VERHAEREN (Marthe) 13.10.1910
WAHLE (Julius) 10.11.1913
WALDEN (Herwath) 09.1908
WINTERNITZ (F. Maria von) 07.1918 ; 04, 22.10.1919
ZECH (Paul) 6.08.1915

Stefan Zweig
dans Le Livre de Poche

Correspondance 1920-1931 n° 3415

Ces lettres sont échangées alors que Stefan Zweig est consacré dans le monde entier comme un grand écrivain. C'est aussi l'époque de la maturité personnelle. On y trouve exprimées les satisfactions de l'homme à qui tout réussit, et la lassitude de celui à qui la vie semble échapper, qui accepte douloureusement ce qu'il considère comme le passage d'une jeunesse non vécue à une vieillesse subie... Parmi les interlocuteurs de Zweig, on trouve les plus grands esprits de son temps – Romain Rolland, à qui le lie une amitié fidèle, Gorki, Freud, ainsi que des éditeurs, des peintres, des musiciens, jeunes gens voulant entrer en littérature ou hommes de lettres européens... On voit ici un homme de convictions aux prises avec son temps.

Correspondance 1932-1942 n° 31737

Durant les dernières années de sa vie, Stefan Zweig écrit des livres où l'Histoire joue un rôle majeur : les biographies de Marie-Antoinette et de Marie Stuart, *Souvenirs d'un Européen*, *Le Joueur d'échecs*, mais aussi *Le Monde d'hier*, qui constitue en quelque sorte le pendant de cette correspondance : l'écrivain y exprime son désarroi d'héritier des Lumières nostalgique d'un XIXe siècle dont il ne reste presque rien. Peu à peu, la mélancolie et la souffrance font place à un état dépressif chronique.

Du même auteur :

ADAM LUX, Publication de l'université de Rouen.
AMERIGO, Belfond ; Le Livre de Poche.
AMOK, Stock ; Le Livre de Poche.
AMOK OU LE FOU DE MALAISIE, Le Livre de Poche.
L'AMOUR D'ERIKA EWALD, Belfond ; Le Livre de Poche.
L'AMOUR INQUIET, *Correspondance 1912-1942 avec Friderike Zweig*, Des Femmes.
BALZAC, Albin Michel ; Le Livre de Poche.
LE BRÉSIL, TERRE D'AVENIR, Editions de l'Aube ; Le Livre de Poche.
BRÛLANT SECRET, Grasset, « Cahiers Rouges » ; Le Livre de Poche.
LE CHANDELIER ENTERRÉ, Grasset, « Cahiers Rouges ».
CLARISSA, Belfond ; Le Livre de Poche.
LE COMBAT AVEC LE DÉMON, Belfond ; Le Livre de Poche.
LA CONFUSION DES SENTIMENTS, Stock ; Le Livre de Poche.
CONSCIENCE CONTRE VIOLENCE, Castor Astral.
CORRESPONDANCE *1920-1931*, Grasset.
CORRESPONDANCE *1931-1936 avec Richard Strauss*, Flammarion.
CORRESPONDANCE *avec Emile et Marthe Verhaeren*, Labor.
CORRESPONDANCE *avec Sigmund Freud*, Rivages.
DESTRUCTION D'UN CŒUR, Belfond ; Le Livre de Poche.
ÉMILE VERHAEREN, *sa vie, son œuvre*, Belfond ; Le Livre de Poche.
ERASME, Grasset, « Cahiers Rouges » ; Le Livre de Poche.
ESSAIS, Le Livre de Poche.
LA GUÉRISON PAR L'ESPRIT, Belfond ; Le Livre de Poche.
HOMMES ET DESTINS, Belfond ; Le Livre de Poche.
IVRESSE DE LA MÉTAMORPHOSE, Belfond ; Le Livre de Poche.
JOSEPH FOUCHÉ, Grasset ; Le Livre de Poche.
LE JOUEUR D'ÉCHECS, Stock ; Le Livre de Poche.

JOURNAUX, Belfond ; Le Livre de Poche.
MAGELLAN, Grasset.
MARIE-ANTOINETTE, Grasset ; Le Livre de Poche.
MARIE STUART, Grasset ; Le Livre de Poche.
LE MONDE D'HIER, Belfond ; Le Livre de Poche.
MONTAIGNE, PUF.
NIETZSCHE, Stock ; Le Livre de Poche.
PAYS, VILLES, PAYSAGES, Belfond ; Le Livre de Poche.
LA PEUR, Grasset, « Cahiers Rouges » ; Le Livre de Poche.
LA PITIÉ DANGEREUSE, Grasset, « Cahiers Rouges ».
PRINTEMPS AU PRATER, Le Livre de Poche.
LES PRODIGES DE LA VIE, Le Livre de Poche.
ROMANS ET NOUVELLES, Le Livre de Poche.
ROMANS ET NOUVELLES, THÉÂTRE, Le Livre de Poche.
SOUVENIRS ET RENCONTRES, Grasset, « Cahiers Rouges ».
LES TRÈS RICHES HEURES DE L'HUMANITÉ, Belfond ; Le Livre de Poche.
TROIS MAÎTRES, Belfond ; Le Livre de Poche.
TROIS POÈTES DE LEUR VIE : STENDHAL, CASANOVA, TOLSTOÏ, Belfond ; Le Livre de Poche.
UN CAPRICE DE BONAPARTE, Grasset, « Cahiers Rouges ».
UN MARIAGE À LYON, Belfond ; Le Livre de Poche.
UN SOUPÇON LÉGITIME, Grasset.
VINGT-QUATRE HEURES DE LA VIE D'UNE FEMME, Stock ; Le Livre de Poche.
LE VOYAGE DANS LE PASSÉ, Grasset ; Le Livre de Poche.
WONDRAK, Belfond ; Le Livre de Poche.

Le Livre de Poche www.livredepoche.com

- le **catalogue** en ligne et les dernières parutions
- des **suggestions de lecture** par des libraires
- une **actualité éditoriale permanente** : interviews d'auteurs, extraits audio et vidéo, dépêches…
- **votre carnet de lecture** personnalisable
- des **espaces professionnels** dédiés aux journalistes, aux enseignants et aux documentalistes

Composition réalisée par IGS-CP

Achevé d'imprimer en mars 2010, en France sur Presse Offset par
Maury-Imprimeur - 45330 Malesherbes
N° d'imprimeur : 153808
Dépôt légal 1re publication : septembre 2005
Édition 02 - mars 2010
LIBRAIRIE GÉNÉRALE FRANÇAISE - 31, rue de Fleurus - 75278 Paris Cedex 06

31/0856/0